La Scala

Len Deighton

La trappola

Traduzione di
Maria Barbara Piccioli

Rizzoli

First published in 1989 by Hutchinson Ltd, an imprint of Century Hutchinson Ltd, Brookmount House, London

ISBN 88-17-67327-7

Titolo originale dell'opera:
SPY LINE

Prima edizione: marzo 1991

La trappola

1

«La glasnost sta cercando di scappare al di là del Muro, e viene falciata da una mitragliatrice *con il silenziatore*!» disse Kleindorf. «È l'ultima barzelletta arrivata da laggiù.» Parlava abbastanza forte da farsi sentire al di sopra della musica stridula del piano. Il suo inglese aveva un accento americano che lui a volte marcava.

Mi aveva preannunciato che era una barzelletta, e per quanto mi fu possibile risi. L'avevo già sentita e comunque Kleindorf era una frana con le storielle, perfino con quelle buone.

Si tolse il sigaro di bocca, esalò il fumo verso il soffitto e fece cadere la cenere in un portacenere. Perché fosse tanto pignolo proprio non lo so; tutta quella fottutissima stanza sembrava un portacenere sporco. Come per magia, il fumo si levò sopra la sua testa in spirali e volute, irati serpenti grigi intrappolati all'interno del fascio luminoso di un riflettore.

Risi troppo e questo lo incoraggiò a tentare un'altra battuta. «Le facce carine sembrano tutte uguali, ma una faccia brutta è sempre brutta a modo suo» disse.

«Tolstoi non l'ha mai detto» ribattei io. Ero dispostissimo a interpretare il ruolo della persona perbene per chiunque fosse in grado di dirmi quello che volevo sapere.

«Invece sì. Era seduto al bar laggiù quando l'ha detto.»

A parte qualche occhiata di tanto in tanto per vedere come reagivo alle sue battute, Kleindorf non staccava mai lo sguardo dalle ballerine. Le cinque ragazze alte e piene di denti occupavano tutto il piccolo palcoscenico e anche quella in fondo alla fila doveva stare attenta a dove scalciava. Ma Rudolf Kleindorf — "Der grosse Kleiner", com'era conosciuto di solito — confermava la veridicità del suo scherzo. Le ballerine — sorrisi fissi e occhi sbarrati — si differenziavano solo per la quantità di cellulite e il colore dei capelli tinti, mentre il naso sbilenco di Rudi era sormontato da sopracciglia sorprendentemente folte e disordinate. L'eterno cipiglio e gli occhi cerchiati rendevano unico un viso altrimenti comune.

Guardai l'ora: quasi le quattro del mattino e io ero sporco, puzzolente e con la barba lunga, avevo bisogno di un bagno e di cambiarmi i vestiti. «Sono stanco» dissi. «Devo dormire un po'.»

Kleindorf si tolse di bocca il grosso sigaro, soffiò il fumo e gridò: «Portate gli ombrelli, si fa *Singing in the Rain*!». La musica del piano cessò di colpo e le ballerine si afflosciarono con lunghi gemiti, si chinarono, si stirarono, crollarono contro lo scenario come bambole di pezza cadute da una scatola dei balocchi. Avevano i corpi lucidi di sudore. «Ma in che razza di attività mi sono messo, sto ancora lavorando alle tre del mattino!» Si lamentò facendo lampeggiare il Rolex d'oro fino ad allora nascosto sotto il polsino inamidato. Era un uomo lunatico, misterioso, e sul suo conto circolavano un'infinità di strane storie, molte delle quali lo dipingevano come un tipo dal pessimo carattere e incline alle esplosioni di collera.

Lanciai un'occhiata al Babylon. Uno squallore. I ventilatori erano spenti e c'era puzza di sudore e di cosmetici scadenti, di cenere e bibite rovesciate, come in tutti i posti del genere quando la clientela se ne è andata. Il lungo bar, tutto cromo e specchi, dietro cui si allineava ogni beveraggio possibile e immaginabile, era chiuso con un lucchetto. I clienti se l'erano filata in altri locali, a Berlino ce ne sono parecchi che non chiudono fino alle tre del mattino. Faceva sempre più freddo al Babylon. Era una cantina e durante la guerra avevano provveduto a rinforzarla con travi d'acciaio per proteggerla dai bombardamenti, ma ora il cemento sembrava trasudare umidità gelata. A due isolati di distanza lungo la Postdamerstrasse, un rifugio analogo aveva rifornito per anni la città di funghi coltivati finché non erano intervenute le autorità sanitarie.

Era la baldoria di "fine carnevale" la colpa di tutto quel

casino. Stelle filanti tessevano ragnatele sui tavoli ancora ingombri di bottiglie di vino e bicchieri. Dappertutto c'erano palloncini, alcuni già sgonfi, ricevute stracciate, confezioni di birra, liste dei drink e rifiuti di ogni genere. Nessuno muoveva un dito per dare una ripulita. Ci sarebbe stato tempo a sufficienza il mattino dopo. Le porte del Babylon non si aprivano che a sera.

« Perché non provi il nuovo spettacolo di giorno, Rudi? » domandai. Nessuno lo chiamava Der Grosse in faccia, neppure io, che pure lo conoscevo da sempre.

Il suo grosso naso fremette. « Queste svampite lavorano tutto il giorno; ecco perché andiamo avanti fino a tardi, quando la mia ora di andare a dormire è passata da un pezzo. » La sua era un'aspra voce tedesca, per quanto parlasse un ottimo inglese. Una voce bassa e rauca, senza dubbio effetto della devozione a certi avana scuri che dovevano invecchiare almeno sei anni prima che lui li reputasse degni di accostarsene uno alle labbra.

« Lavorano? Che cosa fanno? »

Lui liquidò la domanda agitando il sigaro. « Questo per loro è un secondo lavoro. Perché credi che vogliano essere pagate in contanti? »

« Domani saranno stanche. »

« Già. Una di queste bambole fa la puttana. Okay? »

« Okay. » Guardai le donne con nuovo interesse. Erano graziose, ma nessuna esattamente giovane. Dove trovavano la forza di lavorare tutto il giorno e per metà notte?

Il pianista scartabellò rapido gli spartiti e trovò quello giusto. Le sue dita accesero la melodia. Le ballerine si stamparono in faccia un sorriso e si rimisero in movimento. Kleindorf soffiò il fumo. Nessuno sapeva quanti anni avesse. Di sicuro aveva superato i sessantacinque, e quella non doveva essere l'unica cosa che aveva superato, perché non gli mancavano mai uno spesso rotolo di banconote di grosso taglio in tasca e una bella donna sempre disponibile. I vestiti, le scarpe e le camicie erano il meglio che si potesse trovare a Berlino e fuori del locale era parcheggiata una magnifica vecchia Maserati Ghibli con un motore da 4900 cc. Kleindorf era un intenditore di automobili; aveva completamente rimaneggiato la sua e poteva percorrere l'Autobahn fino in Germania Ovest alla velocità di 270 chilometri orari. Da anni buttavo lì allusioni sul fatto che mi sarebbe piaciuto guidarla, ma il vecchio demonio fingeva di non capire.

Voci ostinate sostenevano che Kleindorf apparteneva all'aristocrazia prussiana e che suo nonno, il generale Freiherr Rudolf von Kleindorf, aveva comandato una delle migliori divisioni del Kaiser nelle offensive del 1918, ma io non avevo mai sentito Rudi vantarsene. "Der Grosse" diceva che i suoi soldi arrivavano da certi "lavaggi auto" di Encino, California meridionale. Certo non ricavava granché da questa sua squallida bettola berlinese. Solo i turisti più intrepidi si avventuravano in un posto del genere e, a meno che non avessero soldi da buttar via, si accorgevano molto presto di non essere graditi. Alcuni sostenevano che Rudi teneva il club aperto perché lo divertiva, ma altri ipotizzavano che ne avesse bisogno, non solo per chiacchierare con gli amici, ma perché il bar di Rudi era uno dei migliori "centri di ascolto" di questa città dominata dal pettegolezzo. Parecchi tizi gravitavano intorno a Rudi e lui li incoraggiava, perché quella reputazione di bene informato gli conferiva un'importanza di cui sembrava avere bisogno. Il barman sapeva di dover servire bevande gratis a determinate persone: portieri d'albergo, segretarie private, centralinisti, agenti investigativi, rappresentanti militari del Governo e camerieri dalle orecchie lunghe che lavoravano nelle sale da pranzo private. Perfino i funzionari della polizia berlinese, notoriamente riluttanti a servirsi degli informatori, capitavano nel bar di Rudi quando tutto il resto non aveva funzionato.

Come facesse il Babylon a restare a galla era uno dei molti irrisolti misteri di Berlino. La vendita degli alcolici non bastava a pagare l'affitto neppure nelle serate di gala. I clienti che sedevano in prima fila per assistere allo spettacolo non erano degli spendaccioni: il loro fegato non avrebbe retto. Erano la terza età della malavita berlinese: ex scassinatori artritici, truffatori rimbambiti e falsari paralitici; uomini il cui tempo era passato da un pezzo. Arrivavano troppo presto, sorseggiavano con lentezza le loro bibite, ingoiavano qualche pillola con un bicchiere d'acqua e si raccontavano vecchie storie. Ovviamente ce n'erano altri: a volte perfino qualcuno della buona società — appartenenti dell'*Hautevolee* berlinese in pelliccia e abito da sera — che facevano un salto a vedere come viveva l'altra metà. Ma erano sempre di passaggio, diretti da qualche altra parte. E il Babylon non era mai diventato di moda tra "i giovani": lì non si comperavano crack, eroina, PCP, nessuno di quei lussi in polvere che la folla con i capelli tagliati alla moicana spacciava per le strade. In fatto di droga, Rudi era rigido fino al fanatismo.

«Piantala di far sbatacchiare quel ghiaccio, santo Dio. Se vuoi un altro drink, dillo.»

«Grazie, no, Rudi. Sono stanco morto, devo assolutamente dormire un po'.»

«Non riesci a stare tranquillo? Cosa c'è che non va?»

«Ero un bambino iperattivo.»

«Forse ti sei beccato quel nuovo virus che c'è in giro. Brutto affare. Il mio manager è in clinica da due settimane ormai. Ecco perché sono qui.»

«Sì, me l'hai detto.»

«Sei pallido. Mangi?»

«Sembri mia madre» sospirai io.

«Dormi bene, Bernd? Dovresti vedere un dottore, sai. Quel mio amico di Wannsee ha fatto meraviglie per me. Mi ha dato delle iniezioni, certa roba agli ormoni che viene dalla Svizzera, e mi ha messo a dieta ferrea.» Toccò la fetta di limone che galleggiava nel bicchiere d'acqua. «Mi sento magnificamente.»

Mandai giù quello che restava dello scotch, ma erano solo poche gocce. «Non ho bisogno di dottori. Sto benissimo.»

«Non sembra proprio. Hai l'aria maledettamente abbattuta. Non ti ho mai visto così pallido e stanco.»

«È tardi.»

«Ho il doppio dei tuoi anni, Bernd» insistette lui, con un tono che era mezzo di compiacimento e mezzo di rimprovero. Non era vero: non potevano esserci più di quindici anni fra noi, ma mi accorsi che era di cattivo umore e non volli discutere. A volte mi sentivo dispiaciuto per Rudi. Anni prima aveva costretto il suo unico figlio ad arruolarsi nel Bundeswehr. Il ragazzo se l'era cavata abbastanza bene, ma era troppo tenero, perfino per l'esercito di oggi. Si era fatto un'overdose e l'avevano trovato morto in una caserma di Amburgo. L'inchiesta stabilì che si era trattato di un incidente. Rudi non ne parlava mai, ma tutti sapevano che si sentiva responsabile per quello che era accaduto. Sua moglie l'aveva lasciato e da quando il ragazzo era morto lui non era più stato lo stesso: il suo sguardo aveva perso ogni smalto e si era fatto duro. « E credevo che avessi dato un taglio al fumo » disse.

« Lo faccio continuamente. »

« I sigari non sono altrettanto pericolosi » continuò Rudi, e soffiò il fumo con aria soddisfatta.

« Nient'altro, allora? » insistetti. « Nessuna novità? »

« Il viceführer Hess è morto » rispose sarcastico. « Abitava nella Wilhelmstrasse — numero quarantasei — ma da quando si era trasferito a Spandau lo vedevamo di rado. »

« Sto parlando sul serio. »

« Allora ti dico io qual è la vera novità, Bernd: tu! La gente dice che qualche pazzo ti ha investito mentre attraversavi la Waltersdorfer Chaussee. A tutta velocità! Ti ha quasi ucciso, dicono. »

Lo fissai. Non parlai.

Lui tirò su col naso. « La gente si chiede che cosa ci faceva un bravo ragazzo come Bernd Samson in capo al mondo. Non c'è niente laggiù, se non quel vecchio posto di controllo. Da lì non si arriva da nessuna parte; neppure alla Waltersdorfer; c'è un Muro di mezzo. »

« Tu che cosa hai detto? » chiesi.

« Ve lo spiego io che cosa c'è là, ho detto. Ricordi. » Tirò una boccata, poi si mise a esaminare la punta ardente del sigaro come un filatelico guarderebbe un francobollo raro. « Ricordi » ripeté. « Ho ragione, Bernd? »

« Dov'è la Waltersdorfer Chaussee? » domandai. « È una di quelle strane strade di Nikolassee? »

« Rudow. Se rammento bene, in quel camposanto hanno seppellito Max Busby. Ci sono volute chiacchiere e spintarelle a non finire per avere indietro il corpo. Quando sparano a qualcuno dall'altra parte del Muro, di solito non sono molto cooperativi quanto alla restituzione delle spoglie. »

« Davvero? » chiesi io. Speravo che insistesse per offrirmi un altro whisky, ma non lo fece.

«Non hai mai paura, Bernd? Non ti svegli mai di notte con l'impressione di sentire un rumore di passi lungo il corridoio?»

«Paura di che cosa?»

«Ho sentito dire che la tua gente ha emesso un mandato di cattura contro di te.»

«Sul serio?»

«Berlino non è la città giusta per un uomo che scappa» mormorò lui pensieroso; sembrava quasi che io non ci fossi. «Gli americani e i tuoi hanno ancora un certo potere. Possono censurare la posta, mettere i telefoni sotto controllo e arrestare chiunque pensano sia opportuno mettere fuori circolazione. E hanno a disposizione perfino la pena di morte.» Mi guardò, come colto da un pensiero improvviso. «Hai visto sul giornale l'articolo sui residenti di Gatow che si sono lamentati dell'esercito britannico davanti alla corte suprema di Londra? Pare che il comandante dell'esercito inglese a Berlino avesse detto in tribunale che, essendo il legittimo successore di Hitler, poteva fare quello che gli piaceva.» Un sorriso debole, quasi soffrisse. «Berlino non è il posto adatto per un uomo che scappa, Bernd.»

«Chi dice che sto scappando?»

«Sei l'unica persona di mia conoscenza di cui entrambe le parti sarebbero felici di liberarsi» replicò. Forse aveva avuto una giornata particolarmente brutta. C'era in lui una vena di crudeltà e non era mai molto lontana dalla superficie. «Se ti trovassero morto stanotte, i sospetti sarebbero centinaia: KGB, CIA, perfino la tua gente.» Una risatina. «Com'è che ti sei fatto tanti nemici, Bernd?»

«Non ho nemici, Rudi» risposi. «Non di quel tipo.»

«Allora perché sei venuto qui con addosso quei vecchi vestiti e una pistola in tasca?» Io non dissi niente, non mi mossi neppure. Aveva notato la pistola, e questo significava che ero stato maledettamente trascurato. Cominciavo a perdere il tocco. «Paura di essere rapinato, Bernd? Lo capisco; hai un'aria talmente prosperosa di questi tempi.»

«Ora che ti sei divertito, Rudi, dimmi quello che voglio sapere, così potrò andarmene a casa a dormire un po'.»

«E che cosa vuoi sapere?»

«Dove diavolo è andato Lange Koby?»

«Te l'ho detto, non lo so. Perché dovrei essere informato dei movimenti di quello *schmuck?*» Non è una parola che un tedesco usa con facilità; probabilmente i due avevano avuto una discussione, forse una lite seria.

«Perché Lange era sempre qui e ora non c'è. Al telefono non risponde e nessuno ha aperto quando ho suonato alla sua porta.»

«Perché dovrei sapere qualcosa di Lange?»

«Perché eri il suo amico del cuore.»

«Di Lange?» Il suo sogghigno acido mi dette sui nervi.

«Sì, di Lange, bastardo. Voi due eravate legati come...»

«Come ladri. È questo che stavi per dire, Bernd?» Nonostante il buio, la musica e il fatto che entrambi parlavamo a bassa voce, sembrava che le ballerine avessero capito che stavamo litigando. Intorno a noi si respirava un'ansietà che le aveva contagiate. I sorrisi cominciarono a sparire e le voci si fecero più acute.

«Proprio così. È quello che stavo per dire.»

«Bussa più forte» suggerì Rudi con l'aria di volermi congedare. «Forse ha il campanello guasto.» Dal piano di sopra mi arrivò il tonfo della porta d'ingresso. Werner Volkmann scese la bella scala a chiocciola cromata ed entrò nella sala con quell'aria scopertamente di scusa che sempre assumeva quando lo costringevo a restare alzato fino a tardi. «Tutto bene?» gli chiesi. Werner annuì. Kleindorf si voltò per vedere chi fosse arrivato, poi tornò a girarsi verso le ballerine stanche, che ingarbugliavano gli ombrelli mentre si ritiravano ballando dietro le quinte inesistenti e urtavano contro il muro.

Werner non si sedette. Si aggrappò alla spalliera di una sedia con entrambe le mani e rimase lì ad aspettare che mi alzassi. Ero andato a scuola, non lontano da lì, con Werner Jacob Volkmann e da allora era il mio migliore amico. Era grosso e il cappotto che indossava, con un ampio colletto di astrakan riccioluto, lo rendeva ancora più imponente. L'enorme barba era scomparsa — eliminata in seguito a un commento casuale di Ingrid, la donna della sua vita — e sospettavo che presto anche i baffi l'avrebbero seguita.

«Qualcosa da bere, Werner?» offrì Rudi.

«No grazie.» Sebbene dal tono di Werner non trasparisse alcuna impazienza, mi sentii obbligato ad alzarmi.

Werner era un altro con una gran voglia di credermi in pericolo. Da settimane insisteva per controllare la strada prima di lasciarmi uscire. Significava spingere la cautela un po' troppo in là, ma Werner Volkmann era un uomo prudente e si preoccupava per me. «Be', buonanotte, Rudi» dissi.

«Buonanotte, Bernd» mi salutò lui con gli occhi fissi sul palcoscenico. «Se mi arriva una cartolina da Lange, ti permetterò di esaminare il timbro postale al microscopio.»

«Grazie per il drink, Rudi.»

«Sei sempre il benvenuto.» Agitò in aria il sigaro. «Bussa più forte. Forse Lange sta diventando un po' sordo.»

Fuori nevicava. La Potsdamerstrasse, ingombra di rifiuti, era fredda. Ormai quel grazioso boulevard non portava da nessuna parte se non al Muro ed era diventato il cuore di un sordido quartiere in cui si vendevano sesso, souvenir, jeans e hamburger. Accanto all'anonima entrata del Babylon, crude luci azzurre al neon illuminavano la tenda di una vetrina e i clienti del caffè Libanese. Chini sui loro piatti, uomini con berretti lavorati a maglia e baffi arricciati mangiavano soia arrostita tagliata alla maniera *shawarma* che girava su uno spiedo. Dall'altra parte della strada, un ubriacone se ne stava precariamente rannicchiato sulla porta di un salone di massaggi e bussava, gridando arrabbiato, sulla cassetta delle lettere. L'andatura zoppicante di Werner peggiorava sempre con il brutto tempo. Si era rotto la gamba in tre punti diversi un giorno in cui aveva sorpreso tre agenti della RFT che svaligiavano il suo appartamento. L'avevano buttato giù dalla finestra. Da allora era passato parecchio tempo, ma lui era rimasto zoppo.

Avanzavamo cauti sul marciapiede ghiacciato quando tre ragazzi uscirono correndo da un negozio vicino. Turchi: giovinastri magri e asciutti in jeans e maglietta, apparentemente invulnerabili al freddo intenso. Puntavano dritti verso di noi, i piedi in movimento e le facce contorte nelle sgradevoli espressioni che si accompagnano a certi sforzi fisici. Tutti e tre brandivano bastoni. Ansimante, il capo gridò in turco qualcosa che non riuscii a capire e gli altri due deviarono bruscamente verso la strada.

Mi trovai la pistola in mano senza avere coscientemente deciso di averne bisogno. Mi appoggiai al freddo muro di pietra e presi la mira.

«Bernie! Bernie! Bernie!» Il grido di Werner conteneva una nota di terrore talmente insolita che mi irrigidii.

Sentii un colpo violento quando con il braccio Werner mi fece saltare via di mano l'arma.

«Sono solo ragazzi, Bernie. Solo ragazzi!»

I turchi ci passarono accanto gridando e spingendo e sferrando gomitate come se stessero eseguendo un rito da cui noi eravamo esclusi. Misi via la pistola e dissi: «Sto diventando nervoso».

«Hai soltanto reagito in modo eccessivo» mi corresse Werner. «A me capita di continuo.» Ma lo sguardo lo tradiva. L'auto era parcheggiata lungo il marciapiede. Salii dalla parte del viaggiatore. «Perché non la metti nello scomparto dei guanti?» propose Werner.

«Perché potrebbe venirmi voglia di sparare a qualcuno.» Mi irritava essere trattato come un bambino, anche se ormai avrei dovuto essere abituato alle coccole di Werner. Lui si strinse nelle spalle e accese il riscaldamento; un soffio d'aria calda mi investì. Restammo in silenzio per un po'. Io tremavo e il caldo mi fece bene. Enormi monete d'argento si schiantavano contro il parabrezza per poi trasformarsi in fanghiglia ghiacciata e gocciolare via. La macchina era una Golf Volkswagen rossa che il venditore gli aveva noleggiato mentre la sua BMW nuova era in riparazione. Werner non si decideva a partire: ce ne stavamo seduti lì, con il motore acceso. Lui guardava nello specchietto in attesa che la strada fosse sgombra. Poi lasciò andare la frizione e con uno stridìo di gomme offese fece un'inversione a U e prese velocità; tagliò per vie laterali, oltre il desolato scalo ferroviario fino alla Yorckstrasse e quindi puntò verso casa mia, a Kreuzberg.

Oltre la cortina di nubi bianche, i primi chiarori filtravano attraverso il fitto graticcio del mattino. Nel cielo non c'era spazio per il rosa o per il rosso. L'alba a Berlino può essere tetra e incolore, come la grigia città di pietra che ne riflette la luce.

Il mio appartamento non era in quella parte della Kreuzberg che è andata lentamente "yuppificandosi", riempiendosi di ristorantini eleganti e condominii con i portoni dipinti di fresco dove ti chiedono chi sei quando premi il campanello. Il 36 della Kreuzberg era proprio a ridosso del muro: un posto dove i poliziotti andavano a coppie e camminavano con attenzione tra ubriaconi ed escrementi.

Oltrepassammo un condominio dall'aria squallida che era stato rabberciato in qualche modo per ospitare imprese "alternative": negozi in cui si vendevano germogli di soia e si riparavano biciclette, una cooperativa kindergarten, una galleria d'arte femminista e una tipografia che stampava testi marxisti, opuscoli e volantini; soprattutto volantini. In strada, una ragazza con indosso i tradizionali abiti turchi e il viso nascosto da una sciarpa scriveva diligente uno slogan sul muro con lo spray.

Sulla facciata del palazzo in cui abitavo spiccavano due enormi angeli armati di mitragliatrici e circondati da uomini in cappello a cilindro, in piedi sotto un'enorme macchia irregolare di colore che avrebbe dovuto rappresentare uno sfondo di nuvole. Il progetto iniziale era quello di un gigantesco murales politico intitolato « Il massacro degli innocenti », ma l'autore era morto per overdose poco dopo avere intascato il denaro dell'ordinazione.

Werner insistette per entrare con me. Voleva assicurarsi che non ci fossero visitatori ostili ad aspettarmi nel piccolo appartamento che dava sul cortile di servizio. « Non hai motivo di preoccuparti, Werner » dissi. « Non credo che il Dipartimento potrà mai localizzarmi qui e, anche se succedesse, pensi davvero che Frank riuscirebbe a trovare qualcuno tanto coraggioso da avventurarsi in questa parte della città? »

« La prudenza non è mai troppa » replicò lui. Dall'altro capo del corridoio fluttuava una musica indiana. Werner aprì con cautela la porta e accese la luce, una lampadina a basso voltaggio che penzolava nuda dal soffitto. Lanciò un'occhiata circolare alla stanza squallida; la tappezzeria si staccava dal muro e il mio letto era semplicemente un materasso sporco con un paio di coperte. Sulla parete era appeso un poster malconcio: un maiale con indosso l'uniforme da poliziotto. Non avevo modificato quasi nulla da quando mi ero trasferito lì; non volevo attirare l'attenzione. Così, tolleravo di vivere in quella stamberga, dividendo — con tutti quelli che occupavano le stanze circostanti questo Hinterhof — un bagno e due toilette primitive il cui odore pungente pervadeva l'intero stabile. « Dovremo trovare qualcosa di meglio, Bernie. » La musica indiana cessò. « Dove il Dipartimento non possa raggiungerti. »

« Non credo che ci pensino ancora, Werner. » Mi guardai intorno sforzandomi di vedere con i suoi occhi, ma ormai mi ero abituato allo squallore.

« Quelli del Dipartimento? Allora perché cercare di arrestarti? » Mi fissò. Inutile cercare di capire che cosa gli passava per la testa; con Werner non ne ero mai sicuro.

« È stato settimane fa. Forse ho già fatto tutto io. Mi sono messo in prigione da solo, giusto? E loro si sono risparmiati il fastidio e le spese. Mi stanno ignorando come un genitore ignora deliberatamente il figlio che si comporta male. Ti ho già detto che ogni mese versano ancora lo stipendio sul mio conto? »

« Sì, me l'hai detto. » Werner sembrava deluso. Forse lo divertiva vivere di riflesso la mia situazione di uomo in fuga e dovervi rinunciare gli seccava. « Vogliono poter sfruttare le loro possibilità. »

« Mi volevano muto e fuori circolazione. Ed è quello che faccio. »

« Non contarci troppo, Bernie. Non è escluso che stiano soltanto aspettando che tu faccia una mossa. Mi hai detto tu stesso che sono vendicativi. »

« Forse l'ho detto, ma ora sono stanco, Werner. Devo dormire. » Non avevo neppure fatto in tempo a togliermi il cappotto quando entrò un ragazzo magrissimo. Aveva la pelle scura, grandi occhi castani, il viso butterato dal vaiolo e capelli cortissimi; un Tamil. Era stato lo Sri Lanka a riversare a Berlino l'ultima ondata di immigrati. Lui dormiva tutto il giorno e stava alzato tutta la notte ad ascoltare *ragas* con un registratore. « Salve, Johnny » lo salutò freddo Werner. Fin dal primo incontro avevano nutrito un'immediata antipatia reciproca. Werner disapprovava l'indolenza di Johnny; Johnny disapprovava la ricchezza di Werner.

«Tutto bene?» domandò il ragazzo. Si era assunto il ruolo di mio custode in cambio delle lezioni di tedesco che gli davo. Non so chi avesse fatto l'affare migliore: sospetto che nessuno dei due ci guadagnasse nulla. Johnny era arrivato a Berlino Est da marxista sfegatato, ma la sua fede non era sopravvissuta ai rigori dell'esistenza nella Repubblica Democratica Tedesca. Ora, come tanti altri, di era trasferito all'Ovest e si stava ricostruendo una filosofia basata sull'ecologia, sulla musica pop, sul misticismo, sull'antiamericanismo e sulla droga.

«Sì, grazie Johnny» annuii. «Sto andando a letto.»

«C'è qualcuno che vuole vederti» continuò lui.

Werner mi lanciò un'occhiata. «Alle quattro del mattino?»

«Nome?» domandai.

Dall'altra parte del cortile arrivò un urlo. Una porta si spalancò e un uomo ne uscì barcollando; camminava a ritroso e quando cadde sbattendo la testa contro i ciottoli il tonfo fu nauseante. Attraverso la finestra sporca riuscii a intravedere la luce giallastra che usciva da una porta aperta. Una donna di mezza età, in minigonna e reggiseno, e un ragazzo con i capelli lunghi e una bottiglia in mano uscirono per guardare la figura immobile. La donna, a piedi nudi, le sferrò un calcio senza troppa convinzione. Sparì un istante dentro casa e ricomparve portando un cappello, un impermeabile e una borsa di tela che scaraventò per terra accanto al ferito. Poi uscì di nuovo il ragazzo con una brocca d'acqua che gli versò addosso. Dopodiché entrambi rientrarono e la porta si richiuse rumorosamente.

«Morirà congelato» disse il sempre preoccupato Werner. Ma stava ancora parlando quando l'uomo a terra si mosse e cominciò ad allontanarsi strisciando.

«Ha detto che era una conoscenza di lavoro» continuò Johnny, che restava sempre del tutto indifferente ai litigi della famiglia slesiana. Annuii, riflettendo. La gente che si annuncia come conoscenza di lavoro mi fa venire in mente buste marrone da poco prezzo con la scritta confidenziale, ed è sempre la benvenuta. «Gli ho detto di aspettare di sopra con Spengler.»

«Meglio che vada a vedere chi è» decisi.

Arrancai pesantemente su per le scale. Questi palazzi della vecchia Berlino non hanno i numeri sulle porte, ma io conoscevo la stanzetta ammuffita in cui viveva Spengler. La serratura era rotta da un'eternità. Entrai. Spengler — un giovane alcolizzato giocatore di scacchi che Johnny aveva conosciuto dopo essere stato arrestato durante una dimostrazione politica — era seduto sul pavimento e beveva da una bottiglia di schnapps alla mela. La stanza era perfino più puzzolente del resto del fabbricato. Seduto sull'unica sedia, un uomo faceva di tutto per trattenere il fiato. Indossava un cappotto di Melton e guanti nuovi foderati. In testa, un cappello di feltro marrone.

«Ciao, Bernd» mi salutò Spengler. Portava un orecchino e occhiali cerchiati d'acciaio. Aveva i capelli lunghi e sporchissimi. In realtà non si chiamava Spengler e nessuno conosceva il suo vero nome. Si diceva che fosse uno svedese e che avesse scambiato il suo passaporto con i documenti d'identità di un uomo chiamato Spengler, in modo da poter riscuotere i soldi della previdenza sociale mentre il vero Spengler se ne andava in USA. Per perfezionare l'inganno si stava facendo crescere una barba arruffata.

«Mi sta cercando?» domandai all'uomo con il cappello.

«Samson?» Si alzò e mi squadrò da capo a piedi. Poi in tono formale aggiunse: «Come sta? Mi chiamo Teacher. Ho un messaggio per lei». Il suo accurato inglese da scuola privata, le labbra increspate e le spalle curve rivelavano chiaramente il disgusto per quella casa trasandata, e forse anche per me. Dio solo sa da quanto tempo mi stava aspettando. Dieci e lode per la tenacia.

«Che cosa c'è?»

«Io...»

«Va tutto bene» lo rassicurai. «Sono anni che l'alcol ha ammorbidito il cervello di Spengler.» Un sorriso vacuo si dipinse sulla faccia pallida del ragazzo quando udì e capì le mie parole.

Ancora dubbioso, il visitatore si guardò intorno prima di parlare, scegliendo le parole con cura. «Domani mattina arriva qualcuno. Frank Harrington la invita ad assistere. Garantisce lui stesso per la sua libertà personale.»

« Domani è domenica » gli ricordai.

« Infatti, domenica. »

« Grazie mille » dissi allora. « Dove? »

« Verrò a prenderla io. Alle nove? »

Assentii. « Bene. »

Senza sorridere, lui fece un cenno di saluto e mi passò accanto diretto alla porta; si teneva i lembi del cappotto stretti intorno al corpo per evitare di toccare qualcosa che avrebbe potuto infettarlo. Non era facile. Immagino che si fosse aspettato di vedermi gridare di gioia. Chiunque venisse dall'Unità Operativa — anche un semplice messaggero — non avrebbe potuto non intuire la mia attuale situazione: ex agente sul campo in disgrazia e con un mandato di cattura sul gobbo. Ma l'invito ad assistere all'interrogatorio ufficiale di un rifugiato appena giunto dall'Est comportava uno stupefacente cambiamento di status.

« Ci andrai? » mi chiese Werner quando la porta si richiuse con un tonfo. Si era messo di guardia sul balcone per assicurarsi che il mio visitatore se ne andasse davvero.

« Sì, ci vado. »

« Potrebbe essere una trappola » mi ammonì.

« Sanno dove trovarmi, Werner » ribattei. Stavo scaricando su di lui la mia rabbia. Sapevo che Frank mi aveva mandato quel suo tirapiedi per farmi capire che non avrebbe avuto nessuna difficoltà a beccarmi, se solo lo avesse voluto.

« Bevete qualcosa » interloquì Spengler dal pavimento su cui stava sdraiato. Si aggiustò gli occhiali sul naso e premette i pulsanti sul congegno che aveva in mano; le piccole luci lampeggiarono. Finalmente aveva trovato le pile nuove per la scacchiera portatile computerizzata e, nonostante lo stordimento dovuto all'alcol, era pronto per una partita. A volte mi chiedevo che razza di genio sarebbe stato, se solo avesse smesso di bere.

« No grazie » rifiutai. « Devo proprio dormire un po'. »

2

Portatemi bendato in una "casa sicura" e io la riconoscerò per quella che è. Werner una volta disse che puzzavano di elettricità, e si riferiva all'odore di polvere vecchia che l'elettricità statica imprigiona nelle tende, nei tappeti e nelle imposte di certi lugubri appartamenti disabitati. Secondo mio padre non erano tanto gli odori, quanto l'assenza di essi a contraddistinguerle. Non odorano di cucina né di bambini, né di fiori freschi e neppure di amore. Le case sicure, diceva mio padre, non hanno odore. Ma ugualmente i riflessi condizionati a certi stimoli ambientali individuavano nell'aria il profumo sottile della paura, una fragranza immediatamente riconosciuta da coloro che sono inclini ad attacchi di terrore viscerale. Da qualche parte, dietro il bouquet debole e fugace di urina stantìa, sudore, vomito e feci, si percepisce un aroma dolciastro, astringente e ingannevolmente muschioso. E ora, in quella deliziosa vecchia casa di Charlottenburg, io fiutavo la paura. Forse la sentiva anche quel tizio, Teacher, perché il suo chiacchiericcio si spense quando entrammo nell'elegante atrio a specchi e oltrepassammo il portiere silenzioso che era emerso da uno dei cubicoli di legno da cui si tenevano d'occhio i visitatori. Il custode era un uomo anziano, grassoccio, con i capelli grigi, folti baffi e fattezze gravi. Indossava un abito della festa di serge pesante con le maniche lustre per l'uso. C'era qualcosa di anacronistico in lui: sarebbe stato molto più credibile nel ruolo del berlinese che inneggia al Kaiser Guglielmo in una vecchia fotografia color seppia. Sulla porta comparve anche un pastore tedesco adulto che ringhiò contro di noi. Teacher ignorò cane e padrone e si avviò su per le scale moquettate. I suoi passi non producevano alcun rumore. Mi parlò senza voltarsi. «È sposato?» Sembrava che per tutto il tempo non avesse pensato ad altro.

«Separato.»

«Io sono sposato» disse lui, con un tono definitivo che sapeva di fatalismo. Teneva le chiavi così strette che le nocche gli si erano sbiancate.

La balaustra di ferro battuto era un delicato traforo di fiori e foglie che saliva a spirale fino a un grande lucernario di vetro sulla sommità dell'edificio. Dall'esterno penetrava il bagliore smorto di un cielo gonfio di neve; la luce inondava la tromba ovale delle scale fino al pavimento di marmo dell'atrio, ma lasciava in ombra la scalinata.

Non ero mai stato lì prima d'allora, né sapevo dell'esistenza di quella casa. Mentre seguivo Teacher in un appartamento al secondo piano udii il monotono ticchettìo di una macchina per scrivere manuale. Non i tonfi sordi di una di quelle grosse macchine da ufficio, ma il lieve picchiettìo di una portatile, di cui si muniscono gli addetti agli interrogatori.

In un primo momento pensai che l'interrogatorio — o relazione, era questo il delicato eufemismo — fosse terminato e che il nostro visitatore stesse aspettando di siglare la deposizione. Ma mi sbagliavo. Teacher mi guidò lungo un corridoio fino a un soggiorno con alte finestre, una delle quali dava su un balconcino di ferro. Da lì si vedevano gli alberi spogli nel parco e, oltre i tetti, uno scorcio della statua in cima alla cupola del palazzo del XVIII secolo da cui il distretto prende nome.

Gran parte delle case sicure era sciatta, di un ordine che scaturisce dall'abbandono e dall'austerità, ma quella stanza era in condizioni perfette; la tappezzeria, i tappeti e i dipinti parlavano dell'orgoglio e della devozione tipici delle abitazioni tedesche.

Da un'altra porta entrò una donna sui trentacinque anni, snella e cavallina. Rivolse a Teacher un saluto opaco poi, con la testa ben dritta, mi sbirciò con occhi miopi e tirò su con il naso. «Salve, Pinky» dissi. Si chiamava Penelope, ma tutti l'avevano sempre chiamata Pinky. Una volta a Londra aveva lavorato come assistente di mia moglie, ma poi Fiona aveva dovuto liberarsene. Sosteneva che Pinky non conosceva l'ortografia.

Lei mi lanciò un improvviso sorriso di riconoscimento e un sonoro: «Salve, Bernard. È tanto che non ci si vede». Indossava un abito da cocktail con un filo di perle. La si sarebbe potuta facilmente scambiare per un membro del personale tedesco, sempre addobbati come si accingessero a partecipare a un cocktail party dell'alta società berlinese. In quel periodo dell'anno buona parte delle impiegate inglesi portava cardigan logori e giacche di tweed sformate. Forse era il suo abito della domenica. Pinky proiettò la luce del suo sorriso elettrico su Teacher e con il consueto accento smozzicato disse: «Oh be', ragazzi. Si deve andare avanti. Si deve andare avanti». Si strofinò vigorosamente le mani l'una con l'altra per riattivare la circolazione, poi andò all'altra porta e sparì in corridoio. C'è un'altra cosa da aggiungere sulle case sicure: erano sempre gelide.

«Ora è dentro» disse Teacher, piegando la testa verso la stanza da cui era uscita Pinky. «C'è ancora la stenografa. Ci avviseranno quando entrare.» Fino a quel momento non mi aveva detto nulla, se non che la deposizione era di un uomo chiamato Valeri — ovviamente un nome falso — e che l'autorizzazione ad assistere era per me subordinata a due condizioni: non avrei dovuto rivolgermi direttamente a Valeri né partecipare a conversazioni generali.

Affondai sul divano e chiusi gli occhi per un momento. Cose come quelle richiedevano tempo. Teacher sembrava essere sopravvissuto senza danni alla notte insonne, ma io ero a pezzi e, sebbene riluttante ad ammetterlo, ero anche troppo vecchio per trovare divertente la vita in un ghetto. Avrei avuto bisogno di regolari bagni caldi con sapone costoso e asciugamani morbidi e di un letto con lenzuola pulite e di una stanza con una serratura funzionante alla porta. In certa misura mi stavo forse identificando con il misterioso fuggitivo della stanza accanto, senza dubbio desideroso anche lui di questi stessi lussi.

Rimasi seduto lì per quasi mezz'ora e un paio di volte mi appisolai. Mi svegliarono i rumori di un litigio; non si stava svolgendo nella stanza dell'interrogatorio, ma in quella dove stava la macchina per scrivere. Il ticchettìo era cessato. Le voci irate erano femminili, ma la lite contenuta, nel modo in cui gli inglesi esprimono il loro più amaro risentimento. Non riuscivo a cogliere le parole, ma in quello scambio verbale c'era una rassegnazione che suggeriva una consuetudine ormai stabilita. Quando la porta si riaprì, comparve un'anziana segretaria che chiamavano la Duchessa. Sorrise nel vedermi, poi posò su un tavolino due piatti, delle posate e un sacchetto di carta marrone dentro cui s'intravedevano dei panini.

La Duchessa era una gallese sottile e fragile, ma la sua era una fragilità ingannevole, perché in realtà aveva la tenacia e la resistenza di un professionista. Dio solo sa quanti anni aveva: lavorava per l'ufficio di Berlino da un numero incalcolabile di anni. La sua memoria era prodigiosa e inoltre pretendeva di saper predire il futuro leggendo la mano, facendo oroscopi e così via. Non era sposata e viveva in un appartamento di Dahlem con un centinaio di gatti, libri sull'occulto e grafici della luna, o così si raccontava. C'era gente che aveva paura di lei. Frank Harrington diceva scherzando che era una strega, ma io mi ero accorto che perfino lui ci pensava due volte prima di affrontarla.

L'arrivo dei piatti era un brutto segno: qualcuno prevedeva che la relazione si sarebbe protratta fino al calare della notte. «Ha un bell'aspetto, Mister Samson» mi disse. «Sembra proprio in forma.» Guardò il mio logoro giubbotto di pelle e i pantaloni stazzonati ed evidentemente decise che erano dovuti ai miei incarichi ufficiali.

«Grazie» risposi. Immagino che si riferisse al mio corpo ossuto, al viso tirato e all'ansietà che provavo e senza dubbio rivelavo. Di solito ero bene in carne, fuori forma e felice. Entrò un gatto; sembrava arrabbiato, con il pelo tutto arruffato, gli occhi sbarrati e si muoveva inquieto. Si guardò intorno con aria cattiva, come se fosse qualche sfortunato visitatore trasformatosi improvvisamente in un felino.

Ma io riconobbi in quell'anziano animale Jackdaw. La Duchessa lo pórtava sempre con sé e lui le si addormentava in grembo mentre lei era alla scrivania. Ora era furente perché la padrona lo aveva scaricato a terra. Andò al divano e vi piantò le unghie. «Jackdaw! Piantala!» gridò la Duchessa, e il gatto la piantò.

«Gradirebbe una tazza di tè, Mister Samson?» mi domandò; il suo accento gallese era più marcato che mai.

«Sì, grazie.» Ero lusingato che mi avesse riconosciuto dopo tanto tempo.

«Zucchero? Latte?»

«Tutti e due, grazie.»

«E lei, Mister Teacher?» domandò al mio compagno. A lui non chiese come lo prendeva. Immagino che lo sapesse già.

Bere il tè con la Duchessa mi diede l'opportunità di esaminare Teacher, cosa che non avevo avuto la possibilità di fare la notte prima. Più o meno sulla trentina, era un uomo esile, serio, con i capelli scuri tagliati corti e divisi con cura. Il gilè del suo abito blu era di uno strano modello, a doppio petto con bottoni d'avorio e ampi risvolti. Il relitto di un rimpianto celibato, o il *cri de coeur* di un uomo condannato a una carriera di interminabile anonimità? Aveva il viso profondamente segnato, con labbra sottili e occhi che non rivelavano nulla se non, forse, una tristezza senza rimedio.

Mentre bevevamo il nostro tè la Duchessa parlò dei vecchi tempi all'ufficio di Berlino e accennò a come Werner Volkmann avesse trasformato un albergo dalle parti di Ku-Damm in un "delizioso rifugio intimo per alcuni dei vecchi". Sapeva che Werner era un mio amico intimo e probabilmente era per questo che ne aveva parlato. Sebbene le sue parole volessero essere di elogio, non ero sicuro che facessero ben presagire per il successo commerciale dell'impresa, dato che gran parte dei "vecchi" era esigente e chiassosa. Non quel tipo di clienti che fa molto per il conto profitti e perdite. Chiacchierammo finché, con un classico esempio di quelle meditate previsioni che avevano contribuito alla sua reputazione di strega, mi disse che sarei stato invitato a entrare di lì a dieci minuti. Indovinò quasi al secondo.

Entrai senza fare rumore. Due uomini sedevano uno di fronte all'altro a un magnifico tavolo di mogano con il piano protetto da una lastra di vetro. Intorno c'erano otto riproduzioni di sedie Hepplewhite, di cui sei vuote, tranne quella su cui era drappeggiata un'informe giacca blu. Un brutto lampadario di vetro era sospeso sopra un'estremità del tavolo e rivelava che il mobile era stato allontanato dalla finestra, perché perfino lì a Charlottenburg le finestre potevano rivelarsi pericolose. Uno degli uomini fumava. Indossava una camicia a maniche corte e si era allentato la cravatta. La finestra era aperta di un paio di centimetri e la brezza faceva ondeggiare lievemente una tenda, senza tuttavia disperdere la cortina bluastra di fumo. L'inequivocabile odore pungente del rozzo tabacco della Germania Est mi aggredì la gola. Fumare era uno dei pochi piaceri ancora possibili all'Est e non dava adito né al biasimo ufficiale né all'ostilità sociale.

L'uomo di nome Valeri era piuttosto anziano per essere un agente ancora operativo. Gli zigomi alti e gli occhi stretti gli conferivano un aspetto quasi orientale, circostanza non insolita nell'Europa dell'Est. La carnagione ricordava il diaspro rosso lucidato, costellata di segni più scuri e lucida come un ciottolo trovato sulla spiaggia. I folti capelli castani, resi più scuri e lucenti dalla brillantina, erano lunghi. Li portava pettinati all'indietro, una sorta di casco splendente che gli copriva la punta delle orecchie. I suoi occhi ebbero un lampo nel vedermi entrare, ma non si mosse e la sua voce acuta non tremò.

Seduto di fronte a lui, le gambe languidamente incrociate, c'era un ragazzo dalla faccia fresca di nome Larry Bower, un laureato di Cambridge. Aveva i capelli chiari e ondulati e li portava secondo una foggia che ho sentito definire alla Byron, sebbene l'unico ritratto di Byron che ricordi lo mostri con i capelli corti. In contrasto con il rozzo abbigliamento di Valeri, Bower portava un abito fatto su misura da Saxony, una morbida camicia di cotone giallo, cravatta Wykehamist e un pullover pure giallo. Parlavano tedesco; quello di Larry era ottimo, come ci si può aspettare da un uomo con una moglie tedesca e un nonno che era un barone della birra nella valle del Reno e rispondeva al nome di Bauer. Su una poltrona nell'angolo, un'impiegata con i capelli grigi era china sul suo taccuino.

Bower alzò gli occhi su di me quando feci il mio ingresso. La sua espressione non cambiò, ma la conoscevo abbastanza bene da notare quella fugace occhiata che esprimeva stanchezza ed esasperazione. Andai a sedermi su una delle poltrone da cui potevo osservare entrambi gli uomini. «Ora daccapo...» stava dicendo Bower «questo nuovo tramite di Mosca.» Poi, come desideroso di riflettere, ruotò la sedia per guardare fuori della finestra.

«Non è nuovo» lo contraddisse Valeri. «Ricopre quel ruolo da tre anni.»

«Oh, quanti?» domandò Bower con voce annoiata, continuando a guardare fuori.

«Gliel'ho detto. Quattro.»

Bower si chinò a toccare il radiatore, quasi a controllarne il funzionamento. «Quattro anni.»

«*Circa* quattro anni» ribatté l'altro, sulla difensiva.

Faceva tutto parte del gioco: la voluta apatia di Bower e il suo equivocare; stratagemmi per vedere se l'interrogato modificava la versione o se i ricordi erano sbagliati. Valeri lo sapeva e non trovava piacevole la sfiducia implicita in quell'atteggiamento. Nessuno la trovava mai piacevole. «Vuole mostrarmelo di nuovo?» chiese Bower, spingendo attraverso il tavolo una malconcia scatola di cartone.

Valeri l'aprì e cominciò a sfogliare un grosso pacco di fotografie sgualcite, grandi come cartoline. Se la prese calma e io capii che ne approfittava per rilassarsi. Anche in un uomo così — uno dei nostri, per quanto ne sapevamo — la prolungata ordalia di un interrogatorio poteva tendere le corde della mente fino a romperle.

Arrivò alla fine della prima serie di foto e attaccò la seconda. «Faccia con comodo» lo sollecitò Bower, come se ignorasse che sollievo fosse quella pausa per l'altro.

Fino a quattro anni prima, le fotografie venivano incollate su grandi volumi di pelle rilegati, poi il KGB aveva diffuso il panico e la confusione tra le nostre file ordinando a tre delle sue talpe di scegliere lo stesso ritratto, nella stessa posizione sulla stessa pagina, per smascherare come spia un uomo di nome Peter Underlet, colonnello del KGB. In effetti la foto di Underlet era solo una delle tante incluse per fare numero. Povero Underlet. Non avrebbero mai dovuto usarlo per simili scopi. Era un capo missione della CIA, e dato che i capi missione sono sempre stati gli obiettivi più ambiti da entrambe le parti, lo rivoltarono come un guanto. Neppure quando il trucco del KGB venne confermato, Underlet tornò a occupare la posizione di un tempo. Gli fu assegnato non so quale miserevole incarico a Giacarta. Questo avvenne al tempo in cui mia moglie andò a lavorare per l'altra parte. Se l'intento fu di distogliere la collera e il disprezzo della CIA, funzionò. Immagino che una tale diversione facesse comodo a noi come al KGB. A quel tempo mi capitava di chiedermi se l'idea fosse stata di Fiona: entrambi conoscevamo Peter Underlet e sua moglie. E a Fiona sembrava piacessero molto.

«Questo» disse Valeri, scegliendo una foto e separandola con cura dalle altre. Mi alzai per vedere meglio.

«Dunque è lui» borbottò Bower con finto interesse, come se quella scena non fosse stata ripetuta più volte. Prese la fotografia e la studiò qualche istante prima di passarmela. «Tipo rude, eh? Per caso lo conosci?»

Guardai l'uomo ritratto. Lo conoscevo bene. Si faceva chiamare Erich Stinnes. Era un pezzo grosso del KGB a Berlino Est. Si diceva che fosse il tramite tra i servizi segreti moscoviti e quelli della Germania orientale. La foto doveva essere recente, perché dall'ultima volta che l'avevo visto era ingrassato. Ma non aveva ancora perso del tutto i capelli già radi e gli occhi duri dietro le piccole lenti degli occhiali erano crudeli come sempre. «Non l'ho mai visto prima» dichiarai, restituendo la foto a Bower. «È qualcuno con cui abbiamo avuto contatti?»

«Per quanto mi risulta, no» replicò lui. E disse a Valery: «Mi parli ancora delle consegne».

«Il secondo giovedì di ogni mese... Il corriere del KGB.»

«E lei l'ha visto aprirlo?» insistette Bower.

«Solo quella volta, ma tutti sanno...»

«Tutti?»

«Nel suo ufficio. Infatti è l'argomento preferito di Karlshorst.»

Bower ebbe un sorriso sardonico. «Che cosa? Che il tramite del KGB sniffa la polverina dei sogni il secondo giovedì di tutti i mesi? E Mosca non fa niente?»

«Le cose ora sono diverse.» Il tono di Valeri era adamantino, l'espressione del volto non mutò.

«Così sembrerebbe...» Bower non fece nulla per nascondere l'incredulità.

«Prendere o lasciare» ribatté Valeri. «Ma io l'ho visto versarsi la polvere in mano.»

«E fiutarla?»

«Stavo lasciando la stanza. Gliel'ho detto. Ho chiuso la porta in fretta, non andavo in cerca di guai.»

«Eppure ha potuto vedere che era una polvere bianca?»

«Vorrei non aver mai parlato di quella maledetta roba.» A questo punto l'avevo inquadrato. Era un tipico comunista vecchio stampo, uno degli esuli che avevano trascorso gli anni della guerra a Mosca. Molti di loro erano stati addestrati per ricoprire incarichi di alto livello nella Germania conquistata da Stalin. Anche lui aveva una storia del genere alle spalle? Perché era venuto a lavorare per noi? Ricatto? Aveva commesso qualche crimine — politico o di altro tipo — oppure non era fatto della materia dura dei capi? O era semplicemente uno di quegli individui che pensano con la loro testa?

«No comment» sospirò Bower con voce stanca e guardò l'orologio.

Valeri disse: «La prossima settimana guarderò con più attenzione».

Mi accorsi che Bower si era irrigidito. Da parte di un agente operativo, quella era un'osservazione maledettamente incauta. In teoria, io non avrei dovuto sapere che questo Valeri faceva il doppio gioco. Quello era proprio il genere di lapsus che può uccidere un uomo. Valeri era stanco. Finsi di non essermi accorto di niente.

Bower fece lo stesso. Avrebbe dovuto accorgersene e mettere l'altro sull'avviso, ma si limitò a un cenno appena percettibile della testa rivolto alla stenografa prima di posare di nuovo gli occhi su di me. Con voce piatta mi chiese: «È di qualche utilità?». Era il segnale concordato per il mio congedo.

«No, a quanto posso capire.»

«Frank voleva che tu lo sapessi» aggiunse lui, nel caso mi fosse sfuggito il messaggio. Dovevo filarmela e lasciarlo a sbrigare il suo difficile lavoro.

«Dov'è?»

«È dovuto andare via.»

Bower prese il ricevitore del telefono e disse che di lì a mezz'ora avrebbero fatto una pausa per il pranzo. Chissà se la sua era una manovra. A volte gli esperti di interrogatori fanno cose come queste; perdono tempo in modo da far crescere la tensione.

Mi alzai. «Ringrazialo da parte mia.» Lui annuì.

Tornai da Teacher, che aspettava in anticamera. Non mi chiese «Tutto bene» né mi rivolse una delle solite domande. Le relazioni sono come le confessioni religiose: hanno luogo e c'è chi vi assiste, ma non se ne parla mai. «Mi riaccompagna a Kreuzberg?» domandai.

«Se è là che vuole andare.»

Salutammo la Duchessa e scendemmo di sotto, dove il custode ci aprì il portone chiuso a doppia mandata. Le strade erano vuote. C'è qualcosa di avvilente nella *Ladenschlussgesetz* tedesca — una legge voluta dai sindacati che obbliga i negozi a stare quasi sempre chiusi — e i fine settimana in Germania sono un'esperienza che stordisce. I turisti vagano senza meta. La gente del posto, alla ricerca disperata di viveri, batte le strade nella speranza di trovare una *Tante Emma Laden* dove un negoziante disposto a infrangere la legge li farà entrare dal retro per vendergli una pagnotta, una barra di cioccolato o un litro di latte.

Percorrevamo le strade desolate quando chiesi a Teacher: «Lei è il mio guardiano?».

Mi guardò senza espressione.

«Mi è stato assegnato come guardiano?» insistetti.

«Non so che cosa sia un guardiano.»

«Ce ne sono negli zoo. Badano agli animali.»

«È di questo che ha bisogno, di un guardiano?»

«L'idea è stata di Frank?»

«Frank?»

«Niente stronzate con me, Teacher. Smontavo questa città pezzo per pezzo quando lei portava ancora i pannolini.»

«Frank non sa che lei è andato là» rispose meccanicamente. Parole che erano in netto contrasto con tutto quello che aveva detto fino ad allora, ma voleva porre fine alla conversazione facendomi capire che lui stava solo obbedendo alle istruzioni: istruzioni di Frank.

« E Frank si tiene alla larga in modo da poter dire in tutta sincerità a Londra di non avermi visto. »

Teacher si guardava intorno strizzando gli occhi, incerto sulla direzione da prendere. Rallentò per leggere i cartelli stradali. Gli lasciai il tempo di pensarci su. « La cosa la disturba? » domandò alla fine.

« Perché non dovrebbe? »

« Perché se Frank avesse un po' di buonsenso la sbatterebbe sul primo aereo per Londra, e lascerebbe che foste lei e Londra a sbrigarvela da soli. »

« È quello che farebbe lei? »

« Può giurarci » assentì Teacher.

Stavamo percorrendo Heer Strasse, che in un giorno feriale sarebbe stata trafficatissima. Fino a quel momento, di tanto in tanto una folata di vento aveva portato con sé una nube di polvere luminosa, presagio di neve imminente. Adesso cominciò sul serio. Larghe falde caddero roteando. Aveva già nevicato più volte, eppure il freddo persisteva, ricordando a quelli che provenivano da altri climi che Berlino era troppo vicina all'Asia.

Non so se fosse avventatezza o un tentativo di impressionarmi esibendo la sua conoscenza della città, ma Teacher svoltò e cercò di trovare una scorciatoia intorno alla zona della fiera. Finimmo per due volte in un vicolo cieco. Alla fine ebbi compassione di lui e lo indirizzai verso Halensee. Eravamo quasi sulla Kurfürstendamm quando si appoggiò allo schienale del sedile, sospirò e disse: « Sì, immagino di essere il suo guardiano ».

« E? »

« Dopotutto Frank potrebbe avere piacere di sapere che cosa ne pensa. »

« Berlino è la capitale mondiale dell'eroina » feci io.

« Già, l'ho letto su *Die Welt*. »

Ignorai il sarcasmo. « Arriva tutta attraverso l'aeroporto di Schönefeld. Quei bastardi vogliono essere sicuri che finisca da questa parte del Muro. »

« Se finisce *tutta* qui, allora è logico pensare che qualcuno tenti di rimandarne indietro un po' » osservò Teacher.

« Stinnes è un pezzo grosso, al giorno d'oggi. Avrebbe

troppo da perdere. Non riesco a digerire l'idea che incarichi un corriere dell'esercito di procurarsi quantitativi di eroina — o quello che è — in Occidente.»

«Ma?»

«Sì, c'è un ma. Stinnes sa come stanno le cose. Ha passato un sacco di tempo all'Ovest. Le donne gli piacciono parecchio e certe droghe pesanti sono spesso associate all'attività sessuale.»

«Associate? In che senso?»

«C'è un sacco di gente che si fa solo quando sta per saltare in un letto. Forse Stinnes rientra in questa categoria.»

«Allora devo dire a Frank che lei lo ritiene possibile?»

«Solo possibile; non probabile.»

«Una sfumatura» commentò lui.

«Tanto tempo fa questo Stinnes mi stava parecchio intorno... Mi disse che voleva passare dalla nostra parte.»

«Il KBG? Reclutato?»

«Così disse.»

«E lei la bevve?»

«Sottolineai la necessità di agire con prudenza.»

«È il modo migliore: proteggere tutte le uscite» dichiarò Teacher. Non era uno dei miei più fervidi ammiratori. Sospettavo che Frank mi avesse dipinto un po' troppo bene.

«Comunque: gatto scottato...»

«Riferirò a Frank le sue esatte parole» promise.

«Questa non è la strada per Kreuzberg.»

«Non si allarmi. Pensavo di offrirle il pranzo prima di riportarla in quel ghetto.» Mi chiesi se anche questa fosse un'idea di Frank. Mister Teacher non mi sembrava il tipo da impulsi improvvisi.

«Grazie.»

«Vivo a Wilmersdorf. E mia moglie tiene sempre troppa roba da mangiare in casa. Le va?»

«Grazie» ripetei.

«Ho avuto un sacco di spese extra, questo mese. Un anniversario di matrimonio.»

Quando arrivammo a Wilmersdorf le strade erano coperte da un sottile tappeto di neve. Teacher viveva in un bel condominio nuovo. Si infilò nel parcheggio sotterraneo riservato agli inquilini dello stabile. Era bene illuminato e riscaldato: un vero lusso, paragonato a Kreuzberg. Prendemmo l'ascensore fino al quarto piano, dove si trovava il suo appartamento.

Aprì la porta con la chiave e nel contempo suonò il campanello. Appena dentro chiamò la moglie. «Clemmie? Clem, sei in casa?»

La voce di lei arrivò dal piano superiore: «Dove diavolo sei stato? Sai che ore sono?».

«Clemmie...»

Lei ancora non compariva. «Io ho già pranzato. Dovrai arrangiarti con un uovo o qualcosa del genere.»

Impacciato, lui guardò il pianerottolo vuoto poi mi lanciò un sorriso di rincrescimento. «Vanno bene le uova? Clemmie ci preparerà qualche omelette.»

«Fantastico.»

«Ho portato un collega» disse ad alta voce.

Ed ecco sua moglie scendere le scale per venirci incontro, gaia e sorridente. Era valsa la pena aspettarla; giovane, con gambe lunghe e ben fatte. Si sfiorò i capelli pettinati con cura, poi mi guardò con occhi scintillanti. Sembrava che si fosse appena truccata. Ma il suo sorriso si congelò non appena si accorse dei fiocchi di neve sul cappotto del marito. «Mio Dio! Ma quando arriva l'estate in questa maledetta città?» Sembrava che lo ritenesse personalmente responsabile.

«Clemmie,» disse Teacher dopo che lei gli ebbe offerto la guancia da baciare «questo è Bernard Samson, dell'ufficio.»

«Il famoso Bernard Samson?» chiese lei con una risata di gola. Ora parlava con voce più bassa e il tono affabile e un po' sarcastico non era sgradevole.

«Penso di sì» risposi io. Ora capivo la candida domanda di Teacher sul mio stato civile. Perfino sua moglie sapeva tutto di me.

«Si tolga il cappotto, Bernard» mi esortò lei con una civetteria scherzosa che sembrava del tutto naturale. Forse era proprio quel suo modo di fare ad attrarre l'arcigno Teacher. Prese il mio vecchio cappotto e lo sistemò su un appendiabiti di legno con la scritta Disneyland Hotel Anaheim, California, che poi appese in un armadio in legno di noce.

Si era messa parecchio profumo e indossava un vestitino di lana verde chiaro, grandi orecchini e un girocollo d'oro. Non proprio la *mise* adatta per andare in chiesa. Doveva avere sei, otto anni meno del marito; mi chiesi se anche lei stesse cercando di acquisire l'aggressiva determinazione indispensabile alle giovani mogli che debbano sopravvivere alle esigenze sociali di un incarico a Berlino.

«Bernard Samson: agente segreto! Non ne ho mai conosciuto uno prima d'ora.»

«È stato molto tempo fa» brontolò Teacher, nel tentativo di metterla in guardia.

«Non poi così tanto» fu la maliziosa replica di lei. «È talmente giovane. Che cosa si prova a fare l'agente segreto, Bernard? Non le dispiace se la chiamo Bernard, vero?»

«No, certo» risposi, imbarazzato.

«E lei deve chiamarmi Clemmie.» Mi prese il braccio con un gesto di scherzosa familiarità. «Mi dica com'è. Per favore.»

«Come essere un investigatore privato di infima categoria. In un paese dove questo può procurarti trent'anni di galera. O peggio.»

«Trovaci qualcosa da mangiare, Clemmie.» Il tono di Teacher rivelava che l'imbarazzo si andava trasformando in collera. «Stiamo morendo di fame.»

«Tesoro, è domenica. Festeggiamo. Apriamo quella stupenda scatoletta di sevruga che hai ricevuto da qualcuno su cui io non sono autorizzata a fare domande.»

«Ottima idea» assentì Teacher; sembrava che quel suggerimento l'avesse sollevato, ma ancora non aveva l'aria felice. Immagino che non l'avesse mai.

Clemmie andò in cucina a cercare il caviale e Teacher mi guidò in soggiorno dove mi chiese che cosa volevo bere.

«Vodka ne ha?»

«Stolichnaya, Zubrovka, oppure tedesca?» cominciò a tirare fuori dei bicchieri.

«Zubrovka.»

«Vado a prenderla dal frigo. Lei si metta comodo.»

Rimasto solo, ne approfittai per guardarmi intorno. Non era proprio il comportamento più corretto da parte di un ospite, ma non ero mai stato capace di resistere. La stanza era piccola ma simpatica, con un divano immenso, un grosso impianto stereo e un lungo scaffale pieno di compact disc — quasi tutti di gruppi pop ormai passati di moda — che immaginai appartenessero a Clemmie. Sul tavolino da caffè c'era un album di fotografie, di quelli rilegati in pelle con relativo segnalibro in cui la gente conserva le foto del matrimonio. Traboccava di programmi e fotografie. Lo aprii. Le pagine erano piene di immagini di Clemmie: al campo sportivo, che correva i mille metri, saltava gli ostacoli, riceveva medaglie, mostrava coppe d'argento. Le foto erano accompagnate da accurate didascalie vergate in un corsivo chiaro e regolare. E verso il fondo ancora Clemmie nelle pagine sportive e già ingiallite di alcuni giornali locali pieni di grandi avvisi che pubblicizzavano saloni di bellezza e case di riposo. Appariva sempre talmente giovane! Giovanissima davvero. Di sicuro, il nostro arrivo l'aveva sorpresa mentre sfogliava quei ricordi e si era precipitata di sopra per truccarsi. Povera Clemmie.

Il condominio era nuovo e le pareti sottili. Quando Teacher sparì in cucina, sentii sua moglie dire forte: «Gesù Cristo, Jeremy! Perché l'hai portato qui?».

«Non avevo contanti, altrimenti saremmo andati tutti e tre al ristorante.»

«Ristorante...? Se in ufficio lo scoprono, succederà un putiferio.»

«Frank ha detto di offrirgli la colazione. A Frank lui piace.»

«A Frank piacciono tutti, finché non scoppia la crisi.»

«Sono stato assegnato a lui.»

«Non avresti mai dovuto accettare.»

«Non c'era nessun altro.»

«Ma hai detto che era un paria, ed è così che finirai anche tu se non tieni a distanza di sicurezza quel maiale.»

«Vorrei tanto che mi lasciassi fare le cose a modo mio.»

«È stato proprio per lasciarti fare a modo tuo che siamo finiti in questa schifosissima città.»

«Tra sei mesi ci faremo una bella e lunga vacanza.»

«Altri sei mesi qui con questi fottutissimi crauti e divento pazza.»

Si sentì lo sportello del frigorifero che veniva richiuso e il tintinnìo dei cubetti di ghiaccio versati in una caraffa.

«Tu non devi vedertela con loro» disse lei. La sua voce si era fatta stridula. «Alle casse non fanno che spingerti e allungarti gomitate per passarti davanti. Odio i tedeschi. E odio questo terribile inverno che non finisce mai mai mai. Non ce la faccio più!»

«Lo so, tesoro.» La voce di lui rimase calma, piena d'affetto. «Ma ti prego, tenta.»

Tornato in soggiorno, versò a entrambi due dosi abbondanti di vodka e bevemmo in silenzio. Immagino che anche lui sapesse com'erano sottili le pareti.

Non fu una colazione allegra. Consumammo praticamente in silenzio due etti di sevruga russo accompagnato da pane di segale e vodka. «La pesca di primavera» annunciò Teacher con aria da intenditore quando assaggiò il caviale «è sempre la migliore.»

Incerto sulla risposta giusta da dare a un'osservazione del genere, mi limitai a dire che era delizioso.

Il mascara di Clemmie si era sbavato. Lei rispondeva a malapena alle chiacchiere del marito. Non volle bere: si accontentò dell'acqua. Mi sentivo addolorato per tutti e due. Avrei voluto dire che non importava. Avrei voluto spiegare a lei che era soltanto la Malinconia di Berlino, la crisi di claustrofobia che tutte le mogli devono affrontare quando una famiglia si trova per la prima volta assegnata all'"isola". Ma ero troppo codardo. Mi accontentai di dare il mio contributo alla conversazione e finsi di non accorgermi che loro stavano litigando, privatamente e in silenzio.

3

«Continui a guidare!» sibilai a Teacher quando lo vidi rallentare per permettermi di scendere.

«Che cosa?»

«Continui a guidare-continui a guidare-continui a guidare!»

«Ma che cosa le prende?» domandò; tuttavia non si fermò e superammo l'auto che aveva attirato la mia attenzione. Era parcheggiata proprio davanti al portone di casa mia.

«Svolti a destra e faccia il giro dell'isolato.»

«Che cosa ha visto? Una macchina che conosce?»

Emisi un suono ambiguo.

«Che cosa, allora?» insistette lui.

«Un'auto che non conosco.»

«Quale?»

«L'Audi nera. Troppo bella per questa strada.»

«Sono i nervi, Samson. Non c'è niente che non vada, scommetto che...»

Stava ancora parlando quando un'autopattuglia della polizia ci passò lentamente accanto; Teacher non mostrò di averla notata. Immagino che avesse altre cose per la mente. «Forse ha ragione» risposi allora. «Sono un po' nervoso. Ora ricordo: è del fratello della mia padrona di casa.»

«Ha visto? Gliel'avevo detto che non c'era niente che non andasse.»

«Quello di cui ho bisogno è una buona notte di sonno. Mi lasci all'angolo. Devo comperare le sigarette.»

Lui si fermò davanti al negozio. «Chiuso» osservò.

«C'è una macchinetta distributrice nell'atrio.»

«D'accordo.»

Aprii la portiera. «Grazie per avere diviso con me il caviale. E porti i miei ringraziamenti anche a Clemmie. Scusatemi se mi sono trattenuto troppo a lungo.» Dopo pranzo, Teacher mi aveva permesso di fare una doccia calda. Ora mi sentivo meglio, ma non potevo fare a meno di chiedermi se lo sporco avesse otturato lo scolo dell'acqua. Gli ero grato. «E i miei migliori auguri a Frank» aggiunsi, come colpito da un pensiero tardivo.

Lui fece un cenno d'assenso. «Gli ho parlato per telefono. Dice che deve tenersi alla larga da Rudi Kleindorf.»

«Lasci perdere gli auguri.»

Lui accennò un sorrisetto triste, mise in moto e si allontanò non appena ebbi richiuso. Era preoccupato per sua moglie. Tirai un profondo respiro; l'aria era satura del puzzo proveniente dalle centrali elettriche a lignite di cui la RFT aveva riempito la città. Uccideva gli alberi, faceva ardere la gola e riempiva le narici di fuliggine. Era la *Berlinerluft*.

Attesi che l'auto di Teacher fosse scomparsa prima di tornare cautamente indietro e andare a bussare al finestrino della Golf Volkswagen rossa. Subito Werner si protese ad aprire la portiera posteriore e io mi accucciai sul sedile di dietro.

«Grazie a Dio. Stai bene, Bernie?»

«Perché non dovrei?»

«Dove sei stato?» Werner era bravo a nascondere i suoi sentimenti, ma non c'erano dubbi sulla sua agitazione.

«Che importanza ha?» replicai. «Dimmi, che cosa sta succedendo?»

«Spengler è morto. Qualcuno l'ha assassinato.»

La bile mi salì in gola. Ero troppo vecchio per i giochi pesanti: troppo vecchio, troppo coinvolto, troppo sposato, troppo molle. «Assassinato? Quando?»

«Pensavo di chiederlo a te» rispose Werner.

«E questo che cosa vorrebbe dire? Credi che abbia ucciso io quel povero bastardo?» L'atteggiamento di Werner mi infastidiva. A me Spengler piaceva.

«Ho visto Johnny. Ti stava cercando per avvertirti che sono stati qui gli sbirri.»

«Lui sta bene?»

«È al *Polizeipräsidium*, sotto interrogatorio. L'hanno trattenuto.»

«Non ha documenti» gli ricordai.

«Proprio così. E per questo gli faranno passare un brutto quarto d'ora.»

«Non preoccuparti. Johnny è un bravo ragazzo.»

«Già, ma se sarà costretto a scegliere tra la deportazione in Sri Lanka e il ritrovarsi con il fegato spappolato, spiffererà tutto quello che sa» ribatté Werner con solida logica.

«Non sa niente.»

«Potrebbe fare ipotesi molto dannose, Bernie.»

«Merda!» Mi passai la mano sul viso, cercando di ricordare se Johnny avesse mai visto o sentito qualcosa di compromettente.

«Buttati giù, arriva la polizia» sibilò Werner. Fui pronto ad accucciarmi sul fondo della macchina. C'era un forte odore di stuoini di gomma. Werner aveva spostato parecchio in avanti i sedili anteriori in modo da lasciarmi spazio a sufficienza. Werner pensava a tutto. Sotto quella sua facciata calma, logica e convenzionale ardeva una passione divorante, per non dire un'ossessione, per lo spionaggio. Werner seguiva le saghe della guerra fredda, pubblicate e non, con lo stesso entusiasmo che molti altri dedicavano alle alterne fortune delle squadre di calcio. Sarebbe stato una spia perfetta: senonché le spie perfette, come i mariti perfetti, sono troppo prevedibili per sopravvivere in un mondo in cui la fortuna favorisce gli impulsivi.

Due agenti in uniforme ci passarono accanto diretti alla loro auto. Sentii uno che diceva: «*Mit der Dummheit kämpfen Götter selbst vergebens*» — Contro la stupidità neppure gli dei possono nulla.

«Schiller» osservò Werner, orgoglioso e ammirato.

«Forse sta studiando per diventare sergente» dissi io.

«Qualcuno ha messo un sacchetto di plastica in testa a Spengler e l'ha soffocato» mi raccontò dopo che i poliziotti si furono allontanati in macchina. «Probabilmente era ubriaco e avrà opposto pochissima resistenza.»

«Dubito che la polizia dedicherà molta attenzione a un omicidio come questo» commentai io. La morte di un fricchettone in quella zona di Kreuzberg non era precisamente il tipo di notizia che manda in brodo di giuggiole la stampa. Con tutta probabilità, non ne avrebbero ricavato nemmeno un tappabuco per una delle pagine interne.

«Spengler dormiva nel tuo letto» disse Werner. «L'obiettivo di chi l'ha ucciso eri *tu.*»

«Ma chi potrebbe volermi uccidere?»

Lui si pulì con cura il naso con un grande fazzoletto bianco. «Sei stato sottoposto a un sacco di tensioni in questi ultimi tempi, Bernie. Personalmente non credo che al posto tuo ce l'avrei fatta. Hai bisogno di riposare, di riposare davvero.»

«Non perdere tempo a coccolarmi» reagii io. «Che cosa stai cercando di dirmi?»

Si accigliò; evidentemente stava tentando di decidere come dire quello che voleva dire. «Il fatto è che stai attraversando un momento particolare; non riesci più a pensare con chiarezza.»

«Basterà che tu mi dica chi potrebbe volermi morto.»

«Sapevo che ti avrei sconvolto.»

«Non mi hai sconvolto, ma dimmelo.»

Werner si strinse nelle spalle.

«D'accordo» sospirai. «Tutti continuano a ripetere che la mia vita è in pericolo, ma nessuno sa da parte di chi.»

«Sei andato a stuzzicare un nido di calabroni, Bernie. Perfino i tuoi volevano arrestarti, gli americani pensavano che tu stessi cercando di creargli guai, e Dio solo sa che idea si sono fatti a Mosca...»

Cominciava ad assomigliare a Rudi Kleindorf; anzi, cominciava ad assomigliare a tutti quelli che non riuscivano a resistere alla tentazione di darmi un buon consiglio. «Mi porteresti a casa di Lange?» chiesi.

Lui ci rifletté su qualche istante. «Non c'è nessuno là.»

«Come fai a saperlo?»

«Gli ho telefonato tutti i giorni, proprio come mi avevi chiesto di fare. Gli ho anche scritto.»

«Voglio bussare alla sua porta. Forse Der Grosse non scherzava. Magari Lange sta giocando a fare il sordo: magari c'è.»

«E non risponde al telefono e non apre la posta? Non sarebbe da lui.» Lange era un americano che viveva a Berlino fin da quando la città era stata costruita. A Werner non piaceva. In effetti era difficile trovare qualcuno che volesse bene a Lange, fatta eccezione per la sua pazientissima moglie: e anche lei andava a trovare i parenti diverse volte all'anno.

«Forse anche lui sta passando un momento particolare.»

«Vengo con te.»

«Basterà che mi lasci fuori.»

«Avrai pur bisogno di un passaggio per tornare indietro» obiettò Werner, con quel tono lamentoso, da martire, che adottava quando sceglieva di assecondarmi nelle mie esasperanti idiozie.

Quando arrivammo nella strada in cui viveva John "Lange" Koby, ebbi l'impressione che Werner avesse cambiato idea e deciso di lasciare che me la sbrigassi da solo, ma la sua esitazione non durò che un istante e liquidò subito la mia proposta di non trattenersi.

Costruito nel secolo precedente, il condominio era una costruzione grande e grigia, come se ne vedevano a centinaia in città. Dalla mia visita precedente il portone e l'ingresso erano stati ridipinti e lungo una parete erano state collocate nuove cassette per le lettere di metallo, ciascuna con il nome di un inquilino. Ma tutti i tentativi di migliorare l'ambiente terminavano dopo la prima rampa di scale. Su ogni pianerottolo un pulsante a tempo forniva una luce fioca e una breve panoramica delle pareti su cui graffiti spray proclamavano la superiorità di squadre di calcio e di gruppi pop, o semplicemente si perdevano in spirali e zigzag, come a dire che l'arte sui muri non era patrimonio esclusivo degli acculturati.

L'appartamento di Lange era all'ultimo piano. La porta era vecchia e consumata e dal campanello era stata rimossa la targhetta, come se qualcuno avesse voluto eliminare il nome. Suonai parecchie volte, ma dall'interno non mi arrivò alcun rumore. Bussai, prima con le nocche e poi con una moneta che avevo trovato in tasca.

Fu proprio la moneta a farmi venire l'idea. «Dammi un po' di soldi» dissi a Werner.

Accomodante come sempre, lui mi tese il portafoglio. Io

tirai fuori una banconota da cento marchi e con cura la strappai in due. Usando la sottile matita d'argento di Werner, scrissi: « Lange — bastardo, apri » su una delle due metà e la spinsi sotto la porta.

« Ma non c'è » mormorò Werner, comprensibilmente sconcertato dall'uso che facevo dei suoi soldi. « Non si vede neanche un filo di luce. »

Intendeva dire che né dalla porta né dalla lunetta che la sormontava filtrava alcun chiarore. Preferii non ricordargli che John Lange Koby era nello spionaggio da parecchio tempo. Qualunque cosa si pensasse di lui — e i miei sentimenti in proposito erano quantomeno contrastanti — due o tre cosette le sapeva. Non era il tipo che avrebbe permesso che si vedesse luce in casa sua se voleva fingere di essere fuori città.

Mi portai il dito alle labbra e proprio in quell'istante la luce si spense con un plop e il buio ci avvolse. Aspettammo a lungo. Sembrarono ore, anche se probabilmente non furono più di tre minuti.

Sentimmo il catenaccio della porta che veniva fatto scorrere con uno schiocco simile a un'esplosione. Werner trasalì: era stupito e io anche. Accorgendosene, Lange scoppiò a ridere. « Entrate, ragazzi » disse poi. Tese la mano e noi gli allungammo la pacca di saluto che lui si aspettava. Solo una leggera striscia luminosa trapelava dalla porta socchiusa. « Bernard! Maledetto quattr'occhi! » Poi, guardando dietro di me: « Chi è questo elegante gentiluomo con i baffi finti e il grosso naso di plastica rossa? Possibile che sia il nostro Volkmann? ». Mi accorsi che Werner si irrigidiva per la rabbia, ma già Lange aveva ripreso a parlare, senza aspettare una risposta. « Pensavo che foste testimoni di Geova! Quei venditori ambulanti di alleluia sono passati quasi tutte le sere, questa settimana. Ma poi ho pensato: "È domenica, dev'essere sicuramente il loro giorno libero!". » E rise.

Lange rilesse il mio messaggio e ficcò la mezza banconota nel taschino della camicia mentre noi entravamo. Nell'ingresso campeggiava un attaccapanni intarsiato con uno specchio e i ganci per i soprabiti, uno scaffale per i cappelli e una rastrelliera a cui appendere ombrelli e bastoni. Il mobile riempiva quasi completamente il corridoio e dovemmo schiacciarci contro il muro per passare. Notai che Lange non spense la luce finché non ebbe richiuso la porta d'ingresso. Non voleva che la sua sagoma si stagliasse nitida sulla soglia. Temeva qualcosa, qualcuno? Ma no, non Lange: quel bellicoso vecchio bastardo non conosceva la paura. Scostò una pesante tenda, che in realtà era una vecchia coperta grigia della *Wehrmacht* con le strisce regolamentari che ti dicevano da che parte stavano i tuoi piedi. Era appesa a un bastone con grossi anelli di legno. Serviva per tenere fuori il freddo e impediva che filtrasse luce dalla finestra del soggiorno.

C'era una sola stanza, grande e comoda, in cui sedersi a guardare il televisore e Lange la utilizzava anche come studio. Una parete era interamente coperta di scaffali traboccanti di libri e, nonostante le dimensioni, i volumi erano disposti in doppia fila e ce n'erano parecchi infilati orizzontalmente negli spazi vuoti. Su un vecchio banco vicino alla finestra se ne vedevano altri insieme con grossi fasci di carte e una grossa antiquata macchina per scrivere su cui erano posati in precario equilibrio quotidiani tedeschi e una tazza con relativo piattino.

«Guarda un po' chi ha finalmente scoperto dove abitiamo» disse Lange alla moglie, con la sua voce roca alla Bogart che s'intonava perfettamente allo strascicato accento americano. Aveva un'aria sparuta, con le penne e le matite infilate nel taschino della vecchia camicia scozzese, e pantaloni di flanella con le borse alle ginocchia tenuti su da una vecchia cintura di tela dell'esercito americano.

Sua moglie si fece avanti per salutarci. Con il viso accuratamente truccato, i capelli corti e ben pettinati, Gerda era ancora graziosa in un modo severo, quasi zitellesco. «Bernard caro! E anche Werner. Che piacere vedervi.» Era piccola e lo sembrava ancora di più a fianco del marito. Gerda era tedesca; molto tedesca. Si erano incontrati tra le macerie di Berlino, nel 1945. Allora lei era una cantante lirica e ricordo come, anni dopo, venisse ancora fermata per la strada dalla gente che la riconosceva e voleva un autografo. Era stato molto tempo prima e ora la sua carriera era relegata nei libri di storia, eppure, a dispetto dell'abitino nero da poco prezzo che indossava, c'era in lei una sorta di magia impossibile da definire. A volte la immaginavo cantare nel ruolo di Sophie nel *Il cavaliere della rosa* quella sera del 1943, quando aveva fatto alzare in piedi tutto il pubblico della Staatsoper ed era diventata una stella nel giro di una notte.

«Abbiamo cercato di telefonare» spiegò Werner in tono di scusa.

Gerda lo guardava con grande interesse. «Hai un bell'aspetto. Sembri più distinto.» Poi guardò me. «Anche tu, Bernard» aggiunse con cortesia, sebbene credo che i miei capelli lunghi e gli abiti sporchi la disturbassero. «Preferite del tè o del caffè?»

«Oppure vino?» suggerì Lange.

«Tè o caffè» mi affrettai a rispondere io. A ogni raccolto Gerda preparava vino di prugne sufficiente ai bisogni di Lange per un anno. Avevo paura di pensare quanto doveva esserne rimasto, dato che Lange lo beveva a pinte. Il gusto era quello di solvente per vernici.

«Vino di prugne» ripeté Lange. «Lo prepara Gerda.»

«Sul serio?» mi stupii io. «Che peccato. Il vino di prugna mi fa venire i brufoli.»

Lui si accigliò, ma Gerda disse: «Lange ne beve troppo. Non gli fa bene».

«Non si direbbe» protestai, e considerato che quel tipaccio enorme e aggressivo era sui settantacinque, se non li aveva già superati, ce n'era a sufficienza per convertirmi al succo di frutta di Gerda.

Sedemmo sul divano bitorzoluto mentre Mrs Koby andava in cucina a prepararci il tè. Lange torreggiava su di noi. Non era cambiato molto dall'ultima volta che l'avevo visto. In effetti, non era quasi per nulla diverso dal feroce tiranno per cui avevo lavorato tanto tempo fa. Assomigliava più a una montagna che a un uomo. Ricordo che in ufficio qualcuno aveva detto che avrebbe preferito affrontare la parete nord dell'Eiger piuttosto che Lange quando era di cattivo umore; una scelta scontata, aveva risposto Frank Harrington. Da allora avevo sempre pensato a Lange come a un pericoloso blocco di granito: affilato e duro, con il volto scabro e spietato come una vetta erosa dal tempo.

«Che cosa posso fare per voi, ragazzi?» chiese con la cortesia affrettata con cui un negoziante accoglierebbe un cliente entrato all'ora di chiusura.

« Ho bisogno di un consiglio, Lange. »

« Ah, i consigli. Tutti li vogliono: nessuno li segue. Che cosa posso dirti? »

« Parlami del Muro. »

« Che cosa vuoi sapere? »

« Come si fa a scappare. Sono fuori dal giro in questo periodo. Vorrei che tu mi aggiornassi. »

Mi fissò per un istante, come se stesse riflettendo sulla mia richiesta. « Lascia stare la glasnost, » disse poi « se è questo che sei venuto a chiedermi. Nessuno ha parlato di glasnost alle guardie di frontiera. E spendono ancora soldi per i campi minati e il filo spinato. Le cose lì sono le stesse di sempre: sparano a qualunque povero bastardo che abbia l'aria di voler lasciare la loro parte di città. »

Annuii. « Così ho sentito dire. »

« Da dove devo cominciare, allora? »

« Dall'inizio. »

« Il Muro di Berlino. Circonda Berlino Ovest per circa centocinquanta chilometri. Eretto una domenica mattina dell'agosto 1961... Che diavolo, Bernard, c'eri anche tu! »

« Va bene così. Parlamene come parleresti a dei giornalisti stranieri. Ho bisogno di rivedere tutto daccapo. »

Un barlume di sorriso fu il suo apprezzamento per la frecciata. « D'accordo. I primi tempi il Muro, costruito in fretta, non era granché e per una persona in forma, giovane e determinata a farcela, era relativamente facile tagliare la corda. »

« In che modo? »

« Attraverso le fognature. Sarebbe stato impossibile murarle senza un mastodontico lavoro di ingegneria. Uno dei miei ragazzi uscì da una fogna in Klein-Machnow. Una settimana dopo che il Muro era stato innalzato. I porci avevano impiegato recinzioni metalliche per non bloccare il flusso dell'acqua di scolo. I miei che si trovavano da questa parte guadarono la fogna e lo tirarono fuori dopo avere reciso la rete con un tagliabulloni. Ma con il tempo la situazione si fece più difficile. Quelli diventarono infidi: saldarono in loco grate d'acciaio e collocarono allarmi e ordigni esplosivi camuffati sotto il livello della fogna, in modo che noi non potessimo vederli. L'ultima fuga di quel genere di cui ho sentito parlare in questi ultimi anni l'hanno messa in atto due addetti alle fognature, e loro avevano avuto l'opportunità di allentare le grate con un buon anticipo.»

«Poi arrivarono i tunnel» dissi io.

«No, prima vennero le scalate. Gente che usava scale e materassi per scavalcarlo nei punti in cui l'ostacolo principale era costituito dal filo spinato. E c'era gente disperata che abitava nei palazzi a ridosso del Muro: saltavano dalle finestre più alte e finivano puntualmente sotto il tiro dei cecchini. Le foto erano fantastiche e imprese così spettacolari facevano vendere un sacco di giornali, ma non durarono a lungo.»

«Le auto» intervenne Werner.

«Certo, le auto! Un sacco di auto — vi ricordate le piccole utilitarie... e quei poveri cristi strizzati nel vano del serbatoio della benzina? Ma dall'altra parte si fecero furbi in fretta. Si liberarono dei ragazzi di città che prestavano servizio come *Grenztruppen* — troppo molli dicevano — e fecero venire dalle province certi bastardi duri come il granito, ragazzi di campagna dal grilletto facile a cui i berlinesi non piacevano comunque. E con loro quella ginnastica divenne presto impossibile.»

«Documenti falsi?»

«Dovresti saperlo meglio di me» reagì Lange. «Di persone che siano riuscite a superare tutti quei cavoli di controlli e supercontrolli ne ricordo poche. Voi inglesi avete doppi passaporti per le coppie sposate e i falsari dilettanti hanno avuto buon gioco finché gli sbirri di laggiù non hanno cominciato a stampigliare "in viaggio da solo" sui documenti e a conservare le foto di quelli che passavano i controlli per impedire che a tornare indietro fosse la persona sbagliata.»

«La gente scappava in aliante, in deltaplano e perfino in aerostato» cominciò Werner, desideroso di collaborare. Mi guardava con curiosità, cercando di capire perché avessi spinto Lange ad affrontare uno dei suoi argomenti preferiti.

«Oh, sicuro» confermò quest'ultimo. «Non c'era fine alle

invenzioni più pazzesche e alcune funzionavano. Ma solo le idee davvero economiche erano sicure e affidabili.»

«Economiche?» ripetei io. Era una teoria che non conoscevo.

«Più denaro necessitava la fuga, maggiore era il numero di persone coinvolte, e di conseguenza maggiori i rischi. A volte, per pagare le spese si vendeva la notizia ai quotidiani, alle riviste o alle stazioni televisive. Un modo per tirare su i soldi, ma anche per ritrovarsi con frotte di cameramen che ciondolavano agli angoli delle strade o si sporgevano dalle finestre dei piani alti. Alcuni di quei giovani reporter non riuscivano a vedere al di là del proprio naso. I professionisti della fuga se ne stavano alla larga quando c'erano di mezzo i media.»

«La soluzione migliore erano le gallerie» dichiarò Werner, suo malgrado interessato alla conferenza di Lange.

«Prima che la DDR costituisse dalla sua parte la zona chiusa di cento metri sì, le gallerie erano ancora il meglio. Ma dopo di allora il tragitto divenne troppo lungo, e c'era la necessità di un'areazione adeguata e di tecnici che sapessero il da farsi. E, naturalmente, bisognava scavare un bel po' di terra. Non si poteva tirare troppo per le lunghe, o diventava impossibile mantenere il segreto. Con i tunnel erano indispensabili due, a volte tre dozzine di spalatori e di sterratori. Sacchi da riempire; un andirivieni continuo. Insomma, un sacco di gente a cui si doveva chiedere di tenere la bocca chiusa. Affida un segreto a tante persone e, secondo la legge delle probabilità, almeno una di loro se ne andrà in giro a spettegolare. E ai berlinesi piace il pettegolezzo.»

Io non replicai. Entrò la signora Koby con il tè. Sul vassoio c'erano una teiera d'argento, quattro tazze azzurre e relativi piattini con gli orli dorati. Cimeli di famiglia, forse, o rimanenze acquistate al mercatino delle pulci della vecchia stazione Tauentzienstrasse S-Bahn. Gerda versò il tè e fece girare lo zucchero e il piattino azzurro con quattro "sigarette" al cioccolato. A Lange toccò un'altra dose di vino alle prugne: lo preferiva. Ne bevve un sorso e si asciugò la bocca con un grande fazzoletto macchiato di vino.

Non aveva smesso un istante di parlare. «Dall'altra parte, il Muro era diventato un grosso affare. Era stato creato un dipartimento di burocrati ottimamente retribuiti con l'unico scopo di amministrarlo. Sapete com'è: date una pulce e due assicelle a un burocrate e finirete per trovarvi uno zoo di lusso completo di uffici amministrativi. Così il Muro si faceva sempre più grande e importante e sempre più uomini vi lavoravano. Uomini per sorvegliarlo e per ripararlo, uomini per scrivere rapporti in proposito... rapporti che venivano integrati con foto, grafici, diagrammi e preventivi. Non si trattava soltanto di guardie: c'erano architetti, disegnatori, soprintendenti e le relative infrastrutture, con impiegati che avevano diritto alla pensione e tutto il resto.»

«Hai colto nel segno, Lange» affermai.

Non diede segno di avermi sentito. Si versò dell'altro vino e bevve. Quella roba aveva odore di sciroppo, di medicina per la tosse. Ero contento di essere allergico. «Uno spreco, sì,» seguitò lui «ma il Muro diventava più formidabile di settimana in settimana.»

«Un altro po' di tè, Bernard?» offrì Gerda Koby. «È passato tanto tempo dall'ultima volta che ci siamo visti.»

Se credeva che il suo intervento sarebbe stato sufficiente a farci cambiare argomento, si sbagliava di grosso. Lange proseguì: «Frank Harrington mandò alcuni agenti dall'altra parte e li fece uscire attraverso la rete dell'U-Bahn. Non so bene come funzionasse: si diceva che avesse fatto scavare delle piccole gallerie di collegamento da un binario all'altro in modo da poter uscire in Stadtmitte quando i treni passano sotto il Settore Orientale. Abile da parte di Frank» concluse Lange, di solito non particolarmente ansioso di elogiare le iniziative del Dipartimento.

«Sì, Frank è abile» convenni. Lui mi guardò e fece un cenno d'assenso; sembrava sapesse che Frank aveva spedito anche me all'Est proprio attraverso quel tunnel.

«Poi quei porci ebbero sentore della cosa e cominciarono i guai. Misero delle guardie a sorvegliare la galleria e vi gettarono un ananas proprio mentre due uomini di Frank si preparavano a uscirne. Uno saltò in aria, e si trovava a circa duecento metri all'interno del tunnel! Frank non era nei paraggi: se ne stava a Londra a fare il leccapiedi e raccontava a tutti del cavalierato che non avrebbe mai ottenuto.»

Non avevo voglia di sentire parlare di Frank Harrington; tanto meno da Lange. «Dunque le auto diplomatiche sono l'unico modo» dissi.

«Per un po' fu così» rispose lui con un sorriso gelido. «Potrei raccontarvi di diplomatici africani che si sono arricchiti intascando diecimila dollari per ogni viaggio che facevano con un fuggiasco nel bagagliaio. Ma un paio di anni fa fermarono una grossa Mercedes nera con targa diplomatica al Checkpoint Charlie e la sottoposero a fumigazione con la scusa dell'insorgenza di "una malattia del bestiame". Qualunque cosa usassero, fecero fuori un gruista trentaduenne di Rostock che era appunto nascosto nel bagagliaio. Si dice che a pagare la fuga fossero stati i suoi parenti di Toronto, Canada.»

«Le guardie aprirono il bagagliaio di un mezzo diplomatico?» domandò Werner.

«No, non ce ne fu bisogno» fu la tetra risposta di Lange. «Forse l'intenzione era solo di procurargli un mal di testa, ma quando l'auto fu a Berlino Ovest e venne aperto il bagagliaio quel tizio era morto. Ne hai sentito parlare, Bernard?» mi chiese.

«Non come la racconti tu» ammisi.

«Be', è così che andò. Io la macchina l'ho vista. Sotto erano stati praticati dei fori per l'areazione, in modo che il passeggero clandestino non soffocasse. Evidentemente le guardie lo sapevano, e dovevano conoscere anche la disposizione dei fori.»

«Che cosa accadde poi?» volle sapere Werner.

«Il furbo diplomatico africano fece dietrofront e riportò il cadavere a Berlino Est, alla sua ambasciata. Qualche documento predatato, e il morto divenne cittadino africano. Un semplice decesso all'ambasciata: il certificato di morte venne firmato da un medico africano, in modo da evitare inchieste da parte della polizia della Germania Est. Funerale tranquillo. Sepoltura in un cimitero di Marzahn. Ed ecco la nota umoristica: certi imbecilli che lavoravano per il comitato Affari Esteri della Volkskammer, ignari di come erano andate realmente le cose, decisero che era loro dovere esprimere condoglianze ufficiali e così — per conto del Governo e della

DDR — invia una corona enorme con le parole "pace, luce e amicizia" formate da roselline. La corona rimane sulla tomba un paio di giorni prima di venire discretamente rimossa da qualcuno della Stasi.» Lange rise forte. «Su con la vita, Bernie» disse, e rise di nuovo.

«Pensavo di avere da te qualche buona notizia, Lange. Pensavo che la situazione fosse più distesa.»

«E non crediate che passare per l'Ungheria o la Cecoslovacchia sia più facile. È dura dappertutto. Quando leggete le statistiche sulle persone morte nel tentativo di attraversare il Muro, aggiungetevi anche le centinaia di morti dissanguati in qualche posticino appartato dall'altra parte e di cui non si è mai saputo nulla.»

«Il suo tè è ottimo, Gerda» dissi. Non sapevo mai se dovevo chiamarla signora Lange o Gerda. Era una di quelle tedesche vecchio stampo che adorano le formalità; d'altro canto, era sposata con Lange.

«Devi portare fuori qualcuno, Bernie?» mi domandò lui. «Spero che sia ricco. Che possa pagare.»

«Il cognato di Werner, che vive a Cottbus» risposi. «No, niente soldi, niente di niente.»

Werner, che non aveva mai saputo di avere un cognato a Cottbus, sembrò sconcertato, ma si riprese subito e mi spalleggiò. «Ho promesso» disse con un sorriso poco convincente

Lange guardò prima me, poi lui. «È in grado di arrivare a Berlino Est?»

«Sarà con il figlio» improvvisò Werner. «Per la Festa della Gioventù della Germania Libera, in estate.»

Lange annuì. Come bugiardo, Werner era decisamente migliore di quanto avessi immaginato. Mi chiesi se fosse una capacità che aveva sviluppato dopo il matrimonio con quella brontolona di Zena. «Non avete molto tempo» osservò Lange.

«Un modo deve esserci» fece Werner, poi guardò l'orologio e si alzò. Voleva andarsene prima che lo coinvolgessi ancor di più in quella storia.

«Lasciate che ci pensi su» disse Lange, porgendogli cappello e cappotto. «Niente cappotto per te, Bernie?»

«No.»

«Non hai freddo?» interloquì Gerda.
«No, mai.»
«Lascialo in pace» brontolò il marito. Aprì la porta, ma prima che avessimo il tempo di uscire aggiunse: «Dov'è l'altra metà di quella banconota, Bernard?».
Gliela diedi.
Lui la infilò in tasca. «Mezza banconota non serve a nessuno. Giusto, Bernie?»
«Giusto, Lange» convenni. «Sapevo che ci saresti arrivato subito.»
«Sono parecchie le cose a cui sono arrivato subito.» C'era una nota di minaccia nella sua voce.
«Oh, e sarebbero?»
«Per esempio il fatto che non ci sarà nessuna Festa della Gioventù a Berlino, quest'estate.»
«Forse Werner ha capito male» replicai. «Forse quest'estate a Berlino Est ci sarà la festa del *Gesellschaft für Sport und Technik.*»
«Già» assentì lui, e ci gridò dietro con quella sua voce roca: «E forse la CIA organizza una festa per gli agenti investigativi a Berlino Ovest, quest'estate».
«Berlino è fantastica nei mesi estivi» dissi. «Arrivano praticamente tutti.»
Sentii Lange chiudere la porta con violenza e rimettere i catenacci con quell'eccesso di energia che è spesso segno di cattivo umore.
Stavamo scendendo le scale quando Werner chiese: «Si tratta di tua moglie Fiona? Vuoi tentare di portarla fuori?».
Non risposi. La luce si spense e noi continuammo a scendere nell'oscurità.
Frustrato dal mio silenzio, Werner insistette con voce petulante: «Quei cento marchi che hai dato a Lange erano miei».
«E allora?» ribattei. «Non è tuo cognato, forse?»

4

Ci sono albergatori nati e altri che mettono il mondo sottosopra per comperarsi un albergo, ma Werner Volkmann era uno dei pochissimi a cui un albergo capita fra capo e collo. Sarebbe stato difficile immaginare un uomo meno preparato a diventare direttore d'hotel del mio buon amico Werner Volkmann. Era stato il suo affetto per Tante Lisl, la vecchia che lo aveva preso con sé quando era rimasto orfano, a spingerlo a subentrarle quando si fece troppo vecchia e malandata per continuare a esercitare il suo dispotico dominio.

L'albergo non era di lusso, ma il quartiere in cui si trovava non avrebbe potuto essere più centrale. Prima della guerra era la residenza di famiglia di Lisl ed era situata nel New West End, allora molto di moda. Nel 1945 la spartizione della città fra russi e alleati aveva fatto del Der Neuer Western il centro della "Berlino capitalista".

Werner stava apportando delle migliorie, ma per rispetto ai sentimenti di Lisl, che abitava ancora lì e al cui controllo non sfuggiva né una tenda nuova né una goccia di vernice, le modifiche incidevano in minima parte sull'atmosfera vecchiotta e simpatica dello stabile, il cui interno era cambiato ben poco negli ultimi cinquant'anni.

Quella sera, dopo avere lasciato l'appartamento di Lange Koby, mi feci persuadere da Werner a trasferirmi da loro. Non c'era motivo di sopportare lo sporco e i disagi della mia tana di Kreuzberg ora che Frank Harrington aveva dimostrato che il suo ufficio era in grado di trovarmi in qualunque momento.

Prima di andare a letto Werner mi propose di bere qualcosa. Attraversammo il bar rimodernato da poco — non c'era nessuno — ed entrammo nell'ufficetto sul retro. Mi versò una dose abbondante di scotch whisky con poca soda; per sé, soda con appena uno spruzzo di Underberg. Io mi guardavo intorno. La trasformazione era stupefacente, gradevole soprattutto per chiunque avesse conosciuto Werner ai vecchi tempi. La stanzetta era diventata un vero e proprio rifugio e i tesori di Werner erano stati miracolosamente riesumati. C'era una testa di leone: un tipo malconcio mangiato dalle tarme sui cui supporti di legno qualche ubriacone faceto aveva inciso con cura *felis leo venerabilis*. Lì accanto era appeso un orologio antico. Sulla cassa di legno scheggiato era dipinta una scena bucolica poco convincente. L'orologio ticchettava furiosamente ed era indietro di otto minuti, ma era in pratica l'unica cosa dei genitori che fosse rimasta a Werner. Dal soffitto penzolava il modellino di un idrovolante Dornier su cui il mio amico aveva tanto faticato: dodici motori, e se si sollevavano le rispettive cappottature era possibile vederne tutti i particolari. Ricordo quando lavorava a quei minuscoli motori: era stato di pessimo umore per più di una settimana.

Avevamo avuto appena il tempo di dire che bell'aspetto aveva Lange e che razza di vecchio demonio era, quando entrò Ingrid Winter.

«Bernie resterà qui con noi» annunciò Werner, in tono più triste di quanto avrei potuto sperare, ma d'altra parte lui era fatto così.

Io non mi ero accorto dell'ingresso di Ingrid. «Oh, bene» disse lei. Sarebbe stato facilissimo giudicarla una zitella timida e schiva, dato che era sempre più che disposta a mostrarsi in quella veste. I capelli tendenti al grigio, che non tingeva, la voce pacata e la foggia dei suoi abiti di lana a fiori, tutto contribuiva a rafforzare una simile immagine. Ma sebbene la conoscessi da poco, avevo già fatto in tempo a scoprire che Ingrid era una creatura tutta fermezza e coraggio. Werner doveva aver constatato le stesse cose, e anche altre, perché il loro rapporto era solidissimo. «C'è stata di nuovo quella donna» annunciò ora Ingrid, con un accenno di disapprovazione nella voce.

«La Duchessa?»

«L'inglese. La donna che tu hai definito un'impicciona.»

Werner mi guardò con un sogghigno impacciato. «Che cosa voleva?»

«Alla Duchessa piace questo posto» intervenni io. «Spera che finisca per diventare una specie di club per la gente che conosce.»

Il viso di Werner s'irrigidì. Ingrid lo stava guardando mentre io parlavo, ma il suo volto non rivelava nulla, non rifletteva neppure l'emozione di lui. Werner mi guardò e disse: «Secondo Ingrid c'è dell'altro».

«Cioè?»

«Le ho parlato di Frank» rispose lui, come se questo bastasse a spiegare tutto e quando io non reagii, aggiunse: «Frank vuole usare questo posto. È ovvio».

«Per me non lo è affatto» obiettai. «In che senso, vuole usarlo?»

Werner si versò dell'altra soda aggiungendovi una goccia di Underberg, quel tanto sufficiente a colorarla. Ne bevve un sorso. «Credo che abbia ordinato ai suoi di frequentare l'albergo per poi riferirgli tutto quello che vedono e sentono. Finirà tutto in archivio.» Questa blanda forma di paranoia — completa di accattivante descrizione dell'amministrazione rigorosa ed efficiente di Frank — costituiva un esempio perfetto della radicata mentalità tedesca di Werner. In realtà Frank era tipicamente inglese. Pigro e gioviale, era un bonaccione conformista del tutto privo dell'energia e della voglia di organizzare una simile impresa.

Werner, d'altro canto, era provinciale e di mentalità ristretta come tendono a esserlo i tedeschi. Era proprio questa diversità di atteggiamenti la base della loro inimicizia, ma non avrei mai rivelato a nessuno dei due ciò che pensavo. Werner ne sarebbe rimasto orripilato: si riteneva un liberale cosmopolita. Ma naturalmente tutti i bigotti ricchi che hanno viaggiato molto pretendono di esserlo.

«Finché pagano in contanti» dissi.

L'impertinenza non piacque a Werner. «Non m'importa se la gente di Frank viene qui, ma non voglio che monopolizzino il locale e cerchino di trasformarlo in una specie di orrendo pub inglese. E comunque, Bernie,» aggiunse con voce calma e misurata, quasi stesse parlando a un bambino «se alloggerai qui, ti spieranno.»

Qualunque difficoltà potessi incontrare nel rispondergli, fu eliminata da Ingrid. Avevo la sensazione che non ci stesse ascoltando. Forse conosceva già i sospetti di Werner circa i tentativi da parte del personale del Dipartimento di trasformare magicamente il suo bar; comunque approfittò di una pausa nella conversazione per dire: «Un'altra cosa. Li ho sentiti parlare di Bernard. E di sua moglie».

Mia moglie! Mia moglie! Ora aveva tutta la mia attenzione. Ingrid raccontò che la Duchessa aveva fatto il suo ingresso al bar all'inizio della serata. Aveva ordinato un gin and tonic e letto il *Daily Express*. Di recente Werner aveva cominciato a rifornire l'albergo anche di quotidiani francesi e inglesi; li infilzava in un *Zeitunghälter* di legno che poi sistemava accanto all'appendiabiti. Altri due membri del Dipartimento — un uomo e una donna — erano arrivati poco dopo e avevano invitato la Duchessa a unirsi a loro.

Dalla descrizione di Ingrid non ebbi difficoltà a riconoscere la seconda donna del terzetto. La voce, la sciarpa Burberry, la spilla di brillanti a ferro di cavallo. Era Pinky, e di Pinky ce n'era una sola, e grazie a Dio per questo. I cavalli da corsa, le cacce alla volpe di suo padre e le avventure notturne del fratello comparivano regolarmente nelle rubriche mondane. Ricordavo quando era venuta a lavorare al Dipartimento. Aveva divorziato da poco da "Bang-bang" Canon, un capitano delle guardie a cavallo entrato nel settore assicurativo. Pinky diceva che non sopportava di vederlo in abiti civili, ma forse quella era solo un'espressione del suo senso dell'umorismo. Riprese il nome da nubile quando Bang-bang fu arrestato per truffa.

Dall'altro capo del bar Ingrid aveva sentito Pinky enunciare con la sua vocetta acuta da Signora di Campagna: «Quando un uomo perde la moglie significa che è sbadato, tesoro». Poi aveva riso forte e ordinato un altro drink.

«E il telefono?» aveva domandato l'uomo. Capelli biondi lunghi e ondulati con la scriminatura alta, vestito a quadretti e camicia color senape. Larry Bower, che offriva qualcosa da bere a Pinky dopo una giornata di duro lavoro presso la casa sicura di Charlottenburg.

«I suoi telefoni sono stati messi sotto controllo nell'attimo stesso in cui lei se ne è andata» aveva spiegato Pinky. «È la prassi. Le trascrizioni delle telefonate vanno a Frank.»

«Alla fine lo licenzieranno» aveva dichiarato Bower.

«Sai come vanno le cose al Dipartimento, tesoro» aveva sospirato Pinky. «Devono essere sicuri. Ci vorrà tempo. Se ne libereranno quando farà loro comodo.»

«Lei non l'ho mai conosciuta» aveva ripreso Bower. «Che tipo di donna era?»

Era stata la Duchessa a rispondere. «Molto bella. Non sono mai riuscita a capire perché l'ha sposato. Non c'era uomo che dopo averla vista non la desiderasse; aveva qualcosa di magico, suppongo. Ci sono donne che posseggono questa fortuna.»

«Non sono mai arrivata a conoscerla bene» era intervenuta Pinky. «Nessuno ci è mai riuscito. Non era una donna donna, se capisci che cosa intendo.»

«Credo che spendesse un sacco di soldi in vestiti» aveva aggiunto la Duchessa. «Ma in tutta onestà devo dire che anche con indosso un vecchio maglione e dei jeans aveva l'aria di...»

«Una diva del cinema?» aveva suggerito Bower.

«No, non una diva del cinema. Non era una svampita, tesoro! Gli uomini non riescono a capire che una bella donna può anche essere intelligente. Eppure è così.»

«Sì, ma che tipo era in realtà?» aveva insistito lui. «Tutti ne parlano, ma sembra che nessuno la conoscesse davvero.»

«Una vacca in tutto e per tutto!» aveva risposto Pinky.

La Duchessa: «A volte una vacca può essere un'ottima moglie».

«Oh, no! L'ha reso terribilmente infelice. Lo sapevano tutti.»

«Mi sembra comunque che se la cavi anche senza di lei» aveva notato Larry.

«Recita.» La Duchessa. «È sempre stato una specie di attore.»

«È capace di mandarne giù un bel po'.»

«Non l'ho mai visto ubriaco» aveva rincarato la Duchessa.

«Davvero, cara?» aveva detto Pinky. «Santo cielo sì, ma ha una buona resistenza. Diciamocelo in faccia... non è mai stato uno di noi, giusto?»

«Non ha un soldo, sapete.» Aveva replicato la Duchessa.

«Ma non c'era sotto una storia di documenti scomparsi?» aveva voluto sapere Bower.

«Per quanto se ne sa in giro, no...» aveva risposto Pinky «ma chi può dire che cosa è stato copiato?»

«Hai detto che lei ha telefonato a Frank?» aveva chiesto la Duchessa.

«Stamattina presto, a casa.» Pinky sembrava sapere proprio tutto. «Non so come abbia avuto il numero. Viene cambiato regolarmente.»

«Non credi che lei... e Frank...» aveva azzardato Bower.

«Che se la facesse con Frank?» La risata di Pinky si era spenta in un gorgoglìo. «Buon vecchio Frank! Non è il mio tipo, tesoro, ma è stupefacente come certe signore ci diano dentro con quel poveraccio.» Poi, in tono più serio: «No, non credo che ci sia mai stato niente di simile fra loro».

«Neppure in un lontano e misterioso passato?» aveva insistito Bower.

«No, neppure in un lontano e misterioso passato.» Stavolta era stata la Duchessa a rispondere, come a voler escludere definitivamente quella possibilità.

«Frank lo ha informato?» aveva domandato di nuovo Bower.

«Il marito? Della telefonata?» aveva risposto Pinky. «No. E nessuno sa che cosa gli abbia detto lei. Sappiamo soltanto che Frank ha cancellato tutti gli appuntamenti e ha ordinato che gli portassero la macchina... senza autista. Nessuno sa dove sia andato. Ovviamente, la sua improvvisa partenza potrebbe essere dovuta a tutt'altri motivi. Sapete com'è Frank. Potrebbe avere deciso di passare la giornata con i suoi compari dell'esercito o magari di andare a giocare a golf.»

«Spero solo» aveva sospirato la Duchessa «che non ricominci tutto daccapo.»

«Un drink per Pinky, tesoro» aveva detto Pinky a Bower.

E lui: «Ricominciare tutto che cosa?».

«Lo saprai presto. La vita diventa un inferno per chiunque quando cominciano queste epurazioni. Arriva la Sicurezza Interna e sono domande, domande, domande.»

«Un goccio per Pinky, tesoro. Un goccio per Pinky.»

«Un altro giro degli stessi» aveva gridato Bower a Ingrid. In quel momento erano entrati cinque australiani dall'aspetto allegro. Facevano parte di qualche gita finanziata dal Governo; dovevano essere venuti a comperare diecimila letti d'ospedale o qualcosa di analogo. Avevano trascorso l'intera giornata presso un enorme complesso residenziale dove architetti di fama internazionale avevano gareggiato nella progettazione dei condomini più brutti del mondo. I cinque avevano un gran bisogno di bere e, felici di sentire parlare inglese dopo una lunga giornata, si erano uniti alla Duchessa e ai suoi amici per una bevuta in compagnia. La conversazione si era spostata su argomenti più leggeri, quali per esempio i motivi che avevano spinto i tedeschi a invadere la Polonia.

Ringraziai Ingrid per avermi riferito il nocciolo della conversazione che aveva colto. Poi buttai giù in fretta un altro robusto beveraggio e salii di sopra per andare a letto.

La camera era quella di sempre: una mansarda probabilmente uguale a quelle che dovevano avere ispirato a Puccini la morte di Mimì e piuttosto lontana dal bagno. I grossi fiori e le vorticanti foglie di acanto della tappezzeria si erano scuriti con gli anni così che il motivo floreale era ormai quasi invisibile; in un angolo c'era un piccolo cassettone che una volta aveva ospitato la mia raccolta di francobolli, i grimaldelli di fabbricazione casalinga e il mucchio clandestino di distintivi nazisti che mio padre mi aveva proibito di collezionare.

Il letto era già fatto; intorno alla boulle dell'acqua calda era avvolto un pigiama. Sembrava proprio che Werner avesse immaginato che era solo questione di tempo prima che recuperassi il buonsenso.

Mi spogliai e mi infilai a letto, dopo avere messo la pistola in una scarpa così da averla a portata di mano. Mi addormentai subito. Dovevo essere molto stanco, perché avrei avuto un sacco di buoni motivi per restare sveglio a preoccuparmi.

5

L'hotel di Lisl — o forse sarebbe stato preferibile chiamarlo l'hotel di Werner e di Ingrid — non aveva il telefono in ogni stanza e la mattina dopo alle otto qualcuno venne a bussare alla mia porta. Era Richard, un dipendente di Lisl che Werner aveva tenuto con sé. «Herr Bernd, ha telefonato un signore per lei. Herr Teacher. Viene qui. Ore dodici in punto.» Era un ragazzo nervoso, venuto a Berlino, come tanti altri, per non finire arruolato nella Bundeswehr. Si era trovato un lavoro in albergo, aveva conosciuto una ragazza e per il momento tornare a Brema, dai genitori, non rientrava nei suoi progetti. Di tanto in tanto il padre si faceva vivo per sapere se Richard si "teneva fuori dai guai". Di solito le telefonate arrivavano a tarda notte e di solito suo padre sembrava ubriaco.

A volte avrei preferito che Richard non insistesse a parlare inglese con me, ma lui era deciso a migliorare la sua conoscenza delle lingue. La sua ambizione era di lavorare alla reception di qualche hotel di lusso, ma mi aveva chiesto di non parlarne con Lisl. E io mantenevo il segreto. Gli risposi in inglese dicendogli che avrei pranzato di sotto; se il mio visitatore Herr Teacher fosse arrivato in anticipo avrebbe dovuto scortarlo al bar e invitarlo a unirsi a me per la colazione.

«È esattamente come dice lei, Herr Bernd» mi rispose Richard. Ammiccò nervosamente. Aveva un considerevole bagaglio di frasi che sapeva formulare in un inglese abbastanza corretto. Il suo problema stava nell'unire i vari frammenti in modo che non si vedessero le saldature.

«Grazie, Richard.»

«È sempre un enorme piacere, Herr Bernd. Le auguro una buona giornata.»

«Anche a te, Richard.»

Una volta ben sveglio, fui sopraffatto dal disperato bisogno di una tazza di caffè forte e bollente. Così alle nove e un quarto me ne stavo seduto in sala da pranzo — la sala riservata alla prima colazione era in ristrutturazione — con Lisl, che agitava una mano per richiamare l'attenzione di Klara e farsi portare un bricco di caffè. La fedele Klara indossava un antiquato grembiule bianco inamidato con una pettorina orlata di pizzo. Lisl si riferiva invariabilmente a lei come a *das Dienstmädchen*, quasi fosse una camerierina appena assunta, ma Klara era assai vecchia. Sottile ma robusta, assomigliava a un uccello con quegli occhietti piccoli e sfavillanti e i capelli grigi pettinati all'indietro in una crocchia sulla nuca, uno stile in voga ai tempi della sua gioventù. Era curva per una vita di fatiche, dato che lavorava sodo per Lisl da molto prima che la casa diventasse un albergo.

«E questa volta» le disse Lisl calcando le parole «usa meno caffè.»

«A certa gente piace il caffè forte» obiettai io a Lisl, ma lei rivolse a Klara un cenno della mano, come per dirle di non fare attenzione a me.

Poi, non appena l'altra si fu allontanata, mi spiegò con voce sonora: «Spreca un sacco di caffè. Ed è talmente costoso. Sai quanto pago per quel caffè?».

Con la coda dell'occhio vidi Klara voltarsi per ascoltare meglio le parole di Lisl. Stavo per rispondere che era tempo che la smettesse di preoccuparsi per cose del genere e lasciasse che fossero Werner e Ingrid a badare ai registri. Ma l'ultima volta che avevo azzardato un consiglio analogo lei aveva reagito con una tirata piena di sdegno, assicurandomi di non essere troppo vecchia per gestire un albergo. Werner e Ingrid dovevano avere trovato la maniera per tenerla buona, perché sembrava non prendersela affatto per i cambiamenti da loro apportati.

La sala da pranzo, per esempio, era stata del tutto rinnovata. Il rivestimento a pannelli era stato eliminato in modo da scoprire il legno originale e le stampe insignificanti sostituite da acquerelli contemporanei: scene di vita berlinese opera di un artista locale e che si intonavano perfettamente con un aspro disegno di George Grosz, l'unico pezzo rimasto del mobilio precedente. Il quadro era sempre stato appeso vicino a questo tavolo — collocato accanto a una finestra che dava sul cortile — e questo era quello abitualmente occupato da Lisl all'ora di pranzo. Una volta, uno dei suoi critici più feroci l'aveva paragonata a un disegno di George Grosz: tutta in bianco e nero, una figura di contrasti, una rozza caricatura della Berlino degli anni Trenta. E oggi questa donna obesa, con l'abito nero a maniche lunghe e gli occhi penetranti dalle ciglia troppo truccate, rispondeva perfettamente a quella descrizione.

Arrivò il caffè e Klara mi riempì la tazza. Era una miscela acquosa senza aroma né colore ma io non feci commenti e Lisl finse di non essersi accorta di nulla. Si versò invece un po' di latte — di questi tempi non beveva caffè. Mangiava a gesti lentissimi una mela rossa accompagnata da un pezzo di emmenthal svizzero e una fetta di pane di segale. La sua vecchia mano artritica — pallida, lentigginosa e appesantita dagli anelli di brillanti — maneggiava un affilato coltello da cucina con cui tagliava piccoli pezzetti di mela. Poi li prendeva tra l'indice e il pollice e se li infilava piano in bocca, attenta a non sbavare il rossetto rosso fuoco.

«Werner ha le sue idee» disse a un tratto Lisl. Lo disse come se stessimo appunto parlando di lui, come in risposta a una domanda. «Werner ha le sue idee ed è ben deciso.»

«Che genere di idee?»

«Ha rivisto i vecchi registri e sta usando quel suo computer per scrivere a tutte le persone che hanno soggiornato da noi negli ultimi cinque anni o più. Inoltre tiene una specie di scheda per ogni ospite: nomi propri loro e delle mogli, abitudini alimentari ed eventuali problemi che possono averci creato.»

«Eccellente» commentai, e quando la vidi fare una smorfia: «Non ti sembra un buon metodo?».

«Ho gestito questo albergo per anni senza avere bisogno di tante complicazioni» rispose. Ma non disse che *non* era un buon metodo. Preferiva starsene in platea finché le idee di Werner non venivano messe alla prova. Era questo il suo modo di fare. Non le piaceva dovere ammettere di avere sbagliato.

«Negli affari Werner se la cava benissimo» osservai.

«E le serate del bridge» continuò lei. «La gente di Frank Harrington viene per le serate di bridge. Agli inglesi piace il bridge, vero?»

«Ad alcuni.»

Lisl ebbe un sorriso cupo. Di solito mi prendeva sempre in giro per via del bridge. Quando rideva, tutto il suo corpo enorme sobbalzava e l'abito di lucido satin ondeggiava. Alzò la mano per toccarsi con il mignolo l'angolo dell'occhio, un gesto delicato con cui verificava che le lunghe ciglia finte fossero bene incollate. «Werner è come un figlio per me.»

«E lui ti vuole molto bene, Lisl» dissi. Immagino che avrei potuto dirle che Werner la amava, perché i sacrifici che affrontava per mandare avanti quel posto non lasciavano dubbi in proposito.

«E ama la casa» assentì lei. Si portò un altro pezzettino di mela alla bocca e lo masticò rumorosamente, gli occhi fissi sul piatto come se la mia reazione non la interessasse affatto.

«Sì» assentii. Non ci avevo mai pensato prima, ma Werner era nato lì durante la guerra. In quella casa aveva vissuto i suoi primi anni di vita e certo aveva per lui più significati sentimentali di quanti ne avesse per me; eppure nel corso delle nostre conversazioni non ne aveva mai parlato. Era comunque terribilmente egoista da parte mia non vedere quello che era tanto palese. «E c'è anche tua nipote, qui.»

«Ingrid.» Lisl si schiarì la gola e annuì. «È mia nipote.»

«Già» feci io. Dato che Lisl aveva ripetuto a chiunque fosse disposto ad ascoltarla che Ingrid, essendo la figlia illegittima di sua sorella, *non* era di conseguenza sua nipote, interpretai quell'ammissione come un sostanziale progresso da parte di Ingrid.

«Devi andare da qualche parte?» mi chiese con aria torva. «Continui a guardare l'orologio.»

«In banca. Dovrebbero esserci dei soldi ad aspettarmi e ho un debito con Frank.»

«Frank di soldi ne ha una montagna» ribatté lei, dimenandosi sulla sedia. Quello era il suo modo per liquidare sia la generosità espressa da Frank nel prestarmi del denaro sia la correttezza che dimostravo io nel volerlo rimborsare. Mentre mi alzavo aggiunse: «Un giorno o l'altro devo portarti a dare un'occhiata a quella roba di tuo padre».

«Quale roba?»

«Ci sono un fucile e un'uniforme tutta mangiata dalle tarme — non la metteva mai se non quando glielo ordinavano — e la brandina che tua madre aveva prestato a Frau Grieben, dall'altra parte della strada, più dei libri in inglese... Dickens, credo, il poggiapiedi e un materasso. C'è anche un gran mazzo di carte: conti e roba del genere. Avrei buttato via tutto, ma ho pensato che forse ti avrebbe fatto piacere dargli un'occhiata.»

«Che genere di carte?»

«Erano in quella vecchia scrivania che usava tuo padre. Si dimenticò di svuotarla. Se ne andò in fretta. Disse che sarebbe tornato a prendere tutto quanto, ma se ne scordò. Sai com'era distratto a volte. Poi, quando ho cominciato a usare la stanza come magazzino, ho dimenticato anch'io.»

«E adesso questa roba dov'è?»

«Libri contabili e i mucchi di corrispondenza. Niente d'importante, o mi avrebbe scritto per farsela restituire. Se non ti interessa, posso gettarla. Werner vuole che sgomberi il magazzino; conta di ricavarne un bagno.»

«Mi piacerebbe darci un'occhiata.»

«È tutto quello a cui sa pensare: bagni. Non si può affittare un bagno.»

«Sì, mi piacerebbe proprio esaminare quella roba, Lisl.»

«Finirà col trovarsi *ancora meno* camere da letto. E allora come farà a guadagnare di più?»

«Quando credi che potrò farlo?»

«Non essere fastidioso, Bernd. È tutto al sicuro. La stanza è piena di ogni sorta di carabattole e non c'è altro posto dove metterle. La settimana prossima... no, quella dopo ancora. Non lo so. Volevo soltanto sapere se ti interessava.»

«Sì, Lisl» dissi. «Grazie.»

«E comperami la *Guida Michelin* della Francia. Quella nuova! È appena uscita. La vecchia non m'interessa.»

«La *Guida Michelin* degli alberghi francesi!» Per anni Lisl aveva lasciato l'albergo molto di rado e solo per andare in banca, e dopo l'attacco cardiaco aveva evitato anche quelle sortite sporadiche. «Vai in Francia?» domandai. Si era forse messa in testa la pazza idea di andare a trovare sua sorella Inge che abitava là?

«Perché non dovrei? È Werner che manda avanti la baracca, no? Continuano a dirmi che dovrei andare da qualche parte a riposare.»

Werner pensava di mandare Lisl in una casa di riposo, ma come spiegarglielo? «La nuova Michelin della Francia» assentii. «Ne prenderò una copia.»

«Voglio vedere quali sono i ristoranti migliori» seguitò Lisl tutta gaia. Forse il suo era soltanto un gioco; con lei era impossibile capirlo.

Trascorsi il resto della giornata vagabondando lungo la Ku-Damm. La neve era scomparsa e la luce del sole era dura come un diamante. Le nubi si erano lacerate rivelando frastagliati scorci d'azzurro, ma sotto quei cieli la temperatura restava sempre desolatamente bassa. Caccia sovietici passavano con un fracasso quasi insopportabile, anch'essi parte delle sistematiche molestie a cui veniva sottoposto il bastione più orientale del capitalismo. Dopo un salto in banca gironzolai per librerie e feci una capatina ai grandi magazzini Wertheim. Al pianterreno i banchi della gastronomia vendevano ogni sorta di delizie. Bevvi un bicchiere di forte birra tedesca e mangiai un paio di aringhe alla Bismarck. Per un'ora dimenticai l'imminente incontro a colazione, che sarebbe certo stato litigioso per non dire apocalittico. I miei problemi svanirono. Intorno a me risuonavano le voci sempre allegre dei berlinesi. Alle mie orecchie le battute e le imprecazioni suonavano diverse da ogni altra, perché per me Berlino significava casa. Eccomi di nuovo bambino, pronto a ripercorrere la Ku-Damm per trovare mia madre ai fornelli e papà seduto a tavola che mi aspettavano all'ultimo piano di quel buffo vecchio stabile che noi chiamavamo casa.

Il tempo passa in fretta quando la mente si perde in certe fantasticherie e dovetti affrettarmi per tornare in albergo puntuale. Al bar non c'era traccia di Teacher, così sedetti a leggere un giornale. Alle dodici e mezzo entrò un uomo e mi cercò con gli occhi, ma non era Teacher: era il residente berlinese, Frank Harrington. Si tolse il cappello. «Bernard! Che piacere vederti.» Niente nei suoi modi e nel calore del suo saluto spiegava il motivo di quella sostituzione e io decisi immediatamente che la sua presenza era in qualche modo legata all'enigmatica conversazione ascoltata da Ingrid.

Forse era il modo di fare paterno di Frank nei miei confronti a rendere il suo comportamento sempre così uniforme. Sono convinto che se mi capitasse di atterrare accanto a lui sulla sua faccia della luna, non ne sarebbe affatto sorpreso. A dispetto di tutti i problemi, mi accoglierebbe con un: «Bernard! Che piacere vederti» e mi offrirebbe un drink o mi direbbe che non faccio abbastanza moto.

«Avevo sentito dire che eri fuori città, Frank.»

«A Londra per la notte. Uno dei soliti incarichi, niente di più.»

«Naturalmente.» Cercai di capire dalla sua espressione che cosa c'era in serbo, ma il viso raggrinzito di Frank era gioviale come sempre. «Stamattina sono andato in banca» dissi. «Ho qui una tratta per rimborsare le mille sterline che mi hai fatto avere.» Gliela consegnai. Lui la ripiegò e la mise nel portafoglio senza leggerla.

Poi si inumidì le labbra e disse: «Credi che il tuo amico Werner potrebbe procurarci qualcosa da bere?». La sensazione che il compito potesse andare oltre le capacità di Werner, o che questi fosse addirittura propenso a impedirgli di bere, trapelava dalla sua voce. Con ancora il cappotto indosso e il cappello in mano, si guardò intorno con fare quasi furtivo. A Frank non erano mai piaciuti Lisl né Werner né l'albergo e il suo disagio sembrava essere aumentato ora che alla gestione era subentrato il mio amico.

«Klara!» chiamai. Non dovetti gridare, perché la vecchia era già nei paraggi, pronta a occuparsi del nuovo arrivato. «Un doppio gin and tonic per il mio ospite.»

«Gin Plymouth con Schweppes?» chiese lei, apparentemente più informata di me sulle preferenze di Frank. Poi gli prese il cappotto, il cappello di feltro e l'ombrello.

«Sì, Plymouth con tonica» confermò lui. «Niente ghiaccio.» Non si accomodò subito nella sedia che avevo scostato per lui, ma rimase lì, assorto, come se non riuscisse a ricordare quello che era venuto a dirmi. Sospirò prima di calarsi sul sedile rivestito da poco di cinz. «Sì, solo uno dei tanti incarichi» riprese. «Quel tipo di incarico di cui ora come ora farei volentieri a meno.» Sembrava stanco. Frank era più o meno sui sessantacinque anni. Non così vecchio, forse, ma gli avevano chiesto di restare in servizio quando era già pronto per andare in pensione e da allora parte dell'entusiasmo lo aveva abbandonato. O forse era solo una mia fantasticheria, perché quel giorno Frank aveva il tipico aspetto che quasi mi ridà fiducia nel sistema inglese delle scuole private. Irradiava devozione, affidabilità e buona educazione. I capelli erano mossi e brizzolati, ma non così mossi da farlo apparire un damerino e non così brizzolati da farlo apparire quello che non poteva essere. Persino le rughe erano quelle di un uomo amabile, innamorato della vita all'aperto. E naturalmente Frank disponeva di un cameriere personale che gli stirava gli abiti di Savile Row e gli lucidava le scarpe cucite e mano e si accertava che le sue camicie di Jermyn Street avessero il colletto inamidato al punto giusto.

«Hai saputo di mio figlio?» Si stava frugando nelle tasche. La domanda era stata fatta con quella casualità di modi e di voce che, in un certo tipo di gentleman inglese, indica una questione di importanza vitale.

«No» risposi. «Che cos'è successo?» Frank non aveva mai nascosto la speranza di vedere il figlio nel servizio diplomatico. Aveva preparato il terreno con un buon anticipo e per questo, quando il ragazzo aveva lasciato Cambridge con la dichiarata intenzione di conseguire il brevetto di pilota commerciale, lui non l'aveva preso troppo sul serio. Suo figlio lavorava già da qualche anno quando Frank, seppure riluttante, aveva accettato il fatto che vivesse una vita sua.

«Non ha superato la visita medica.»

«Frank, mi dispiace moltissimo.»

«Sì, per un pilota di linea è una sentenza di morte. Così mi ha detto al telefono. "È una sentenza di morte, papà." Fino a quel momento non credo che avessi capito quanto significava per lui quel maledetto lavoro.» Ancora una volta si inumidì nervosamente le labbra; sapevo che ero la prima persona a cui rivelava i suoi veri sentimenti. «Volare. Dev'essere talmente noioso. Ripetitivo.» Ecco l'atteggiamento di superiorità che il figlio non aveva accettato e che aveva creato una barriera insormontabile tra i due. «Non il lavoro giusto per un ragazzo con una buona laurea, ecco come la vedevo io.» Mi guardò con aria interrogativa e allora mi ricordai che io di lauree non ne avevo di alcun genere.

«Che cosa farà?» mi affrettai a chiedere, per coprire il suo disagio.

«È ancora in stato di shock» rispose Frank con una risatina; tentava di nascondere il turbamento provocatogli dalla brusca fine della carriera del figlio.

«Andrà tutto bene» lo rassicurai, e continuai improvvisando. «Gli troveranno un lavoro a terra. Finirà nel consiglio di amministrazione.» Sapevo che era proprio il tedioso lavoro amministrativo a riscuotere l'approvazione di Frank.

«Ce ne sono troppi» obiettò lui. «Troppi piloti disoccupati che non sanno fare altro che pilotare un aereo. Non servirebbe a niente dietro una scrivania, Bernard, lo sai anche tu.» Da un po' continuava a frugarsi in tasca con aria distratta e alla fine tirò fuori una sacca per il tabacco di tela cerata gialla. Dal taschino estrasse la pipa di legno di ciliegio e vi soffiò dentro a mo' di esperimento.

«Non sono sicuro che qui sia ancora permesso fumare, Frank» lo avvisai.

«Sciocchezze» sbuffò lui. Sedette e cominciò a caricare il fornello della pipa premendo il tabacco con il pollice.

Arrivò Klara con il suo gin and tonic. Vide la pipa quando Frank la posò davanti a lui e disse: «*Hier darf nicht geraucht werden, Herr Harrington*».

«Stupidaggini!» esclamò Frank.

Ma, a dispetto del suo devastante sorriso, Klara lo minacciò con il dito. «*Die Pfeife! Die Pfeife ist strenglich verboten!*»

Frank continuò a sorridere e non disse nulla. Klara mi guardò con un'espressione feroce che sembrava chiedermi come se la sarebbe cavata Lisl in quella situazione. Finalmente si strinse nelle spalle e marciò via. Non credo che a Klara interessava davvero se gli ospiti fumassero o no in sala da pranzo: aveva fatto il suo dovere, così come Lisl pretendeva. Tanto bastava.

Ma forse il suo avvertimento aveva fatto effetto, perché Frank continuò a giocherellare con la pipa senza accenderla. Per un po' pensai che fosse ancora concentrato sul fallimento del figlio, ma c'era qualcos'altro. «Ti porto buone notizie, Bernard» annunciò.

«Ovvero?»

«Sei libero.» Forse il mio viso non mostrò la gioia che lui aveva previsto, perché aggiunse: «Libero di andare in Inghilterra. Tutte le accuse sono cadute. Nessuna commissione da affrontare, neppure un tribunale».

«Ah, sì?» dissi.

«Non credo che tu capisca quello che ti sto dicendo. Tutte le imputazioni a tuo carico sono state fatte cadere.»

«Mi sembrava che tu avessi detto che *erano* cadute.»

«Sei ipercritico oggi, Bernard.»

«Forse. Ti dispiacerebbe spiegarti meglio?»

Lui tossì. Era un segno di nervosismo, come sostenevano gli esperti di interrogatori, o aveva a che fare con quel suo maledetto tabacco da pipa? «Restano ancora un paio di formalità. Niente di più, te l'assicuro.»

«E sarebbero? Londra ti ha mandato a puntarmi una pistola alla testa?» Guardai fuori della finestra. L'azzurro del cielo era stato solo un breve interludio, un inganno. Adesso era di nuovo nuvoloso e sembrava preannunciare altra neve o, dato che la temperatura stava salendo, pioggia.

«Oh, avanti, Bernard. No, niente del genere.»

«Quali formalità?»

Lui batté la pipa sul tavolo. «Be', non vogliamo che tu venda le tue memorie a uno di quei giornali della domenica.» Sorrise, quasi che in quella restrizione ci fosse qualcosa di incredibile, come gettarsi dal pinnacolo più alto del Big Ben con in mano un ombrello. «E non vogliamo che tu avvii una causa davanti alla Corte Suprema.» Un altro ampio sorriso.

«Aspetta un momento, Frank. Una causa davanti alla Corte Suprema? Non potrei farlo in ogni caso se lavoro ancora per il Dipartimento.» Lo guardai: la sua espressione non era mutata. «Non è che quel mandato di cattura era solo un modo bizzarro per liberarsi di me? Volevano che fuggissi? Qualcuno si augurava che andassi all'Est?»

«Santo cielo, no!» Una folata di vento fece vibrare i vetri delle finestre, come un demone che tentasse di irrompere all'interno. A dispetto dei doppi vetri, il rumore del vento era chiaramente percettibile, un suono basso e vibrato, un lamento cantilenante.

«Dal punto di vista del Dipartimento questo renderebbe le cose più facili, giusto? Se fuggissi adesso, verrei etichettato come disertore... Per la loro reputazione sarebbe comunque meglio che vedermi in un'aula di tribunale inglese, o perfino davanti a un tribunale militare di Berlino.»

«Bernard, per favore. Chiedono semplicemente la firma su un accordo supplementare, riguardante le questioni relative alla sicurezza, contrattuali e così via. Formalità, come ho già detto.»

«Mi stai dicendo che sono licenziato? È questa la "soluzione finale" al problema Samson? Devo essere imbavagliato stretto stretto e messo a tappeto?»

«Datti una calmata, Bernard.»

«Se è così dimmelo, Frank. Senza tanti giri di parole.»

«Vogliono che tu dia le dimissioni... Suggeriscono un preavviso di un anno. E durante questi dodici mesi lavorerai normalmente.»

«Liquidazione? Condizioni di pensionamento?»

«Da concordare.»

«Ah, vedo la mano di Morgan in questa faccenda. Lavoro per un anno con qualche incarico insignificante e senza che sulla mia scrivania passi niente che valga la pena di guardare due volte. Se poi mi comporto bene, tengo la bocca chiusa e firmo qualche centinaio di moduli che gli garantiscano che non spifferarò una parola a nessuno senza pagarne le conseguenze, allora potrò lasciare il palcoscenico in punta di piedi e avere la pensione. Ma se nel corso di questi dodici mesi apro il becco per dire la mia, mi lasciano senza un soldo.»

«Queste faccende hanno sempre dei risvolti, Bernard.»

«Ho ragione o no?»

«Diciamo che si potrebbe anche vederla così. Ma spero

che capirai quello che ti conviene. È l'unica possibilità per uscire da una situazione insostenibile.»

«La risposta è no» dissi.

«Aspetta un minuto, Bernard.»

«Non ho fatto niente di disonesto e loro lo sanno. Gesù! Quando Fiona ha preso il volo, ho dovuto vedermela con le commissioni di controllo del ministero della Difesa e del Governo. Hanno dichiarato che ero pulito e lo sono ancora. Ecco perché sono stati costretti ad abbandonare quello stupidissimo progetto di arrestarmi. Gli avvocati devono avere detto loro che non ci sono i presupposti. Neppure qui nella Berlino occupata, dove possono praticamente inventarsi le leggi a loro piacimento. Se mi avessero arrestato in Inghilterra, i quotidiani mi avrebbero dedicato tutti i titoli di testa e il Dipartimento avrebbe fatto la figura dell'imbecille.»

«Be', sì» ammise Frank con quello che avrebbe potuto essere un sospiro. «In effetti mi risulta che il Vice ha discusso di te e del mandato di cattura spiccato nei tuoi confronti con qualcuno dell'ufficio del procuratore generale.»

«E ne è uscito con il culo quadro.»

«Non so che cosa si siano detti.» Frank teneva gli occhi bassi, tutto concentrato sulla borsa del tabacco. Nella sua qualità di capo della Stazione di Berlino, era entrato parecchie volte in urto con la Centrale di Londra, e non riusciva a nascondere del tutto la sua soddisfazione davanti al pasticcio che Londra aveva combinato. Il fatto che avessero chiesto a lui di togliere le castagne dal fuoco, poi, rendeva tutto ancora più stimolante.

«Non darò le dimissioni» dichiarai. «Lavorerò per un intero anno come loro stessi suggeriscono, ma a condizione di continuare a svolgere lo stesso lavoro. Se fra dodici mesi il Dipartimento vorrà ancora la mia testa, discuteremo del risarcimento.»

«Non vedo la differenza, Bernard.»

«Davvero, Frank? La differenza sta nel fatto che dimettersi adesso sarebbe riconoscere che ho fatto qualcosa di sbagliato: che ho rivelato segreti a una potenza straniera o rubato le matite in ufficio. L'impiegarmi per un altro anno con le medesime funzioni sarà una tacita ammissione che sono stato accusato ingiustamente.»

«A loro non piacerà questa risposta» profetizzò Frank. «Sono ansiosissimi di risolvere la faccenda in fretta.» Si levò di nuovo il vento, questa volta più impetuoso. Quando fosse calato sarebbe arrivata la pioggia.

«Ci scommetto. Be', possiamo sistemarla in fretta, se è questo che vogliono. Spedirò la mia storia al *New York Times* via fax.»

Per un istante Frank non reagì. Poi si passò le mani sul viso. «Non fare scherzi del genere, Bernard. Mi vengono i brividi al solo pensiero del danno che soffriremmo tutti se tu facessi qualcosa di tanto sciocco.»

«Okay, Frank. Io la smetto di scherzare, ma tu riferisci a Londra che si tratta alle mie condizioni oppure niente.»

Quando mi rispose, lo fece con voce pacata, misurata. «Non conosco nessuno che abbia la tua esperienza, e il tuo istinto, per quello che sta accadendo qui, Bernard. Gli anni come agente operativo aggiunti al tempo che hai trascorso nell'ufficio per la Germania a Londra fanno di te un personaggio chiave e un obiettivo primario. Tu hai visto il Dipartimento al lavoro sin da quando stavi sulle ginocchia di tuo padre. Certo capisci perché si preoccupano tanto.»

«Lo capisco, Frank. Tu riferisci a Londra che si tratta alle mie condizioni oppure niente.»

«A loro non piacerà sentirsi minacciati, Bernard.»

«Come suonano sinistre queste parole, Frank.»

«Davvero? Mi dispiace, non era mia intenzione. Volevo solo rilevare che il tuo atteggiamento non sarà gradito. Hanno fatto la loro offerta in buona fede. Devi proprio ributtargliela in faccia?»

«Non darò le dimissioni.»

«Torna a Londra. Penserò io a tutto. Rientra in ufficio e mettiti al lavoro, normalmente. Lascia in sospeso la faccenda delle dimissioni finché non avrò parlato con il vecchio.»

«Rimane la questione di Fiona» dissi io.

Trasalì, come se lo avessi colpito. «Non possiamo discutere di tua moglie.»

«Devo sapere se Fiona ha disertato o se è passata dall'altra parte continuando a lavorare per il Dipartimento.»

Frank mi fissò. Il suo viso era come pietra, senza neppure un barlume di consapevolezza.

«Molto bene» assentii. «Non puoi dirmelo in via ufficiale, lo capisco, Frank. Ma è mia moglie. Devo sapere.»

Gli diedi il tempo di formulare una risposta che non si scontrasse con i suoi princìpi, ma non parlò.

«Fiona è stata mandata là, vero? Lavora ancora per noi?» Il suo viso era lo stesso che vedevo dai giorni dell'infanzia, ma quegli occhi spietati mi rivelavano un Frank di cui avevo sempre negato l'esistenza. Tuttavia, quella reazione rigida, inflessibile, non mi spinse a odiarlo: al contrario, mi fece desiderare ancora di più il suo aiuto e la sua assistenza. Naturalmente era questo il segreto del suo lungo successo; avevo impiegato parecchio per scoprirlo. «Giusto?» Mi parve di leggere nei suoi occhi una risposta affermativa. Ero certo che Frank non mi avrebbe permesso di nutrire la pericolosa convinzione che Fiona fosse innocente se si era davvero trasformata in un'avversaria.

Mi sembrò che fosse passata un'eternità quando disse: «Ti proibisco di discutere di Fiona con me e con chiunque altro. Ti ho detto che avrei fatto del mio meglio per scoprire quello che vuoi sapere, ma nel frattempo devi tenere la bocca chiusa. Dimenticatela».

«Okay.»

«Parlo sul serio.»

«Ho detto okay.»

Frank si rilassò un poco. «Allora, tornerai a Londra il più presto possibile?» Io annuii. «Senza dubbio dovrai occuparti di un sacco di cose.»

Mi guardò per un momento prima di infilarsi la mano in tasca ed estrarne una grande busta bianca che posò sul tavolino davanti a me.

Ricambiai il suo sguardo e sorrisi. Mi aveva manovrato con abilità ed era stato tanto sicuro del fatto suo da portare con sé il biglietto aereo. «Scacco matto in tre mosse, eh, Frank?» Sorrisi di nuovo, sforzandomi di non sembrare troppo amaro.

«Ho pensato che ti avrebbe fatto piacere vedere Gloria e i bambini al più presto.» Spinse di mezzo centimetro il biglietto verso di me. «Sarai con loro stasera. Domani andrai in ufficio e lavorerai come al solito. Ti chiamerò a casa per riferirti come vanno le cose.» Parlando, stava attento a non lasciar trapelare alcuna nota di trionfo. Dal suo tono e dall'atteggiamento che teneva chiunque avrebbe pensato che eravamo entrambi vittime della stessa cattiva sorte.

«Grazie, Frank.» Presi il biglietto. «Dov'è finito il tuo collega Teacher?»

«Non te ne pentirai, Bernard. Ti ho dato un buon consiglio, quello che ti avrebbe dato tuo padre.» Una pausa, di cui approfittò per inspirare profondamente e senza dubbio per congratularsi con se stesso per la destrezza con cui aveva approfittato dell'opportunità di cambiare discorso. «Teacher. Già. Un impiastro» riprese, portandosi la pipa alle labbra. «La moglie se l'è filata. Una ragazza fantastica. Intelligentissima. Clementine: splendida creatura, corpicino magnifico. L'hai mai incontrata?»

Feci un cenno d'assenso. Frank aveva l'occhio lungo per le giovani donne desiderabili e ben fatte. Aveva lo sguardo perso nel vuoto mentre ricordava.

«Se n'è andata con non so quale pimpante produttore cinematografico. Uno yankee. Si erano conosciuti dieci giorni prima. Le donne sono talmente impulsive, vero? Che cosa spinge una giovane moglie a un passo così drastico?» Il vento era calato. Il cielo si era oscurato. Da un momento all'altro sarebbe cominciato a piovere.

«Povero, vecchio Teacher» sospirai. «Mi sembrava molto attaccato alla moglie.» Ora capivo perché la bella Clemmie mi era parsa così agitata quando avevo pranzato a casa loro, la domenica. Sebbene mi avesse definito un paria, con tutta probabilità aveva pensato che al Dipartimento fossero venuti a conoscenza dei suoi piani e avessero mandato me a spiarla.

«Quel miserabile americano l'ha portata a un festival cinematografico a Varsavia. Varsavia! È successo un putiferio, te lo dico io. Londra ha dato fuori di matto: il telex era incandescente! "Fate questo: non fatelo; non tenete conto del messaggio precedente; vogliamo sapere dove si trova attualmente." Sai com'è. Fortunatamente la signora Teacher deve avere capito che razza di guaio aveva combinato; mi ha telefonato dal suo albergo di Varsavia e mi ha spiegato, con parole molto caute, che si trattava di una questione assolutamente personale. Si era, ha detto, innamorata per la prima volta nella sua vita. Con contorno di sospironi e tutto il resto. Dice che non tornerà dal marito. Pensano di andare a un festival cinematografico in Giappone e poi in America. Lei vuole vivere a Beverly Hills. Mi ha detto che non dovevo preoccuparmi.» Sbuffò nella pipa e mi lanciò un'occhiata preoccupata. «E quindi non mi preoccupo.»

Ecco perché la Duchessa e company erano tanto eccitati. Stavano parlando dei Teacher: non di me e di Fiona. «E Londra?»

«La Centrale di Londra ha alle sue dipendenze preoccupati di professione. Ma non c'è modo di costringere i nostri ragazzi a tenere chiuse le mogli nell'armadietto delle scope mentre loro sono al lavoro, giusto?» Cominciò a premere il tabacco nel fornello della pipa. «Per certi versi è proprio un peccato.»

La pioggia batteva sui vetri con un tamburellare gentile. Prima erano enormi goccioloni che arrivavano a intervalli cadenzati, ma presto si fecero più frequenti e formarono rivoletti e piegarono gli alberi e stravolsero il mondo esterno fino a renderlo irriconoscibile.

6

Non sono paranoico. Il che significa che non sono paranoico al punto di diffidare di tutti coloro che mi circondano. Soltanto di alcuni. Quando la mattina dopo arrivai in ufficio sembrava tutto normale: troppo normale. Il tempo di dare un'occhiata alla mia scrivania e fui convocato di sopra. Dicky Cruyer, capo supremo dell'ufficio per la Germania e mio diretto superiore, era di un umore bizzarro che potrei quasi definire gioviale.

«Buongiorno, Bernard!» mi salutò sorridendo. Era un uomo ossuto, pallido, con una testa di ricci afro; sospettavo che si facesse regolarmente la permanente.

Durante quelle poche settimane di vita grama a Berlino mi ero riconciliato con l'idea di non rivedere più quella stanza. Di non rivedere più l'Inghilterra, anzi. Così ora mi guardai intorno meravigliato, come se quella fosse la mia prima volta. Esaminai di nuovo il magnifico tavolo in legno di rosa che Dicky aveva adibito a scrivania e dietro di esso la parete coperta di foto, quasi tutte di Dicky. Ispezionai la morbida poltrona Eames di pelle nera e il poggiapiedi uguale e la pelle di leone un po' malconcia sul pavimento, che, notai, era stata sistemata in modo da creare meno intralcio. Guardai tutto questo pieno di stupore.

«Spero che tu sia tornato con la voglia di lavorare sodo» esordì Dicky. «Avrai parecchio da fare, ora che la vacanza è finita.» Si protese in avanti, i gomiti sul tavolo e la punta delle dita unite. Indossava una camicia a maniche corte con bretelle rosse e cravatta a farfalla fiorata. Il Vice si era dichiarato contrario al denim e alla pelle, le passioni di Dicky, e adesso in ufficio lui vestiva formalmente, ma il recente acquisto del vistoso cravattino e delle bretelle costituiva una sottile erosione a quelle restrizioni.

Lo guardai. «Sì, ne ho voglia.» Lui sorrise. Credeva davvero che fossi stato in vacanza? Impossibile capirlo da quel sorriso caldo, rilassato e amichevole. Ma il modo in cui congiungeva la punta delle dita in una serie di rapidi scatti denunciava uno stato d'animo che io giudicai di inquietudine latente.

«Il Vice Controllore per l'Europa vuole che ci troviamo alle dieci e trenta. Sarà bene che venga anche tu. E che prenda appunti.»

«Su che cosa?» Il Vice Controllore per l'Europa era un australiano di nome Augustus Stowe. Dicky riusciva a nascondere solo in parte l'invidia che provava verso Stowe e di solito si riferiva a lui con il suo titolo, sottolineandolo con fare sarcastico, come se la posizione occupata da Stowe fosse manifestamente troppo elevata per le capacità dell'uomo. Questo atteggiamento nei confronti di Stowe, completo di dubbi sussurrati sulla sua competenza, era condiviso da altri tra quelli che gravitavano intorno a Dicky. L'australiano, uno stupefacente ex bambino prodigio, aveva insegnato logica all'Università di Perth e ora certi lo chiamavano con una punta di disprezzo "dottor Stowe", come se un docente universitario fosse troppo poco "concreto" per lavorare al Dipartimento.

«Di cose ce ne sono parecchie» mi rispose vago. Per Dicky, era il modo di ammettere che non ne aveva la più pallida idea. Io sospettavo che fosse intimidito da Stowe; il Vice Controllore si infuriava terribilmente ogni volta che scopriva la più piccola manchevolezza e i suoi incontri con Dicky non erano precisamente conviviali. «Caffè?»

«Sì, grazie.» Qualunque fossero le carenze di Dicky, certo non riguardavano il suo istinto di conservazione né il suo caffè, Chagga, che arrivava dal nuovo negozio di Mister Higgins, in Duke Street. Dicky mandava fattorini motorizzati a prenderlo. Prima o poi qualcuno si sarebbe chiesto che razza di messaggi segreti urgenti arrivavano da Mister Higgins due o tre volte la settimana, chiusi in profumati sacchettini marrone.

«Splendido!» esclamò Dicky quando la sua segretaria entrò portando un vassoio di legno lucido su cui stavano il boccale fumante di vetro, le porcellane Spode e il bricco per la panna. Le tazze erano piene di acqua bollente: secondo Dicky, le tazze calde erano un contributo essenziale all'aroma. Travasò l'acqua in una ciotola e versò prima il caffè per sé. Lo assaggiò tenendo gli occhi chiusi. «Perfino migliore dell'ultima partita» dichiarò poi.

«Stowe mi sta dando la caccia?»

«Sta dando la caccia a qualcuno» replicò Dicky.

Bevve guardando fuori della finestra. La situazione meteorologica, che ancora teneva Berlino in una morsa di gelo, si era mitigata in Inghilterra, dove una successione di alte pressioni aveva garantito il tepore sufficiente per fare fiorire gli alberi e bagnare le strade di una luce mattutina ingannevolmente dorata. Era una falsa estate e una di quelle giornate in cui un uomo esce di casa senza cappotto e torna con la polmonite.

Alle dieci e mezzo mi avviai verso l'ufficio del Vice Controllore per l'Europa. Lo ricordavo quando era arredato secondo i gusti costosi e d'avanguardia di Bret Rensselaer — cromo, vetro, pelle nera e moquette folta — adesso tutto era scomparso. Definirla spoglia era un eufemismo. Non c'era neppure un tappeto. Sulle pareti era ancora visibile l'impronta grigioverde che commemorava la partenza di Bret. Dove un tempo c'era uno squisito Dürer, adesso era appeso il solito ritratto della regina. La scrivania di Stowe era di metallo, di quelle usate dalle dattilografe, e la sedia uno di quegli arnesi rompischiena impiegati dal ministero del Lavoro per scoraggiare i visitatori dal trattenersi troppo a lungo nelle sale d'attesa del pianterreno.

Dicky Cruyer era già lì. Aveva coperto con la giacca le bretelle rosse e io interpretai quel gesto come un'espressione di deferenza. Non era escluso che la loro consultazione fosse iniziata in anticipo. A Dicky piaceva organizzarsi in modo da fare una chiacchierata confidenziale prima di dare inizio ai lavori. Se ne stava appollaiato con le gambe divaricate su una sedia di metallo che si muoveva di qualche millimetro ogni volta che lui si agitava un po'. Tutte e tre le sedie destinate agli ospiti avevano lo stesso difetto. Mi era capitato di sentir dire che era stato proprio il Vice Controllore a volerlo, ma mi sembrava improbabile che Stowe avesse bisogno di simili stratagemmi psicologici per mettere a disagio i visitatori.

Augustus Stowe aveva i capelli nerissimi. Oltre a formare un paio di folti baffi, quegli stessi peli neri gli crescevano nelle orecchie e sporgevano dalle narici; grossi ciuffi gli ornavano le guance e un fitto groviglio ricopriva il dorso delle mani. Strano che fosse abbondantemente calvo. I capelli pettinati con cura e le basette non facevano che enfatizzare la cupola lucida e rosa della testa.

« Inutile starsene seduti a grattarsi il culo, Dicky. Qualche stronzo dovrà pur andare » stava dicendo Stowe, con quei modi bruschi che gli avevano guadagnato ben pochi amici al Dipartimento. « Potresti andare tu stesso » aggiunse, e il suo tono pareva indicare che quella sarebbe stata l'ultima, disperata risorsa.

« Lascia questa faccenda a me, Gus » disse Dicky.

Non era nello stile di Stowe criticare una cosa simile, ma ebbi l'impressione che non gli piacesse sentirsi chiamare Gus. Dicky non l'aveva capito, o aveva voluto deliberatamente provocarlo? « Niente da fare, Dicky. Quando lascio le cose a te, finiscono sempre per arrivare sulla mia scrivania con sei settimane di ritardo — e la scritta "urgente". »

Dicky si premette le dita contro le labbra sottili ed esangui, come per reprimere la tentazione di sorridere per l'ottima battuta. « Potrebbe andarci Bernard » propose poi. « È in grado di occuparsene. »

« Occuparsene! » sbuffò Stowe, con il suo tipico brontolìo australiano. « Ma certo. È quello che stavo dicendo. Qualunque imbecille potrebbe occuparsene. »

« Bernard conosce Vienna » aggiunse Dicky.

Non era vero, ma lui sapeva che non l'avrei contraddetto, e infatti non lo feci. Non si contraddice il proprio capo davanti a un superiore. « È così, Bernard? » mi chiese Stowe. Una grossa mosca gli ronzava intorno alla testa. La cacciò con un gesto quasi regale.

« Ci sono stato con Harry Lime » spiegai.

Il sorriso che mi lanciò fu breve e sprezzante. « Vienna è

solo una parte della faccenda.» Non era un uomo facile da imbrogliare, anche se forse molti non lo capivano al primo incontro. Quel giorno Stowe portava un tre pezzi grigio di un tessuto bizzarro, una cravatta bitorzoluta di maglia e stivaletti alti con la cerniera su un lato. Tutti i suoi vestiti sembravano costumi di scena recuperati nei bauli di una compagnia teatrale da tempo defunta. Perfino il suo orologio aveva un'insolita forma trapezoidale e il vetro di un marrone scolorito, così che per leggere l'ora doveva incollarselo al viso.

Per guardare l'orologio Stowe si era tolto gli occhiali dalla pesante montatura di tartaruga, un accessorio sofisticato che appariva del tutto incongruo su di lui. Da un tipo così ci si sarebbe aspettati occhialini rotondi cerchiati d'oro, un po' storti e magari fermati con una striscia di cerotto. I suoi invece erano costosi e moderni, e dopo avere controllato l'ora lui li brandì come a volerli sfruttare al massimo.

«E Bernard parla bene il russo» aggiunse Dicky.

«Parleranno tutti inglese» obiettò Stowe, guardando di nuovo l'orologio.

«Non tra di loro. Bernard potrà ascoltare quello che si diranno.»

«Mmm» fece Stowe. «Che ore sono?» Stava armeggiando con la corona dell'orologio per regolare le lancette.

«Le dieci e cinquantadue» rispose Dicky.

«Non le è permesso fare alcuna concessione» continuò il Vice con fare solenne, rivolto a me. «Si limiti ad ascoltare quello che hanno da dire questi banditi. Se le sembreranno balle, ce lo riferisca. Ma niente accordi. E torni subito. Niente gite turistiche sul Danubio blu, né assaggi del vino di maggio nell'*heuriger* di Grinzing. Siamo d'accordo?» Neppure lui era riuscito a resistere alla tentazione di farci capire che c'era stato.

«Naturalmente» assentì Dicky. Ora la mosca ronzava intorno a lui, che però non mostrò di averla notata; dopo un po' l'insetto volò via.

«E per concludere, non voglio interferenze da parte dei nostri amici yankee» terminò Stowe, aprendo un dossier e cominciando a sfogliarlo. Dicky mi rivolse un breve sorriso, e allora capii che non era tanto intimidito quanto sconcertato.

Non sapeva se adottare il gergo da bar del Vice Controllore o mantenere la distanza con la deferenza e le maniere cortesi.

« E come potrebbero interferire? » domandò.

Stowe consultò gli appunti. La mosca andò a posarsi su una pagina e zampettò con fare insolente tra le righe. « Si metteranno alle calcagna di chiunque dei nostri manderemo a Vienna. Non li perderanno di vista un minuto. » La sua mano scattò in avanti con sorprendente velocità. Chiuse le dita intorno alla mosca, ma quando le aprì l'insetto non c'era.

« Lo credi davvero, Gus? » chiese Dicky.

La risposta fu sottolineata da un sorriso scaltro. « Ne sono maledettamente sicuro. Ho lavorato con gli yankee in Corea. Quartier generale del corpo d'armata: so come sono, li conosco. » Si pulì la mano sui pantaloni, come per eliminarne i resti della mosca. Forse gli prudeva.

« E come sono? » domandò ancora Dicky, offrendo doverosamente lo spunto che Stowe aspettava.

Lui lo guardò e tirò su col naso con il fare sprezzante di un esperto oratore. « È nel carattere dell'americano medio, un aspetto della sua storia, l'essere curioso per natura, intraprendente per educazione ed empirico per formazione. In altre parole: gli yankee sono bastardi ficcanaso e invadenti. State lontani da loro. » Tentò ancora una volta inutilmente di prendere la mosca ed ebbe un gesto irato quando questa volò via. « E non voglio neppure che uno dei vostri spendaccioni si registri all'Hilton di Vienna con un paio di occhiali scuri e tormenti l'addetto alla reception per sapere se hanno la cassaforte e il telex. È chiaro? » Dicky, i cui gusti in fatto di tenore di vita lo portavano più verso l'imponenza dell'Imperial, fece un cenno d'assenso.

Dalla mia espressione Stowe doveva avere capito che Dicky non mi aveva detto granché sull'argomento all'ordine del giorno. In effetti, non me ne aveva parlato affatto. « Parteciperà a uno dei soliti incontri ufficiosi con quelli dell'altra parte » mi spiegò. E vedendo che non capivo: « Russi. Non mi chieda chi o come o dove, perché non sono autorizzato a dirglielo ».

« Sì, signore » replicai.

« Priorità assoluta, e da questo possiamo dedurre che

avranno qualche fottutissima lamentela da fare. E se conosco un po' il loro modo di agire, ci saranno anche minacce. Giocate in difesa e non fatevi innervosire.»

«Si tratta di qualcosa di cui potrebbe occuparsi l'Unità Operativa di Vienna?» domandai con tutta la diffidenza che riuscii a metterci. «So che quelli non si innervosiscono mai.»

Stowe si sfiorò deliberatamente la testa come per ravviare i capelli. Forse credeva che vi si fosse appollaiata la mosca, che invece zampettava sulla scrivania. Per un momento parve aver dimenticato quello di cui stavamo discutendo, poi mi guardò. «Gliel'ho detto: dobbiamo evitare gli yankee.» E con gli occhi fissi su di me aggiunse: «Vienna brulica di yankee... CIA, intendo dire».

Dunque non era dei turisti o dei venditori di enciclopedie che si preoccupava. «Perché mai la CIA dovrebbe essere interessata?» volli sapere. «O intende dire che manderemo qualcuno a Vienna per ogni contatto non ufficiale?»

Un lento sorriso si disegnò sul viso di Stowe. Non un gran sorriso in effetti, ma quello che mancava in allegria era compensato in astuzia. «Molto bene, Bernard!» esclamò, e c'era nella sua voce una nota di approvazione che non avevo mai colto prima. «Molto bene!» Girò la testa per rendere partecipe del suo divertimento anche Dicky, il quale reagì con un sorriso deferente che diceva come non avesse capito assolutamente che cosa stava accadendo. Non ebbi difficoltà a riconoscerla: era una delle sue espressioni standard.

Ma quasi subito compresi che la soddisfazione di Stowe era falsa; il suo modo di reagire a un comportamento che riteneva insubordinato. Parlando con lentezza disse: «So che la CIA è interessata, Bernard, perché me l'ha rivelato un uccellino. E se mi verrà detto di fare in modo che simili occasioni si svolgano senza problemi in futuro, forse manderò davvero qualcuno a Vienna ogni volta. E potrebbe essere lei. Le piacerebbe, Bernard?».

Non risposi. Dicky sorrideva per mostrare che adesso capiva di che cosa stava parlando Stowe. «Allora credi che la CIA di Vienna tenterà di interferire, Gus?»

«*So* che lo farà. Brody, il capo della Stazione di Vienna, è uno dei miei vecchi compagni di squadra. Cercherà di combinarci un bel casino, se solo ne avrà l'opportunità.»

«E sa che cosa c'è in ballo?» domandai.

«Joe Brody è un vecchio bastardo coriaceo. Ed è bravissimo a indovinare.»

Poi Stowe mi guardò e fece un cenno con la testa. Mi chiesi se non fosse un ammonimento speciale a mio esclusivo beneficio.

«Che ora fai, adesso?» chiese Stowe, allungando dei colpetti al suo orologio. Dicky glielo disse dopo averne consultato uno particolarmente elaborato, equipaggiato con tachimetro, un calendario perpetuo programmato per gli anni bisestili fino al 2100 e una piccola luna che cresceva e calava. Con un ringhio, Stowe colpì l'orologio con il palmo, come a volerlo punire per non avere soddisfatto le sue esigenze.

Dicky si alzò. «Okay, Gus. Tornerò da te domani con qualche idea.» E, vedendo che l'altro apriva la bocca per protestare: «O magari oggi pomeriggio».

«Gesù Cristo, Dicky» sbottò l'altro. «So con quanta gelosia sorvegli il tuo piccolo regno, come so dell'eccessivo *amour propre* che caratterizza i rapporti con l'ufficio per la Germania. Ma se credi che non sappia che la settimana scorsa sei andato dal Vice Direttore Generale a chiedere il ritorno di Bernard perché era l'unico in grado di svolgere questo lavoro, ti sbagli di grosso.»

Dicky avvampò per la collera, o per l'imbarazzo, o forse per entrambe queste emozioni su cui un gentleman inglese dovrebbe esercitare un completo controllo. Nessun dubbio che la mia presenza accentuasse il disagio. «Te l'ha detto Sir Percy?» balbettò.

«Me l'ha detto una piccola spia» fu la brusca risposta di Stowe. E poi: «Certo. Di che cosa credi che parliamo Sir Percy e io, se non di quello per cui voi fottuti Controllori andate a frignare da lui?».

Ora Dicky era in piedi, le mani strette intorno alla spalliera della sedia, come un prigioniero sul banco degli imputati. A disagio replicò: «Io ho detto soltanto, e lo ribadisco... ho detto a Sir Percy soltanto quello che ho detto a te... cioè...».

«Che Bernard era in grado di occuparsene? Sì, giusto. Be', allora perché venire fin qui fingendo di non avermi già scavalcato?» Era ricomparsa la mosca; svolazzò in tondo, disegnando strani percorsi intorno al cranio di Stowe.

«Posso assicurarti che non è stata mia l'idea di utilizzare Bernard» reagì Dicky, indignato. Ma Stowe si limitò a un sorriso cupo.

Dunque così stavano le cose. Quell'incontro a tre era stato organizzato con il deliberato intento di inscenare una disputa fra membri del Dipartimento, e ormai era evidente che il motivo dello scontro non era su chi avrebbe dovuto partecipare alla riunione ufficiosa con una delegazione del KGB. Quella specie di rissa a mani nude era stata voluta per respingere chissà quale avventato tentativo da parte di Dicky di invadere il territorio di Stowe. La solita sfortuna aveva fatto sì che fossi io l'attrezzo smussato che quest'ultimo aveva scelto per colpirlo.

Come capita spesso agli inglesi, la voce di Dicky si era fatta più pacata a mano a mano che la sua collera cresceva. Ora soppesava le parole con cura, dipanando una complessa spiegazione. Era così offeso da indurmi a dubitare che stesse dicendo la verità. Questo avrebbe significato che era stato il Vice a predisporre il mio ritorno, fingendo che fosse su richiesta di Dicky per nasconderlo a Stowe.

Da parte mia, ero decisissimo a tenermi fuori dal litigio. «Posso tornare alla mia scrivania?» chiesi. «Aspetto una telefonata importante.» Stowe agitò una mano in un gesto che avrebbe potuto significare tanto un assenso quanto un rifiuto a qualcosa detto da Dicky. O forse era soltanto una minaccia alla mosca.

Mentre lasciavo la stanza, le parole di Stowe furono sommerse da quelle di Dicky e sentii il mio diretto superiore dire: «Senti, Gus, ti do la mia parola d'onore che non si è parlato di Bernard...» tornò a sedersi, come preparandosi a un lungo discorso.

Uscii in corridoio con un sospiro di sollievo. La mosca venne con me.

Quella sera fui felice di tornare nella mia casetta di Balaklava Road. Finora non ero mai stato particolarmente affezionato a questa abitazione angusta e scomoda, ma dopo il letto freddo e solitario di Berlino era diventata una specie di paradiso. Il mio arrivo inaspettato della sera prima non contava; era questo il mio vero rientro a casa.

I bambini avevano dipinto uno striscione — Bentornato a Casa Papà — e lo avevano drappeggiato sulla mensola del camino dove crepitava un fuoco vero. Anche se ero per metà berlinese, la vista di un fuoco di carbone non mancava mai di farmi apprezzare le molte piccole gioie del ritorno a casa. La mia meravigliosa Gloria aveva preparato una cena che aveva del miracoloso e che nessuno dei ristoranti locali avrebbe mai potuto offrire. Aveva messo in fresco una bottiglia di Bollinger e io me ne restai seduto nel nostro piccolo soggiorno con i bambini accoccolati sul tappeto che mi tempestavano di domande sulle mie avventure berlinesi. A loro, Gloria aveva detto soltanto che ero via per lavoro. Dopo un paio di coppe di champagne a stomaco vuoto, inventai una complicatissima storiella che mi vedeva all'inseguimento di una banda di ladri, un racconto così improbabile da suscitare di tanto in tanto una risata.

Ero sempre più sorpreso dal modo in cui i bambini crescevano. Contro le loro idee e i loro scherzi — relativamente adulti e sofisticati — andava a infrangersi un piacere che era tutto infantile. Richieste di ascoltare una canzoncina, di organizzare una caccia al tesoro o qualche stupido gioco. Che fortuna potergli stare vicino mentre crescevano. Quale distorto senso del dovere aveva allontanato Fiona? La sua scelta di priorità era una sorta di impegno sacro che vincolava solo le classi medie? Ero cresciuto tra ragazzi della classe operaia in comunità dove nulla era più importante della lealtà alla famiglia. Fiona aveva costretto me e i bambini a subire i suoi obblighi morali, ci aveva forzati a contribuire al suo sacrificio. Come avrei potuto non sentirmi vittima di un torto atroce?

Suonò un timer. Agilmente Gloria ci precedette in sala da pranzo dove la tavola era apparecchiata con le porcellane e i bicchieri migliori. La cena fu deliziosa. «Possiamo pasteggiare a champagne?» «Un pesce nuota?» Un'altra bottiglia di Bollinger e risotto con porcini, seguito da aragosta al forno. Poi da un morbido brie con pane francese. E per finire enormi mele cotte con miele e uvetta. Terminammo con un bricco di densa crema all'uovo. La conclusione perfetta di un pasto eccellente. Sally tirò via tutte le uvette e le allineò sul bordo del piatto, ma Sally lo faceva sempre. Billy le contò: «Ricco, povero, mendicante, ladro...» per predirle alla fine che avrebbe sposato un mendicante; Sally dichiarò che aveva sempre odiato quella filastrocca e Gloria — ottimista, femminista e matematica — la respinse sostenendo che non era abbastanza precisa, poiché dava a una ragazza solo quattro alternative.

I bambini si trovavano entrambi in quella terra di nessuno che separa l'infanzia dalla vita adulta. Billy era un fanatico delle automobili e della bella grafia. Sally aveva deciso di interpretare la parte di Porzia nel *Giulio Cesare* e recitava per noi le scene che preferiva. Il suo orsetto era Bruto.

> «*Entro i vincoli del matrimonio, dimmi, Bruto,*
> *È escluso che io debba conoscere*
> *Segreti che ti appartengono?*»

Liquidando la profezia maritale di Billy, dichiarammo tutti che quella era una festa di famiglia memorabile.

«Ormai i bambini sono abbastanza grandi per apprezzare queste occasioni» osservò Gloria, dopo che Billy e Sally furono a letto. Era in piedi, gli occhi fissi sulle braci morenti.

Io assentii. «È una serata che non dimenticherò mai. Mai.»

Lei si voltò. «Ti amo, Bernard» esclamò come se non l'avesse mai detto prima. «Ora, prima che mi sieda, vuoi qualcosa da bere?»

«Ti amo anch'io, Gloria.» Per troppo tempo avevo evitato di dare voce ai miei sentimenti perché mi sentivo ancora colpevole per la differenza di età che ci separava, ma il tempo trascorso lontano da lei aveva cambiato le cose. Adesso ero felice di dirle ciò che provavo. «Sei fantastica» mormorai, prendendola per mano e facendola sedere vicino a me sul divano. «Hai fatto miracoli per tutti noi. Sarebbe ora che ti chiedessi che cosa posso fare *io* per te.»

Il suo viso era vicinissimo. Sembrava triste quando mi posò una mano sulla guancia, quasi stesse toccando una statua, preziosa ma pur sempre una statua. Mi guardò negli occhi come se mi vedesse per la prima volta e sussurrò: «A volte, Bernard, vorrei sentirti dire che mi ami senza che debba essere io a dirlo per prima».

«Mi dispiace, tesoro. I ragazzi ti hanno ringraziata per l'ottima cena?»

«Sì. Sono adorabili, Bernard.»

«E tu sei meravigliosa con tutti noi.»

«La cena l'ho comperata da Alfonso» confessò con la vocetta da bambina che adottava a volte. «Tranne le mele al forno. Quelle le ho cotte io. E anche la crema all'uovo.»

«Le mele al forno sono state la parte migliore del bentornato a casa.»

«Spero che la parte migliore debba ancora venire» ribatté lei, maliziosamente.

«Vedremo» risposi io. Gloria spense la luce. C'era la luna piena e il giardino sul retro era come avviluppato in un orrido sudario bluastro che lo rendeva simile a un'immagine televisiva. Odio il chiaro di luna.

«Che cosa c'è?»

«È bello essere di nuovo a casa» mormorai io, fissando il brutto giardinetto. Lei mi si accostò da dietro, mi passò le braccia intorno alla vita.

«Non andare più via. Mai più. Me lo prometti?»

«Te lo prometto.» Non era il momento per informarla che Dicky e Stowe avevano organizzato per me un viaggetto a Vienna. Avrebbe potuto pensare che ne ero lieto, mentre la verità era che la prospettiva mi intimoriva in modo del tutto irrazionale. Vienna non è una grande città, non lo era mai stata: è una cittadina di provincia dove contadini dalla mentalità ristretta vanno all'opera invece che al mercato dei porci per scambiarsi perfidi pettegolezzi. Almeno così la vedevo io: in passato Vienna non era stata buona con me.

7

Ricordo di avere detto a un giovane allievo di nome MacKenzie che la semplicità delle istruzioni era direttamente proporzionale alla pericolosità dell'operazione in cui venivi coinvolto. Era proprio il genere di commento disinvolto che veniva spontaneo davanti a ragazzotti come MacKenzie, che bevevano ogni parola e volevano fare tutto così come era insegnato alla scuola di addestramento. Ma da allora avevo avuto tutto il tempo necessario per verificarne l'attendibilità. Quando in seguito mi trovai a riflettere sul mio reclutamento per l'operazione di Vienna, finivo per concludere che molto probabilmente a Stowe non erano state concesse alternative: gli era stato ordinato di scegliere me.

L'operazione era stata denominata Fledermaus, non "Operazione Fledermaus", poiché si era deciso che il ritmo di frequenza della parola "operazione" e il fatto che era sempre seguita da un nome in codice rendeva troppo elevato il rischio di una penetrazione nel codice computerizzato da parte degli avversari.

Certo Fledermaus era ben avviluppata dalla segretezza del Dipartimento. Questi incarichi OIA — Ordini In Arrivo — mi innervosivano sempre un po', poiché non mi davano la possibilità di prepararmi per quello che bisognava fare, qualunque cosa fosse. Pareva che la decisione di mantenere il segreto con gli americani avesse determinato una precisione della documentazione, una metodicità dei segnali e una delicatezza delle utilizzazioni raramente raggiunte quando l'obiettivo non era altro che tenere all'oscuro il KGB.

Raggiunsi in volo Salisburgo, una lucente città giocattolo dominata da una fortezza dell'XI secolo con una stanza delle torture largamente pubblicizzata. Per dodici mesi all'anno le sue stradine anguste rigurgitavano di turismo povero, e cartoline, gelati e souvenir erano sempre facilmente reperibili. Il mio albergo, come quasi tutto in Austria, non distava molto da una casa in cui aveva soggiornato il mai tranquillo Wolfgang Amadeus Mozart.

Il mio arrivo era stato organizzato in modo che coincidesse con un'importante asta filatelica e arrivai in albergo con una dozzina di commercianti di francobolli giunti con lo stesso volo. Le loro registrazioni annoveravano un'ampia gamma di città fra cui Chicago, Amburgo e Zurigo. Sul banco della reception un manifesto colorato mostrava una Julie Andrews in versione giovanile che con le braccia tese cantava « Il tour di *The Sound of Music* — venite a visitare i luoghi in cui è stato girato il film ». Dietro il banco sedeva un vecchio dall'aspetto fragile in vestito nero e colletto rigido. Usava penna e inchiostro e passava un tampone di carta assorbente su ogni registrazione.

L'albergo era tetro, comodo e spazioso; il classico grand hotel un po' antiquato ancora ampiamente diffuso in Austria e nell'aria aleggiava l'odore dolciastro e sintetico del lucido per mobili. Un vecchio ascensore tutto in mogano e ottone saliva sobbalzando all'interno di una cabina di ferro con un suono lamentoso e crepitii improvvisi che mi convinsero dell'opportunità di utilizzare le scale durante il mio soggiorno. C'era perfino un tizio in gilè nero e grembiule di tela verde a portare i bagagli.

All'aeroporto avevo trovato ad accogliermi un austriaco di nome Otto Hoffmann e fu lui ad accompagnarmi in camera. « Sul retro con vista sul fiume » mi spiegò con il suo marcato accento austriaco, e una folata di aria fredda mi investì quando aprì la finestra per assicurarsi che il fiume ci fosse ancora. « Nientre traffico, né odori di cucina, né rumore dal caffè sulla terrazza. Dia dieci scellini al facchino. » Obbedii.

Più o meno sulla quarantina, Hoffmann era un ometto basso, iperattivo, con gli occhietti allegri, il naso all'insù e una bocca sorridente. Le sue maniere, combinate alla fronte alta, alla pelle pallida e levigata, ai lineamenti minuti incastonati nella testa rotonda e ai capelli radi, gli conferivano l'aspetto di un bambino perennemente ubriaco. Non so quanto gli fosse stato detto di "Fledermaus", ma non pronunciò mai quel nome. Sapeva che la mia copertura — quella di commerciante di francobolli — era falsa e non c'era dubbio che fosse stato scelto per le sue conoscenze di filatelia.

«E ora mi permetta di offrirle da bere» esclamò quando ebbe chiuso i vetri interni e posato la mano sul radiatore per assicurarsi che funzionasse.

Intendeva una tazza di tè leggero. Hoffmann teneva i soldi nella tasca posteriore dei pantaloni, un grosso rotolo fermato da un elastico, e aveva la sconcertante abitudine di toccarsi il didietro per assicurarsi che ci fossero ancora. Lo fece anche adesso.

Mi fornì i necessari ragguagli nel salone dell'albergo, una specie di grotta con una cupola celeste dove saltellavano gli angeli e a cui era sospeso un imponente lampadario di cristallo. Lungo le pareti, piante in vaso separavano i tavolini e le poltroncine in cui alcuni ospiti, incapaci o riluttanti ad affrontare le strade affollate, bevevano tè al limone in bicchieri alti accompagnato dalla ricca pasticceria o dalle enormi coppe di gelato e frutta che punteggiavano le loro giornate austriache.

Il mio compagno ordinò due tè e un babà al rum. Mi disse che lì in albergo li facevano deliziosi, ma io stavo cercando di rinunciare ai babà al rum.

«La merce in vendita è quasi tutta austriaca e tedesca» esordì. «Ovviamente sono proprio l'Austria e la Germania i mercati più importanti, ma ci saranno anche commercianti americani, e le loro offerte saranno alte quanto lo permetterà la quotazione del dollaro. Non mancheranno neppure i suoi connazionali londinesi. Londra è un importante centro commerciale per la filatelia e laggiù ci sono ancora molti importanti collezionisti tedeschi e austriaci. Quasi tutti fuggiti ai tempi dei nazisti e poi rimasti in Inghilterra.»

La cameriera fu rapida a portare le ordinazioni. Il tè arrivò in un bicchiere con un elaborato contenitore di silver-plated munito di una sorta di gancio da cui pendeva il cucchiaino. Posò sul tavolo due grosse fette di limone e versò una dose abbondante di non so quale liquore su un dolce dall'aspetto spugnoso sormontato da una corona di crema. « È sicuro...? » chiese ancora Hoffmann. Io scossi la testa. La cameriera scarabocchiò una cifra e lasciato il conto sul tavolo si allontanò.

« E io che cosa ci faccio qui? » domandai a bassa voce.

Hoffmann si accigliò, poi, una volta afferrato il senso della domanda, storse il naso. Aveva posato sul tavolo due magnifici cataloghi e ora ne spinse uno verso di me. Era spesso due centimetri buoni; la copertina colorata, l'ottima qualità della carta e le splendide illustrazioni lo rendevano più simile a un costoso libro d'arte che a un catalogo commerciale. Doveva essere costato una fortuna. Hoffmann lo aprì per mostrarmi immagini di vecchie buste e francobolli, richiamando la mia attenzione su alcune pagine in particolare. « Quasi tutti gli oggetti di valore vengono dai vecchi stati tedeschi. Württemberg e Braunschweig, con qualche rarità da Oldenburg, Hannover e così via. C'è anche qualcosina di interessante arrivata dalle ex colonie tedesche: Cina, Marocco, Nuova Guinea, Togo, Samoa. »

Mentre sfogliava il catalogo, Herr Hoffmann perse il filo della conversazione. I suoi occhi si soffermarono su una pagina. « Alcune di queste buste del Togo sembrano davvero magnifiche » mormorò in tono reverente, e lesse le didascalie con tanta concentrazione che le labbra gli tremavano. Ma si strappò da quella vista meravigliosa per illustrarmi il programma dell'asta, stampato sul risvolto di copertina. A ogni ora — si andava dalle otto del mattino alle tre del pomeriggio circa, con un'ora di intervallo per il pranzo — corrispondeva uno dei lotti numerati che sarebbero stati messi in vendita. Ce n'erano parecchie migliaia e l'asta si sarebbe protratta per cinque giorni. « Alcuni ricchi amatori ingaggiano degli agenti perché frequentino le aste e comperino per loro conto. L'agente ne ricava una buona percentuale. Lei sarà uno di loro. »

« Perché non mandano le loro offerte per posta? »

Lui ebbe un sorriso obliquo. « Certi collezionisti sono diffidenti nei confronti di queste aste. Quando spedisci per posta la cifra su cui il banditore è autorizzato a far conto, si dà per scontato che quella sia la tua offerta massima. La casa d'aste si impegna a farti sborsare un importo non superiore a quello dell'offerta più vicina alla tua.» Strizzò il limone nel tè e mescolò con il cucchiaino, ma dopo avere toccato con la punta delle dita il bicchiere, decise che era ancora troppo caldo per berlo.

«E?»

Un altro sorriso obliquo; era un'espressione che il suo viso assumeva in modo del tutto naturale e non era facile capire se era davvero divertito. «Ogni volta che mandi per posta la tua offerta, sembra sempre che qualcuno sia misteriosamente riuscito a mantenere il prezzo appena un gradino sotto l'offerta massima e tu finisci invariabilmente con lo scoprire di dover sborsare per intero la somma proposta.» Prese la forchetta e guardò il dolce con la stessa concentrazione che un esperto di demolizioni dedica alla collocazione della dinamite.

«Dunque i collezionisti si rivolgono agli agenti per essere certi che le offerte e gli offerenti siano autentici?» domandai.

«Proprio così. Anche se è difficile capire se c'è o meno una truffa. A volte c'è un pubblico funzionario che riceve le offerte per telefono e il banditore ha davanti quelle arrivate per posta. È difficile capire con certezza quello che sta accadendo.» Fino a quel momento la sua conversazione era stata punteggiata da piccoli sorrisi, ma ora si fece serio e, impugnata la forchetta, mangiò un boccone di babà al rum. «Il pasticciere è viennese» mi confidò.

«E che cos'altro deve fare un agente?»

«Esaminare i lotti che intende comperare, assicurarsi che gli articoli non siano danneggiati né contraffatti.»

«È una cosa che si verifica spesso?»

«In questa asta ci sono lotti valutati circa centomila dollari americani. Una bella cifra per chiunque. Molta gente paga di meno per l'affitto della casa in cui vive.»

«È stato molto chiaro, Herr Hoffmann» dissi. «Ma le case d'asta non hanno degli esperti? Non ne sanno abbastanza di francobolli da riconoscere un falso?»

«Naturalmente sì. Ma le case d'asta ottengono una percentuale sul prezzo di vendita. Perché dovrebbero sentirsi incentivate a scoprire eventuali falsificazioni? E nel caso, come dovrebbero comportarsi? Accusare i loro clienti di disonestà? Se il falso viene venduto si beccano comunque una buona parte dei soldi. Se lo mandano indietro perdono un cliente, si fanno un nemico e in più devono rinunciare alla percentuale.» S'interruppe di colpo e mangiò un altro po' di dolce. Due uomini seduti a un tavolo vicino si erano alzati e stavano uscendo. Dalle voci e dagli abiti si sarebbero detti americani, con la faccia fresca e le scarpe lucide.

«A sentire lei, sembrerebbero tutti una manica di imbroglioni» commentai.

«Spero di non averle dato davvero questa impressione. Conosco commercianti a cui affiderei senza esitazioni la mia vita. Ma è un campo pericoloso» replicò Hoffmann, e sorrise come se fosse proprio quello l'aspetto che apprezzava di più. Avevo la sensazione che l'idea di vendere falsi non lo scandalizzasse come avrebbe dovuto; forse era in qualche modo collegato alle contraffazioni che venivano di tanto in tanto commissionate dal Dipartimento? Dovette leggermi nel pensiero, perché si esibì ancora in quel sorriso obliquo.

«E queste persone sono tutti commercianti?»

Lui lanciò un'occhiata circolare alla sala lugubre. Le cameriere in abito nero e grembiule bianco inamidato si muovevano sul pavimento di marmo bianco a passi felpati portando vassoi di tè e pasticcini. Gli uomini, una raccolta piuttosto eterogenea, ma in buona parte di mezza età o anziani, se ne stavano curvi sui cataloghi a scribacchiare appunti o a bisbigliare tra loro con fare cospiratorio. Proprio come noi. «Li conosco quasi tutti» asserì.

«Tutti uomini?»

«Sì. Non mi risulta che ci siano commercianti di sesso femminile di qualche importanza. In effetti non ci sono neanche collezioniste. Se una donna dovesse ereditare una collezione la venderebbe subito, può starne certo.» A questo punto Hoffmann decise che il tè si era raffreddato a sufficienza e lo assaggiò.

Io sfogliavo il catalogo. «Come viene stabilito il prezzo di valutazione?» mi informai.

«Non si faccia illusioni. Queste cifre hanno il solo scopo di stuzzicare l'appetito. In realtà le valutazioni sono di molto inferiori alle cifre che il banditore si aspetta di spuntare.»

« Inferiori di quanto? »

« È difficile rispondere. Le possibilità sono infinite. A volte capitano cose strane. Per esempio, quando arrivano due agenti che hanno entrambi l'ordine di procedere con un'offerta libera. »

« Che cos'è un'offerta libera? »

« Significa comperare a qualunque prezzo. »

« A qualunque prezzo? »

« È difficile descrivere il desiderio, la bramosìa, che certi collezionisti nutrono nei confronti di un particolare oggetto. Alcuni diventano veri e propri squilibrati, non c'è altro modo di definirli. » Con aria schizzinosa si pulì le dita con il tovagliolo, poi estrasse di tasca una piccola cartella di plastica dura. All'interno c'era una busta usata (una copertura, come avevo imparato a chiamarla) con un francobollo (anzi, un adesivo). « Guardi questa. »

Mi tese la busta bianca, costellata di francobolli e timbri postali. Macchiata e scolorita, portava due indirizzi diversi ed era un tale guazzabuglio di scritte che se fosse capitata sulla mia scrivania l'avrei senz'altro gettata nel cestino della carta. Non mi diceva nulla, ma la guardai con la reverenza che il mio compagno pareva aspettarsi. « Bellissima » dissi.

« Per questa un uomo è andato in prigione » raccontò Hoffmann. « Un uomo rispettato, capoufficio in una compagnia di assicurazioni. Era un mio cliente: quasi cinquant'anni, tre figli e un buon posto con diritto alla pensione. Aveva una piccola collezione più che decorosa. Io stesso gli avevo procurato parecchi pezzi e devo dire che nel suo campo aveva un'effettiva competenza. Teneva regolarmente conferenze e metteva i suoi francobolli a disposizione delle associazioni filateliche. Un giorno venne a sapere della morte di un noto collezionista della cui raccolta faceva parte anche questa busta. Sarebbe stata la gemma della sua collezione e mi pregò di scoprire quando sarebbe stata messa sul mercato. Era decisissimo ad averla. Per pura fortuna io sapevo come stavano le cose. La raccolta ora apparteneva alla vedova che, immaginai, era più che disposta a liberarsene: lo fanno sempre. Non bisogna precipitarsi a ficcare il naso subito dopo un decesso: significa disturbare la famiglia. D'altra parte, se si aspetta troppo tempo si corre il rischio di essere preceduti da qualche altro commerciante... che magari si assicura la collezione per niente, quando i parenti ne ignorano ancora il valore. Sa, nel nostro settore i tipi senza scrupoli non mancano.»

«Sto cominciando a crederlo anch'io» commentai.

«Il suo tè non è buono?»

«Anzi, è delizioso.»

«Vedo che non sta bevendo.»

«Nessun problema.»

«Be', la vedova era ricca e per lei la collezione non aveva alcun significato. Quando gliene parlai, decise di ingaggiarmi come agente, perché la valutassi e poi la vendessi per suo conto. Questo mi mise in una posizione imbarazzante nei confronti dell'altro collezionista, ma a dire la verità non avevo creduto che facesse sul serio. Si ritiene che di buste come questa non ce ne siano più di quattro o cinque; l'ultima messa in vendita arrivò a cinquantamila dollari, ed è successo quasi dieci anni fa. Anche se questa non avesse raggiunto una quotazione maggiore, il mio amico delle assicurazioni non avrebbe mai avuto la possibilità di trovare tanto denaro.»

Guardai la busta. «Cinquantamila dollari?» Possibile?

Hoffmann annuì, questa volta senza sorridere. Erano persone serie, questi filatelici. «Nel catalogo di quest'anno i soli francobolli sono stati quotati quasi altrettanto — è chiaro che i prezzi indicati dal catalogo non significano granché — ma ho un potenziale cliente a Monaco... mi ha già telefonato tre volte. Impazzisce dalla voglia di averla e insiste perché gliela mostri... Io sono curioso di sentire la sua valutazione. Spende parecchio per la sua raccolta.»

«E il suo amico delle assicurazioni?»

«Quell'idiota! Rubò il denaro della società. Compilò un ricorso fittizio e falsificò un assegno in modo da poterlo riscuotere personalmente. Se lo immagina? Naturalmente fu scoperto subito. Si dichiarò colpevole e la compagnia assicurativa fece sapere che intendeva denunciarlo. Erano troppi gli impiegati che avrebbero potuto sentirsi incoraggiati a tentare lo stesso trucco. La compagnia ha ragione, ovviamente, e lui lo sa. Sono andato a trovarlo ieri.»

«In prigione?» Restituii la busta a Hoffmann.

« Sì. Ho testimoniato per lui al processo. Ho dichiarato che era una persona onesta e di buon carattere, ma le prove purtroppo sono schiaccianti. »

« Sarà stato contento di vederla. »

« Sono qui per vendere anche la sua collezione. Non ha più un soldo ormai, gli avvocati lo hanno spogliato fino all'ultimo centesimo. Sta vendendo tutto. » Hoffmann infilò la busta nella cartellina.

« Non la innervosisce andare in giro con addosso un oggetto tanto prezioso? »

« Innervosirmi? No. »

« Qual è stata la condanna? »

« Del mio amico? » Parlò con la bocca piena di babà.

« Sì, dell'uomo delle assicurazioni. »

Hoffmann deglutì con calma e bevve un sorso di tè. « Cinque anni. Gli ho portato una foto a colori della copertina. » Si batté una mano sulla tasca. « E il direttore del carcere gli ha permesso di tenerla in cella. » Hoffmann riprese a sorseggiare il tè. « Il buffo è che io sto cominciando a sospettare che si tratta di un falso. In questo caso, lo capisce anche lei, non avrebbe alcun valore. » Rise e guardò il piattino, come in preda a un conflitto interiore, ma alla fine mangiò anche l'ultimo pezzo di babà.

« Lo sapeva fin dall'inizio? »

« Non ne ero certo. » Si forbì le labbra.

« Però lo sospettava? »

« L'ho esaminata ai raggi ultravioletti. Non si è mai troppo cauti in queste cose. Poi l'ho fatta esaminare da una persona che ne sa parecchio. Diciamo che non ho ancora raggiunto una certezza né in un senso né nell'altro. » Bevve dell'altro tè. « È sicuro di non voler provare uno di questi dolci? Sono deliziosi, leggeri come piume. »

« No, grazie. »

« È una mia debolezza » confessò. Aveva terminato il babà senza toccare la crema ammonticchiata sul lato del piattino. « Neppure uno strudel di mele? »

« No. »

« Dovrà partecipare all'asta e fare delle offerte per il Lotto Numero 584. Verrà presentato verso le dieci di mattina, ma è preferibile che si faccia trovare sul posto un po' prima.» Lo guardai. Ecco le istruzioni: la Centrale di Londra mi aveva mandato lì a comperare. «Pagherà in contanti. La stima è di mille scellini. Le lascio tremila scellini austriaci; dovrebbero bastare. Poi lo porti a Vienna e telefoni a von Staiger. Immagino che avrà sentito parlare del barone.»

«No» risposi.

Parve sorpreso. «In realtà non lo incontrerà di persona, ma troverà altre istruzioni.» Mi passò un biglietto da visita su cui erano stampati solo il nome e il titolo di Staiger e le parole «Consulente Investimenti». Un indirizzo di Vienna era stato aggiunto a matita. L'uso dei titoli nobiliari era illegale in Austria, ma Staiger, come molti altri, pareva non curarsene.

Dalla tasca posteriore Hoffmann estrasse il rotolo di banconote e cominciò a contare. Mi allungò poi un piccolo modulo stampato per ricevute, di quelli venduti nelle cartolerie. «Firmi qui, per favore.»

Firmai. «Lei non sarà all'asta domani?»

«Ahimè, no. Parto per Monaco questa sera.» Sorrise mentre si accertava che la mia firma fosse leggibile e infilò la ricevuta nel portafoglio. «Per fare le sue offerte usi una scheda numerata. Si sieda nelle prime file, dove il banditore può vederla senza che gli altri si accorgano di nulla. Potrà ritirare il lotto circa cinque minuti dopo averlo acquistato. Pagando in contanti non dovrà declinare le sue generalità né fornire garanzie di alcun genere.»

«La rivedrò?»

«Non credo» rispose, e agitò il cucchiaino verso di me.

«C'è altro che deve dirmi?»

«No. D'ora in poi sarà il barone Staiger a condurre lo spettacolo.» Con la forchetta raccolse la crema e se la infilò in bocca. C'era un'espressione di piacere infinito sul suo viso mentre l'assaporava prima di ingoiarla. «Non ha bevuto il suo tè» notò poi.

«No» confermai.

Lui si alzò e batté i tacchi nel salutarmi. Mi trattenni ancora qualche minuto a sorseggiare il tè e a guardarmi intorno. Solo allora mi accorsi che mi aveva lasciato il conto da pagare.

Con in mano il catalogo che Hoffmann mi aveva lasciato, uscii sulla terrazza che guardava sul fiume Salzach. Era freddo e la terrazza era deserta, ma mi andava bene così: avevo voglia di restare solo.

Cercai il Lotto Numero 584 e lo trovai nel settore che portava il titolo « Deutsches Reich Flugpost — Zeppelinbelege ». La prosa era quella scarna e concisa degli agenti immobiliari che vendono appartamenti in multiproprietà sulla Costa Brava.

> Lotto 584. Sieger Katalog 62B. Brief. Bunttafel IV. ÖS 1,000, — 1930 Südamerikafahrt, Paraguaypost. Schmuckbrief mit Flugpostmarken, entwertet mit violettem Paraguay-Zeppelin-Sonderstempel « Por Zeppelin » dazu violetter Paraguay-Flugpoststempel 16. 5. Brief nach Deutschland, in dieser Erh. ungewöhnl. schöner und *extrem seltener Beleg, Spitzenbeleg für den grossen Sammler.*

Da quello che ero riuscito a capire, nel 1930 la busta raffigurata nella tavola 4 valeva mille scellini austriaci. Era stata spedita dal Paraguay a bordo dell'aeronave *Graf Zeppelin* con tutte le necessarie formalità postali, e poiché era divenuta una grande rarità filatelica era disponibile come pezzo forte per alcuni "grossi collezionisti".

La foto a colori mostrava una busta azzurra ben conservata, con parecchi francobolli e timbri indirizzata a un certo Herr Davis di Brema. Non sembrava per nulla un oggetto da mille scellini.

Me ne stavo seduto sulla riva del fiume a contemplare la fortezza di Hohensalzburg che nascondeva per una buona metà la linea dell'orizzonte, quando la porta di vetro si aprì e un uomo uscì sul terrazzo. All'inizio parve non accorgersi della mia presenza. Si avvicinò alla ringhiera di ferro per controllare l'altezza, come fanno quasi tutti.

Quando si voltò per vedere meglio il castello al di là del fiume, ebbi la possibilità di esaminarlo. Era uno dei due americani che avevo visto poco prima; indossava una specie di giaccone da cacciatore verde bosco, molto alla moda e pieno di tasconi, cinghie e lacci. I capelli erano striati di grigio e impeccabilmente tagliati e in testa portava un elegante cappello di loden. Mi rivolse la parola senza alcun preavviso. «La visita che ho fatto ieri alla casa natale di Mozart è stata una delle esperienze più grandi della mia vita.» Aveva una sonora voce da cowboy che tradiva l'emozione che aveva appena espresso in parole. «Al numero nove di Getreidegasse: c'è mai stato?»

«Una volta, molto tempo fa» risposi.

«Bisogna andarci prestissimo. Prima che venga invasa da quei ragazzotti con zaino e foruncoli che bevono Coca-Cola direttamente dalla lattina.»

«Ci starò attento» dissi, e aprii il catalogo nella speranza che interpretasse il mio gesto come un congedo.

«Mozart nacque al terzo piano e data la scomodità ti permettono di visitare il museo solo al pianterreno. Non è sciocco?»

«Direi di sì.»

«Sono un vero appassionato di Mozart» continuò lui. «*Così fan tutte* è certo la summa di ogni esperienza musicale. Certo, i critici vanno pazzi per il *Don Giovanni*, e secondo la moglie di Mozart, Costanza, il maestro riteneva che la sua opera migliore fosse *Idomeneo*, ma in effetti *Idomeneo* è stato solo il suo primo grande successo. Gli incassi del botteghino, o come diavolo si chiamava allora, trasformarono il giovane Wolfgang in una stella. Ma *Così* è un lavoro di classe. Pensi all'introspezione psicologica, all'integrità drammatica, all'eleganza musicale. Sissignore. E poi è dolce, dolce dall'inizio alla fine. Io lo ascolto sempre in macchina: ne conosco ogni nota, ogni parola. La mia teoria è che quelle due ragazze non si erano per nulla fatte abbindolare dai travestimenti: volevano divertirsi scambiandosi i fidanzati. Sì, tutto si riduceva a questo: a uno scambio, un baratto. Mozart non poteva essere più esplicito perché sarebbe stato troppo scioccante. Ma se ci pensa su...»

«Lo farò» promisi.

«E vuole che le dica un'altra cosa su quel grande piccolo uomo? Componeva nella sua testa: pagine e pagine di musica. Poi si sedeva e scriveva il tutto. E lo sa? Mentre sua moglie chiacchierava dei tè che offriva e diceva: "Sai cos'ha detto quella?" e: "Che cosa ti ha detto lei?", lui buttava giù la partitura di un Requiem o di un'opera o di un quartetto per strumenti a corda, e senza mai lasciare cadere la conversazione. Che cosa gliene pare?»

«Certo non era una cosa facile» dichiarai con fare quasi commosso.

«Ma vedo che muore dalla voglia di tornare al suo catalogo. So che c'è in programma una specie di adunata di grossi collezionisti di francobolli, qui all'albergo. Ma non avrei mai immaginato che lo fossi anche tu, Bernie.»

Mi sforzai di non reagire in modo troppo affrettato. Alzai lentamente gli occhi su di lui e dissi: «Colleziono buste per posta aerea».

Lui sorrise. «Non mi riconosci, vero, Bernie?»

Cercai di inserire la sua faccia in un qualche contesto, ma inutilmente. «No» ammisi.

«Be', in effetti non c'è motivo perché tu mi riconosca. Ma ricordo di averti visto quando dividevo l'ufficio con Peter Underlet e poi Underlet andò a Giacarta e io a Bonn a lavorare per Joe Brody. Gesù, Bernie. Davvero hai dimenticato?»

«No» ripetei, anche se avevo dimenticato. Per me quell'uomo era uno sconosciuto.

«In vacanza, eh?»

«Avevo ancora qualche giorno di ferie.»

«E sei venuto a Salisburgo. Ma sì, al diavolo il sole. Questo è il posto giusto quando si ha voglia di allontanarsi da tutto. Sei...» fece una pausa, poi aggiunse con fare discreto: «... con qualcuno?».

«Tutto solo» risposi.

«Vorrei che potessimo cenare insieme» sospirò lo sconosciuto. «Ma devo rientrare a Vienna stasera. Parto domani per Washington.»

«Un vero peccato.»

«Ho voluto fare una specie di pellegrinaggio, capisci» seguitò. «A volte ci sono cose che bisogna fare. Sai che cosa intendo, vero?»

«Certo.»

«Be', buona fortuna per la tua collezione. Che cos'hai detto che era... Zeppelinpost?»

«Sì» assentii, ma ovviamente non gliel'avevo detto. Avevo semplicemente detto posta aerea.

Mi fece un cenno di saluto e rientrò nel salone. Se era stato mandato lì da Joe Brody con l'incarico di farmi sentire sulle spine, ci era riuscito maledettamente bene. Chiusi il catalogo e mi rimisi a contemplare le mura grige e tetre di Festung Hohensalzburg, sull'altra riva del fiume. Quello che mi ci voleva era una bella risata. Forse, dopo avere bevuto qualcosa di forte avrei fatto un giro in città e avrei preso la funicolare fino alla fortezza per dare un'occhiata alla sala delle torture.

8

Non cenai in albergo; trovai un delizioso posticino nei pressi della statua di Mozart, o forse era vicino alla fontana Papageno o al ponticello Mozart. Sentii la musica di una fisarmonica che eseguiva una versione sincopata di *The Lonely Goatherd* ed entrai. Il locale, con le pareti rivestite di pannelli di legno scuro e tovaglie a quadri rossi, era quasi vuoto. Sulle pareti splendevano tegami di rame e vicino erano visibili le marionette usate nelle rappresentazioni mozartiane al *Marionettentheater* famose in tutto il mondo. Forse erano copie in plastica. Il cameriere mi consigliò lo schnitzel di maiale impanato, ma, come diceva mia madre, mai fidarsi di un uomo in calzoni corti di pelle. Bevvi parecchi boccali della locale birra di grano Weizengold per tirarmi su. La musica era registrata.

Era tardi quando rientrai in albergo. C'erano uomini dappertutto: alcuni in piedi nell'atrio, altri al bar che bevevano con aria solenne e tutti si occhieggiavano tra loro con fare diffidente. Sapevo che erano commercianti di francobolli, riconoscevo la noiosa gravità che tanto spesso contraddistingue un primo incontro tra uomini che si riuniscono per questioni d'affari.

Anche i bevitori se ne stavano tranquilli. Un capannello vicino al banco parlava nel tedesco stentato che sempre rivela l'espatriato. Uno diceva: « Non capisco perché tanta gente afferma che gli austriaci sono venali, hanno impiegato più di un secolo per capire quanto c'era da guadagnare con Mozart ».

Il compagno lo zittì, ma anche la sua voce sommessa echeggiò nitida per tutto l'hotel. Poi dalle porte girevoli giunse un po' di trambusto, qualche cigolìo ed entrarono due giovani coppie. Avevano incarnati splendenti e capelli perfettamente ondulati. Gli abiti erano eleganti e costosi e le donne sfoggiavano gioielli sfolgoranti e tutti e quattro ostentavano quella vivace sicurezza che si accompagna quasi sempre al denaro. Non erano commercianti di francobolli. Tutti si girarono per guardarli, perché la loro improvvisa invasione della lugubre hall non era gradita, così come non lo sono gli sgargianti intervalli pubblicitari che interrompono l'atmosfera dolce e nostalgica di un vecchio film in bianco e nero.

I nuovi arrivati dovettero percepire il cambiamento di atmosfera, perché abbassarono la voce e anche i loro gesti si fecero più composti mentre attraversavano l'atrio. Dato che l'ascensore non funzionava, imboccarono l'imponente scalinata. Gli occhi di tutti seguirono l'ascesa del gruppetto, le donne con gli abiti lunghi rigorosamente sollevati di qualche centimetro da terra per non inciampare, i due uomini che parlavano piano tra loro.

Mi guardai intorno alla ricerca del misterioso americano, ma non c'era traccia di lui. Per un giorno avevo fatto abbastanza: andai a letto. Avevo appena posato la testa sul cuscino quando un orologio cominciò a battere le undici e presto se ne unì un secondo.

L'asta cominciò in perfetto orario, come capita molto spesso in questa parte di mondo. Per quel giorno era prevista la vendita di sola posta Zeppelin; si cominciò con i campioni più vecchi, posta delle aeronavi "pioniere" *Viktoria Luise* e *Schwaben*. Fu poi la volta di una cartolina della *Deutschland* con stampigliato il timbro rosso della compagnia aerea, e le offerte salirono alle stelle. La stanza era silenziosa e solo il banditore continuava a recitare la sua interminabile litania di cifre. Poi tutto cessò di colpo quando due dei collezionisti in gara parvero decidere simultaneamente che il margine di profitto rimasto non era più appetibile. Crac, fece il martelletto, e la reazione fu un immediato sospiro di sollievo. Tutti stavano scrivendo il prezzo sui cataloghi. La vendita aveva aumentato il valore degli articoli analoghi e questo significava una rivalutazione dei vari lotti.

La sala non era affollata, ma c'era un continuo viavai di gente, soprattutto specialisti interessati soltanto a uno o due oggetti particolari che entravano per partecipare alle offerte e poi uscivano per andare a bere un caffè nei bar all'aperto, o in terrazza per fumare e chiacchierare con i colleghi.

Dovevano essere un po' in ritardo, perché il banditore continuava a guardare l'orologio e sembrava ci fosse una tendenza generale ad affrettare le cose.

Quando si arrivò all'anno 1914 e agli Zeppelin del periodo bellico, si verificò una specie di esodo che decimò il pubblico lasciando in sala non più di un paio di dozzine di specialisti. Impossibile per me capire se ciò era dovuto al fatto che gli articoli della prima guerra mondiale costituivano una parte trascurabile del mondo filatelico, o perché in questa particolare asta non c'erano pezzi di valore. Ma quando il banditore annunciò la messa all'asta di una raccolta ungherese di posta *Graf Zeppelin*, venduta per ordine dell'esecutore testamentario del proprietario defunto, quasi tutte le sedie vennero occupate e ci fu qualcuno che preferì restare in piedi in fondo alla sala.

Io ero già pronto da un pezzo quando fu messo in vendita il Lotto 584. Sul tavolo di fronte a me era posata, coperta, una grande scheda bianca su cui era stampigliato in nero il numero 12. Era il mio numero e io cominciai a tamburellarci sopra con le dita in modo da farmi notare dal banditore. Per una frazione di secondo i suoi occhi incontrarono i miei, mi comunicarono di avere ricevuto il messaggio, dopodiché la posta aumentò. Dopo la mia offerta ce ne furono circa una dozzina, ma fatte in modo quasi meccanico. Il prezzo continuava a salire e avevo qualche difficoltà a comprendere se la mia scheda sollevata faceva o meno differenza. Il banditore sembrava non guardare mai nessuno ed era impossibile capire da quali punti della sala arrivassero le altre offerte.

Poi la raffica di interventi si calmò e la prima ondata di offerte lasciò il posto a quelle più affidabili. «Millenovecento» gridò il banditore, e a mano a mano che la posta aumentava, cresceva anche il divario tra offerta e offerta. Ormai volavano cifre grosse. Rovesciai la scheda per restare in lizza, ma dietro di me c'era qualcun altro seriamente interessato all'affare. A quel punto il prezzo iniziale era raddoppiato e i rilanci continuavano!

Il banditore non sembrava sorpreso. Durante la mattinata altre cose l'avevano senz'altro meravigliato di più: pezzi completamente ignorati e altri venduti per cifre di tre, quattro volte superiori alla stima iniziale. Mi sforzai di ricordare quanto contante avessi in tasca oltre a quello consegnatomi da Hoffmann. «Duemilacinquecento!» Ora gli aumenti erano di cento scellini ciascuno e ancora non si notavano rallentamenti.

«Duemilaseicento!» Dietro di me altre due persone erano in lizza per quella maledetta busta. Mi voltai, ma non riuscii a individuarle.

«Duemilanovecento!» Il banditore stava guardando me, un sopracciglio lievemente inarcato. Mostrai di nuovo la scheda e lui rivolse lo sguardo verso un altro punto della sala.

«Tremila...» e prima ancora di terminare la frase stava già guardando dietro di me e dicendo: «Tre e uno, tre e due...».

Tornò a guardarmi. Io tenni la scheda alzata e i suoi occhi sorvolarono discreti me e la sala. «Tre e tre... tre e quattro... tre e cinque...» Non era neppure tornato a guardarmi. I miei due rivali dovevano avere ingaggiato una lotta furibonda che non accennava a calmarsi. Mi voltai e vidi un funzionario dell'asta in piedi in un angolo, un telefono incollato all'orecchio. Sollevò la mano. Dunque avevo un rivale che non era presente in sala più qualcuno alle mie spalle.

«Tremilasettecento scellini!»

Ci fu una piccola pausa, perché gli occhi del banditore tornarono a posarsi su di me. «Tremilasettecento scellini dal fondo della sala» annunciò poi.

Io annuii. «Tremila e otto dalle prime file.»

Da qualche parte dietro di me una voce tedesca disse: «Tre e nove» e poi un'altra, anch'essa tedesca: «Quattromila al telefono».

«Quattromilacento dal fondo della sala» replicò immediatamente il banditore. E subito dopo: «Quattromila e due... tre... quattro, cinque». Adesso sembrava stupito anche lui. «Quattromilaseicento dal fondo della sala.»

Mi stava guardando e io feci un cenno d'assenso. «Quattro...» e poi: «Cinquemilacento scellini dal fondo della sala».

Questa volta mi girai in tempo per vedere l'uomo al telefono agitare una mano per indicare che era fuori.

«Per la seconda volta: cinquemilacento scellini» ripeté il banditore, guardandomi con aria interrogativa.

Sollevai la scheda. «Cinque e due dalle prime file.»

Per un momento credetti che le offerte fossero terminate e ne fui sollevato. Se mi fossi vuotato le tasche e avessi persuaso l'hotel ad accettare un assegno inglese, forse sarei riuscito a mettere insieme la cifra necessaria. Poi il banditore disse: «Cinque e tre...» e senza guardare dalla mia parte: «Cinque e quattro... cinque e cinque».

Qualcun altro era entrato in gioco e prima che avessi il tempo di riprendere fiato eravamo arrivati a seimila scellini austriaci.

Il banditore aveva impugnato il martelletto. «Per la terza volta...» Io scossi la testa. «Venduto!»

Ancora una volta il Dipartimento aveva dato i suoi ordini e predisposto le cose in modo che l'agente incaricato non potesse eseguirli. Infilai in tasca la scheda numerata, come souvenir, e mi alzai. Volevo vedere il nuovo proprietario dell'oggetto che ero stato mandato a comperare.

Lui non tentò in alcun modo di evitarmi. Era sulla sessantina, con i capelli ondulati, leggermente sovrappeso ma in perfetta forma fisica. Indossava una giacca di tartan Black Watch, pantaloni scuri e papillon a pois. Con la barba grigia ben curata e gli occhiali con la montatura d'oro, avrebbe potuto essere un docente universitario americano durante il suo anno sabbatico. Se ne stava appoggiato al bordo di un tavolo e quando mi vide sorrise e si fece largo tra la gente per raggiungermi. Lo aspettai.

«Ragazzi! Cominciavo a domandarmi che cosa stesse succedendo.» Parlava inglese, con un leggero accento americano. «Credevo che anche lei fosse qui per un'offerta libera.»

«No» risposi. «Avevo un limite.»

«E io ne sono ben felice. Chissà dove saremmo arrivati, altrimenti. Posso offrirle da bere?»

«Grazie.»

«Non mi sembra di averla mai vista prima.»

«Lavoro a Londra» spiegai.

Sulla porta il mio compagno chiese a uno dei dipendenti dove poteva ritirare il suo acquisto e gli fu detto di presentarsi nell'ufficio del cassiere, una stanza al piano terra sul retro dell'albergo. Era tutto molto bene organizzato; evidentemente la ditta aveva una certa esperienza in fatto di aste.

«Gesù, guardi come piove, un vero diluvio» commentò l'uomo che era con me mentre oltrepassavamo l'edicola e imboccavamo il corridoio.

C'era la fila davanti all'ufficio del cassiere. Ci mettemmo in coda. «È un buon pezzo, ma ho visto di meglio» seguitò il mio nuovo amico. «Mi chiamo Johnson, Bart Johnson. Lavoro a Francoforte, ma sono di Chicago. Lei è un esperto di Zeppelinpost?»

«No.»

Mi guardò e annuì. «Be', Graf Zeppelin è una specie di eroe per me. Sono sempre andato pazzo per quelle aeronavi. Tutto è cominciato da ragazzino quando qualcuno mi regalò un brandello del tessuto della *Shenandoah*, che andò a schiantarsi nell'Ohio nel 1925. Ce l'ho ancora, l'ho fatto incorniciare. Sa, nel mio ufficio ho uno schedario completo. Poi ho scoperto l'*Handbuch der Luftpostkunde* di Berezowski... Lo conosce, naturalmente...»

«Non ne sono sicuro.»

«Gesù, io dipendo dal Berezowski perfino più che dal *Sieger Katalog.*» In mano teneva un catalogo e una cartella blu piena di ritagli e appunti scritti a mano.

La aprì e, intuendo che si aspettava una qualche reazione da parte mia, dissi: «Sul serio?».

«Il Berezowski pubblicato nel 1930 è un classico per le consultazioni di questo tipo. Però è stato ristampato e si possono trovare ancora delle copie. Le darò un indirizzo e ne potrà ricevere una per posta. Ma esaminando i ritagli mi sono imbattuto in un articolo scritto dal dottor Max Kronstein per l'*Airpost Journal* nel gennaio del 1970. Sostiene che le poste del Paraguay rifiutarono di accettare gli International Reply Coupons; *ecco* perché la posta paraguaiana è così rara. La sola corrispondenza con francobolli paraguaiani arrivava dai residenti — residenti stranieri.»

«Molto interessante» commentai.

«Vero?» Richiuse la cartella e si infilò in tasca una matita d'oro. «E fin da quando Sieger ha quotato la posta per l'Europa il dieci per cento in più di quella spedita negli Stati Uniti, i nostri clienti la preferiscono. Ho guardato sul Kummer: soltanto sessanta pezzi sono andati negli Stati Uniti contro i circa centottanta inviati in Europa, così io direi che dovrebbe essere esattamente l'opposto. Ma attento, è impossibile esserne certi perché la posta inviata in Europa potrebbe essere andata distrutta durante la guerra, mentre i pezzi delle collezioni americane sono rimasti al sicuro.» Parlando, Johnson teneva un dito infilato nella cartella, quasi ritenesse necessario farvi continuamente riferimento per provarmi la veridicità delle sue asserzioni.

«Già» feci io.

«Sicuro. Io lo so. Ma non voglio continuare, mi sembra deluso. Voleva la busta per la sua collezione privata?»

«No, era solo un ingaggio.»

«Be', non se la prenda troppo a cuore, amico. C'è un sacco di altra Zeppelinpost che aspetta solo di essere comperata, giusto?»

Annuii e lui si accarezzò la barba e sorrise. Alcuni commercianti emersero dall'ufficio con i loro acquisti e la fila prese a muoversi.

«Mi dica una cosa: chi era quel tipo con cui l'ho vista parlare sulla terrazza, ieri?» mi chiese all'improvviso.

«Un conoscente» feci io.

«Come si chiama?»

«Sto cercando di ricordare» risposi. «Credevo che fosse con lei.»

«Thurkettle» esclamò lui all'improvviso. «Mi ha detto di chiamarsi Ronnie Thurkettle. Dunque... non è un suo amico?»

«Lo conosco appena.» Ora ricordavo il nome, ma il viso non mi era ancora familiare.

«Mi dica, che razza di lavoro fa quel tizio? Non è nella filatelia, vero? Ero solito vederlo a Francoforte e in un sacco di altri posti, ma non sono mai riuscito a capire che razza di professione svolgesse.»

«Lavora per il Dipartimento di Stato» spiegai. «Ma è tutto quello che so di lui.»

«Ieri mi ha attaccato uno di quei bottoni! Oh, era molto affabile, ma in realtà voleva solo scoprire le mie intenzioni sulla Zeppelinpost. Non sa nulla di posta aerea e sembrava quasi aspettarsi che fossi io a illustrargli il catalogo. Gli ho detto di procurarsi un buon testo sull'argomento. Non do lezioni a persone del genere: non sono il mio tipo. Capisce cosa intendo?»

«E come l'ha presa?»

«Prenderla? Ha fatto marcia indietro e ha cambiato argomento. Ma non è un mio amico, proprio no. Semplicemente, lo incontravo spesso quando ero nelle pubbliche relazioni. A Francoforte. Lo vedevo ai piccoli party che gli imprenditori organizzano per intrattenere i visitatori: Martini diluito e stuzzichini minuscoli. Immaginavo che fosse con il Governo. Ha la parola Washington stampigliata dappertutto, le pare? Ma credevo che fosse un civile alle dipendenze dell'esercito.»

«No, Stato» ripetei.

«Io me ne sto lontano da quella gente. Portano solo guai e proprio non ne ho bisogno.» Ormai eravamo arrivati in cima alla fila. Un cicalino ronzò e l'addetto alla sicurezza ci fece segno di entrare. Non c'era molto spazio nell'ufficio del cassiere. Un impiegato immusonito ci guardava attraverso una piccola griglia metallica. Alle sue spalle, una ragazza era in piedi dietro un tavolo ingombro di buste chiuse in custodie trasparenti e una scatola piena di assegni e banconote di ogni parte del mondo. «Nome Johnson. Johnson, Bartholomew H.» disse il mio compagno. «Lotto 584. Seimila scellini. Ho un conto presso di voi.» Nella stanzetta aleggiava un odore insolito, simile a incenso. Forse era il dopobarba dell'impiegato. O l'odore dei soldi.

L'uomo dietro la griglia voltò le pagine del registro. «Che numero?» chiese.

«Lotto 584.» Ora Johnson teneva in mano un grosso rotolo di banconote austriache. Le contò rapidamente. A quanto pareva, nel settore filatelico i contanti erano particolarmente apprezzati.

«Dev'esserci un errore» disse l'impiegato.

«Johnson Bartholomew H. Ho un conto. Seimila scellini. Se vuole i contanti, li ho qui.» Esibì il denaro. «Non ho intenzione di spenderne diecimila prima di essermi imbarcato sull'aereo, oggi pomeriggio.»

«Il Lotto 584 è stato aggiudicato per seimiladuecento scellini» disse l'altro. «Un'offerta telefonica.»

«Niente affatto!» esclamò irato Johnson. «L'ho comperato io.»

«Deve avere commesso un errore, signore.»

«L'errore l'ha fatto *lei*, amico. E ora mi dia la mia busta.»

«Mi dispiace.»

«Insisto. È mia! Deve darmela!» Johnson era furente.

«Temo che non ci sia più. È già stata ritirata con parecchio altro materiale. Per conto di un cliente molto conosciuto, capisce.»

«E io che cosa sarei?» scattò il mio compagno.

«Mi dispiace doverla deludere. Ma non posso fare nulla per lei e ci sono altri clienti che aspettano.»

«Questa è bella!» Johnson urlava così forte che l'addetto alla sicurezza comparve sulla porta, ma lui era troppo in collera per preoccuparsene.

«Andiamocene» dissi io. Tra la gente per cui lavoro la regola numero uno è: mai mettersi nei guai con la legge.

«Non finisce qui, la avverto!» sbraitò Johnson rivolto all'impiegato.

«Mi dispiace moltissimo, signore. Sul serio.»

Fuori, quelli che avevano sentito Johnson gridare ci guardarono incuriositi. Lui si passò la mano sulla giacca, impacciato, e brontolò: «Forza, andiamo a bere qualcosa».

«Buona idea» approvai.

Ma passò ancora qualche minuto prima che riacquistasse il controllo di sé. Sembrava davvero sconvolto, e se la sua era una recita, era certamente un attore da Oscar. «Ma che diavolo è successo?» si sfogò quando fummo seduti al banco del bar. «Lei c'era, ha visto quando mi sono aggiudicato quella maledetta busta. O sto impazzendo?»

«Non sta impazzendo» lo rassicurai.

«Mi ha già detto come si chiama?»

«No, non gliel'ho detto.»

«Non sto impazzendo» ripeté Johnson. «Sono questi austriaci che danno fuori di testa.» E rivolto al barman: «Mi dia uno scotch doppio». Assentii quando mi guardò. «Faccia due.»

«Pago io» mi offrii. «Di colpo mi ritrovo con un sacco di liquidi in tasca.»

«Anch'io» rise lui. «Devo andarmene di qui, questa gente mi fa uscire dai gangheri. Vuole un passaggio all'aeroporto? O è venuto in macchina?»

«A che ora?»

Quando seppi che prendeva l'aereo delle sette per Vienna, accettai la sua offerta dicendo che l'orario mi andava benissimo. Il whisky lo calmò e lo lasciai parlare di francobolli facendo di tanto in tanto qualche intervento appropriato, ma pensando a tutt'altro.

Più tardi salii di sopra con lui. La sua stanza era vicina alle scale, la mia più avanti ma nello stesso corridoio. Era già sulla porta quando mi disse: «Ho in mente di fare un bagno e poi di andare a mangiare un panino. Ci vediamo nella hall verso le cinque e mezzo?».

«D'accordo.»

Stava già chiudendo la porta quando lo sentii borbottare: «Be', e questo che cosa significherebbe?». E mi chiesi a che cosa si stesse riferendo. Ma ormai mi stavo abituando ai suoi modi impetuosi e decisi che con tutta probabilità stava parlando tra sé.

Avevo tempo in abbondanza. Considerai la possibilità di telefonare a Londra per avvertire che qualcun altro mi aveva soffiato la busta, ma decisi di rimandare di un paio d'ore. In questo modo avrei parlato con uno dei funzionari di servizio invece che con Dicky o con Stowe.

Andai alla finestra e abbassai lo sguardo sulla strada battuta dalla pioggia. I turisti erano indomabili. Strettamente avvolti in lunghi impermeabili di plastica dai colori vivaci, i piedi chiusi nelle calosce trasparenti, i cappucci con le cordicelle di chiusura ben tirate, a rivelare solo scorci di volti cupi e arrossati, marciavano come veterani induriti dai combattimenti che avanzino risoluti verso la prima linea. Recuperai un bicchiere in bagno e mi versai una dose di scotch acquistato al duty free. Avevo promesso a Gloria che questa volta non avrei toccato alcol, ma allora non avevo neppure ipotizzato di fare fiasco all'asta e il fatto che presto avrei dovuto giustificare il mio fallimento.

Con un calcio mi liberai delle scarpe, mi stesi sul letto. Per tutto il giorno, come un barboncino vagabondo che tiri il guinzaglio, la mia mente aveva cercato di esplorare altri luoghi e altri momenti. Ma quei ricordi fugaci restavano vaghi, confusi. Fu solo quando chiusi gli occhi e mi rilassai che ricordai quello che aveva continuato a tormentarmi.

"Deuce" Thurkettle! Gesù Cristo, come avevo potuto dimenticare Deuce Thurkettle, anche se ora preferiva farsi chiamare Ronnie? Non l'avevo mai conosciuto, ma il suo dossier era qualcosa di impossibile da scordare.

"Deuce", ossia due, non nel senso di contrabbandiere o codardo, i due significati più comuni della parola, e neppure come "coppia" in una partita di poker. Quell'uomo era Deuce a causa dell'atroce duplice omicidio che lo aveva portato in carcere. Deuce Thurkettle arrivò a Berlino dopo essere stato rilasciato da un qualche supercarcere dell'Arizona, dove stava scontando una condanna a vita per omicidio di primo grado.

Forse era stato durante un lungo pomeriggio noioso dopo aver mangiato troppo pollo fritto che qualche intraprendente ragazzotto seduto a una scrivania di Langley, Virginia, aveva avuto la brillante idea di spedire un detenuto pluriomicida a Berlino con un visto turistico e con l'incarico di liquidare uno scomodo agente del KGB che fino ad allora aveva eluso tutti i tentativi di incriminazione. Ricordavo bene la pratica Deuce Thurkettle e la curiosità con cui l'avevo letta, tutta d'un fiato. Immagino che il mio interesse fosse dovuto almeno in parte alla consapevolezza che quella pratica era top secret. Era un documento della CIA ben sepolto nel luogo umido e scuro in cui la CIA occultava i suoi segreti. O almeno così avrebbe dovuto essere. Il povero vecchio Peter Underlet se l'era portato a casa e me l'aveva mostrato una sera dopo che avevamo cenato — e bevuto due bottiglie di ottimo Château Beychevelle 1957 — nel suo appartamento. Rammentavo quasi a memoria le pagine di quella bizzarra interpretazione della ristretta mentalità di colui che l'aveva redatta: «... e la conoscenza che Thurkettle ha di congegni elettronici a tempo, serrature sofisticate, armi ed esplosivi moderni, in aggiunta alle comprovate risorse fisiche, lo qualificano come uno straordinario agente operativo».

Underlet aveva aperto la pratica proprio a quella pagina del rapporto prima di sbattermi il fascicolo sulle ginocchia. «Da' un'occhiata a questo» aveva detto in tono amaro. «È da stronzi come questo che quelli di Washington pensano di tirar fuori agenti operativi. Senza nessun addestramento né esperienza, questo bastardo assassino si trasforma in un agente operativo nel giro di una notte, anzi, come dice qui, in un agente straordinario.»

Si era appoggiato allo schienale della poltrona bevendo il vino in silenzio mentre io leggevo il dossier. "Deuce" Thurkettle! Come avevo potuto dimenticarlo? Lui, il primo dei tre sicari arrivati non richiesti e non desiderati negli uffici europei della CIA durante quell'infelice periodo?

In seguito — settimane più tardi — ne riparlammo. Però, allora, ero indignato più per la moralità di Washington che per ciò che l'episodio rivelava a proposito dei sentimenti nutriti dagli imbrattacarte per gli agenti operativi.

Non ero più disteso, ma seduto sul letto e consapevole dell'accelerazione del polso e della tensione che sempre sopravvengono quando la mente è sul punto di ricordare qualcosa di importante. Che cosa ne era stato di quei tre avanzi di galera? A tutti era stata fornita una di quelle complesse nuove identità che in seguito dovevano diventare la ricompensa per i mafiosi disposti a collaborare con lo Stato. Thurkettle. Thurkettle. A un certo punto era corsa voce che avesse assassinato il proprietario di una catena di supermercati di Colonia: l'amante di sua moglie. Ma non ero sicuro che si trattasse proprio di lui. Il suo nome era comparso in qualcuno degli elenchi con i nomi dei "più ricercati — confidenziale"? Proprio non riuscivo a ricordare.

Mi ero alzato e camminavo su e giù per la stanza sapendo senza ombra di dubbio che tutto portava a una conclusione che sarebbe apparsa ovvia, una volta trovate le risposte. Ovvia, cioè, a colui che avrebbe posto le domande giuste.

Decisi di indagare in modo più approfondito con Johnson: su Thurkettle e qualunque altro elemento eventualmente emerso dalla nostra conversazione. Infilai le scarpe e uscii in corridoio per andare a bussare alla sua porta. Non ebbi risposta. Girai la maniglia e mi accorsi che la porta era aperta.

Non c'era nessuno in camera. Sul letto erano disposti una camicia pulita, biancheria e calze nell'ordine accurato che adotterebbe il cameriere personale di un principale pignolo. Dal bagno arrivava lo scroscio dell'acqua. La porta era chiusa. «Lasci pure sul tavolo» gridò in quel momento Johnson. «C'è una mancia per lei.»

«Non sono del servizio in camera, sono io.»

«È in anticipo!» Parlava con la voce distorta di chi si sta lavando i denti.

«Quel tizio, Thurkettle. Mi è tornato in mente qualcosa sul suo conto.»

«Mi dia un quarto d'ora.» Sentii qualche spruzzo; la pulizia dei denti procedeva con energia.

"Okay," pensai "tutto è normale." Tornai in camera mia. Non so quanto tempo rimasi seduto lì prima che la detonazione mi facesse balzare in piedi e correre fuori. In seguito, i giornali riferirono che stando al dipartimento legale erano stati utilizzati trecento grammi di esplosivo, ma se così fosse stato sarebbe saltata anche la porta del bagno e forse la parete e io stesso.

Fu tuttavia un botto di tutto rispetto e l'inequivocabile puzzo dell'esplosivo si avventò lungo il corridoio, aggredendomi. Nella mia mente si fece il vuoto. L'esperienza mi diceva di nascondermi sotto il letto; la curiosità mi spingeva a cercare di scoprire che cosa fosse accaduto.

Che fosse o meno la decisione giusta, mi affrettai fino alla camera di Johnson, corsi verso il bagno e afferrai la maniglia della porta proprio mentre questa saltava fuori dai cardini. Non so che razza di esplosivo avessero usato, ma l'interno del bagno era nero di polvere e fuliggine. Forse però quello non dipendeva dall'esplosivo. Tra i sanitari il lavabo era il più danneggiato: lo specchio era scomparso, fatta eccezione per un paio di schegge rimaste assicurate ai bulloni. Sotto, simile a una scultura moderna, la base di porcellana azzurra rimasta intatta ne sosteneva ancora un frammento dalla linea aggraziata.

Ciò che restava di Johnson era sul pavimento a faccia in giù, strizzato tra la tazza del water e il bidet. Sul torace spiccavano segni di orribili ustioni e i vestiti erano bruciacchiati. Di sangue ce n'era pochissimo: il calore dell'esplosione aveva cauterizzato i vasi sanguigni. Intorno a lui, centinaia di cocci di porcellana. Non dovetti guardare due volte per capire che cosa fosse successo. La sua mano non era altro che un moncherino e quello che era rimasto al di sopra del collo era umido e lucente e sparso sul pavimento di marmo.

La bomba nel rasoio elettrico, un vecchio trucco di cui tuttavia non avevo mai avuto modo di vedere gli effetti. Basta scoprire quale modello di rasoio usa la vittima predestinata, riempirne uno di esplosivo al plastico di buona qualità — dandogli la forma necessaria — e fornirlo di un piccolo detonatore (made in Taiwan — per favore indicate sul modulo d'acquisto se per 110 v. o per 220 v.) — e la vittima, compiacente, non avrà esitazioni a usarlo!

Povero Johnson. Alle mie spalle voci eccitate mi dissero che la camera si era riempita di gente, così mi mescolai ai nuovi arrivati chiedendo a gran voce che cosa fosse successo. Johnson. Aveva trovato qualcuno ad aspettarlo, quando era entrato in camera? Quel suo « Be', e questo che cosa significherebbe? » era stata una domanda retorica, o l'aveva effettivamente rivolta a un visitatore inaspettato, qualcuno come Deuce Thurkettle le cui « conoscenze di congegni elettronici a tempo, serrature sofisticate, armi ed esplosivi moderni, in aggiunta alle comprovate risorse fisiche, lo qualificano come uno straordinario agente operativo »?

E se era stato Thurkettle a ucciderlo, perché? Oppure, per ribaltare la questione: Thurkettle era forse un agente supersegreto per cui era stata fabbricata un'eccentrica copertura di pluriomicida? E in questo caso, perché aveva ucciso Johnson, ammesso che Johnson fosse il vero nome della vittima? Intanto la mia mente continuava a ripetermi che a questo punto la Centrale di Londra non si aspettava certo una telefonata. Neppure Stowe avrebbe potuto pretenderlo, non dopo il pasticcio da cui dovevo tirarmi fuori, e il fatto che con ogni probabilità la polizia austriaca avrebbe ascoltato le telefonate fatte dall'albergo. A dispetto di tutto, quel rinvio mi confortò.

9

Il mio aereo decollò dall'aeroporto di Salisburgo nel bel mezzo di una tempesta elettromagnetica di dimensioni wagneriane che inondò le Alpi di immensi bagliori di luce bluastra e tuoni che scossero il mondo. Il rumore della pioggia che batteva sulla superficie metallica era nettamente udibile al di sopra del programma registrato di musica leggera e l'apparecchio sobbalzava e imbardava nella battaglia contro le raffiche di vento, arrancando lungo il suo angusto percorso tra le montagne.

Non ero ancora riuscito ad allontanare dalla mente la visione orribile di quel corpo dilaniato. Senza nulla da leggere a parte la solita rivista della compagnia aerea, ricorsi al catalogo dei francobolli ed esaminai ancora una volta la busta che non ero riuscito ad aggiudicarmi. Ne studiai con cura la riproduzione, nel tentativo di capire quale demone spingesse certi uomini ad ammassare costose collezioni di quei graziosi piccoli oggetti. La foto a colori era talmente realistica da sembrare quasi sul punto di proiettarsi fuori della pagina. Con le forbici del mio temperino multiuso, la ritagliai e la infilai nel portafoglio.

Era tardi quando iniziammo la discesa su Vienna. La tempesta era passata e le stelle splendevano nel cielo senza luna. L'indirizzo datomi da Hoffmann si trovava nella Città Interna. Di nuovo studiai la cartina colorata di Vienna che avevo preso al banco della compagnia aerea. Era una vivace descrizione della città, con disegni isometrici di costruzioni importanti, quali il Palazzo Imperiale, e circondata di annunci che pubblicizzavano piacevolezze di ogni genere: un "bar-rivista", un "sauna club kontakt" e un "servizio di accompagnatori privati". Gli annunci erano redatti in tedesco, arabo e giapponese. Quell'esame accurato mi rivelò che la mia destinazione era una strada laterale della Kärtnerstrasse, una strada molto nota che dal Ring dell'Opera — che circonda l'intera città interna — porta alla cattedrale di Santo Stefano, proprio al centro.

Era buio quando il taxi mi scaricò davanti all'imponente sagoma della Staatsoper pochi istanti dopo che il sipario era calato sull'ultimo atto de *Il barbiere di Siviglia.* Parecchie porte si aprirono contemporaneamente, proiettando sul marciapiede rettangoli di luce giallastra, e cominciarono a uscire gli spettatori. Non molti all'inizio, una dozzina o poco più: esploravano le strade lucide di pioggia con espressione cauta e disorientata, come viaggiatori intergalattici che emergano da un'immensa astronave di pietra. Dall'interno arrivò lo scroscio attutito degli applausi e pochi istanti dopo l'ultima chiamata degli artisti la folla si riversò all'esterno, una folla chiassosa ed euforica. Un gruppetto attraversò di corsa il cortile esterno e il marciapiede e si lanciò in strada senza curarsi del traffico, fra risate e richiami, come famosi criminali improvvisamente rilasciati dal carcere.

«*Fussgängerzone*» spiegò il tassista, effettuando un'illegale inversione a U e preparandosi all'assalto di quelli che volevano tornare a casa e di cui molti lo chiamavano già a gesti. «Da qui dovrà proseguire a piedi.» La strada ormai era piena di gente con indosso pellicce incredibili e abiti da sera che in Germania e in Austria sono di rigore in certe serate culturali. Un gruppetto di questi elegantoni appassionati d'opera assediò il taxi e cominciò a contenderselo con esplosioni di voci che alla fine sfociarono in una vera e propria discussione.

Pagai e mi feci largo tra le orde di gente che le porte del teatro continuavano a vomitare. La ressa cominciava già a diradarsi, perché parecchi si erano dispersi tra le stradine anguste del centro cittadino. Presto mi ritrovai solo e i miei passi echeggiavano fastidiosamente sonori mentre oltrepassavo negozi bui e caffè chiusi. Il centro di Vienna va a dormire di buon'ora.

L'indirizzo che cercavo era in una Gasse stretta e male

illuminata, un vicolo di botteghe di antiquariato, facciate corrose e lasciate nell'abbandono come capita solo ai palazzi che ospitano i negozi più esclusivi. Attraverso le vetrine scure s'intravedevano sontuosi tappeti orientali, mobili lucidi e cristallerie antiche. La porta di un negozio esibiva una targa d'ottone con una scritta discreta: «Karl Staiger». Suonai il campanello. Passò parecchio tempo prima che accadesse qualcosa e anche allora fu solo una finestra del piano superiore che si aprì per richiudersi quasi subito.

Poi una luce fioca si accese sul retro del negozio, disegnando i contorni degli articoli in vendita e la sagoma di un ometto basso e grassoccio che veniva verso la porta. Ci mise un po' di tempo per fare scorrere i catenacci e scattare le serrature e aprì l'uscio solo quel tanto permesso dalla catenella di sicurezza. Da quella fessura mi chiese: «Sì? Che cosa c'è?».

«Sto cercando il barone Staiger» risposi. «Vengo da Salisburgo.» Un sospiro, poi la porta si spalancò del tutto.

Davanti a me c'era Otto Hoffmann in persona, ma il fatto che non l'avessi riconosciuto prima era più che giustificato, dato che chi mi stava di fronte era un personaggio ben più serio del gaio ometto che a Salisburgo mi aveva dato tremila scellini austriaci e impartito una lezione sulla filatelia. Ora indossava una camicia inamidata e cravatta a farfalla su cui sfoggiava una giacca da smoking dai ricami multicolori. Mi fissò per un istante senza parlare, quasi stesse cercando il modo di congedarmi. Alla fine brontolò un: «Salve, Samson». Non era davvero un benvenuto caloroso. «Le avevo detto di telefonare.»

«Non è stato possibile.»

«Perché?»

«Non avevo spiccioli» risposi faceto.

«Meglio che entri. Qui a Vienna sono von Staiger.» L'accento era lo stesso: viennese puro, fino a *ich* pronunciato *ih*. Mi fece entrare e attesi che facesse scorrere di nuovo catenacci e scattare serrature.

Quando ebbe finito, spense la luce e mi fece strada nel retro e su per una stretta scala di legno. Dal seminterrato saliva l'odore dei materiali leganti e del legno piallato e lucidato da poco che sempre sta a indicare la presenza di un laboratorio. I tre piani superiori erano adibiti ad abitazione privata. Sulla scala erano visibili incisioni e ricami chiusi in cornici antiche e sul pianerottolo faceva bella mostra di sé un comò di quercia in condizioni perfette. Era come se alcuni di quei locali fungessero anche da showroom. Eravamo quasi in cima quando sentii la musica, e un odore di cucina — o meglio, un retaggio di pasti preparati tempo prima — sostituì gli odori più acrilici che salivano dal seminterrato. «Ho compagnia» spiegò Staiger. «Sistemi il cappotto sull'appendiabiti e lasci qui la borsa. Parleremo più tardi.»

«D'accordo.»

L'ultimo piano della casa era composto da un ampio locale ricavato unendo due stanze più piccole e in cui era raccolta una dozzina di persone. Vestivano tutti secondo una foggia stravagante e forse a Londra avrei scambiato i loro abiti per maschere di carnevale. Le donne sfoggiavano gioielli a profusione e abiti décolleté; uno era in seta color fumo con balze sovrapposte e un altro, dalla linea stupefacente, era orlato di pizzo antico. Gli uomini erano in abito da sera con in vita fasce di seta dai colori vivaci e alcuni tra i più anziani esibivano medaglie.

Questo barone Staiger non aveva nulla dell'allegria di Hoffmann a Salisburgo. Non accennò minimamente a presentarmi agli ospiti, limitandosi a spiegare con noncuranza a quelli che avevano notato il nostro ingresso: «Questo è Mister Samson, un amico di Salisburgo». Io ero fradicio. La pioggia aveva inzuppato l'impermeabile e il mio vecchio vestito era sgualcito nei punti sbagliati. Mi guardarono senza entusiasmo.

In un angolo, un pianista lottava con George Gershwin, e perdevano entrambi. Dopo la mia entrata suonò a casaccio qualche battuta a tempo di valzer, poi mi sorrise come se mi conoscesse. Dopodiché smise di suonare. Cominciavo a credere che il mio arrivo avesse guastato l'atmosfera *gemütlich*.

Il cameriere si impegnava a fondo. Mi chiese che cosa gradivo e, scoperto che non c'erano alcolici ad alta gradazione, presi uno *Gspritzter* e girellai qua e là in attesa che se ne andassero tutti a casa. Non riuscivo a scacciare la sensazione che Staiger fosse ansioso di prendere le distanze da me, perché dopo essersi assicurato che avessi da bere, si avvicinò a un gruppo all'altro capo della stanza.

«Dunque ora vivi a Salisburgo?» chiese qualcuno alle mie spalle. Mi voltai: era il pianista e realizzai con stupore che lo conoscevo.

Gesù Cristo! Era quel rettile maligno di nome Theodor Kiss, che preferiva essere chiamato Dodo. L'ultima volta che l'avevo visto, stava minacciando di farmi a pezzi ed era perfettamente attrezzato per lo scopo. Ora sorrideva con fare dolce e i lunghi capelli bianchi gli conferivano una certa nobiltà, sebbene il suo abito da mezza sera fosse pieno di grinze. Era un vecchio depravato, un ungherese che era passato dall'altra parte della barricata quando la Germania aveva perso la guerra e si era costruito una nuova carriera legato al carro dei vincitori. «No, e tu?» replicai.

«A Vienna, per la precisione. Ho un nuovo appartamento davvero magnifico. Ho deciso di trasferirmi... il sud della Francia è diventato talmente... talmente volgare!»

«Sul serio?» Ora vedevo con chiarezza la cicatrice rossastra sul cuoio capelluto; la ferita infertagli da Jim Prettyman quando lo aveva atterrato e probabilmente mi aveva salvato la vita.

«E come sta la mia cara Zu?» Era un amico della famiglia di Gloria.

Borbottai che stava bene.

Sapeva perfettamente che non avevo voglia di parlare con lui, e insistere lo divertiva. «Ovviamente ho studiato a Vienna. Questa città è la mia casa; ci vivono un sacco di vecchi amici e di colleghi.»

Annuii. Già, certo: un sacco di vecchi amici da queste parti, per un ex nazi come Dodo. Il cameriere si avvicinò con un vassoio su cui erano disposti triangoli di pane con formaggio Liptauer. Me ne ficcai un paio in bocca. Sull'aereo non avevo mangiato.

«Vienna è la città più bella del mondo» seguitò Dodo. «E così *gemütlich*! Ti piace l'opera?»

A salvarmi dalla conversazione fu un uomo che venne a chiedermi se ero lì per conto di qualche quotidiano. Dodo si allontanò. Il nuovo arrivato era un tipo tarchiato, con una di quelle barbette che vengono definite alla van Dyke, sebbene la sua lo rendesse più simile a Mefistofele. Risposi che non lo ero e lui parve accontentarsi di questo. Alzò un braccio per indicare un grande dipinto: un grottesco arrangiamento di forme astratte dipinte nei colori base. «Le piace?» mi domandò.

«Che cos'è?»

«Arte moderna» rispose in tono condiscendente. «Sa che cos'è?»

«Sì. Arte moderna è quello che è successo quando i pittori hanno smesso di guardare le ragazze.»

«Ah, sì?» La sua voce era fredda. «Quella non è piuttosto *Kulturbolschewismus*?» Il suo era un colpo basso. "Bolscevismo culturale" era il termine coniato dai nazisti per condannare tutto quello che non era arte realista approvata dallo Stato.

Codardo come sempre, feci marcia indietro. «Sta cominciando a piacermi. Lei è un pittore?»

«Andras Scolik!» Batté i tacchi e piegò la testa con un gesto brusco. «Compongo musica. Musica viennese.»

«Valzer?»

«Valzer!» ripeté con disprezzo. «Certo che no! Musica vera!»

«Oh, certo» mi affrettai ad assentire. Richiamai l'attenzione di un cameriere di passaggio e questa volta mi toccò champagne nazionale. Aveva lo stesso sapore del *Gspritzter*.

«No,» disse lui «non scrivo i famosi "Yodeler", né canzoni folcloristiche del tipo "Nel Salzkammergut la gente è allegra". Spero che questo non la deluda troppo.»

«No.»

«È una battaglia contro la storia» continuò. «Noi austriaci facciamo tutto all'eccesso, giusto?»

«No» ripetei.

«Sì, invece. Gli stranieri ridono di noi. Il nostro costume nazionale è comico, la nostra versione del tedesco incomprensibile, la nostra cucina indigesta, la nostra burocrazia invincibile. Perfino i nostri paesaggi e il nostro clima sono assurdi ed estremi. Neve e montagne! Come odio tutto questo. Chieda a uno straniero il nome di un austriaco famoso e lui risponderà Julie Andrews.»

Non avrei mai pensato di suscitare tanto fervore con le mie prudenti risposte. Cercai di calmarlo. «In effetti io penserei piuttosto a Mozart» dissi.

Le mie parole sembrarono infuriarlo ancora di più. «Non venga a parlarmi di Mozart. Questo maledetto paese è schiavo della sua memoria. Noi musicisti siamo prigionieri di Mozart e della sua sciagurata musica del XVIII secolo. Tum-titti-tum-tittitum-tum-tum. Detesto Mozart!»

«Credevo che piacesse a tutti» obiettai.

«Agli inglesi piace. Quella musica anemica del XVIII secolo si intona perfettamente all'esangue temperamento anglosassone.»

«Già, forse è per questo» cedetti, avendo ormai rinunciato alla speranza di farlo raffreddare.

«Compositori morti! A quelli piacciono solo i compositori morti. Quando Mozart era vivo lo facevano sedere con la servitù: un gradino sopra i cuochi, ma molto al di sotto dei valletti. Ecco che cosa fanno ai musicisti quando sono in vita.»

«In realtà lei non disprezza Mozart, vero?»

«Tum-titti-tum-titti-tum-tum-tum.»

«Pensi all'analisi psicologica,» enunciai in tono autorevole «all'integrità drammatica e all'eleganza musicale.»

«Idiozie! Perché mai quello sciocco ha sprecato tanto tempo con l'opera tedesca? Musica da due soldi! Possibile che non vedesse che il futuro di questo genere musicale aveva le sue radici nel genio sublime degli italiani? Ascolti *La Traviata*. Sentirà la passione... sentimenti umani profondi espressi dal suono vigoroso di un'orchestra completa... un'opera composta da un autore di autentica genialità che comprendeva l'arte del canto come il piccolo Mozart non è mai riuscito a fare.»

«Andras!» chiamò qualcuno dall'altra parte della stanza. «Faresti da arbitro alla nostra discussione?»

L'irato musicista fece un altro rigido inchino, e versando qualche goccia del vino che aveva in mano si congedò con tutte le formalità. Io sorseggiai il mio drink guardandomi intorno. L'atmosfera si era fatta percettibilmente più vivace. La fiacca spossatezza che tanto spesso contraddistingue i dolenti a una festa ormai in agonia aveva lasciato il posto a un senso di aspettativa, sebbene non riuscissi a capire che cosa si stesse aspettando.

Esaminai con più attenzione la sala. Pareva che in previsione dell'evento sociale attualmente in corso fosse stata in parte sgomberata. Sulle pareti, rettangoli sbiaditi indicavano che quadri di grandi dimensioni erano stati rimossi e sostituiti con altri più piccoli. I pochi mobili rimasti erano pezzi d'antiquariato: alcuni tavoli intarsiati qua e là e una credenza in stile Hepplewhite. Ma a catturare la mia attenzione fu soprattutto una disposizione certo architettata per catturare qualche ricco cliente: tre splendide sedie nello stile geometrico e rigoroso dell'epoca secessionista e dietro di esse due bellissimi poster di Schiele. Mi avvicinai per ammirare con più agio le sedie e il mio riluttante ospite doveva essersi reso conto del mio apprezzamento, perché sorrideva quando mi si avvicinò con una bottiglia di champagne in mano.

«Spero che Andras non sia stato troppo villano» disse Staiger, riempiendomi il bicchiere. Sembrava che la mia intrusione non lo infastidisse più.

«È stato molto istruttivo.»

«Lei è nel corpo diplomatico?» Questa volta accompagnò le parole con un sorriso e un arricciare di naso. «O la Centrale di Londra ci manda uomini più perspicaci, di questi tempi?» Staiger era di una decina di anni più giovane di me, eppure riusciva a fare osservazioni del genere senza suscitare né collera né risentimento. Il barone Staiger di Vienna, e Herr Hoffmann di Salisburgo — e Dio solo sapeva quali altre città frequentava — possedeva una dose più che adeguata di quello *Zauber* viennese che il resto del mondo chiama *Schmaltz*.

«Temo che per Andras sia stata una serata deludente. Ha lavorato dieci anni per rappresentare il suo quartetto per strumenti a corda. Stasera ci è riuscito. I suoi amici sono venuti, ma non eravamo sufficienti a riempire la sala.» Sorseggiò il drink. «Peggio ancora, credo che Andras si sia reso conto che la sua composizione non era poi così buona.»

«Povero Andras» dissi.

« I suoi genitori sono i proprietari della Scolik Konditorei » replicò Staiger, ironico. « Ne ha sentito parlare? Tutti i pomeriggi le vecchie signore si mettono in coda per divorare una fetta del loro stupendo strudel Scolik con semi di papavero e guarnito con un gran fiocco di Schlagobers. È come possedere una miniera d'oro. Lo strudel lo aiuterà a superare questo momento di sfiducia in se stesso. »

« È questo che ha? »

« Lo strudel? » domandò lui, beffardo. « No, lei intende la crisi di sfiducia. Domani dovrà affrontare i critici musicali. E Vienna ne alleva di incredibilmente feroci. »

« Karl! » chiamò una donna bassa dai lineamenti aguzzi che presto identificai come la moglie di Staiger. « Anna-Klara è arrivata, Karl » lo informò ignorandomi. Gli toccò il braccio. Io mi chiesi se fosse a conoscenza delle altre vite che il marito conduceva. Forse pensava che io ne fossi un aspetto.

Staiger ebbe un sorriso soddisfatto. « Davvero? *Kolossal!* » Solo più tardi dovevo scoprire che considerava la visita di quella signora un successo sociale di enorme importanza. Si guardò intorno per accertarsi che nulla nella sala potesse disonorarlo agli occhi della celebre ospite, e trovò soltanto me. Per un momento pensai che avrebbe tentato di nascondermi in una credenza, ma deglutì, lanciò un'occhiata di scuse alla moglie e — come se questo spiegasse l'imbarazzante situazione in cui si trovava — disse: « Quando gli ospiti se ne saranno andati, dovrò sbrigare del lavoro con Herr Doktor Samson ». Poi si passò una mano sui capelli radi, quasi fosse ansioso di verificare che ci fossero ancora.

Sua moglie mi guardò e fece un cupo cenno d'assenso. Sapeva che non ero un vero Doktor, perché un Doktor autentico si sarebbe chiamato "barone", e un barone autentico "principe". È così che andavano le cose in Austria. Sorrisi, ma lei non ricambiò. Era una brava moglie austriaca, e lasciava che il marito decidesse da solo in merito al proprio lavoro, ma non era costretta a trovare simpatici i suoi scalcagnati compari. « Ecco Anna-Klara » annunciò.

L'arrivo dell'ospite d'onore era appunto l'evento che tutti stavano aspettando. La soprano si era esibita all'opera quella stessa sera e il suo ingresso fu del tutto adeguato alla deferenza offertale da quel particolare pubblico. Veleggiò nella sala facendo svolazzare la gonna lunga. Portava i capelli biondi pettinati alti sulla testa e qualche gioiello; il trucco era un po' eccessivo, ma perfetto per un'artista che ha frettolosamente lasciato il palcoscenico.

Gli altri l'accolsero con un concorde mormorìo di devozione e reverenza. Con gli Staiger a fianco, la *gnädige Frau* passò da un invitato all'altro come un generale che ispezioni la guardia d'onore. Ecco, curvo in un profondo inchino, un *Doktor Doktor* e una *Frau Doktor*, la moglie; la moglie di un burocrate — *Frau Kommerzialrat* — si esibì in una specie di riverenza; l'*Hofrat* — consigliere di corte di un imperatore asburgico morto da tempo — le baciò la mano. Anna-Klara ebbe parole gentili per tutti e complimenti speciali per Andras Scolik e l'esibizione musicale che si era persa. Il musicista si illuminò. Anna-Klara l'aveva elogiato. E, dopotutto, c'era sempre lo strudel.

Fu una prestazione di eccezionale abilità e con perfetto tempismo Anna-Klara si trattenne solo per una coppa di champagne, e dopo il suo congedo la riunione si sciolse in fretta.

Era mezzanotte quando sedetti con Karl Staiger nel suo ufficio, sul retro del negozio. Tutti gli orologi delle chiese di Vienna battevano l'ora delle streghe. La stanza puzzava di vernice e, sebbene la notte fosse gelida, Staiger socchiuse la finestra. Poi spostò un fascio di lettere ancora chiuse appoggiate contro un orologio antico a forma di carrozza e raffrontò l'ora con quella indicata dal suo orologio da polso. Era un pezzo splendido, con una decorazione di figure femminili danzanti. Il meccanismo ticchettava gaio all'interno della cassa di vetro. Staiger mi guardò con un cenno della testa pieno d'orgoglio, come un padre fiero del figlio che si esibisce al pianoforte davanti agli ospiti. Soddisfatto, spostò anche libri e carte per sgombrare una parte della scrivania; una lampada con il paralume verde proiettava un perfetto cerchio di luce su un sottomano di carta assorbente rosa.

«Che cos'è successo?» volle sapere Staiger.

«Non ce l'ho» risposi. Non avevo intenzione di parlargli della morte di Johnson, né di accennare a Thurkettle e al ruolo che forse aveva rivestito nell'omicidio.

«Non ha che cosa?» Aveva le braccia cariche di libri.

Dal taschino della giacca estrassi il portafoglio e ne tirai fuori la foto colorata che posai proprio al centro dell'alone luminoso. «Questa» dissi lisciando il ritaglio. «Non ce l'ho.»

Lui posò i volumi su una credenza e abbassò gli occhi sulla fotografia. Poi, senza parlare, prese la corrispondenza ancora chiusa, la scartabellò in fretta e scelse un pacchetto su cui spiccavano le etichette vistose e invadenti di una società di trasporti. Era una piccola busta imbottita chiusa con delle graffette. La aprì con uno strappo rapido e scuotendola ne fece cadere sulla scrivania il contenuto.

Una busta azzurra con francobolli del Paraguay e timbri Zeppelin scivolò sul tavolo: la stessa raffigurata nella fotografia.

«Ce l'ho io» disse Staiger con un sorriso soddisfatto.

«Ma che storia è questa?» Presi la busta che aveva causato tanti guai e probabilmente anche la morte dell'affabile Johnson e me la rigirai tra le mani. Impossibile credere che un insignificante pezzo di carta valesse un prezzo così alto.

«So soltanto quello che riesco a leggere tra le righe» rispose. «Ma credo che gli americani abbiano mandato qualcuno ad acquistarla scavalcandola. Sono stato costretto a rivolgermi a uno dei più grossi commercianti di Vienna, un vecchio amico, e a chiedergli di aggiudicarsela a tutti i costi.»

«Deve avere fatto le sue offerte per telefono.»

«Non c'era tempo di venire a Salisburgo.»

«L'offerente presente in sala era fasullo, l'asta era truccata. Almeno per quanto riguarda quel lotto.»

«Cose che capitano» dichiarò Staiger. «Non immaginavo che gli americani avrebbero tentato di intervenire, o le avrei lasciato una somma maggiore. Ma tutto è finito per il meglio. Mi era stato detto di procurarmela, e ci sono riuscito.» Sollevò la busta e la tenne alta contro la luce.

«C'è qualcosa dentro?»

«Di solito una specie di imbottitura di protezione, semplice carta che a volte riproduce l'annuncio pubblicitario di qualche commerciante di francobolli da tempo dimenticato.» Ma a dispetto delle sue parole prese dal cassetto della scrivania uno splendido tagliacarte in avorio e cominciò a batterselo sul palmo della mano. « Sapeva che i migliori pezzi in vendita venivano da una collezione privata degli anni Trenta opera di un famoso commerciante di francobolli aerei di nome Zoltan Szarek? È lui l'autore del manuale Posta Aerea Szarek del 1935, da tempo fuori stampa. Con lo smembramento della raccolta Szarek, svanisce una delle più grandi collezioni del mondo. » Rigirò il tagliacarte. Un'estremità nascondeva un minuscolo temperino. Sotto il mio sguardo sorpreso, Staiger aprì la preziosa busta paraguaiana.

Ora che conoscevo la passione che quegli oggetti risvegliavano in certi individui, non potei non restare stupefatto davanti a quell'atto di vandalismo. Ma le sorprese non erano finite, perché all'interno della busta azzurra c'erano due foto formato passaporto e chiaramente recenti. Le persone ritratte erano invecchiate dall'ultima volta che le avevo viste e le foto erano smorte e prive di niditezza perché stampate sulla carta grigiastra utilizzata nei paesi che non possono permettersi troppo argento. Staiger le posò davanti a me. « Lei li conosce? »

Due persone mi guardavano. Un uomo e una donna. Il primo era un agente del KGB sovietico che operava sotto il nome di Erich Stinnes e la foto era la versione più in posa di quella mostratami da Bower a Berlino. La donna era mia moglie.

Ma non era tutto. La "protezione" della busta era inoltre costituita da due piccole carte d'identità rosa e su entrambe era stampigliato un tipico esempio del logorroico linguaggio burocratico dell'Europa orientale. Ognuno era un visto: una persona, un viaggio, un'ammissione nella Repubblica Popolare Socialista, un'uscita. Il timbro era quello della *Státní Tajna Bezpecnost*, il servizio segreto della Cecoslovacchia. Su una delle sue carte di identità c'era la foto di Staiger, sull'altra la mia.

10

La regione cecoslovacca che confina con la frontiera settentrionale dell'Austria è la Moravia. Sorprendentemente, il tragitto dal centro di Vienna è molto breve. O meglio, lo sarebbe stato se non fossimo incappati nel festival di Haydn. Superammo la frontiera austriaca in un baleno, con Staiger che agitava il documento verso le guardie. Ma al posto di controllo cecoslovacco le cose andarono in modo ben diverso.

È un punto di passaggio trafficato perché si trova sul percorso diretto Vienna-Praga, e più oltre Berlino. Qui, attraverso il varco tra le Alpi e i Carpazi, il vento della steppa russa provoca improvvisi cali di temperatura e gela le ossa penetrando sotto gli indumenti più caldi. Oltre alle auto, quel giorno erano in coda una ventina di autoarticolati provenienti da ogni angolo d'Europa. All'interno dei loro abitacoli, con i finestrini ben chiusi, gli autisti sonnecchiavano, chiacchieravano o leggevano, aspettando pazientemente di entrare nella baracca grigia dove i documenti e le bolle di carico venivano letti con lentezza e timbrati con riluttanza da burocrati in uniforme, uomini dagli occhi piccoli e lucenti con dita sporche d'inchiostro e pistole regolarmente oliate.

Quella mattina il barone Staiger, alias Otto Hoffmann, trasformato da un toupet di capelli bruni ondulati, era venuto a prendermi all'albergo viennese in cui avevo trascorso la notte. Viaggiavamo su un fuoristrada bianco Subaru e apparivamo alquanto vistosi in mezzo all'eterogenea raccolta di auto del blocco orientale. C'erano Lada inzaccherate di fango, Wartburg puzzolenti a due tempi, una Skoda cabriolet dipinta di rosa carico, una magnifica vecchia Tatraplan con una lunga aletta a contrassegnare le prese d'aria per il motore posteriore. Con il massimo disprezzo nei confronti degli altri conducenti, Staiger si portò in cima alla fila e parcheggiò a fianco del casotto da cui una mezza dozzina di soldati cechi sorvegliava impassibile il paesaggio.

«Aspetti in macchina» mi disse, e andò a intavolare un'animata discussione con la sentinella. Parlando, non smetteva di battere il dito sulle carte d'identità. Qualunque fosse il dialetto della sentinella, sembrava che anche Staiger lo conoscesse, perché la reazione fu pronta e favorevole. La guardia annuì poi alzò lo sguardo e fece un cenno in direzione di una grossa automobile verde che stazionava dalla parte cecoslovacca. Due uomini in abiti civili si avvicinarono in fretta. Erano tipi alti, robusti, di quelli che ci tengono a far sapere a tutti che lavorano per la «Prima Sezione» della StB: la più efficiente polizia segreta dell'Europa dell'Est, i cui quartier generali — forse significativamente — si trovano in un antico monastero di Praga. La barriera fu prontamente alzata.

«Tutto bene» mi comunicò Staiger, mentre risaliva in auto portando con sé una folata d'aria gelida.

«Tutto bene» gli feci eco io. «Be', questo sì che è un cambiamento simpatico.»

«Che cosa?»

«Tutte quelle scempiaggini a proposito dell'asta... e poi alla fine è andata male.»

«È uno dei percorsi abitualmente utilizzati per i nostri documenti» replicò lui, imbronciato. «È stato l'ufficio di Praga a organizzarlo; di solito funziona come un orologio.»

«Forse qualcuno dovrebbe informarli che viviamo nell'epoca dei cristalli al quarzo» ribattei io.

«Avevamo gli americani contro. Chissà come, avevano avuto sentore di quello che c'era in ballo. L'ufficio della CIA a Vienna ha inviato uno dei suoi, ben rifornito di soldi.»

«E non è così che lavoriamo noi» brontolai tetro, ricordando l'inadeguata somma di scellini che mi era stata consegnata.

«In fatto di soldi, nessuno riesce mai a battere gli americani» asserì Staiger. «È stata una fortuna che io sia riuscito ugualmente a sistemare le cose.»

L'auto verde ci precedeva quando attraversammo la zona

di confine minata da cui era stata eliminata ogni traccia di vegetazione.

«Resteranno con noi» mi informò Staiger.

«Sul serio?» replicai, sforzandomi di apparire compiaciuto.

Ci inoltrammo nella campagna moraviana e poco dopo l'auto verde abbandonò la strada per Praga. Ora il manto stradale si era fatto sconnesso e per non perdere i nostri amici Staiger dovette inserire la trazione integrale.

In quella zona il paesaggio è strano e sinistro: un oscuro legato della storia. Fino a una generazione fa, alcune di queste regioni di frontiera erano prosperose come il resto del paese. Fin dall'epoca imperiale la popolazione di lingua tedesca viveva in queste deliziose cittadine con strade bordeggiate da alberi e grandi piazze circondate da case barocche, ma Adolf Hitler usò la *Volksdeutsche* come scusa per annettere questi territori al Terzo Reich. Mi trovavo nel "paese lontano" per cui il primo ministro britannico — ideatore del primo summit del mondo moderno — non avrebbe fatto guerra. Questi erano i luoghi dove il termine "appeasement" acquistò un significato nuovo e peggiorativo e "Monaco" divenne un altro modo per dire "resa". Qui vivevano i cechi che sventolavano bandiere con la svastica e accoglievano gli invasori tedeschi apostrofandoli nella loro lingua.

Ma dopo la sconfitta di Hitler il Governo stalinista di Praga fu spietato nell'esiliare dal paese i tre milioni e mezzo di cechi di lingua tedesca. Agli esuli, a cui era stato dato un preavviso di poche ore, fu permesso di prendere con sé solo quello che potevano trasportare. Attraversarono a piedi la frontiera in cerca di una nuova patria e le case rimaste vuote furono saccheggiate dagli ufficiali autorizzati, ma anche dai ladri. Con un gesto più politico che pratico, alla fine furono cedute a zingari e vagabondi. Ma di loro ormai ne restano ben pochi.

Attraversammo villaggi che riflettevano l'ambivalenza delle autorità nei confronti di questa vecchia "regione tedesca". Fermi e via; avanti e indietro; ecco le contraddizioni di una ponderosa burocrazia socialista oppressa dalla sua stessa prospettiva storica. Vecchi edifici demoliti a metà e nuovi costruiti a metà. Cumuli di macerie lungo la carreggiata e armature di calcestruzzo in attesa di tetti e finestre che non sarebbero mai arrivati.

Percorremmo tra sobbalzi e scossoni la strada principale di una piccola città fantasma, disturbando un branco sonnolento di cani sparuti che corsero via senza neppure abbaiare. Non si vedevano persone. Le case della piazza principale — il regale stucco "giallo Maria Teresa" annientato da un dilagare di cicatrici gessose — avevano porte e finestre sbarrate con assi di legno. E così i negozi.

Spinsi di nuovo la leva del riscaldamento. « Per l'ultima volta, Staiger. Quando si deciderà a dirmi che cosa sta succedendo? » A Londra mi era stato ordinato di seguire alla lettera le istruzioni e così stavo facendo, ma non gradivo che mi lasciassero a brancolare nel buio.

Lui si agitò sul sedile. « Non posso » rispose in tono affabile, come aveva già detto molte altre volte nel corso di quel viaggio scomodo e apparentemente interminabile. « I miei ordini sono di portarla in un certo posto, tutto qui. »

« E di riportarmi indietro? »

Sorrise. « Sì. Di riportarla indietro. Alle quattro. È tutto quello che so. »

Fino a quel momento le poche frasi che ci eravamo scambiati erano stati tipici pettegolezzi viennesi, quasi tutti su persone che conoscevo pochissimo o per niente. Peggio ancora, avevo dovuto ascoltare le dettagliate spiegazioni di Staiger sulla confetteria viennese, in particolare sulle *Torten*. Mi aveva spiegato con abbondanza di particolari perché preferiva la semplicità di uno strato della *Linzertorte* a qualunque altro dolce di produzione Sacher. Mi aveva rivelato gli ultimi segreti sulla delicata *Haselnusstorte* di Demel e mi aveva detto quali, fra la loro ampia scelta di *Torten*, si impreziosivano con un'aggiunta di panna montata, e quali invece ne venivano irrimediabilmente rovinate. Mi aveva perfino dato l'indirizzo di un piccolo caffè la cui *Sachertorte*, grazie all'eccellente qualità della farcitura all'albicocca, era perfino migliore di quella servita da Sacher.

« Che cos'ho a che fare io con questa riunione? Gliel'hanno detto? »

Lui si strappò a fatica dalle dissertazioni dolciarie. «Mi hanno detto che lei l'avrebbe saputo.»

«È una faccenda russa?»

«Ma se le dico che non lo so. È la verità. Non lo so. Arriveremo presto.» Era deluso dalla fredda accoglienza ricevuta dalla sua dotta esposizione. Forse in un altro momento avrei potuto apprezzarla e magari mi sarei unito a lui per un tour dei *Kaffeeklatsch* cittadini. Ma non oggi.

Le nubi erano scure e nella luce smorta le montagne parevano innaturalmente grandi. Tutto era grigio: il cielo era grigio, le montagne erano grige, le fattorie erano grige: perfino la neve era grigia. Era come trovarsi in un'istantanea mal stampata: tonalità e sfumature che non erano né bianco né nero. Questa era la vita nell'Europa orientale. La fede era svanita. Il comunismo aveva perso mordente, ma il capitalismo non era ancora arrivato: tutti agivano nel disordine, accomodanti ma increduli.

E così procedevamo, più lenti ora che la strada si era fatta brutta. Arrivammo a un incrocio dove due camioncini color cachi erano parcheggiati sul ciglio della strada. Accanto alla ribalta dell'ultimo scorsi tre uomini in tuta mimetica ed elmetto con reticella mimetica: un ufficiale e due soldati semplici con i fucili automatici a tracolla. Si voltarono per guardarci passare.

A quello stesso incrocio svoltammo per imboccare una strada perfino più dissestata e poco dopo la macchina verde si fermò per consentirci di superarla. I suoi passeggeri ci fissarono con una curiosità esibita solo di rado dalla gente dell'est. Staiger tuttavia non parve minimamente turbato. La strada saliva e presto ci trovammo ad avanzare lungo un sentiero pieno di buche dove il fango si era tramutato in una lucida superficie di ghiaccio. Nei campi, isole di neve vecchia si erano ritirate fino a mettere a nudo la terra. Gli uccelli volteggiavano nel cielo, occupati a scegliere il rifugio per la notte. C'era neve dappertutto. Lungo quel sentiero stretto e remoto si ergevano grossi cumuli la cui superficie splendeva di minuscoli brillanti di ghiaccio.

«Sono già qui» annunciò Staiger. «Ecco le tracce dei pneumatici.»

« Sì » assentii io.

« O forse sono quelle della squadra addetta all'eliminazione dei microfoni. »

« Ha forse portato qualcosa da mangiare? » domandai.

« Pensavo che avremmo avuto il tempo per una sosta sul lato austriaco. Non credevo di fare tanto tardi. » Pronunciò quelle parole in tono di solenne rammarico, poi staccò la mano dal volante per indicare una fattoria poco più avanti.

Costruita in epoche antiche, quando i contadini erano spesso anche guerrieri, sovrastava tutta l'ampia vallata alle nostre spalle. Il gruppo di edifici comprendeva due granai enormi con i tetti coperti di neve. Il cancello d'ingresso era di dimensioni ragguardevoli; la cotta d'armi deliberatamente eliminata con lo scalpello, ma di cui era ancora visibile un leone senza testa precariamente aggrappato a un mezzo scudo. Al riparo lungo la fiancata sottovento della malconcia guardiola c'erano due agenti della polizia stradale ceca seduti a cavalcioni sulle loro motociclette. Ci guardarono passare.

Superato il cancello, il lungo viale si snodava accanto a mangiatoie di legna, da cui esalava un vapore leggero, e porcili di lamiera, per arrivare a quello che un tempo doveva essere il corpo principale di una fattoria fortificata.

L'auto sembrò strizzarsi quando si infilò sotto l'arco basso e stretto, entrò sobbalzando in un cortile di ciottoli e si fermò davanti alla porta di servizio di un'abitazione sui cui muri si intravedevano i motivi floreali dei murales d'arte popolare. Nell'ampio cortile una grossa macchina agricola si andava arrugginendo in un angolo; qualche gallina — momentaneamente messa in agitazione dall'automobile — razzolava tra i sassi alla ricerca di cibo. Nell'aria aleggiava un tanfo di spazzatura bruciata, o forse era solo il forno che aveva bisogno di una bella ripulita.

Due uomini si stavano arrampicando sul tetto, entrambi equipaggiati con potenti binocoli. Altri due, in stivali e corti soprabiti di pelle, sedevano su una panchina nell'aia. Con i cappelli tirati sugli occhi, se ne stavano sdraiati scompostamente, simili a ebbri adoratori del sole, ma non mi sfuggirono le posizioni rilassate tipiche di chi rimane immobile a lungo. E mi accorsi che i primi bottoni dei cappotti erano slacciati: non avrebbero avuto difficoltà, in caso di bisogno, a estrarre velocemente qualcosa da una fondina a spalla.

Senza muoversi, ci osservavano da sotto le palpebre socchiuse. Scesi e aspettai Staiger, che stava chiudendo con cura le portiere dell'auto.

Comparve improvvisamente un grosso cane bastardo nero; abbaiava e ringhiava e, con suicida indifferenza nei confronti della catena, mi si avventò alla gola. Ma la catena si era tesa al massimo e il bastardo dovette fermarsi, semisoffocato e ruzzolò di lato, l'ultimo latrato interrotto a mezzo. Senza smettere di ringhiare e scoprire i denti, si accovacciò esibendo l'esagerata aggressività di chi non può dare sfogo alla propria rabbia.

Durante quel breve interludio gli uomini seduti sulla panca non si erano quasi mossi. Ora Staiger si lasciò sfuggire una risatina nervosa e con la mano si assicurò che il cappello fosse ancora a posto sul toupet. «Entri» mi disse poi. «Io l'aspetto qui.»

A quel punto cominciavo ad avere un'idea su quello che mi aspettava. All'interno la fattoria era scura, con minuscole finestre basse ritagliate nei muri spessi. Le mattonelle del pavimento erano consunte e quasi non c'erano mobili, fatta eccezione per un fratino spinto contro il muro e certe vecchie sedie arrugginite.

Lei era in piedi nella penombra. Quando parlò, la sua voce era poco più di un bisbiglio. «Bernard!» La mia prima impressione fu che Fiona fosse più piccola e più sottile di come la ricordavo. Poi, con una fitta di colpa, ne compresi il motivo: stavo con Gloria da così tanto tempo!

«In che razza di gioco pazzesco sei andata a ficcarti?» proruppi. Le parole mi uscirono di bocca in un mormorìo indistinto, rivelando, immagino, la mia confusione. L'amavo ancora, ma non mi fidavo di lei; non riuscivo a capire che cosa volesse da me ed ero riluttante a fornirle un'altra possibilità di abbindolarmi in qualche modo.

«Non arrabbiarti.»

«Non sono arrabbiato» dissi stancamente. La sua deliberata passività riattizzò la mia collera e di colpo urlai: «Stupida infida puttana! Che cosa stai tramando ora? Sei impazzita del tutto?».

Mi guardò e sorrise. Chi poteva sapere quale animosità celava il suo animo? Se anche lei era a sua volta irata, non lo diede a vedere in alcun modo. Attese che la mia collera sbollisse, come sapeva che sarebbe successo, poi sorrise di nuovo. Aveva ancora quel meraviglioso sorriso che mi aveva devastato la prima volta che l'avevo vista. Un sorriso spiritoso, con appena una punta di sarcasmo, e un invito a guardare con i suoi occhi il mondo che ci circondava. Un invito cui non ero mai riuscito a resistere. «Qui non c'è niente da mangiare. Neanche una briciola. Ho pensato che avresti avuto fame.» La sua voce era piatta, una piattezza forse voluta, e sebbene fosse mia moglie mi era impossibile capire le emozioni che la agitavano. Era sempre stato così. A volte mi chiedevo se non fosse proprio questa sua aura di mistero a renderla tanto attraente ai miei occhi e in quale misura avesse a sua volta fallito nel comprendere me. Non molto, credo.

«Bernard, tesoro!» Cercò di passarmi le braccia intorno al collo, ma io mi ritrassi.

«Come stanno i bambini?» domandò, e il calore del suo corpo mi accese; fui sopraffatto da un profumo che avevo quasi dimenticato.

«Bene. Sentono la tua mancanza.» Poi mi corressi: «La sentiamo tutti». I suoi occhi parevano schernirmi. «Billy si è fatto grande. Alto come te, direi. Va pazzo per le automobiline; manifesti, modellini, perfino un motore di plastica che continua a smontare e rimontare.»

«È stato il tuo regalo di Natale?» chiese, dimostrando ancora una volta il suo intuito. Era pura follia cercare di tenerle segreto qualcosa, ma continuavo a provarci.

«Sì. L'etichetta diceva "gioco educativo".» Lei ebbe una risatina nel riconoscere uno dei nostri vecchi scherzi che risaliva ai tempi in cui ero facile preda di simili formule. «Sally è stata scelta per interpretare la parte di Porzia nella recita scolastica. Credo che Billy sia un po' geloso.»

Lei sorrise. «Sì, è probabile. È Billy l'attore. Porzia: *Il mercante di Venezia*?»

«*Giulio Cesare.*»

«Ma certo.

Sono io tu stesso,
Ma, se così è, al solo scopo
Di presiedere ai tuoi pasti, rallegrare il tuo letto,
E a volte parlarti? Non appartengo forse
Che ai sobborghi del tuo piacere? Se non è null'altro,
Porzia è la prostituta di Bruto, non sua moglie. »

« Che memoria! »

« A questo punto, » disse Fiona « dovresti rispondere:

Tu sei la mia unica e onorata moglie,
A me cara come le gocce purpuree
Che visitano il mio triste cuore. »

« Non hai studiato Shakespeare a scuola? »

« L'ho imparato in Germania » risposi.

La cosa la divertì. « Di questi tempi leggo molto: Dickens, Jane Austen, Trollope, Thackeray, Shakespeare. »

Una nota d'allarme risuonò in qualche punto della mia mente. Gli autori che aveva nominato erano tutti inglesi. Chiunque sarebbe stato messo in allarme da quelle parole che puzzavano terribilmente di nostalgia di casa. Ma io non feci commenti e mi accontentati di dire: « Porzia avrà un costume delizioso: azzurro e bordato d'oro ».

Lei tese una mano verso di me. La presi. Un gesto formale in cui tuttavia ritrovai una stupefacente intimità. La sua mano era piccola e calda, aveva sempre avuto mani calde. Disse: « È assurdo che debba essere così » e poi in fretta, come per impedire una discussione da evitare a tutti i costi: « Sembrava che per me fosse impossibile lasciare Berlino, e poi di colpo sono dovuta andare a un convegno a Praga e tutto è diventato semplice ». Pronunciò quelle parole con una gaiezza poco persuasiva, lo stesso tono a cui ricorreva quando voleva trasformare in uno scherzo il fatto che Billy si era preso l'influenza proprio il giorno del suo compleanno, o che lei aveva aperto in malomodo la portiera dell'auto graffiando la vernice. « Quanto ti hanno detto? »

Indietreggiai per guardarla. Era deliziosa come sempre. Aveva i capelli tirati all'indietro nello stile severo che aveva adottato quando si era trasferita all'Est. L'abito che indossava, semplice e di colore verde scuro, era quasi Chanel, ma pensai che a confezionarlo fosse stata qualche meravigliosa donnetta che lei aveva scovato. Fiona riusciva sempre a scoprire simili "tesori". All'anulare portava la fede. Abbassò gli occhi sulle nostre mani allacciate come per una rinnovata testimonianza dei voti matrimoniali. Ecco la bellissima ragazza che ero stato tanto orgoglioso di sposare. Ma era successo un secolo prima e i mutamenti degli ultimi difficili anni erano evidenti. Scorgevo in lei qualcosa di nuovo: stanchezza? O era apprensione? Forse era per questo che in un primo momento mi era sembrata più piccola di statura.

Girò la sua mano nella mia. «Hai perso il nostro anello di fidanzamento» notai.

«Ne compreremo un altro.»

Non risposi.

«Lavoravo a Dresda. Un uomo rimase ucciso. Fu una notte terribile. Mi lavai le mani in ospedale. Fu imprudente da parte mia. Quando me ne accorsi tornai indietro, ma non c'era più e nessuno l'aveva visto.»

Si torceva le mani come se il racconto sull'anello perduto fosse per lei un'atroce ordalia, ma il suo viso era imperturbabile come sempre. Conoscevo la forza di volontà con cui controllava la paura... la stessa con cui una brava attrice può dare vita a un personaggio poco convincente. Senza darmi il tempo di rispondere aggiunse: «Non hai i pantaloni giusti per quella giacca. La tua nuova donna non si prende cura di te, tesoro». Adesso era fredda e rilassata; gli orrendi ricordi di nuovo accantonati.

«Sto bene.»

«Ti stira le camicie? Sei sempre stato così pignolo in fatto di camicie. A volte mi scopro a preoccuparmi per il bucato. Non è sciocco?» C'era amarezza nella sua voce. Un po' della vera Fiona stava facendo capolino. Erano tutti scherzi, naturalmente: il bucato e le domande indagatrici su altre donne. Tutto era uno scherzo... fino a quando Fiona soffiava nel fischietto e allora si smetteva di scherzare.

«È una brava ragazza; è leale e mi ama» proruppi, punto dal suo sarcasmo. Me ne pentii subito, ma in fondo era quello che voleva. Le avevo rivelato i miei sentimenti e adesso era pronta a passare oltre.

« Quanto ti hanno detto? » tornò a chiedermi.

« Niente. Non mi hanno detto niente. » Ripensai alla fronte aggrottata di Stowe e alle sue risposte guardinghe. Era ovvio che neppure lui era stato informato di nulla. Mi chiesi chi diavolo sapesse con esattezza quello che c'era in ballo.

« Povero tesoro. Ma forse è meglio così. »

« Stai per venire via » dissi, confermando con le mie parole quello che i miei occhi quasi non riuscivano a credere. « Avevo ragione, vero? » perfino adesso non ero del tutto certo che lei avesse sempre lavorato per Londra.

« Manca poco. »

« Torni a Berlino? »

« Solo per un po'. »

« Perché? »

« Sai com'è... c'è altra gente che potrebbe essere in pericolo. Devo sistemare certe cose. Qualche settimana. O forse solo pochi giorni. »

Non replicai. Nell'aia, il cane abbaiava come se avesse visto qualche sconosciuto avvicinarsi. Fiona controllò l'ora. Di colpo ricordai quanto avevo odiato la sua devozione al Dipartimento, una devozione più forte di ogni altra cosa. Competere con la sua carriera era più difficile che affrontare un rivale irresistibile. Doveva avere intuito i miei pensieri perché disse: « Niente recriminazioni, Bernard. Non adesso, almeno ».

Ora capivo di avere gestito male il nostro incontro. Con un grottesco errore di valutazione l'avevo presa alla lettera — un atteggiamento che tutte le donne detestano. Un altro uomo l'avrebbe presa tra le braccia, avrebbe fatto l'amore con lei lì e subito, e al diavolo le conseguenze. Un'altra donna mi avrebbe forse offerto l'opportunità di farlo. Ma eravamo noi due: professionisti che discutevano di tecnica da pari a pari.

Lei indietreggiò di qualche passo e guardando la fede nuziale disse: « Sono la sola in grado di decidere al riguardo e io dico che devo tornare indietro ».

« Perché venire qui, allora? Perché correre il rischio? » insistetti. Sono sicuro che avrebbe trovato una scusa convincente per questo incontro con il nemico, ma era follia mettere a repentaglio la propria vita solo per vedermi. Non avevo dimenticato quanti bravi agenti avevamo perduto per colpa di iniziative altrettanto sciocche. Uomini che dovevano vedere la loro ragazza per l'ultima volta. Uomini che non potevano resistere a una cena nel loro locale preferito, o uomini come il vecchio Karl Busch, che mi aveva nascosto a Weimar per tre lunghissimi giorni e poi, quando l'avevamo già fatta franca, era tornato a casa per recuperare la collezione di francobolli. Li aveva trovati ad aspettarlo. Karl Busch era stato portato nella caserma dei servizi di sicurezza e da allora non avevamo più saputo niente di lui.

«Oh, Bernard.»

«Perché?»

«A causa tua. Non essere così ottuso.»

«Io?»

«Stavi creando subbuglio ovunque... Per me...» Con la mano aperta fece un gesto che significava disperazione.

«Mi stai dicendo che hai rischiato tanto solo per ordinarmi di piantarla di indagare?»

«La Centrale di Londra ha tentato di tutto per rassicurarti, ma tu non hai voluto cedere.»

«Di tutto, tranne dirmi la semplice verità» obiettai.

«Hanno fatto allusioni, dato consigli. Alla fine non hanno avuto più argomenti per convincerti. Io non sapevo fino a che punto avrebbero potuto spingersi... Dissero che dovevi sentirlo dire da me. Abbiamo concordato questo incontro — ufficiale ma riservato. Londra ci ha fatto concessioni: io sono l'abile negoziatrice che torna alla base. Vedrai, andrà tutto bene.»

«Quei maledetti idioti! Non gli hai spiegato che per te sarebbe stato terribilmente pericoloso incontrarti qui con me?»

«Sanno che è pericoloso, ma tu continuavi a ficcare il naso dappertutto. Stavi mettendo assieme un quadro completo dell'operazione. E lasciando una traccia. Questo era ancora più pericoloso.»

«Certo che mi davo da fare! Che cosa si aspettavano che facessi? Sei mia moglie!» Mi interruppi, esasperato. La mia teoria si era rivelata esatta, ma era di una tale enormità che non riuscivo ad accettarla: la Centrale di Londra aveva mandato Fiona all'Est come agente operativo e a me non aveva rivelato nulla. « Dio santo... »

« Sembrava un'idea vincente, allora » disse Fiona con voce calma. Niente, nel suo tono, sembrava suggerire che non la considerava più tale.

« Chi la riteneva un'idea vincente? »

« Mi ha protetta la tua sorpresa, Bernard; o meglio, il tuo stupore... la tua collera, la tua indignazione, il tuo palese sconcerto. »

« Ti ho chiesto: "Chi la riteneva un'idea vincente?" »

« Avrei voluto dirti tutto, tesoro, e all'inizio ho insistito perché mi autorizzassero a farlo. Volevo che anche tu partecipassi ai preparativi. L'idea iniziale era che tu fossi il mio capo missione, ma presto fu chiara l'impossibilità di ricorrere a una figura del genere. Non ci sarebbe stata l'opportunità di contatti frequenti e regolari. »

« E chi ha deciso la nuova impostazione? »

« In un primo tempo il D.G. era contrario all'intero piano. Sosteneva che le probabilità di riuscita non superavano il venticinque per cento. »

« Ancor meno, direi. »

« Poi acconsentì, ma a condizione che tu venissi tenuto all'oscuro di tutto. »

« Il D.G. ... Sir Henry? »

« Ha le sue giornate buone così come ne ha di cattive. »

« Dunque, più casino avessi fatto meglio sarebbe stato? »

« All'inizio sì. E di sicuro ha funzionato » assentì Fiona. « Durante le prime settimane fosti uno dei soggetti a cui Mosca era interessata; ti osservavano con il massimo interesse. Arrivando perfino a far redigere da uno dei maggiori esperti di comportamento psicologico un rapporto sul tuo conto. Erich Stinnes se n'è procurato una copia e io l'ho letta. Diceva che nessun attore avrebbe potuto recitare in modo tanto convincente. Ed era proprio così. Sei stato tu a persuaderli che io ero realmente passata dalla loro parte. »

« Non hanno subdorato la verità? Non hanno sospettato che agivi senza che io ne sapessi sulla? »

«In Unione Sovietica ci sono donne che pilotano caccia e manovrano gru, ma il matrimonio è un'istituzione sacra. Grazie ai milioni di vittime di guerra, l'opinione di Marx sul matrimonio — come su molte altre cose — è stata accantonata a tempo indefinito. In Unione Sovietica le mogli fanno quello che dicono i mariti.»

La guardai in silenzio e lei mi sorrise. Perché stupirsi tanto, in fondo? Fiona: figlia istruita e privilegiata di un padre filisteo e *nouveau riche*; studentessa eccezionale di Oxford che si specializza in russo alla Sorbona. Entra a far parte del Dipartimento e sposa un uomo che non è mai stato in un college e che, se può pretendere del rispetto, è solo grazie alla sua reputazione di agente sul campo. Perché una persona simile non dovrebbe proporsi come l'esponente più rappresentativo dell'emancipazione femminile? Perché una donna del genere non dovrebbe desiderare di diventare un agente perfino migliore del suo compagno... qualunque fosse il prezzo da pagare per me, i bambini e chiunque altro?

«Quando è cominciato tutto?» domandai.

«Molto tempo fa» fu la sua disinvolta risposta.

«Nel settembre del 1978?» Quella era stata la notte di uno dei casini alla "Baader-Meinhof". Il contenuto di un'intercettazione di segnali militari russi tornò a Karlshorst con tanta radipità che tutti pensarono che avessimo una superspia seduta nella Sala Operativa. Lei annuì. «Li informasti del segnale intercettato? Dunque lavoravi già per entrambe le parti.» Impiegai qualche istante per ricordare con precisione quello che era accaduto. «Joe Brody fu incaricato di occuparsi delle indagini successive, tanto per calmare i timori americani. In un modo o nell'altro, sgattaiolasti via sotto il suo naso. Ma con te libera da ogni sospetto, il biasimo finì su Werner Volkmann a cui non venne neppure data la possibilità di difendersi. Frank stabilì che non avrebbe più fatto ricorso a lui e Werner la prese malissimo.»

«Infatti» assentì Fiona, e si morse il labbro inferiore. Werner non le era mai piaciuto, o perlomeno lo giudicava un sempliciotto. Si sentiva in colpa per la parte che aveva giocato nella trappola che gli era stata tesa? Disse: «Poi, quando aprirono una pratica arancione su Trent, la responsabilità fu attribuita a lui».

«Trent è stato ucciso» osservai.

Ma lei aveva la risposta pronta. La sua voce risuonò calma e conciliante. «Sì, ucciso dal tuo amico Rolf Mauser. Con una pistola che aveva preso in prestito da te. Non puoi coinvolgere il Dipartimento nella morte di Trent.»

«Ma com'era maledettamente comodo. Trent si è portato il suo segreto nella tomba, ossia che *non* era stato lui a fornire il messaggio intercettato ai russi.»

Questa volta non replicò.

«È a Oxford che sei stata avvicinata? Molto tempo fa?»

«Dal Dipartimento, vuoi dire? Sì.»

Dunque così stavano le cose. La storia secondo cui al college Fiona si era legata ai gruppi marxisti era vera, ma tutto era stato organizzato per metterla alla prova. Di natura più personale era stato il modo in cui aveva lasciato che la raccomandassi per un posto nel Dipartimento. Era stato tutto uno stratagemma: un modo per dissimulare il suo precedente servizio. Già da allora doveva essere in contatto con il KGB. L'incarico presso il SIS aveva sicuramente reso estatico il suo capo missione. Sì, ora capivo la pianificazione a lungo termine che l'aveva resa un agente russo tanto convincente. Mi sentivo un maledetto idiota, ma controllai la mia rabbia. «Chi altro sapeva?» domandai.

«Non saprei, tesoro.»

«Chi altro?»

«Nessuno. Né il Coordinamento, né la Centrale Fondi, né la Sicurezza Interna e neppure il Controllore.»

«Il D.G. sapeva» insistetti.

«Nessuno che lavori ancora lì» ribadì, cocciuta. «Era questa la condizione posta dal D.G. Nessuno!»

«Hai trasformato la mia vita in un inferno» mormorai con voce gentile.

«Pensavo che saresti stato orgoglioso di me.»

«Lo sono» replicai, sforzandomi di dare un po' di fervore alle mie parole. «Lo sono, sul serio. Ma è arrivato il momento di venirne fuori. Torna a Vienna con me. Con la mia speciale carta d'identità e i tuoi documenti del KGB non avremo difficoltà a superare i controlli. E potremo prendere un aereo per Londra stasera stessa.»

«Temo che non sia così semplice, Bernard. Al giorno d'oggi i punti di attraversamento sono tutti memorizzati nei computer. Credimi, queste cose le so.» Conoscevo quel tono di voce; sarebbe stato inutile discutere ancora.

Mi aveva sentito dire milioni di volte che tocca agli agenti sul campo avere l'ultima parola in questioni del genere. Io stesso avevo sempre agito in questo senso. E ora mia moglie si stava dimostrando l'agente operativo più in gamba. Si era infiltrata al vertice della rete spionistica orientale riuscendo a ingannare tutti. Non ero in grado di mettermi contro di lei.

In tono leggero, come desiderosa di spostare la conversazione su argomenti più banali, disse: «Voglio essere sicura che il computer dia l'okay quando tornerò. Londra mi ha promesso qualcosa di speciale per quanto riguarda i documenti».

«Hanno degli ottimi esperti» asserii, senza crederci davvero. Mi chiesi se i suoi documenti falsi fossero stati preparati da Staiger; contraffatti dagli stessi imbroglioni a cui ricorreva per falsificare i francobolli e le buste.

«Lo so.»

«E anche Erich Stinnes?» Quando verrà scritta la storia del Dipartimento, nessun fiasco del passato recente potrà dimostrarne i peccati di incertezza e di confusione meglio dell'episodio Stinnes. Era un tipo viscido, un autentico veterano del KGB. Aveva detto di volere passare dalla nostra parte, ma entrambi i fronti avevano nutrito parecchi dubbi finché noi non lo avevamo classificato come elemento ostile e arrestato. Rientrò all'Est in seguito a uno scambio di prigionieri.

«Stinnes non ha mai avuto niente a che fare con me. Così era stata programmata l'operazione.» Fece una pausa prima di cambiare argomento. «Quando liquidasti quell'orribile Moskvin, eliminasti anche il pericolo maggiore per me. Lui sospettava la verità.»

«Si è beccato anche un proiettile russo. Uno dei suoi gli ha sparato. Lo sapevi?»

Il suo sorriso era gelido.

Non volevo lasciare le cose a quel punto. «Vorrei...»

Lei alzò la mano, quasi a impedire ogni recriminazione da parte mia. «Ci rimangono pochi minuti. L'auto deve andarsene alle quattro. Io devo tornare a Praga. Domani c'è quella maledetta riunione sulla sicurezza e non mi sono ancora state date le istruzioni.» Il cane abbaiò di nuovo, questa volta con più ferocia, poi i latrati si spensero in un guaito, come se l'animale fosse stato picchiato.

«Sì, alle quattro. Capisco.»

«Dunque ti hanno detto qualcosa?»

Come battuta non valeva molto, ma sorrisi e in tono di scusa dissi: «Siamo partiti da Vienna presto, ma c'era il festival di Haydn e la strada...».

«Lo so» mi interruppe. «È sempre così quando si tratta di qualcosa di realmente importante. Lo dicevi tu, ricordi?»

«Quando ero in ritardo?»

«No, non intendevo questo, Bernard.» Lanciò una rapida occhiata all'orologio. «Un'altra cosa... La mia pelliccia. L'ho lasciata da mia sorella Tessa e ho paura che possa venderla, o magari barattarla...»

Ricordavo quella pelliccia; uno splendido regalo di compleanno di suo padre all'epoca in cui era particolarmente ansioso di esternarle il suo amore, e il suo denaro e il suo successo. L'ampia cappa color sabbia doveva essere costata migliaia di sterline. Fiona si era sempre dichiarata contraria a indossare pelli di animali, ma quando l'aveva infilata le sue riserve morali erano vacillate. «Che cosa vuoi che faccia?»

«Devi fartela restituire.»

«Be'...» Ero esitante. «Non posso certo dirle di averti parlato.»

«Troverai un modo» affermò. Adesso il problema era mio. Capivo la sua abilità di organizzatrice.

Seguì il classico silenzio impacciato che solo una coppia inglese può infliggersi. «Tutto il resto è a posto? I bambini stanno bene?» mi chiese di nuovo.

«Magnificamente.» Certo Fiona lo sapeva. Di sicuro l'accordo prevedeva che ricevesse con regolarità notizie sui bambini e su di me. Mi domandai se in quei rapporti ci fosse stato mai qualche riferimento alla mia convivenza con Gloria. Per un terribile momento mi balenò alla mente il sospetto che Gloria mi fosse stata messa vicina per sorvegliarmi, ma lo scacciai subito. Gloria era troppo poco convenzionale per essere un'informatrice. « Naturalmente i bambini sentono la tua mancanza » ripresi.

« Ma non hanno imparato a odiarmi, vero, Bernard? »

« No, certo che no, tesoro. »

Pronunciai quelle parole con tanta fretta e disinvoltura che senza dubbio la mia incertezza le fu palese. Non le sarebbe stato facile ricostruire un rapporto positivo con i figli.

Annuì. « E tu? »

Non so se mi stesse chiedendo se stavo bene o se avessi imparato a odiarla. « Tutto okay » risposi.

« Sei dimagrito, Bernard. Sei sicuro di stare bene? »

« Mi sono messo a dieta in modo da potere indossare di nuovo i vecchi vestiti. »

« Sono contenta che tu sia sempre lo stesso. » Era un'osservazione ambigua, ma c'era più affetto in quelle poche parole che in tutto quello che mi aveva detto fino a quel momento.

Immagino che avrei dovuto rivelarle tutte le cose che mi tenevo dentro. Avrei dovuto dirle che era bella come sempre e coraggiosa come nessun altro. Che ero orgoglioso di lei. Invece dissi soltanto: « Abbi cura di te. Ormai la fine è vicina ».

« Me la caverò. Non preoccuparti, caro. » Capivo dal suo tono che non stava più pensando a me né ai bambini. Stava già meditando sulla fase successiva: alla maniera dei veri professionisti. L'unico modo per sopravvivere.

Si udì il rombo di un grosso motore V8. Dalla finestra vidi la sua auto che si staccava dal punto in cui era stata parcheggiata, nel granaio. Un'auto nera, lucida con targhe ufficiali e due battistrada in motocicletta; apposta per attirare l'attenzione. E certo sarebbe stato impossibile farla passare attraverso il passaggio ad arco e guidarla lungo la strada piena di buche.

Be', Fiona era bravissima a fare l'impossibile. L'aveva dimostrato un sacco di volte.

11

Una volta tornato a Londra mi fu facile convincermi che il viaggio in Europa centrale era stato soltanto un sogno. Soffocai ogni ricordo del mio incontro con Fiona, o almeno tentai di farlo. Gloria venne a prendermi all'aeroporto e il suo grido di gioia si sentì per tutto il terminal. Mi abbracciò, mi baciò e mi tenne stretto. Fu solo allora che cominciai a comprendere appieno l'angoscioso dilemma emotivo che mi ero creato: o forse dovrei dire il dilemma che *Fiona* aveva creato per me.

Gloria aveva lasciato la sua auto nuova — una Metro arancione — parcheggiata in doppia fila fuori del Terminal Due, dove l'addetto ai parchimetri vigilava con ferocia; ma la fece franca: probabilmente era l'ora del tè.

La Metro era nuova di zecca e lei moriva dalla voglia di illustrarne tutte le meraviglie. Mi appoggiai contro lo schienale del sedile e la guardai, deliziato. L'orrenda verità era che qui a Londra, con Gloria tra le braccia, mi sentivo rilassato, a casa. Lei era giovane e vitale, e mi eccitava. I miei sentimenti per Fiona erano diversi... e più complessi. Oltre a essere mia moglie, la mia collega e la mia rivale, era anche la madre dei miei figli.

Una volta Zena, la sarcastica consorte di Werner Volkmann, mi disse che avevo sposato Fiona perché lei era tutto quello che io non ero. Immagino che con questo volesse dire che era colta, sofisticata e che frequentava gli ambienti giusti. Ma io la vedevo in modo diverso. La mia istruzione, la mia raffinatezza e gli ambienti in cui mi muovevo erano drasticamente diversi da ogni realtà nota a Fiona, ma non per questo inferiori. L'avevo sposata perché l'amavo disperatamente, ma di un amore forse troppo colorato di rispetto. Forse ci eravamo sposati convinti entrambi che fosse proprio la combinazione dei nostri talenti e delle nostre esperienze il fondamento di tutto; che avremmo dimostrato di essere un'accoppiata invincibile e che i nostri figli avrebbero primeggiato in ogni campo. Ma è un ragionamento viziato, non si può basare un matrimonio unicamente sul rispetto reciproco. Soprattutto quando questo rispetto nasce dall'inesperienza, come molto spesso accade. Ora ci conoscevamo molto meglio, e io avevo scoperto che l'amore di Fiona per me era cerebrale e realistico, come l'amore che nutriva per la conoscenza e per il suo paese. Gloria non aveva neppure la metà degli anni di mia moglie: Dio, che pensiero opprimente era questo! Ma aveva un'energia insopprimibile ed era piena di entusiasmo e di curiosità e di ostinazione. Amavo Gloria come amavo la vitalità che aveva portato nella mia vita e l'amore infinito che riversava su di me e i miei figli. Ma amavo anche Fiona.

«Il viaggio è andato bene?» Parlando, Gloria cercava di far funzionare la radio con ricerca automatica e il mangianastri autoreverse mentre al contempo superava un autobus dall'interno. Era spericolata nella guida così come lo era nell'amore e in qualunque altra cosa.

«Tutto come al solito. Salisburgo e Vienna. Lo sai.» Quelle parole non mi provocarono alcun rimorso. Non era quello il momento giusto per ascoltare quello che Gloria pensava di Fiona. Ancora non sapevo neppure che cosa ne pensassi io.

«*No* che non lo so! Come potrei? Raccontami tutto.»

«Salisburgo: von Karajan ha ritardato l'inizio delle prove per consentirci di bere una tazza di quell'orribile caffè che prepara sotto il podio. Poi via a Vienna: una mostra privata di Bruegel e un noioso piccolo cocktail party in mio onore. Dopodiché cena privata con l'ambasciatore e dentro la scomodissima scatola a cui l'ambasciata si ostina ad abbonarsi scambiandola per un teatro d'opera. La solita roba.» Lei mi mostrò i denti. «Ah, sì,» ripresi «sono stato aggredito da un cane feroce.»

«Siamo invitati dai Cruyer» mi informò Gloria, quando fummo nei pressi della casa di Hogarth. «Daphne mi ha telefonato a casa. È stata terribilmente carina. Una vera sorpresa. Con me si è sempre comportata in modo così distante. Abito lungo, te lo immagini? E cravatta nera per i signori.»

«Stai scherzando?»

«Proprio no.»

«Cravatta nera? Abito lungo? Dai Cruyer?»

«Sabato sera. Tua cognata Tessa e suo marito ci vanno. Non so chi altri ci sarà.»

«E tu hai setto sì?»

«Dicky sapeva che saresti rientrato oggi.»

«Buon Dio.»

«Ho mandato in lavanderia il tuo abito da mezza sera. Sarà pronto per sabato mattina.»

«Sai che i pantaloni che ho addosso non vanno abbinati a questa giacca?» le chiesi.

«Certo che lo so. Non faccio che ripetertelo. Credevo che tu lo facessi per dare fastidio a Dicky.»

«Perché mai pantaloni e giacca non intonati dovrebbero infastidire Dicky?»

«Oh, non ti servirà cercare di dare la colpa a me. Dovresti tenere i tuoi vestiti appesi al loro posto, invece di lasciarli in giro. È chiaro che poi finisci col fare confusione. Chi te l'ha fatto notare?»

«Me ne sono accorto io.»

«Scommetto che qualcuno te l'ha fatto notare e ti sei sentito uno sciocco.» Rise. «Che cos'hanno detto... "Ha un altro vestito come questo a casa?" È questo che hanno detto?» Ridacchiò di nuovo. Gloria adorava le sue battute: erano le uniche che avessero significato per lei. Ma la sua era una risata contagiosa e a dispetto di me stesso la imitai.

«Nessuno si è accorto di nulla, a parte me» insistetti.

«È quasi ora che ti comperi un vestito nuovo. O magari pantaloni di flanella grigia e blazer blu scuro? Per l'ufficio sarebbero adattissimi.»

«Non voglio un abito nuovo e neppure blazer e pantaloni grigi, e se ho comperato degli abiti nuovi non è mai stato per l'ufficio.»

«Staresti splendidamente con un blazer.»

Non capivo mai quando parlava sul serio e quando si divertiva a stuzzicarmi. «Non ci vorrebbe anche un distintivo sul taschino?»

«Alcolisti Anonimi» suggerì Gloria.

«Proprio buffo.»

«Ho comperato un vestito stupendo» mi confessò. «Lilla con grandi maniche a sbuffo.» Allora era questo. Quel piccolo preambolo sulla necessità di un vestito nuovo per me aveva l'unico scopo di attenuare il senso di colpa che provava nello spendere denaro per un abito.

«Bene» approvai.

Ma non bastò a metterla a proprio agio. «Non avevo abiti lunghi e non mi andava di noleggiarne uno.»

«Bene. Bene. Ho detto bene.»

«Sei un porco, tesoro.»

Le baciai l'orecchio grugnendo.

«Non mentre guido.»

La cena dei Cruyer doveva essere stata pianificata da settimane. Nelle occasioni precedenti era Daphne, cuoca poco entusiasta, a correre dentro e fuori la cucina, sorseggiando champagne mentre mescolava casseruole, consultava libri di cucina e sibilava istruzioni a Dicky. Ma questa volta si erano procurati un vecchio con la voce stridula per aprire la porta ed esalare sugli ospiti vapori alcolici e una signora anziana in tenuta da chef completa di cappello per sbrigare tutto il lavoro di cucina. Ogni volta che faceva capolino per sbirciare i nuovi arrivati, spargeva intorno a sé odore di pesce bollito. Impossibile capire se il suo scopo era contare gli ospiti o controllare la sobrietà del vecchio.

Una morbida musica di chitarra stillava dall'hi-fi. «Abbiamo cercato di accaparrarci Paul Bocuse,» stava dicendo Dicky quando entrammo nel soggiorno affollato «ma ci ha mandato la sua *sous-chef.*» Si voltò per salutarci ed esclamò: «Gloria, chérie! Hai un aspetto meraviglioso!» con la voce pastosa che sempre usava per le battute. La baciò con cautela su entrambe le guance per evitare di rovinarle il trucco.

«E *Bernard*, vecchio mio!» Dal tono, si sarebbe detto stupito da quella bizzarra coincidenza: Gloria e io che arrivavamo insieme. «Non c'è bisogno che vi presenti agli altri. Stasera ci sono solo vecchi amici!»

Quasi tutti avevano già bevuto un bicchiere o due di vino, perché si percepiva nell'aria l'eccitazione euforica che nasce dal consumo di alcolici a stomaco vuoto. Daphne Cruyer venne a salutarci. Daphne mi era sempre piaciuta. In un certo senso avevamo in comune il difficile compito di sopportare Dicky tutti i santi giorni. Non l'aveva mai detto, naturalmente, ma a volte mi sembrava che nutrisse un sentimento di cameratismo nei miei confronti.

Daphne studiava arte quando aveva incontrato Dicky e non si era mai ripresa del tutto da entrambe le esperienze. Quella sera, il soggiorno era decorato con lanterne giapponesi e pesci di carta. Immaginai che fosse stato l'acquisto di Daphne — uno stupefacente kimono di seta multicolore — a dare il la alla serata e non il nuovo, bianco e splendente smoking di Dicky. Ma era impossibile esserne certi.

Daphne mi chiese come stavo con quell'insolito tono di voce che sembrava suggerire un interesse autentico. Nello sforzo di ricambiare tanta gentilezza non glielo dissi e ammirai invece il suo kimono e la pettinatura alla Madama Butterfly. Aveva comperato l'abito a Tokyo, durante una vacanza di dieci giorni in compagnia dei loro vicini giramondo. Non sarei mai riuscito a indovinare quanto costava una tazza di caffè sulla Ginza, ma Daphne si era goduta ogni momento, apprezzando perfino il pesce crudo. Disse che Gloria aveva un aspetto splendido. Io mi dichiarai d'accordo con lei e riflettei sul fatto che c'erano voluti tre anni perché i Cruyer arrivassero a giudicare Gloria e me una coppia accettabile e che quella importante decisione coincideva con l'imminente ritorno di mia moglie.

«Dicky sostiene che in ufficio va tutto a rotoli quando non ci sei tu» mi confidò Daphne.

Feci un cenno d'assenso. «Credo proprio di sì.»

«Be', Dicky era diventato terribile. Completamente chiuso in se stesso. Mi dispiaceva per lui.»

«Sono tornato.»

«E io ne sono felice» sorrise lei. Mi chiesi che cosa le avesse raccontato Dicky dei miei giorni a Berlino. Niente, speravo: d'altro canto, non sarebbe stata la prima volta che Daphne riusciva a cavargli qualche informazione. Lo sapeva manovrare a meraviglia. Avrei dovuto chiederle di darmi qualche lezione.

«Abbiamo messo a posto la mansarda» mi raccontò Daphne. «Adesso ho un piccolo studio tutto per me. La prossima volta che verrai devi assolutamente vederlo.»

«Per dipingere?»

«Nature morte: frutta e fiori e così via. Dicky vorrebbe che tornassi all'astratto, ma mi rovinava tutte le tele aggiungendo grosse chiazze di colore. Mi arrabbiavo talmente che alla fine decisi di tornare alla frutta e ai fiori. Dicky è un tale impiccione. Ma naturalmente lo sai già.»

«Lo so, sì.»

Quando Daphne si fu allontanata, rivolsi un saluto generale a tutta la compagnia, tra cui Sir Giles Streeply-Cox, un funzionario in pensione del Foreign Office, e a sua moglie. Con il suo viso sanguigno e le cespugliose basette bianche, "Creepy-Pox" — così era soprannominato — avrebbe potuto essere facilmente scambiato per un prospero agricoltore, finché non si sentiva il suo accento barocco di Whitehall. Attualmente coltivava rose tra una visita e l'altra a Londra, dove presiedeva il Comitato Esaminatore del Servizio Civile e si aggirava fra le più languide zone di Whitehall diffondendo allarme e sconforto. Come tutti i vecchi funzionari politici del suo stampo, aveva una memoria prodigiosa. Si ricordava di me per avermi visto a un'altra cena poco tempo prima. «Il giovane Samson, giusto? Ci siamo incontrati una sera nell'appartamentino della piccola Matthews. *Nouvelle cuisine*, vero? Mmmm, così mi sembrava. Non si mangia abbastanza, eh?» Certo che gli Streeply-Cox giravano parecchio.

Si protese verso di me per chiedermi: «Mi dica una cosa, Samson. Conosce il nome di questa maledetta canzone?».

«*Cordoba*» risposi. «Albeniz; suonata da Julian Bream.» La mia voce risuonò sicura, perché dopo l'acquisto dell'hi-fi Dicky l'aveva suonata fino alla nausea per sfoggiare il selettore di piste.

«Una canzoncina orecchiabile» commentò Streeply-Cox. Guardò la moglie e annuì prima di aggiungere: «Mia moglie dice che lei è un sapientone».

«Ci provo, Sir Giles!» Poi mi allontanai mormorando qualcosa a proposito di un altro bicchiere di vino.

Una volta liberatomi del temuto Streeply-Cox, decisi che in fondo un'altra coppa di champagne non era una cattiva idea. Tesi un agguato al vecchio con le bibite, poi mi concessi qualche istante per guardarmi intorno. Lo stesso malconcio quadro di Adamo ed Eva sormontava il camino. Dicky lo definiva sempre *naïf*, nel tentativo di conferirgli un po' di classe, ma ai miei occhi era semplicemente un brutto lavoro. La foto a colori della barca di Dicky era scomparsa, una conferma delle voci che avevo sentito e secondo cui si preparava a metterla in vendita. A Daphne non era mai piaciuta; tendeva a soffrire il mal di mare, e pur non unendosi al marito durante i suoi fine settimana nautici, era consapevole del rischio che un'altra donna potesse dividere con lui la cabina del capitano.

La vetrina antica che una volta aveva contenuto una raccolta di scatole per fiammiferi ora ospitava uno stiletto giapponese, alcuni *netsuke* e un assortimento di altri piccoli manufatti orientali. Sulla parete dietro di essa erano appese sei incisioni in legno, tra cui l'inevitabile «Breaking Wave». Intorno al fuoco di carbone artificiale era stata disposta una rete. Probabilmente troppa gente aveva l'abitudine di gettarvi dentro rifiuti. Dicky era sempre in ginocchio a ripulire il carbone di plastica da mozziconi di sigarette e pezzi di carta.

L'arredamento della stanza, quindi, era stato completamente rinnovato, fatta eccezione per il dipinto di Adamo ed Eva che Daphne aveva scovato in un mercatino delle pulci di Amsterdam. Segno che gli orizzonti dei Cruyer si stavano ampliando e le loro tasche diventando più fonde. Mi chiesi quanto sarebbero durati ancora Adamo ed Eva e da che cosa sarebbero stati sostituiti. Lui aveva già l'espressione un po' preoccupata.

Ma fu mentre stavo cercando di decifrare l'espressione della sua compagna che individuai la mia vagabonda cognata Tessa e suo marito George Kosinski. Erano entrambi tirati a lucido, ma neppure il modello parigino di Tessa riusciva a eclissare la mia meravigliosa Gloria, che appariva più affascinante che mai.

Tessa mi venne incontro. Si avvicinava ormai alla quarantina, ma era ancora di una bellezza vibrante, con lunghi capelli chiari e vividi occhi azzurri, e non aveva perso quel suo stupefacente modo di parlare che ti spingeva a crederla sempre felice di rivederti. « Cominciavo a pensare che ti avessero spedito sulla luna, piccolo » disse, scoccandomi un bacio insolitamente timido. « Mi sei mancato, tesoro. »

Confesso di avere provato un brivido quando mi baciò: non mi ero mai accorto di quanto somigliasse a Fiona. Quella sera soprattutto. Forse era qualcosa nel suo abbigliamento o nel trucco. O forse quella sensazione era dovuta al fatto che Tessa stava invecchiando; o che Fiona stava invecchiando; oppure che stavo invecchiando io. Comunque fosse, mi immobilizzai a fissarla per un momento, senza parole, finché lei esclamò: « Cazzo! Ho il rossetto sbavato o che cosa? ».

« No, Tessa. Sei più bella che mai. Straordinaria, direi. »

« Questo sì che è un vero complimento venendo da te, Bernard. Tutte noi ragazze sappiamo che essere notate da Bernard Samson è il massimo del successo. »

Arrivò il vecchio — a cui Daphe si rivolgeva chiamandolo « Jenkins » — con un grande vassoio d'argento pieno di flûtes. Tessa ne scelse uno senza fretta e lo tenne alto, come per un brindisi silenzioso, ma io sapevo che stava cercando di identificare la marca dello champagne dal colore e dalle bollicine. Era uno dei suoi tipici scherzi da festa; per impararlo, doveva essere costata a George una fortuna.

Dopo avere approvato quello che vedeva, senza tuttavia dargli un nome, ne bevve un po'. « Avevi mai visto un maggiordomo più tenero? » commentò quando Jenkins si fu allontanato. « È stato veramente carino da parte di Daphne procurare una serata di lavoro a un vecchio pensionato. »

Io mi stavo chiedendo come avrei potuto persuaderla a restituire la pelliccia di Fiona. Che scusa avrei trovato? E dove avrei sistemato quel maledetto affare senza scatenare interminabili discussioni con Gloria?

« Stavo pensando alla pelliccia di Fiona » cominciai.

« Ah, sì, tesoro. Dimmi. »

« Ho pensato che forse dovrei metterla insieme alle altre cose. »

«Quali altre cose?» Con un cenno del capo si scostò i capelli dal viso.

«Cosette a cui Fiona era particolarmente legata.»

«È una bella pelliccia, sai. Papà la pagò un'enormità.»

«Sì, dev'essere una bella responsabilità per te.»

«Non la metto, piccolo, se è questo che vuoi sapere.»

«No, ne sono sicuro, Tessa, ed è stato gentile da parte tua occupartene per tutto questo tempo. Solo, mi dicevo che...»

«Nessun problema, tesoro. La tengo insieme con le mie e all'arrivo dell'estate... ammesso che arrivi prima o poi... finiranno tutte in cella frigorifera.»

«Vedi, Tessa...» tentai di nuovo. Lei piegò la testa su un lato, come se fosse molto interessata alle mie parole, ma si nascose dietro una cortina di capelli. In quel momento fummo interrotti da una vecchia conoscenza: Posh Harry, una specie di mediatore della CIA di Washington. Basso, tarchiato, di aspetto vagamente orientale, aveva una complicata ascendenza hawaiiana e caucasica che nel suo luogo di nascita viene chiamata *hapa haoli*. Era sui trentacinque anni, sempre piacevole e ben curato. Vestito in modo adeguato, sarebbe stato facile immaginarlo nella parte del baritono in *Madame Butterfly*, o, ancora meglio, in *South Pacific*.

«Chi è questa splendida giovane signora con cui stai parlando, Bernard?»

Tessa gli passò un braccio intorno alla vita. «Hai già dimenticato, Harry? Sono mortificata.» Lui sorrise, ma prima che potesse cominciare una spiegazione la voce sonora di Jenkins annunciò: «Signore e signori, il pranzo è servito». Intercettai lo sguardo di Tessa, che sorrideva sardonica.

Suo marito stava chiacchierando con Gloria. Quarantenne, nato nell'East End di Londra da genitori polacchi decaduti, si era arricchito vendendo automobili e, più tardi, proprietà immobiliari. Avevo l'impressione che George si affidasse alle mani dei sarti, dei camiciai e dei parrucchieri più costosi che gli riuscisse di trovare. Non faceva che sfoggiare abiti da sera e tutti all'ultima moda.

Sembrava che quella sera George si fosse accorto di Gloria per la prima volta, perché eravamo arrivati da poco quando intavolò con lei un'animata conversazione. La cosa mi sorprese un po' perché mio cognato mi era sempre sembrato a disagio con le donne, tranne con quelle che conosceva bene. A volte mi chiedevo come fosse riuscito a sposare Tessa e perché lo avesse fatto. Secondo Fiona, erano state le continue infedeltà di Tessa a spingerlo ad arricchirsi, ma a dire la verità George era più che agiato già prima del matrimonio.

George era un uomo di assoluta integrità, una caratteristica, credevo, difficile da trovare in chi commercia in auto usate. Una volta, quando gliene avevo accennato, mi aveva inflitto una breve quanto prevedibile conferenza sulla probità e la rettitudine della sua professione.

George e Gloria stavano ancora parlando quando fu annunciata la cena. Dato che lui era molto basso, Gloria se ne stava appollaiata su un bracciolo del divano, in modo da non costringerlo ad alzare gli occhi. George le piaceva, lo capivo dal suo viso, e quando qualcun altro si avvicinava per unirsi alla conversazione, lui faceva di tutto per continuare a monopolizzare l'attenzione di lei. Jenkins ripeté a voce più alta l'annuncio e a questo punto tutti sollevarono lo sguardo.

Dopo un paio di false partenze, il vecchio spalancò la porta della sala da pranzo illuminata solo dalle candele, rivelando il lungo tavolo approntato con stoviglie lucenti e fiori. Gli invitati indugiarono un istante ad ammirare lo spettacolo. Sentii che quella sera cominciava una nuova era del dominio dei Cruyer; la cena costituiva l'inizio di una vita migliore, lo sfondo domestico adatto a un uomo destinato a trovarsi spalla a spalla con i potenti, ad amministrare in modo brillante l'indiscrezione delle questioni politiche, per poi ritirarsi con l'ambizioso titolo di cavaliere. L'unico interrogativo era perché fossi stato invitato anch'io.

«Daphne! Com'è pittoresco!» gridò Tessa mentre entravamo nella sala. «*Un véritable coup de théâtre*, tesoro!»

«Ssst!» sentii che sibilava suo marito. Cominciammo a girellare in cerca dei nostri nomi sui segnaposto. Quella richiesta di silenzio lui l'aveva pronunciata in modo quieto, impersonale, come potrebbe fare chi assiste a una rappresentazione teatrale e non vuol turbare lo svolgimento della scena. Quando ci fummo seduti, George, con la sua invidiabile memoria, rammentò un incontro con Posh Harry di qualche anno prima, quando Harry era andato a vedere la sua concessionaria, sita in una delle zone meno salubri di Southwark, nella parte sud di Londra.

Posh Harry sorrise senza confermare né negare l'episodio. Era fatto così. Harry sapeva essere impenetrabile. Indossava un abito da mezza sera sorprendentemente consunto con una camicia bordata di pizzo che forse Beau Brummel avrebbe potuto indossare, se non fosse stata un po' troppo leziosa. Harry vestiva sempre in modo bizzarro ma, bisognava riconoscerlo, con stile. Era accompagnato dall'americana che avevo visto con lui a Southwark. Sui trentacinque, con indosso un abito molto scollato e senza spalline, sarebbe stata graziosa se i lineamenti paffuti non le avessero conferito un'espressione perennemente petulante. Caratteristica sottolineata dall'accento da "patate dolci" che ostentava. A cena eravamo seduti vicini e saltò fuori che si chiamava Jo-Jo.

Mi interessava scoprire quali fossero i rapporti fra Posh Harry e il nostro ospite. Avrei voluto sapere quando si erano conosciuti e se la presenza di Harry a Londra indicava qualche novità concernente la CIA su cui avrei dovuto informarmi. Sapevo che a Londra c'era un nuovo Capostazione: forse Harry era il suo risolvi-problemi.

« Com'è il tuo nuovo capo? » gli domandò Dicky con noncuranza, una volta che fummo tutti seduti e il vino versato.

Harry, che sedeva di fronte a me, rispose: « Senti un po', Dicky, che cosa significa *die neue Sachlichkeit*? ».

« Neorealismo. Significa pittura realista. Non è così, Bernard? »

Sono sempre stato costituzionalmente incapace di rispondere a una domanda in modo meno che esauriente e non mi smentii neppure quella sera. « Si riferisce anche alla poesia. È gergo degli anni Venti... una reazione all'impressionismo. È anche un atteggiamento contro la bellezza in favore del funzionalismo. »

« Vedete, Bernard non è soltanto "una faccia carina" » rise Dicky, e così fece Jo-Jo. Avrei volentieri sbattuto le loro teste una contro l'altra.

Anche Posh Harry sorrise e disse: « Il mio nuovo capo

continua a parlare della *die neue Sachlichkeit* come se lui fosse una specie di scopa magica in procinto di fare un repulisti generale».

Dicky ridacchiò. Con tutta probabilità, quella era la risposta che Harry aveva preparato a una domanda prevista. Posh parlava un ottimo tedesco; sarebbe stato strano che non conoscesse il significato di quella frase.

Harry aggiunse: «Lasciamo perdere "la faccia carina" di Bernard. Quello che voglio sapere è dove ha nascosto finora la fantastica ragazzina che è con lui». Era seduto accanto a Gloria, che sorseggiava il vino per nascondere un sorriso compiaciuto.

Arrivò la prima portata: zuppa di granchio con pane all'aglio. Mentre Jenkins la serviva con cura studiata, vennero scambiate le solite insulsaggini. Daphne Cruyer, sollevata dai suoi doveri di cuoca e cameriera, era per la prima volta ospite a una della sue cene e sembrava apprezzare moltissimo la novità. A sua volta, Dicky pareva felice di quell'opportunità di fare da anfitrione. Continuò a sorridere radioso per tutta la serata, un sorriso che sbiadì soltanto quando Jenkins, nell'offrirgli una seconda porzione di zuppa, gliene versò un po' addosso. Ma anche allora si limitò a dire: «Attento, Jenkins!» seppure a voce piuttosto alta.

Eravamo a questo punto quando mi capitò di sentire il sonoro bisbiglio con cui Daphne raccomandava al malfermo maggiordomo di non tentare di servire il salmone e di lasciare che se ne occupasse Dicky. Bisogna dire che Jenkins non lo fece con buona grazia, anzi, sbatté il vassoio con tanta forza da far tintinnare le posate.

«Sono d'accordissimo con l'interpretazione del Decimo Emendamento data da Jefferson» stava dicendo Dicky quando il pesce fece la sua drammatica apparizione davanti a lui. Stava intrattenendo i vicini di tavola — ossia Harry e me, perché le signore che gli sedevano a fianco si sforzavano di ascoltare Daphne, all'altro capo del tavolo — con le sue opinioni sul Governo federale.

Dicky fissò il salmone con aria confusa, una confusione che forse era almeno parzialmente causata dalle enormi scaglie verde pallido del pesce, sebbene a un esame più attento queste si rivelarono essere sottilissime fette di cetriolo disposte a strati sovrapposti. Comunque fosse, Dicky alzò gli occhi e vide Daphne — all'altro capo del tavolo — che lo guardava facendo cenni energici con la mano. Guardò poi Posh Harry, che gli indirizzò un sorriso imperscrutabile e mormorò qualcosa a proposito del fatto che, in quanto dipendente governativo, non gli era permesso esprimere opinioni sui diritti degli Stati.

Una risposta di cui Dicky dovette accontentarsi, perché era già impegnatissimo a dividere il salmone bollito. Non so perché si ostinasse a cercare di farlo a fette invece di dividerlo a filetti; forse aveva preso troppo alla lettera la mimica di Daphne. Presto, tuttavia, scoprì che con un cucchiaio d'argento non è facile recidere la lisca di un salmone troppo cotto. Cedendo alla forza, perché Dicky era senza dubbio robusto, la testa scivolò giù dal vassoio e si nascose tra i fiori da dove lo guardò con aria di rimprovero.

A quel punto Daphne attirò l'attenzione generale attaccando improvvisamente a parlare di una località nella parte nord di Londra, dove andava a prendere lezioni di sci su neve artificiale. Tutti si voltarono verso di lei. C'era una nota stridula nella sua voce, forse perché la stagione sciistica era finita. Come ricordandosene di colpo, annunciò che avrebbe continuato le lezioni per tutta l'estate, in modo da essere una buona sciatrice per l'inverno successivo. Solo Tessa, seduta alla mia destra, guardava suo marito quando la testa scivolò via. «Che pesce meraviglioso» commentò. «L'hai preso tu, Dicky?»

Lui ebbe un sorriso cupo, e così l'indomabile Jenkins che, notai ora, se ne stava scompostamente appoggiato alla credenza e seguiva con aria di apprezzamento gli sforzi del padrone di casa.

«Non è salmone d'allevamento» intervenne Daphne. «È selvaggio.»

«Proprio come me, cara» replicò Tessa, voltandosi verso di lei.

Daphne le dedicò un sorriso gelido. Si diceva che anni prima Tessa avesse avuto una rovente storia d'amore con Dicky e lei non l'aveva dimenticato.

«Jenkins,» chiamò con una trillante voce infantile «le spiacerebbe versare il vino?» E dato che aveva passato così tanti anni a sovrintendere alla condotta del marito, poté aggiungere in tempo: «Non lo Chambertin, Jenkins; l'Hermitage bianco». E questa volta la sua voce non era più così composta.

Come disse in seguito Dicky, la squisita salsa beurre blanc nascondeva completamente i frammenti del pesce, ma la dichiarata opinione di Tessa fu che sembrava di mangiare aghi da rammendo avvolti nel cotone. Tessa era una di quelle signore che non amano trovare lische nel proprio piatto. Nondimeno, furono in parecchi a servirsi due volte.

Seguì lepre cotta nel vino rosso, che arrivò già tagliata nei piatti. La piccola signora che lavorava in cucina stava facendo miracoli. Poi torta al rabarbaro seguita da un'enorme forma di formaggio Stilton con porto d'annata.

Completamente ripresosi dalla lotta con il salmone, Dicky era in forma splendida, il che significava premuroso e affascinante. Mai come in quell'occasione ho creduto di capire perché Dicky riusciva in tutto quello che faceva. Raccontò barzellette — barzellette buone — e rise delle storielle dei suoi ospiti. Si accertò che tutti avessero quello che desideravano, dagli aperitivi ai sigari, e fu perfino cordiale con Daphne.

George e Sir Giles erano seduti ai lati della padrona di casa, ma io notai che Tessa era stata messa lontana da Dicky. Chissà se era stata Daphne a decidere l'assegnazione dei posti. La calligrafia sembrava la sua. E fu Tessa che Daphne guardò, quando si alzò e invitò le signore a seguirla. Pensai che mia cognata si mettesse a fare storie e rifiutasse di lasciare la tavola — a volte si divertiva a giocare alla ribelle — ma si alzò docilmente e lasciò la stanza insieme con le altre.

Come se non avesse aspettato altro, Sir Giles si lanciò nel racconto di tre incoerenti aneddoti dei suoi anni a Whitehall. Sebbene sfiorasse l'indiscrezione pur di catturare il nostro interesse, fece comunque in modo di non spifferare alcun segreto.

La seduta a base di porto e sigari era quasi terminata quando Dicky coinvolse Sir Giles e George in una discussione sui tassi di interesse — nella Londra che contava una cena non era completa senza un'attenta valutazione della politica fiscale del Tesoro — e fu a quel punto che Posh Harry si rivolse a me. «Hai saputo quello che è successo al tuo vecchio amico Kleindorf?»

«No, che cosa?»

«Morto.» Dovette accorgersi del mio turbamento perché tacque di colpo.

«Com'è stato?»

«Troppe pillole. Qualcuno mi ha detto che l'avevi visto di recente.»

«È stato un errore?»

«Un errore? Ha ingurgitato un'intera bottiglia di brandy, tanto per essere sicuro!»

«Brandy?»

«Brandy francese d'annata, il meglio della sua cantina. Immagino che abbia pensato che non poteva portarselo dietro.»

«Povero vecchio Rudi.»

«Era abbastanza vecchio per avere amici fedeli di qua e di là del Muro. Sì, "Der grosse Kleiner" era l'ultimo dei veterani berlinesi» concluse Posh Harry.

«Pressappoco» replicai io.

«Perché, chi altri c'è? Lange? È americano. Quel vecchio porco di Rudi Kleindorf sapeva dov'erano seppelliti i cadaveri. E si è portato il suo segreto nella tomba, Bernard.» Masticò un pezzo di galletta: Harry non amava particolarmente il formaggio. «Non aveva mai superato la perdita del figlio. E se n'è andato nello stesso modo: overdose. Porca vacca! Dove andranno tutti quei parassiti, ora che il Babylon chiude?»

«Povero Rudi» ripetei. «Perché l'ha fatto?»

«Ho sentito dire che era nei guai con le autorità.»

«Era sempre nei guai con le autorità.»

«Suo padre era una specie di eroe di guerra. Rudolf Freiherr von Kleindorf. Ufficiale di carriera. Si era fatto un nome combattendo sul fronte orientale. La 1ª Armata Panzer si stava aprendo la strada fuori Tarnopol. Lui portò in salvo tre compagni feriti, uno dopo l'altro, sotto il fuoco nemico: i russi l'avrebbero fatto fuori se la tormenta non avesse impedito la visibilità. Fu proposto per la Croce di Cavaliere con brillanti o qualche altro ciondolo, ma non la ottenne. Forse è per questo che la sua storia è circolata trasformandolo in una leggenda fra le truppe. Un aristocratico ufficiale prussiano che rischia la vita per salvare dei soldati semplici non può non suscitare l'ammirazione di tutti.» Sogghignò. «Beccati una reputazione del genere e sei condannato a mantenerla, giusto? Immagino che fosse uno di quei tipi tutto fegato convinti di essere invulnerabili. Ne abbiamo conosciuto qualcuno, vero, Bernard?»

«E?»

«Aveva ragione. Ce l'hanno spesso, vero? Kleindorf senior sopravvisse alla guerra e volò in soccorso del suo comandante, accusato di crimini di guerra. E, maledizione, si accorse che uno di quegli zombie relegati alle scrivanie della commissione Crimini di Guerra aveva scritto sul capo d'imputazione "Divisione Australiana" invece di "Divisione Aerotrasportata". Basandosi su questo errore tecnico, Kleindorf senior fece cadere tutte le accuse. Un tipino sveglio. Dicono che quando partecipava a una riunione di veterani gli applausi duravano un quarto d'ora. Rudi crebbe all'ombra del padre: il vecchio doveva essere un tipo difficile da imitare. Ecco perché non parlava mai di lui.»

«Ne sai parecchio sul conto di Kleindorf» commentai.

«Ho dovuto effettuare un controllo su di lui qualche anno fa e ho visionato tutti i dossier, compreso quello del padre. Un lavoro affascinante.»

«Capisco perché Rudi voleva che suo figlio entrasse nell'esercito.»

«Per tenere alta la tradizione familiare, vuoi dire? Già, immagino che siamo un po' tutti inclini a far sì che altri sopperiscano a quello che non abbiamo fatto noi, non sei d'accordo?»

«Non saprei» risposi.

Lui non insistette, ma quando parlò di nuovo si protese leggermente in avanti, come a enfatizzare l'importanza di quello che stava per dire. «Questi crucchi si sostengono a vicenda, Bernard. Basta stare in Europa per dieci minuti per accorgersene. Dovremmo imparare da loro, non credi?»

Non capivo a che cosa diavolo stesse mirando, ma replicai: « Hai ragione, Harry ». Mio cognato George stava osservando Posh Harry con grande interesse. George era l'unico vero outsider della compagnia, ma sapeva ugualmente che Harry era in qualche modo legato alla CIA. Era stato lui stesso a farglielo capire, la prima volta che si erano incontrati. A quei tempi Harry era molto invadente; ormai si è calmato parecchio.

Fu allora che Dicky si tolse il sigaro di bocca, esalò un po' di fumo, poi mi guardò e disse: « Harry ti vorrebbe a colazione con i suoi ragazzi la settimana prossima, Bernard ».

« Davvero? » Mi domandai perché Posh non mi avesse proposto personalmente quel *rendez-vous* gastronomico. Lo guardai. Stava guardando Dicky.

« Io ho detto di sì » riprese quest'ultimo.

« Questo significa che ci andrai tu? » domandai.

Lui sorrise. « No, Bernard. Non sanno che cosa farsene di un imbrattacarte come me: vogliono che sia un ex agente sul campo a mettere il dito sulla piaga. » Si passò la punta del dito sulle labbra chiedendosi, immagino, se gli avrei risposto a tono.

Forse l'avrei fatto se non fosse intervenuto Posh Harry, che in tutta fretta disse: « Te ne saremmo grati, Bernie, davvero ».

Streeply-Cox mi guardò e tuonò con fare da bacchettone: « Dobbiamo collaborare il più possibile. È l'unico modo... l'unico modo ». E si tolse qualche briciola dalle folte basette bianche.

« Mi ha tolto le parole di bocca, Sir Giles » dissi.

« Splendido, splendido » fu la sua risposta.

Dicky balzò in piedi. « Io dico che è arrivata l'ora di raggiungere le signore. »

In soggiorno, Daphne sembrava occupata a illustrare dei passi di danza, ma si fermò impacciata nel vederci entrare. Seduta accanto a Tessa, Gloria alzò lo sguardo e mi fece l'occhiolino. Andai di filato verso di lei con l'aria di chi sa che cosa ci si aspetta da lui. « Oh, Bernard, » mi bisbigliò Gloria

«Tessa vuole che andiamo con loro a una festa deliziosa. Possiamo? Di' di sì.»

«Quando?»

«Ora. Più tardi, cioè.»

Guardai l'orologio. «Saremo a casa tardissimo.»

«Ma ci siamo messi in ghingheri! Perché non approfittarne? Andiamo, dài.»

«Se ti fa piacere» cedetti.

«Sono magnifici» riprese lei. «Adoro George e Tessa è talmente simpatica!»

«Questo dipende da dove stai seduto» replicai io. «Sai dov'è la festa?»

«George dice che possiamo andare con loro in Rolls. C'è un sacco di spazio.»

«E lasciare qui la macchina?»

«Tornerò a prenderla.»

«E io a casa come ci vado? A piedi?»

«Non essere meschino, Bernard. Possiamo tornare insieme a prenderla. O andare a casa in taxi e recuperare l'auto domattina.»

«I parchimetri entrano in funzione alle otto e mezzo.»

«Possiamo andare o no, Bernard?»

La guardai. «Preferirei andare subito a casa con la donna più bella della sala.»

«Andiamo» insistette Gloria, ovviamente non dell'umore di farsi convincere con i complimenti a fare come volevo io.

«Ottima idea.»

«Ti amo, Bernard.»

«Sei un'orribile femmina approfittatrice.»

«Due principi bavaresi, pensa!»

"Oh mio Dio," pensai "in che cosa mi sono lasciato coinvolgere?" D'altro canto, se fossimo andati, avrei avuto un'altra possibilità di parlare a Tessa di quella maledetta pelliccia.

12

Il principe e la principessa abitavano a Pimlico, un angolo del centro di Londra intorno a cui il Tamigi descrive una curva prima di raggiungere Westminster. Quando, molto tempo fa, Thomas Cubitt smise di vendere grandi case con balconi e facciate di stucco ai ricchi di Belgravia, realizzò gli stessi progetti nella vicina Pimlico, zona più economica. Del quartiere si diceva che si sarebbe rivalutato: una rivalutazione che continua ancora. Perché non divenne mai un'altra Belgravia a dispetto della somiglianza tra i giardini, le piazze e le abitazioni imponenti. Era, ed è tutt'oggi, una zona eterogenea: un inconveniente accentuato dalla disposizione apparentemente casuale di strade a senso unico e barriere che fanno del quartiere un labirinto tristemente noto agli automobilisti.

Le grandi case di Cubitt sono ora suddivise in angusti appartamentini che gli annunci pubblicitari definiscono "monolocali" e "attici". Alberghi cadenti e pensioni con rozze insegne offrono convenienti sistemazioni nei pressi dell'affollato terminal di Victoria e dell'unica stazione di autobus londinese che effettua servizio in tutto il paese.

Proprio in una delle strade più tranquille della zona il nostro ospite aveva acquistato un'ampia dimora in cui erano stati poi eseguiti costosi lavori di restauro. Era stato, mi spiegò George durante il tragitto, un ottimo investimento. Quel tipo di investimento ora molto diffuso tra gli uomini d'affari tedeschi a causa delle elevate quotazioni del Deutschmark. Il principe utilizzava la casa come base durante i suoi soggiorni londinesi; lì intratteneva i soci d'affari risparmiando il denaro che avrebbe altrimenti dovuto sborsare a hotel e ristoranti.

Era certo che i prezzi degli immobili del quartiere avrebbero continuato a salire e c'erano ottime possibilità di ricavare, nel giro di vent'anni, un eccellente guadagno. Quelle parole mi spinsero a chiedere a George perché *lui* avesse comperato un appartamento a Mayfair — la zona residenziale più costosa di Londra — invece di imitare il principe.

«Ah,» rispose «perché io sono figlio di genitori poveri. Voglio godermi i piaceri offerti dalla ricchezza. Voglio tornare a casa la sera e dormire tra gli uomini più ricchi d'Inghilterra. È una rassicurazione di cui ho bisogno.» E ridacchiò.

«Non è vero» lo contraddisse Tessa. «La colpa è mia. Viviamo a Mayfair perché io non vivrei mai a Pimlico!» Risero. C'era una buona dose di realismo in quello che entrambi avevano detto, ma la pura verità era che, non avendo figli, George e Tessa non avevano incentivi a realizzare buoni investimenti. Nel silenzio che seguì, mi scoprii a rimpiangere di avere affrontato l'argomento.

Tutti i posteggi vicini erano pieni, ma restammo con George finché non trovò da parcheggiare a circa un isolato di distanza. Era una notte fredda e la luce dei lampioni tingeva le strade di un azzurrastro macabro che le rendeva ancora più gelide. Ma quando entrammo in casa tutto cambiò. L'animazione degli ospiti, le luci brillanti, le stanze affollate, il calore dei corpi e il frastuono e l'eccitazione erano elettrizzanti. E così l'idea di bere qualcosa.

Era una festa in grande: forse un centinaio di persone veleggiava per la casa ridendo, chiacchierando con voci sonore e baldanzose e vuotando i bicchieri. Nella sala più grande sei o sette coppie ballavano alla musica di una piccola orchestra e il tavolo del buffet veniva di continuo rifornito di salmone affumicato, crostacei e fette di manzo da camerieri in giacca bianca. «Ecco come vive l'altra metà» commentò Gloria mentre ci facevamo largo verso la giovane e affascinante padrona di casa, che in piedi accanto al caminetto chiacchierava con il ristoratore, un uomo barbuto ed elegante.

Gloria aveva ragione. Il mondo del principe Joppi era decisamente differente dal nostro più segreto e dove per vari motivi gli uomini vivevano e conversavano con deliberata cautela. Né questo era il mondo consueto della domanda e dell'offerta, bensì quello dell'abbondanza. Ero circondato da persone che erano troppo: troppo ansiose, troppo pesanti, troppo autoritarie, troppo istruite, troppo sopravvalutate, troppo ambiziose, troppo adulate, troppo scialacquatrici e troppo produttrici. Bevevano, mangiavano e festeggiavano rumorosamente la loro buona sorte. Che cosa importava del domani, ci sarebbe stata sempre gente come me e Fiona e Bartholomew H. Johnson a preoccuparsene.

Non appena scorse George e Tessa, la principessa si esibì in un sorriso di benvenuto. Era piccola e sottile, con i capelli scuri acconciati nell'accurato disordine che solo il lavoro di un parrucchiere di lusso può garantire. Il trucco, soprattutto quello degli occhi, elaboratamente sfumato di verde, azzurro e nero, era teatrale, ma la cosa più stupefacente in lei era l'abbronzatura. La Germania è una terra senza sole e per un certo tipo di tedeschi una carnagione abbronzata è uno status symbol imprescindibile, a dispetto di ciò che dicono le norme sanitarie.

La musica cessò. I ballerini attesero che riprendesse, ma gli orchestrali posarono gli strumenti e puntarono verso i rinfreschi. «Tessa, tesoro!» esclamò la principessa quando le fummo davanti. Si abbracciarono con la superficialità delle donne che sono truccate, ingioiellate e ben pettinate. «Promettimi che non permetterai più a George di riportare via mio marito.»

«Qualunque cosa abbiano fatto?» rispose Tessa con una risata nella voce, come aspettandosi una risposta scioccante e divertente al tempo stesso.

«Quell'orribile corso di sub. Joppi non parla d'altro da quando l'hanno frequentato.»

«Ma è successo un sacco di tempo fa» replicò Tessa. «A Cannes.»

«Lo so. Credevo che sarebbe andata come per la pittura a olio e i computer: dimenticati dopo una settimana o due, ma Joppi è completamente impazzito; ha comperato tutta l'attrezzatura, bombole e non so che cos'altro... Tutti i testi sull'argomento. Vuole che lo faccia anch'io, e pensare che non so neppure nuotare.»

«Povera cara Ita» la commiserò Tessa in tono per nulla sincero.

A sottolineare ulteriormente la sua afflizione, la principessa si fece vento con la mano; un manierismo più adatto a un'adolescente che a una donna adulta. «George,» disse poi «fa' qualcosa per tirare fuori Joppi dalla sala del biliardo.» E rivolta a Tessa aggiunse con fare petulante: «È sempre così, quando diamo una festa: Joppi si rifugia lì dentro e non mi aiuta per nulla».

«Che fortuna per te, Ita! George invece vuol collaborare, e non ti dico quello che combina.» Il chiamato in causa sorrise. «Voglio presentarti Gloria e Bernard, mio cognato.»

«È il fratello di Tessa? Sul serio?»

«No, sono sposato con sua sorella.»

«E lei è Gloria» osservò la principessa in tono condiscendente, e sorrise soddisfatta, come fanno tutte le donne quando scoprono una relazione presumibilmente illecita.

Dopo un altro breve scambio di arguzie, Tessa prese Gloria sotto la sua ala e le due donne scomparvero insieme di sopra, mentre George mi conduceva nella sala del biliardo per presentarmi al padrone di casa. Dalla sua descrizione mi aspettavo un tipo vecchio e grasso, un rotondo divoratore di wurstel, di quelli che nelle birrerie ondeggiano alla musica di *In München steht ein Hofbräuhaus — eins, zwei, gsuffa!* Invece, il principe era un uomo alto e snello sui trentacinque anni, un cosmopolita che parlava un inglese totalmente privo di accento. Abbronzato come la moglie, aveva capelli innaturalmente neri, lucidi e aderenti al cranio. L'abito da mezza sera che indossava era di foggia classica e certamente opera di qualche sarto costoso. Come George e molti dei presenti, lo portava con la noncuranza di chi passa un'infinità di tempo vestito così.

Era in piedi accanto al segnapunti e beveva vino studiando la posizione del pallino. Al nostro ingresso alzò gli occhi. «George!» esclamò con quello che mi sembrò un autentico piacere.

«Tutto solo? Forse preferisci...»

«No, George. Speravo proprio che tu venissi!» Il principe infilò la stecca nella rastrelliera con eccessivo vigore, come un militare bene addestrato potrebbe sistemare il fucile in modo da averlo a portata di mano.

«Ti presento Bernard,» disse George «un ottimo amico, sebbene sia mio cognato.»

«Cognato e anche amico!» Il principe ebbe un sogghigno scherzoso. «Un sicuro tributo alla cortesia e alla generosità di entrambi.»

Mentre scambiavo con lui le consuete formalità, la vaga sensazione di familiarità provata nel vederlo trovò finalmente la sua spiegazione. Avevo letto delle imprese di questo "principe playboy" in alcuni tra i quotidiani e riviste tedeschi più scandalistici.

«Un sacco di bella gente stasera, Joppi» osservò George.

«Ma non molti veri amici. Soprattutto persone a cui secondo mia moglie dobbiamo un favore, o di cui dobbiamo ricambiare l'ospitalità.» A sentirlo parlare, si sarebbe detto che la moglie soffrisse di una mania particolare e fastidiosa; un male di cui sperava che alla fine si sarebbe liberata.

«Ita mi dice che sei diventato un sub esperto, Joppi.»

«Sì, la prossima volta scoprirai che ormai sono migliore di te. È questione di forma fisica, George. E di allenamento.» Chiedere a un tedesco di minimizzare una conquista raggiunta a prezzo tanto alto è chiedere molto. «Abbiamo trascorso il Natale nella casa al mare di mio fratello, a Rio, e l'acqua era perfetta. Ora sono bravo, maledettamente bravo.»

«Uomo fortunato» commentò George.

«Siete miei ospiti e non bevete» esclamò in quel momento il principe. «Bisogna rimediare subito.» Stirò una piega inesistente della giacca impeccabile e andò verso la porta, quasi avesse intuito che la moglie aveva pregato George di strapparlo dalla sala del biliardo.

Fece schioccare le dita, alla maniera tedesca, verso il cameriere più vicino, e i nostri drink apparvero come per magia. Ma prima che potessi prendere il mio, Tessa, sorridente e con gli occhi accesi, mi afferrò per il braccio. «Prima devi ballare, Bernard. Insisto.»

Non ballavo da così tanto tempo che dovetti concentrarmi al massimo per non pestarle i piedi, ma presto mi sentii abbastanza sicuro da azzardare una conversazione. «Quando posso fare un salto da te per quella pelliccia?»

«Joppi è un ballerino fantastico, vero?» disse lei, come se non mi avesse sentito.

Girai la testa e vidi il nostro ospite che stringeva Gloria tra le braccia. «Già» assentii.

«Sapevo che Gloria gli sarebbe piaciuta. È proprio il suo tipo.»

«Ma lui piacerà a Gloria?»

«Questo non importa poi molto. Lui troverà *lei* interessante, ed è questo che attira le donne.»

Non volli discutere: probabilmente aveva ragione. Non ho mai capito le donne e ho rinunciato alla speranza di riuscirci. E, comunque, litigare con Tessa non mi sarebbe servito a nulla. Lei viveva a modo suo, senza fare concessioni a nessuno, neppure al marito.

«È fatto così» riprese, e nella sua voce c'era una nota scherzosa. Mi stava provocando e non faceva nulla per nasconderlo. «Ha una certa reputazione fra le signore. Le farà qualche proposta; vedrai se non è vero.»

«Come fai a saperlo?»

«Sciocco che sei!»

La feci girare in tondo per evitare di andare a sbattere contro un'altra coppia e chiesi: «Quando è stato?».

«Joppi e io, intendi? Voleva che lasciassi George, ma il suo era semplice machismo. Sarebbe stato lui a mollarmi nel giro di pochi mesi. E lo sapevo.»

«George ne è al corrente?»

«Non c'è nulla di cui essere al corrente, caro.» Per un po' ballammo senza parlare, poi Tessa riprese: «Gloria è terribilmente preoccupata per te, tesoro».

«Gloria è preoccupata?»

«Non hai precisamente un ottimo aspetto, Bernard. Certo te l'avrà detto qualcun altro.»

«No, non me l'ha detto nessuno.»

«Non fare l'altezzoso, adesso. Sei in pessimo stato, se vuoi sapere la verità. Gloria è dell'avviso che dovresti andare da un medico e io sono d'accordo con lei.»

«Un medico? E per che cosa dovrei curarmi?»

«Lo stress a volte fa strani effetti, Bernard. Probabilmente hai lavorato troppo... non so. Ma sei sempre così irritabile e sospettoso. E questo a prescindere dal fatto che hai una pessima cera.»

«Sono al massimo» replicai io.

«Il mio medico sta in Harley Street ed è fantastico, Bernard. Potresti andare da lui per un check-up: te lo chiedo come favore personale.»

«Sembra quasi che tu stia facendo sul serio.»

«Certo che faccio sul serio. E ho promesso a Gloria di parlartene.»

«Ci penserò.»

«No. Dimmi che ci andrai. Fisserò io stessa l'appuntamento.»

«Ho detto che ci penserò.»

«Ti telefono la settimana prossima. Ti starò alle calcagna finché non ti sarai deciso.»

«Cristo santo, Tessa!» Poi, rendendomi conto di essere stato inutilmente sgarbato, la baciai sulla guancia. Quello che non le dissi era che perfino un check-up di routine come quello propostomi avrebbe dovuto essere riferito al Dipartimento. E io non volevo che là qualcuno mi pensasse ammalato; ne sarebbe derivata ogni sorta di complicazioni. Dopotutto, non aspettavano altro che una scusa per mettermi in disparte.

Ecco di nuovo Joppi. Era un abile ballerino e Gloria si stava evidentemente divertendo molto. Non sembrava proprio dell'idea che anche il principe dovesse andare da un medico. E mentre li guardavo scivolare sul pavimento, rimpiansi di non essermi impegnato di più alla scuola di ballo di Frau Brand nella Uhlandstrasse, che frequentavo a dodici anni. «Lui è un amico di George?» domandai.

«Amico? George non lo sopporta. Detesta i tedeschi, lo sai, Bernard. Ha declinato l'offerta di una concessionaria Mercedes. Non comprerebbe neppure un'auto tedesca di seconda mano per rivenderla.»

«Allora perché venite qui?»

«Ita è una delle mie migliori amiche, una ragazza dolcissima. Andiamo a fare spese insieme. E quando tocca a me organizzare una colazione di beneficenza, non resto mai a corto di signore che spasimano per essere presentate a una vera principessa. Ti sorprenderebbe molto scoprire quante ce ne sono.»

«Mi stavo chiedendo quando potrei venire a ritirare la pelliccia» dissi, avendo ormai rinunciato alla speranza di introdurre l'argomento in modo più indiretto.

«È stato George a conoscerli per primo» seguitò Tessa. «Incontrò Joppi alla messa; George va sempre a messa, lo sai. Non l'avresti mai immaginato, vero?»

«No, non l'avrei mai immaginato.» Guardai Joppi ridere con Gloria e abbracciarla mentre ballavano e buttai là: «Che cosa ne diresti di fare un salto in campagna e cenare con noi, una di queste sere?».

«Mi piacerebbe, Bernard carissimo. Ma, per favore, non chiedermi di portare quella maledetta pelliccia perché la risposta è no.»

«È solo che...»

«La tua Gloria è una ragazza molto simpatica. Non la conosco bene, ma da quello che ho visto mi piace. Mi piace come si preoccupa per te: sei un uomo fortunato. Ma non ti consegnerò la pelliccia di Fiona perché tu la dia a lei. Sono cose che non si fanno, Bernard. È sbagliato e mi sorprende che tu non lo capisca.»

«Vieni a cena comunque» la sollecitai.

«È quasi estate» notò Tessa.

«Sì.» La musica cessò.

«Guarda!» esclamò lei, e dalla sua voce divertita trapelava il piacere malizioso che colorava la sua visione del mondo. «Probabilmente le sta facendo qualche approccio. La inviterà a passare il fine settimana a Roma con lui, o nell'attico che hanno a New York. Qualcosa di molto allettante, in ogni caso.»

Sarebbe stato inutile mostrarsi incolleriti. Nessuno scampava alla *Schadenfreude* di Tessa. «Si sta facendo tardi» osservai invece «e domani mattina devo alzarmi presto.»

Generosamente, George insistette perché tornassimo con loro nell'appartamento di Mayfair a bere il bicchiere della staffa. Da lì, lasciando Gloria e Tessa alle loro chiacchiere, mi accompagnò a recuperare la macchina, nei pressi della casa di Dicky. «La proprietà di Joppi...» disse improvvisamente «è in pieno sfacelo.»

«Sul serio?»

«Ho visto il bagno del piano di sopra. Mio Dio! Dovresti vedere gli infissi in legno. Ormai anche le pareti sono in pieno disfacimento... l'intonaco. Non te ne sei accorto?»

«No.»

«Per fare un lavoro come si deve, bisognerebbe buttare giù la casa lasciando soltanto le fondamenta.»

«Gliel'hai detto?»

«Per diventare il nunzio delle cattive notizie? No. Povero cristo. Non ho potuto persuadermi a rovinargli la serata.»

«Non l'ha fatta periziare?»

«Ha dato troppo ascolto a quello strano architetto... tutto acciaio inossidabile e piante d'appartamento. Quei tipi non riesco proprio a sopportarli.»

«Non ha nessuna possibilità di essere risarcito?»

«Vuoi dire citando i costruttori? Per un indennizzo? Nessuna. È gente piena di risorse, quella. Costituiscono una nuova società per ogni lavoro e subito dopo aver intascato i soldi dichiarano fallimento. Lavorano così.»

«Povero principe Joppi» dissi.

«Sì, povero diavolo» convenne lui in tono solenne. Se Tessa non mi avesse rivelato i veri sentimenti di George, l'avrei preso sul serio. Era un buon guidatore, prudente e rispettoso degli altri. Quando un ragazzo a bordo di una Ford tutta ammaccata ci sorpassò rombando sul lato sbagliato e strombazzò per rimproverarlo di andare troppo piano, George si limitò a spostarsi sulla mezzeria per lasciargli spazio.

«Stupido bastardo!» proruppi io, irato.

«Forse ha avuto una cattiva giornata» commentò lui blandamente. A volte mi chiedevo se fosse la sua religiosità a renderlo tanto tollerante. Se così era, avevo trovato un ottimo argomento a favore del cattolicesimo romano. «Tu sei un uomo di mondo, Bernard» disse senza alcun preavviso.

Stavo per dargli una risposta impertinente, quando mi resi conto che aveva qualcosa in mente. Così grugnii e replicai che mi piaceva crederlo.

«Qualche esperienza di dipendenza dalla droga? Cocaina, eroina, cose del genere?»

«Non sono un esperto.»

«C'è un tizio che ronza intorno a Tessa... Parlava di stupefacenti l'altra sera, diceva che in proposito si raccontano un sacco di sciocchezze, e non dubito che sia così.»

«Vorrei capire bene, George. Tu credi che questo tizio le venda droga?»

La risposta di lui fu cauta. «Sì, Bernard, credo di sì.»

«Dammi il suo nome e l'indirizzo.»

«Non vorrei esagerare. Potrebbe far precipitare gli eventi ed è proprio quello che sono intenzionato a evitare.»

«Un controllo non può causare alcun danno» gli feci notare. «Conosco gente in gamba in grado di sapere qualcosa nel giro di un paio di giorni.»

«Si fa chiamare Bill Turton, ma dubito che sia il suo vero nome. Un americano dall'aria agiata, non più giovane.» George si interruppe per riflettere qualche istante. «Potrebbe non essere così facile, Bernard. È una di quelle persone senza indirizzo fisso: alberghi, club, case in affitto, sempre in movimento da un paese all'altro. Non si ferma mai a lungo in nessun posto.»

«È questo che ti ha detto Tessa?»

«L'ha invitato da noi a bere qualcosa, l'altra sera. Non mi è piaciuto per niente. Oh, capivo che voleva rendersi simpatico ed era affabile e tutto il resto, ma la mia è stata una reazione istintiva.»

«Forse ti preoccupi senza motivo.»

«Era dai Joppi, stasera.»

«Davvero?» Ero sorpreso e avrei voluto che George me ne avesse parlato prima, quando avevo la possibilità di vedere il tizio in questione.

«C'è sempre un sacco di quella merda dai Joppi. Sei andato di sopra?»

«Di sopra? No.»

«Una delle stanze del piano superiore... Loro pensano che sia una faccenda molto elegante e sofisticata.»

«Ho notato che c'era un'atmosfera particolare... una sorta di isterismo collettivo.»

«Isterismo. Sì, è questa la parola giusta. Non riesco a capire perché a tanta gente piaccia avvelenarsi il sangue con quella roba. Sai che Tessa si rifiuta di mangiare alimenti trattati a causa degli additivi chimici? Eppure...»

« Mi dispiace, George. »

« È per questo che ha insistito per andare, stasera. Non ti sei accorto di com'è diventata vivace? »

« Non più del solito. È sempre molto briosa, lo sai anche tu, George. »

« Un tizio grosso: capelli grigi ondulati e occhiali. »

« Di tipi così ce n'erano un sacco » gli ricordai.

« Questo non ha baffi, ma una barbetta ben curata. Un individuo dall'aspetto bizzarro. »

« Non l'ho notato. » Era la verità. La sua avrebbe potuto essere la descrizione di Mister Bart Johnson, ma Bart Johnson era morto.

13

Fu il mattino dopo la festa del principe Joppi che, mentre percorrevo South Audley Street, mi imbattei in Rolf Mauser. Sulla settantina, Rolf era un capitano di artiglieria che aveva prestato servizio durante la guerra e che non permetteva a nessuno di dimenticare l'ambita Knight Cross che si era guadagnato. Era un furfante privo di princìpi, ma aveva un modo di fare accattivante e quando lavorava per mio padre — e in seguito come barman all'albergo di Lisl — lo vedevo di frequente. Era stato lui a insegnarmi a scassinare una serratura e a nascondere una carta da gioco quando si mescola il mazzo. Da bambino gli era molto affezionato e anche quando avevo capito da tempo che razza di tipo fosse non mi ero mai liberato completamente dalla soggezione che mi incuteva. Sebbene per me Rolf fosse diventato una specie di macchietta, dietro la sua gaiezza si percepiva qualcosa di spietato e terrorizzante.

Mi sorprese vederlo a Londra, perché l'ultima volta che avevo avuto sue notizie si era sistemato in via definitiva a Berlino Est.

«Ti trovo bene, Rolf. Che cosa ci fai a Londra?» Era un uomo robusto e quel giorno indossava uno di quei pesanti cappotti di pelle marrone pieni di cinghiette e bottoni; gli stava così aderente da dare l'impressione di dover esplodere da un momento all'altro, impressione enfatizzata dal rosa che gli colorava le guance e il naso.

«Bernd! Salve! Sono in visita da certi parenti. Ho un cugino che abita a Luton.»

«Dove vivi di questi tempi?» domandai.

Lui chinò la testa e si toccò il cappello di loden verde come per allentarne la stretta, ma forse il suo voleva essere un gesto di scusa. «Sempre all'Est. Quando si arriva alla mia età, Bernd, si cercano soprattutto pace e tranquillità. E soprattutto, lì la vita costa meno.»

«Stai sempre nello stesso appartamento?» Una volta mi ci aveva portato. Era una casa grande e comoda, ma trascurata; un po' come lui.

«Prenzlauer Berg, sì. Cinquantacinque marchi al mese! Lo stesso affitto di venticinque anni fa. Puoi dire la stessa cosa degli appartamenti di Berlino Ovest?»

«No.»

Lui inarcò le sopracciglia cespugliose e in tono difensivo aggiunse: «A volte c'è scarsità di qualcosa, ma i generi alimentari di base — pane, latte, carne e uova — costano poco. E così i ristoranti e i teatri e i concerti e i trasporti. Sto bene all'Est, Bernd. Proprio bene». Sembrava che stesse recitando un discorso preparato.

«E là con un po' di soldi si può fare un sacco di cose» commentai.

Si irrigidì. Mauser aveva lavorato per il Dipartimento e con tutta probabilità riceveva una piccola pensione grazie ai buoni uffici della Schneider, von Schild und Weber, la banca che con molta discrezione gestiva a Berlino delicate questioni finanziarie di questo tipo. Le pensioni della previdenza sociale per gli anziani, a differenza di quasi tutte le altre indennità, non sono elevate nella DDR. Solo un cinico incallito come Rolf avrebbe potuto magnificare, perfino con me, le meraviglie del regime sotto cui aveva deciso di ritirarsi, quando viveva largamente grazie alla pensione concessagli per avere cercato di rovesciarlo. «Non è quello che stavo dicendo?»

«Mi fa piacere vederti, Rolf.»

«Sicuro, a volte devo fare la coda per la carne e i generi di drogheria, ma non mi dispiace. Di tempo ne ho da vendere e quando torno a casa dopo avere fatto la spesa non devo temere che qualcuno mi scippi.»

«Sei fortunato. Dove stai andando?»

«Sì, sono fortunato» ripeté lui, quasi non fosse certo della mia sincerità. «Saranno anche duri con i giovani, ma i vecchi come me possono andare e venire a loro piacimento. Non devo scavalcare il Muro, Bernd.» Sogghignò.

Se sapevo qualcosa sul conto di Rolf Mauser — e ne sapevo parecchio — era che non si era mai trovato perfettamente d'accordo con i regimi socialisti. Era un ribelle solitario. I comunisti, come i nazisti e la Chiesa stessa, avevano sempre accolto a braccia aperte i neo convertiti alla loro causa, ma era difficile immaginare Mauser pieno di *sozialistisches Staatsbewusstsein*, l'indomito entusiasmo per il regime che la DDR pretende dai suoi cittadini. Mauser era un pragmatico e un egocentrico. Molto, molto tempo prima avevo sentito mio padre descriverlo come il classico tedesco arrogante e bellicoso che si è guadagnato per la propria razza il disprezzo del mondo civile. Mia madre allora gli aveva chiesto in tutta calma perché continuasse a dargli lavoro. «Perché è disposto a fare cose che nessun altro vorrà mai neppure azzardare» aveva risposto lui.

«Che cosa ne dici di un caffè?» gli proposi. Era probabile che fosse a corto di valuta forte e una tazza di caffè di tanto in tanto è proprio uno dei piaceri che indigenti di tal fatta sacrificano per primi.

«Volentieri, Bernd. È l'unica cosa che non riesco a procurarmi a prezzo ragionevole. Per fortuna mio figlio me ne manda un pacchetto ogni mese. Non potrei sopravvivere senza una buona tazza di caffè al mattino.»

C'era nelle vicinanze un localino simpatico e ci avviammo in quella direzione, con Rolf che si lamentava a tutto andare del tempo. «Mi entra nelle ossa» brontolò quando ci sedemmo. Parlava dell'umidità, ovviamente. Rolf, come buona parte dei berlinesi, considerava il clima relativamente tiepido dell'Inghilterra una scarsa compensazione alla fredda umidità di cui gli indigeni non si accorgevano neppure.

Il caffè era un posticino tutto in cinz che io conoscevo bene. Lo frequentavo con Fiona quando lavoravamo in un ufficio della zona. Prima che ci sposassimo. Ordinai un grosso bricco di caffè prima ancora di trovare un tavolo libero. Era il modo migliore per accelerare i tempi.

«E Axel come sta? È un pezzo che non lo vedo.» Ero stato compagno di scuola del figlio di Mauser. All'epoca eravamo grandi amici.

«Vive in una bella casa di Hermsdorf, ma il suo matrimonio non va troppo bene. Da quando sua moglie si è trovata un lavoro fantastico e ha cominciato a guadagnare dei bei soldi, si è trasformata in un mostro.» Con una stretta di spalle allungò la mano verso una pasta danese.

«Mi dispiace.»

«Lavoro lavoro lavoro, quella non pensa ad altro. È una donna in carriera» riprese in tono di disprezzo. «Ma Axel non vuole sentirne parlare male. Non capisco come possa piacergli. Quello che gli ci vuole è una vera donna.» Per molti lunghi anni avevo ascoltato Rolf inveire contro la nuora. Da come parlava, nessuno avrebbe potuto immaginare che quel matrimonio durava da un paio di decenni e aveva prodotto un figlio ormai adolescente.

«Axel era uno dei ragazzi più intelligenti della scuola» ricordai. Rolf era sempre stato molto orgoglioso dei brillanti successi scolastici di Axel. Soprattutto gli piaceva ripetere a mio padre che era più bravo di me.

Lo guardai strappare la carta di rivestimento di una zolletta di zucchero. C'era ferocia, per non dire malvagità, in tutto quello che faceva. Saluti di benvenuto, di congedo, perfino ringraziamenti, esprimevano la bellicosità del suo spirito. A volte mi chiedevo se non fosse un atteggiamento che Rolf aveva adottato per conservare la sua autorità quando era un giovane ufficiale dell'esercito, e che alla fine aveva sopraffatto la sua vera natura.

«E ora lavora come impiegato al Polizeipräsidium. Lo so, è un'ottima maniera per sprecare un cervello con i fiocchi, ma non ha voluto ascoltarmi.» Versò lo zucchero nel caffè.

«Immagino che sia preoccupato per suo figlio.»

«Suo figlio? E perché mai?»

«Intendevo dire soltanto che probabilmente Axel lavora sodo per tenere in piedi il matrimonio, in modo che suo figlio possa contare su una famiglia e su una vita regolare.»

«Sciocchezze!» sbottò lui. Masticava con forza la pasta e la sua bocca si muoveva come se fosse irritato.

«Axel vuole bene al ragazzo» continuai. «Ricordo quando montò per lui una bicicletta da corsa. Lavorò con amore.»

«Lo so, lo so. Il ragazzo ebbe un incidente: un imbecille

con una Porsche. Gli ruppe una gamba, ma non si fermò. Aveva bevuto, immagino. E Axel incolpò se stesso. Stupido, vero?»

«Non saprei.» In realtà, qualsiasi padre si sarebbe sentito responsabile dell'accaduto; solo un tipo meschino come il vecchio Rolf poteva vedere le cose in modo tanto semplicistico. Probabilmente la colpa era della guerra. Rammentai quando raccontava degli ultimi giorni della battaglia di Berlino. Hauptmann Rolf era stato mandato di pattuglia insieme con una "corte marziale volante" e lungo la strada avevano sommariamente giustiziato qualcuno che aveva dato cattiva prova di sé. Gli avevano sparato e poi l'avevano impiccato con un cartello che diceva: «Ho abbandonato il mio posto». Allora Axel aveva detto che non riusciva a immaginare suo padre che faceva cose simili, ma io vedevo Rolf in un una prospettiva ben diversa. Sapevo che poteva trasformarsi in un killer a sangue freddo, se solo lo riteneva necessario.

Forse percepì in qualche modo i miei pensieri, ma in forma distorta, perché disse: «Se Axel avesse servito nell'esercito, forse avrebbe conservato un maggior senso delle proporzioni».

«È questo che l'esercito ha regalato a te, Rolf?»

Aggrottò la fronte e inarcò le sopracciglia assumendo un'aria feroce. Da ragazzino, quelle smorfie mi spaventavano sempre. «Sogni mai, Bernd?»

«Di diventare ricco, o una stella del cinema?» Naturalmente sapevo a che cosa si stava riferendo ma non avevo saputo resistere alla tentazione di prenderlo in giro. La verità era che non avevo alcuna voglia di ascoltare i suoi sogni; non volevo ascoltare i sogni di nessuno. Mi bastavano i miei.

«Di questi tempi non dormo molto bene. Sono andato da un medico; mi ha detto che è colpa dell'età. Stupido piccolo *schlemiel*!» Si protese in avanti. «Sogno sempre di quando ero nell'esercito, Bernd. Mi tornano in mente cose a cui non pensavo da anni. E i dettagli, poi! Ebbi il comando di una batteria di artiglieria semovente quando il battaglione uscì dalla linea di tiro. Il mio comandante era stroncato da non so quale febbre, io non sapevo che si potesse avere la febbre in pieno inverno russo, ma imparai un sacco di cose in Russia.

Era Natale e noi ci stavamo riequipaggiando a Krasnograd. Mai sentita nominare?»

«Non mi sembra.»

«Una fogna dimenticata da Dio in mezzo al niente. Ma c'erano gli alberi; un sacco di alberi, se si pensa che l'intera regione era stata trasformata in un campo di battaglia. Agli uomini gli alberi piacevano, li faceva pensare a casa. Neve a più non posso e campagna alberata: con un po' d'immaginazione, si poteva credere di essere di nuovo in patria. I contadini non se n'erano andati, naturalmente, non lo facevano mai. I contadini russi avrebbero preferito morire piuttosto che abbandonare i loro villaggi, erano tutti uguali. Io non riuscivo a capirli. Poi, avevo davanti la mia ciotola quotidiana di zuppa di piselli — quella robaccia in polvere, ma il cuoco ci aveva aggiunto delle vecchie patate trovate chissà dove — quando il tenente addetto alle segnalazioni uscì dal quartier generale e mi disse che la batteria era mia. Wow! Com'era diventata improvvisamente buona quella zuppa!»

Si appoggiò allo schienale della sedia e sorrise vagamente, ma non a me. In quel momento non mi vedeva neppure: Rolf Mauser era mille miglia lontano, decenni indietro nel tempo, e combatteva la sua guerra in Russia. Si passò una mano sul viso. «Prendere il comando di sei enormi obici da cinque centimetri montati su telai di carro armato era un evento straordinario nella vita di un ragazzo. Presi molto sul serio il mio nuovo incarico. Me ne andai in giro a parlare con tutti i graduati e i soldati ai miei ordini: due ufficiali, ventinove sottufficiali e novantadue soldati semplici. Quasi tutti erano arrivati da poco: novellini che non avevano lasciato da molto la scuola. Nel sogno dell'altra notte ricordavo ogni nome e ogni faccia, perfino l'equipaggiamento di cui avevo accusato ricevuta.» Mi guardò, voleva che capissi quanto fosse importante per lui quella faccenda. «Riuscivo addirittura a risentire il sapore di quella maledetta *Erbensuppe*.»

«E poi ti sei svegliato?»

«Ricordando ancora tutto. Ventotto camion, due motociclette, sedici mitragliatrici leggere, venti *machine pistols*, quarantotto revolver e settantotto fucili. Ricordavo perfino i nomi e i gradi. Quelle stupide facce a una a una.»

Per un momento credetti che si accingesse a elencare generalità e numero di matricola dei suoi uomini e a descrivermi nei particolari le armi e il loro stato. Forse il mio viso rivelò la costernazione che provavo, perché continuò: «Credimi sulla parola. Quegli uomini li rivedo anche adesso. E ricordo ogni parola che hanno pronunciato. Li abbiamo lasciati quasi tutti sepolti sotto il ghiaccio e la neve. L'estate successiva solo una mezza dozzina di loro era ancora in servizio».

Per la primissima volta capii che Rolf Mauser aveva passato tutta la sua vita coltivando sogni di gloria militare. Un'ambizione assurda forse, ma non più irrealistica dei sogni di gran parte della gente. E, se si deve credere alle statistiche, non più improbabile della fantasticheria che ci vede felicemente sposati e circondati da una splendida famiglia. "Generale Rolf Mauser" aveva un suono poco plausibile, ma il conferimento di una "cravatta di latta" doveva avere impresso un nuovo slancio alle sue speranze di promozione, e certo la necessaria spietatezza non gli mancava.

«Tutti sognano, Rolf» dissi. «Non ha niente a che vedere con l'età.»

«Allora che cosa devo fare?»

«Va' da un altro medico.»

Lui abbozzò un sorriso privo d'allegria prima di concentrarsi sul caffè e quello che restava della sua pasta.

Per un po' nessuno dei due aprì bocca. Poi: «"Der grosse Kleiner" è morto» annunciò Mauser, mandando giù l'ultimo boccone di dolce danese.

«Così ho sentito. Che cosa ne sai?»

«Non dirmi che si è trattato di un suicidio.»

«Io non ne so niente» protestai.

«Kleindorf non era il tipo.» Con la punta della lingua rimosse una briciola dai denti.

«E allora?»

«Spacciava droga. Si occupava della raffinazione ed era il contatto tra Est e Ovest.»

«E chi lo dice?»

«Partite regolari uscivano attraverso l'aeroporto di Schönefeld, arrivavano all'Ovest per essere riconfezionate e quindi venivano rimandate indietro. C'erano di mezzo funzionari della DDR. È stato messo tutto a tacere. Perfino le autorità di Berlino Ovest tengono il becco chiuso.»

«Perché?»

«La versione ufficiale è che i rapporti tra le due Germanie non devono essere messi a repentaglio da simili atti delittuosi.»

«E quella ufficiosa?»

Un sorriso lento si dipinse sulla grossa faccia rotonda di Rolf. «Che nell'operazione sono gravemente implicati funzionari di entrambe le parti. Pezzi grossi, intendo dire.»

«Mi sembra un po' stiracchiata» osservai, dubbioso.

«Sul serio, Bernd? Noi due ci conosciamo da un bel pezzo, giusto? Davvero mi stai dicendo che non hai sentito nulla a proposito di movimenti del genere?»

«Voci, sì...» mi chiesi se non gli fossero giunte all'orecchio quel tipo di storie che Larry Bower aveva ascoltato da Valeri, l'agente doppiogiochista «nondimeno...»

«Kleindorf si è iniettato una dose massiccia di eroina; ecco di che cosa è morto. Lo sapevi?»

«Credevo che fossero sonniferi.»

«Già, questo è quello che si è detto in giro» annuì. «Per caso hai una sigaretta, Bernd?»

Per un lungo periodo avevo smesso di fumare e di recente avevo ripreso ad accettare le sigarette che mi venivano offerte. Ma quella mattina avevo i nervi a pezzi e avevo comperato una scatola di sigari spuntati. Di colpo decisi che dovevo saperne di più. Gli tesi la scatola ancora intatta. «Questi dovrebbero essere di tuo gusto.»

«Molto gentile da parte tua, Bernd. Sei sicuro?»

«Ho smesso di fumare.»

Rolf ne accese subito uno e continuò. «La verità è che Kleindorf è morto a letto con una delle sue ballerine, una donna con un marcato accento slesiano che è scomparsa prima dell'arrivo della polizia e non è stata più rintracciata.»

«A che cosa stai mirando?»

«Lavorava per lui solo da pochi giorni. Il nome e l'indirizzo che ha dato alla segretaria del Babylon erano falsi.» Esalò una boccata di fumo.

«Credi che sia stata la donna a farlo fuori?»

«È arrivata in città con un americano e se ne è andata con lui: due biglietti di prima classe per Roma. Addosso a Kleindorf non c'erano segni di iniezioni, fatta eccezione per quella che l'ha ucciso.» Mi lasciò il tempo di assimilare quelle parole, poi riprese: «Non avrebbe mai assunto droghe pesanti: era un igienista. Faceva jogging tutte le mattine che Dio manda in terra».

«Dall'autopsia che cos'è risultato?»

«Non c'è stata autopsia. Sul certificato di morte è scritto: decesso dovuto a dose eccessiva di sonniferi. Un incidente. È stato seppellito in tutta fretta e con la stessa fretta è stata respinta una richiesta di ulteriori indagini.»

«Ho sentito dire che si era bevuto un'intera bottiglia di brandy d'annata.»

«C'era una bottiglia vuota in camera da letto. Chi può dire quanto avesse bevuto, a meno che non gli aprano lo stomaco? Probabilmente si è preparato qualcosa da bere con la ragazza. Avevi mai visto Kleindorf ubriaco?»

«No.»

«Proprio così. È una bella storia di copertura. Perfettamente plausibile, a meno che non si sappia che tipo era Kleindorf.»

«D'accordo» assentii. «La roba arriva dall'Asia. La portano a Berlino Est. Alla dogana dell'aeroporto di Schönefeld la lasciano passare perché la politica interna è di aiutare la scimmia dell'Ovest decadente a diventare sempre più grossa. Okay. Quello che non capisco è perché poi la roba fa dietrofront e torna a Est.»

«Le partite sono di roba grezza, non raffinata. Devi essere proprio disperato per infilarti in vena quella merda. Nessuna delle persone che operano in fondo alla catena ha le conoscenze, le risorse e l'attrezzatura per raffinarla, né il fegato per rischiare. Era questo il contributo di Kleindorf.»

«Prendi un altro caffè, Rolf.» Feci segno alla cameriera.

«Qui lo fanno proprio bene» commentò lui con aria d'apprezzamento. «È stato un piacere incontrarti, Bernd.»

«Che razza di gente comprerebbe roba simile all'Est?» domandai. «E dove prendono i soldi?»

Rolf Mauser capiva di essere pungolato, ma era sempre

preferibile al riconoscere di non sapere niente. «Sai come vanno queste cose, Bernd. Gli accordi erano droga in cambio di roba scritta.»

Fece una pausa, come se avesse appena detto qualcosa che si spiegava da sola. Forse era davvero così, ma non gli avrei permesso di fermarsi a quel punto. «Ti dispiacerebbe ampliare il concetto?»

«Permessi. Contratti. Beni d'importazione. Una firma e un timbro su una scrivania laggiù possono significare un sacco di soldi qui. Tu lo sai, Bernd. E lo sa anche il tuo amico Werner Volkmann.» Esalò il fumo. Un gesto di moderata aggressività. Mi guardò in attesa di una risposta.

«Non starai dicendo che vi era implicato Werner?» Prima di assumere la gestione dell'hotel di Lisl, Werner aveva fatto un sacco di soldi organizzando operazioni di import export in modo che la DDR non dovesse sborsare valuta forte. Sotto questo aspetto, il suo sostentamento era dipeso dalle firme e dai timbri di Berlino Est.

«Non lo so...» agitò una mano «ma se è così, ne è uscito proprio al momento giusto. Di là non ci va più.»

«È molto preso dall'albergo» spiegai, guardando Rolf scuotere la cenere del sigaro. Il mio desiderio di fumare era scomparso: il fumo, l'odore, la cenere, la sola idea mi disgustava.

«Certo» assentì lui. «E se fossi in te, Bernd, mi troverei qualcosa del genere anch'io.» Un'occhiata significativa. «Perché c'è parecchia gente da entrambe le parti del Muro in cerca di qualcuno a cui addossare la colpa. Tu andresti a pennello.»

«Come corriere della droga?»

«Con prove presentate da entrambe le parti? Sarebbero schiaccianti. Chi crederebbe all'innocenza di un uomo, se la versione che lo accusa è stata concertata dall'Est e dall'Ovest insieme?»

«Come fai a sapere tutte queste cose, Rolf?»

«Conosco tanta gente e tengo le orecchie aperte.»

Restammo a chiacchierare un'altra mezz'oretta, ma Rolf aveva deciso di non dire altro, o forse non sapeva altro, e la conversazione si spostò sulla sua famiglia e su conoscenze comuni. Il già menzionato parente di Luton non fu tra quelli di cui mi parlò e io mi chiesi se quel cugino non fosse una copertura per nascondere il vero motivo della visita. Non lontano da lì, c'erano parecchi funzionari del Dipartimento, praticamente legati alle loro sedie, che sarebbero stati felici di avere qualcuno come Rolf Mauser ad ampliare i loro lunghi, noiosi e tendenziosi rapporti sulla DDR: relazioni scritte che avevano ben poche analogie con la realtà. Sarebbe stato avventato da parte di Rolf continuare a lavorare per noi, ma considerando da una parte la pressione che il Dipartimento era sempre pronto a esercitare su chiunque potesse essergli utile e dall'altra la sua avidità di pericolo e di denaro, avevo una mezza idea che le cose stessero proprio così. Un'ulteriore ipotesi era data dalla possibilità che Rolf stesse facendo il doppio gioco, riferendo tutto a quelli dell'altra parte. Mi augurai che chiunque al Dipartimento fosse incaricato di tenere i contatti con lui avesse preso in considerazione questa eventualità e non la sottovalutasse.

Lasciai Mauser piuttosto turbato dalla nostra conversazione. Nelle sue parole c'era qualcosa che mi aveva scombussolato parecchio, suscitando in me la stessa sensazione sperimentata quando ero solo un bambino. A Mauser piaceva spaventare la gente.

14

Allontanai Rolf Mauser dai miei pensieri mentre risalivo Oxford Street ed entravo nel reparto ferramenta di Selfridges con l'idea di comperare un nuovo cardine per la porta del garage. Doveva essere grosso, perché il legno della porta non era in ottime condizioni. Col tempo avrei dovuto risolvermi a sostituirla con una di metallo, ma non era una spesa che volevo sobbarcarmi nelle circostanze attuali. E chissà, quando Gloria si fosse trasferita a Cambridge per continuare i suoi studi, forse avrei addirittura deciso di vendere la casa. Un commesso mi trovò in magazzino il tipo di cardine che cercavo e l'avevo con me, avvolto in carta marrone, quando mi recai all'indirizzo di Upper Brook Street, dietro l'ambasciata americana, per la colazione a cui Posh Harry, mi aveva invitato.

«Non c'era bisogno che ti portassi dietro il Kalashnikov, Bernard» esordì Harry quando vide il pacchetto. «Niente roba pesante; l'ho promesso a Dicky.» Rise, con quel fare un po' da birichino che a volte adottano gli orientali. «Vieni a bere qualcosa» mi propose, facendomi strada su per le scale fino a una stanza del primo piano. Come sempre era vestito in stile pressoché inglese: pantaloni di flanella grigia, un blazer scuro con elaborati bottoni di metallo e, sul taschino, il distintivo dorato di un golf club di Los Angeles.

Mayfair è un quartiere esclusivo di abitazioni eleganti, quasi tutte uffici dall'aspetto molto discreto. È un luogo di affitti alti e contratti brevi, di banche private, mercanti d'arte e dirigenti finanziari, tutti discretamente nascosti dietro semplici targhe d'ottone. Le case sono piccole, e il locale angusto e troppo pieno in cui mi condusse sembrava fatto apposta per ricchi inquilini di passaggio. L'appartamento era stato rinnovato secondo il criterio che mio cognato definiva "il trattamento del rubinetto d'oro". C'erano un'infinità di lampade da tavolo realizzate con pesanti barattoli e robusti paralumi, divani con fodere di cinz satinato e tappeti che il vino non macchia.

Ma se lo stile era quello delicato del XVIII secolo, a deturparlo c'era la "zona rinfreschi" che occupava un angolo della stanza: un tavolo con il piano di plastica su cui stavano uno scaldavivande con due grosse caraffe di vetro per il caffè, boccali, bicchieri di carta e biscotti, e un biglietto scritto a mano che diceva di infilare dieci pence nell'apposita cassetta e di non usare i boccali contrassegnati da un nome.

«Fai riposare le gambe» mi disse Harry, mentre apriva con una chiave un globo terrestre il cui emisfero settentrionale rivelò un nucleo di bevande alcoliche. «Un Martini? Qual è il tuo veleno preferito?»

«Un Martini andrà benissimo.» Lo guardai scegliere le bottiglie: Beefeater e Noilly Prat.

«Voglio dirti una cosa, Bernard» esordì Harry mentre attraversava la stanza e tirava verso di sé una scaffalatura per libri. «Puoi tenerti la California.» I suoi sforzi ebbero successo: una sezione dello scaffale completa di libri rilegati in cuoio antico gli rimase in mano, rivelando un piccolo frigorifero. «Sissignore!» Con apprezzabile abilità, gettò tre cubetti di ghiaccio in una caraffa e con in mano due bicchieri ghiacciati si infilò la bottiglia di gin sotto il braccio.

Svitò il tappo e mescolò il cocktail con noncurante destrezza. «Vacci piano con il gin» gli raccomandai.

«Non avrei mai immaginato che fossi un appassionato di vermouth» commentò lui, ignorando la mia richiesta. Alzò i bicchieri, come a voler esaminare il colore della miscela, poi me ne tese uno. «C'è solo una cosa che non tollero, Bernard... un maniaco del vermouth. Bagnati le tonsille... un Martini perfetto.»

«La California mi piace» affermai.

«Non se lavorassi per la mia combriccola... non ti piacerebbe» replicò lui. Andò alla finestra e guardò giù, verso la strada. Da Hyde Park, le auto imboccavano la via a senso unico: orde migratorie di lucidi animali che sfilavano senza sosta. «Mi lasciano andare. Riesci a crederci?»

Sorrisi e assaggiai il drink. Di qualunque fallimento si fosse reso colpevole Posh Harry in California, certo non poteva trattarsi della preparazione del Martini.

«Ci sono un paio di pratiche su cui vorrei il tuo consiglio prima di andare a pranzo.» Controllò l'ora. «Ho prenotato un tavolo per l'una. Ti va bene?»

«Certo.»

«Sono contento di averti potuto vedere oggi, Bernard. Non sai che grande favore mi stai facendo.»

«Davvero?»

«Già, fornendomi la scusa per stare lontano dall'ufficio. C'è Joe Brody in città e ci dà dentro come se non ci fosse un domani.»

«Joe Brody?»

Immagino che avesse notato la mia antenna oscillare, perché disse: «Già, Joe Brody! Joe Brody è arrivato in volo da Vienna oggi ed è a pranzo con l'ambasciatore, ma questo non gli impedirà di venire in ufficio e fare fuoco e fiamme contro tutti quelli che ci lavorano».

«È un tipo tanto difficile?»

«Può diventarlo. A meno che tu non sappia come prenderlo.» Mi lanciò un sorriso volpino. «Ha bisogno del tocco di velluto, se capisci che cosa intendo. Conoscerai certamente Brody.»

«Ci siamo incontrati a Berlino.»

«Brody sta smaniando per una grossa promozione. La voce è che entrerà nell'Operativo a livello dirigenziale.»

«È troppo vecchio.»

«Nella CIA, mio caro, nessuno è mai troppo vecchio. È questo che ci mantiene tutti con lo sguardo vivace, la coda folta e sempre pronti a soffiare sul collo dei nostri capi.»

«Brody?»

«Si sta assicurando che a Washington sappiano che è vivo e in piena forma. È chiaro il quadro?»

«Credevo che fosse a Vienna.»

«Dimenticati di Brody. A lui posso pensarci da solo. Piuttosto, da' un'occhiata a queste pratiche. Devi solo spuntare le risposte e dirmi se c'è qualcosa che non quadra, dopodiché ce ne andremo al Connaught a sperperare quel che resta del budget mensile. Che cosa te ne pare?»

«Ci sto» risposi.

«Guarda questa mentre io vado a recuperare le altre nella cassaforte al piano di sopra.» Mi tese una cartella colorata e un pennarello.

Mi misi al lavoro. Come previsto, la cartella conteneva il consueto allegato rosa: un questionario che la CIA utilizzava per "i movimenti giorno per giorno" del materiale urgente. Non c'era niente di particolarmente difficile nelle domande poste, anche se dovevo affidarmi solo alla mia memoria. Ma erano parecchie.

Harry tornò con altre due fascicoli che mi sbatté sulle ginocchia. Accorgendosi che il mio bicchiere era vuoto, andò a preparare altri due dei suoi Martini "perfetti".

«Ce n'è un'altra, ma non sono riuscito a trovarla. Un impiegato dice che è andata a Grosvenor Square. Magari l'ha chiesta Brody. Non è escluso che la porti alle dodici il fattorino. In ogni modo, fa' quello che puoi, dopodiché andiamo a mangiare. Lascia qui il tuo pacchetto. Torneremo dopo colazione e se quella maledetta cartella sarà arrivata potrai darle un'occhiata.»

«D'accordo.»

Quando ebbi finito, raggiungemmo a piedi il Connaught Hotel in Carlos Place, ma l'aria fredda neutralizzò solo in parte l'effetto dei Martini.

Harry aveva riservato un tavolo vicino alla finestra e tenne fede a tutte le promesse fatte. Ci concentrammo sulla sezione *à la carte* del menu e i vini che lui scelse si rivelarono eccellenti. Era la prima volta che mi capitava di avere un incontro tanto amichevole con Posh Harry. Lo conoscevo da molti anni, ma ci eravamo sempre visti per motivi di lavoro.

Se la capacità di un agente è da valutarsi in base alla sua copertura personale, allora Posh Harry era uno dei più efficienti che avessi mai incontrato. Per anni nessuno aveva saputo con certezza se era o meno legato alla CIA, e ancor adesso non ero sicuro che lavorasse per loro in via permanente. Il fratello di Harry, molto più vecchio di lui, aveva fatto una brutta fine durante una missione della CIA in Vietnam, e da quello che ne sapevo Harry attribuiva proprio all'agenzia la responsabilità di quella morte. Ma non erano argomenti che avrei mai toccato con lui, e se anche quell'antico episodio aveva lasciato nel suo animo tracce d'amarezza, le possibilità che mettesse a nudo i suoi sentimenti erano scarsissime.

Harry, non meno autoritario né meno tortuoso di Rolf Mauser, era in compenso tutto quello che il vecchio non era. Mauser era un prepotente che amava fare a modo suo, per quanto raffazzonato e caotico potesse essere; per Harry invece contava il risultato finale. Era questa, immagino, la differenza fondamentale tra l'Europa e l'Oriente, tra il visibile e il nascosto, tra la forza e la furtività, tra la boxe e il judo.

Sarebbe stato più saggio da parte mia dedicare più attenzione a simili riflessioni prima di pranzo, perché quando tornammo in Brook Street ero totalmente impreparato all'accoglienza che ci aspettava.

«Sapete che ore sono?» strillò Joe Brody, la cui colazione con l'ambasciatore era stata apparentemente un pasto più austero del nostro.

«Mi dispiace, Joe» rispose Harry, bloccato sulle scale da un Brody paonazzo che gli sbraitava contro dal pianerottolo più in alto. Guardai Brody con interesse. Prima di allora non l'avevo mai visto se non di umore tranquillo e rilassato.

Quel giorno indossava un tre pezzi blu rigato, perfetto per una colazione con l'ambasciatore. Era vecchio, calvo, con occhiali rotondi cerchiati d'oro che gli aderivano al viso come monete cresciute nel tronco di un albero nodoso. In un'altra occasione l'avevo visto sorridere con aria saggia, mentre con un bicchiere in mano ascoltava indulgente quelli che lo circondavano. Ma ora davanti a me c'era un tipetto esagitato che sarebbe stato capace di scavare qualche solco perfino nel viso placido di Posh Harry. «Ti dispiace? Maledizione, credo bene! E quello chi è? Oh, Samson, avevo quasi dimenticato che ci sarebbe stato anche lei. Avete finito?»

Intanto l'avevamo raggiunto sul pianerottolo. Joe Brody ci fece entrare nella stessa stanza che avevamo occupato prima di uscire. La attraversò a passo di marcia e toltosi la giacca la gettò su una sedia. Lentamente, come un rettile destato dal sonno, l'indumento si srotolò e scivolò a terra. Brody non parve accorgersene.

Io non avevo risposto. Brody guardò me, poi Harry. Mi sentivo imbarazzato, come quando ci si trova per caso davanti a una coppia felicemente sposata, trasformata di colpo da una selvaggia lite domestica. Nel silenzio si fece più chiaro il rumore del traffico, un rombo senza fine, come un tuono lontano.

Quando Harry si rese conto che avevo deciso di non rispondere alla domanda di Brody, lo fece al mio posto. «Non del tutto, Joe.»

«Gesù Cristo!» Poi, ancora più irato: «Gesù Cristo!».

«Ci manca solo un fascicolo» gli fece notare Harry con aria contrita.

«Gli hai chiesto di Salisburgo?» Brody parlava come se io non fossi stato presente.

«Non ero sicuro che tu volessi parlarne» si giustificò Posh.

«Si sieda, Bernard» mi invitò a quel punto Brody, e mi lanciò un fugace sorriso nervoso, forse per farmi capire che il litigio riguardava solo lui e Harry, ma che un po' di collera era debordata.

«Un drink, Joe?» propose Harry, in un nuovo tentativo di calmarlo.

«No, non voglio nessun maledetto drink. Quello che voglio è vedere se avete sbrigato un po' di lavoro, da queste parti!» Brody si strinse il naso fra due dita, come se fosse in procinto di ingoiare una medicina particolarmente cattiva. Harry borbottò qualcosa a proposito di un bicchiere di soda e andò a versarsene uno. Non l'avevo mai visto alterato, ma ora le mani gli tremavano.

Brody si lasciò cadere sulla poltrona di fronte a me e sospirò. Di colpo mi parve esausto. Aveva il nodo della cravatta allentato, il gilè sbottonato a metà e la camicia gli era uscita dai pantaloni trasformandosi in un una specie di salvagente spiegazzato. L'esplosione di cattivo umore sembrava avere lasciato un segno sul suo abbigliamento come sulla sua vitalità. Ma se per un momento avevo sperato di vederlo ammorbidirsi un po', l'asprezza della sua voce mi convinse del contrario. « Uno dei nostri è stato fatto fuori: a Salisburgo. Ne ha sentito parlare? »

« Ero là » risposi.

« Certo che era là. Che cosa è accaduto con esattezza, Bernard? »

« Allora era uno dei vostri? »

« Le ho chiesto che cos'è accaduto con esattezza. »

« Non so che cosa sia accaduto con esattezza » risposi.

« Non cerchi di fare il furbo con me, Bernard. Non ho molto tempo e non sono neppure dell'umore giusto. »

« Non posso dirle niente che le indagini della polizia non abbiano già rivelato. »

« Ha visto il rapporto della polizia? »

« No » confessai.

« Allora come diavolo fa a saperlo? » Di nuovo si strinse il naso e concluse passandosi rabbiosamente il dorso della mano sulla bocca. Decisi che doveva trattarsi di un tentativo di riacquistare il controllo da parte di un uomo sul punto di esplodere.

« Se la prenda calma, Mister Brody » lo esortai. « Hanno usato una carica esplosiva attivata dall'elettricità. Il suo Johnson è morto. Questo è più o meno tutto quello che so. »

« Mi descriva Johnson. »

« Modi affabili. Piuttosto alto, in buona forma fisica anche se leggermente sovrappeso. Capelli grigi ondulati; barba curata, niente baffi. Occhiali cerchiati d'oro... »

« Basta così. Chi è il colpevole, ragazzo? »

« Non ne ho idea. »

« Io invece credo di sì » obiettò Brody, e lasciò che una nota di minaccia trapelasse dalla sua voce.

« In questo caso mi dia almeno una traccia. »

« Sono io che faccio le domande. Ci pensi bene. »

« Le ho detto tutto quello che so, Mister Brody. »

Lui rimase seduto a guardarmi con aria truce.

« Glielo chiedo un'altra volta, Bernard. E la mia è una domanda formale. »

« Lei può fare tutte le domande che vuole, formali e no » ribattei. « Gliel'ho già detto una volta e adesso glielo ripeto. Non lo so. »

«Il nostro uomo...» cominciò lui e s'interruppe. Avevo dimenticato il modo in cui i pezzi grossi della CIA pronunciano le parole il "nostro uomo". Quando riprese a parlare, fu in quel modo sconnesso che sempre tradisce il turbamento. «Il nostro uomo si chiamava Bart Johnson. Era una brava persona... lavorava a Francoforte. Lo conoscevo da vent'anni. Siamo stati insieme a Mosca: parecchio tempo fa. Oggi ho pranzato con l'ambasciatore. Volevo informarlo che Washington mi ha autorizzato a occuparmi di questa faccenda ricorrendo a tutti i mezzi a nostra disposizione.»

«Sono lietissimo di saperlo, Mister Brody, perché se dovessi saltare in aria come il suo amico Johnson, da lassù sarebbe un piacere vedere che qualcuno si sta impegnando al massimo.»

«Okay, Bernard, sappiamo che lei era in contatto con Bart Johnson. Nessuno sta sostenendo che è implicato nell'omicidio, ma voglio sapere che cosa stava succedendo in quel maledetto hotel quando si è verificata l'esplosione.»

«La sola cosa che posso dirle è che era in corso un'asta di francobolli.» Stavo cercando di mantenermi calmo e cortese, ma senza riuscirci del tutto.

«Provi di nuovo.»

«E lei provi con domande più facili.»

«Okay. Questa è una domanda facile. Perché si comporta come un maledetto bastardo?»

Balzai in piedi e attraversai la stanza. Quasi invisibile nella pannellatura di quercia, in mezzo a due stampe raffiguranti corse di cavalli, si apriva una porta. Di fronte a essa un tavolo con il piano a scacchiera su cui qualche arredatore d'interni aveva disposto i vari pezzi. Mi voltai: Brody si era alzato. Con un calcio allontanai tavolo e scacchi e tentai di aprire la porta. Era chiusa. «Le spiacerebbe aprirla, Mister Brody? O devo farlo io?»

Forse, senza la bottiglia di Château Talbot e la doppia dose di whisky al malto con cui avevo concluso il pasto non avrei avuto né la forza né la sconsideratezza per fare quello che feci. Alzai un piede e con lo stivale quasi scardinai l'uscio, che si spalancò con un fragore assordante.

Per un momento temetti di avere commesso un terribile

errore di calcolo, ma mi sbagliavo. In piedi, ammiccanti nella luce improvvisa, c'erano due uomini in camicia a maniche corte e cuffie sulla testa. Sui loro visi era scolpita un'espressione di orrore. Dietro di loro, alcuni monitor televisivi splendevano nella penombra. Gli operatori erano schizzati in piedi; uno indietreggiò tanto bruscamente che il filo della sua cuffia fece cadere dal tavolo uno strumento. Rovinò a terra con uno schianto. Poi la porta, con un prolungato scricchiolìo, ruotò sul cardine ancora intatto e cadde verso il pavimento, dove atterrò con un *bang* sonoro. I due operatori non avevano aperto bocca: forse per loro era una situazione consueta.

Ovviamente mi stavano registrando su videotape. Immagino che sarebbe stato stupido da parte loro estorcermi quello che sapevo senza conservarne una testimonianza concreta, ma questo non significava che dovessi restarmene seduto buono buono e confessare allegramente qualcosa che più tardi avrebbe potuto essere usata contro di me per accusarmi di favoreggiamento in omicidio.

«Okay, furbone, ha detto la sua!» Brody era calmo e anche la sua voce sembrava diversa. Ancora adesso non so quanto del cattivo umore esibito fino a quel momento fosse autentico, e, in questo caso, se il suo intento era stato di intimidire me o Posh Harry. «Torni a sedersi. Parleremo senza registrare, se è questo che vuole.» E rivolto ai due aggiunse: «Andate pure, ragazzi. Vuol dire che taglieremo la scena della folla» e sorrise della battuta.

Posh Herry non si era mosso. Se ne stava ancora appoggiato al frigorifero a sorseggiare la soda.

«Non potremmo andare di sopra, in un'altra stanza?» domandai. «La cucina, per esempio.»

«Con l'acqua aperta e la luce al neon accesa?» suggerì Brody, sarcastico. Si chinò a recuperare la giacca dal pavimento e rovistò nelle tasche per assicurarsi che il portafoglio ci fosse ancora. «Certo. Qualunque cosa possa farla sentire meglio, Bernard.» I suoi modi si erano fatti più affabili, come se preferisse parlare della morte dell'amico Johnson con qualcuno capace di sfondare le porte.

Scendemmo nella minuscola cucina del seminterrato. Come il resto della casa, era in buone condizioni: una cucina dove nessuno aveva mai cucinato. Nel lavello c'erano tazze e piattini e nello scolapiatti qualche bicchiere. Su uno scaffale erano disposti pacchetti di caffè, un'enorme scatola di bustine di tè e un grosso contenitore di plastica trasparente con la scritta «zucchero». Una veneziana grigia nascondeva la finestra.

Joe Brody aprì il frigorifero: era pieno di lattine. Prese una Pepsi per sé, l'aprì e bevve senza versarla in un bicchiere. A noi non offrì niente. Sembrava sprofondato nei suoi pensieri.

Sedetti con Harry al tavolo rotondo. Brody afferrò con le mani lo schienale di una sedia, posò il piede su una delle stecche e chiese: «C'erano due americani, o soltanto quello che sappiamo?».

«Due» risposi, e descrissi Thurkettle, il modo in cui mi aveva abbordato sul terrazzo parlando dell'ufficio condiviso con Peter Underlet, poi raccontai come avessi attaccato discorso con Johnson, dopo l'asta. Non parlai della busta che avevo tentato di comperare.

Finalmente Brody sedette. «Sappiamo dell'asta.»

«Perché allora non mi racconta tutto quello che sa, Mister Brody? Io potrei riempire gli spazi bianchi.»

«Thurkettle, intende dire?»

«Proprio così» assentii.

«Be', ora capisce perché volevo lasciare fuori qualche dettaglio» cominciò lui. «Stiamo cercando di stabilire se entrambi gli uomini erano sul posto al momento dell'esplosione.»

«Ho sentito Johnson parlare con Thurkettle mentre entrava in camera sua. Al momento avevo creduto che parlasse da solo. Dopo... be', non saprei.»

«Quando è stato?» domandò Brody. Aveva capovolto la lattina di Pepsi e la stava prosciugando con ovvio piacere. Probabilmente aveva bisogno di zucchero.

«Circa mezz'ora prima dell'esplosione.»

«Che cosa ha detto?» Con noncuranza, gettò all'altro capo della stanza la lattina vuota, che atterrò con un acciottolìo nella pattumiera.

Quando Brody riportò gli occhi su di me, risposi: «Credo

che abbia detto: ”E questo che cosa vorrebbe significare?”. Insomma, quel tipo di osservazioni che a volte si fanno tra sé e sé. Ma avrebbe anche potuto essere una specie di saluto».

«A qualcuno che era già nella stanza?»

«Sapeva della presenza di Thurkettle in città fin dal giorno prima.»

«E lei come lo sa?»

«Me parlò lui. Mi chiese se sapevo chi fosse.»

«Le ha chiesto questo?»

«Mi spiegò che aveva incontrato Thurkettle in passato, ma che non sapeva per chi lavorasse né che cosa facesse.»

«Lei sa chi è Thurkettle? Voglio dire, lo sa davvero?»

«Lo so» risposi.

«Mi permetta di farle una domanda di natura speculativa» disse Brody. «Perché Thurkettle sarebbe dovuto tornare in albergo ed entrare in quella stanza? La bomba era già inserita nel rasoio.»

«Mmm» feci io.

«Non faccia mmm con me. Deve pure averci pensato. Perché non si è limitato ad andarsene, a mettersi al sicuro?»

«Non lo so. Ma quando sono tornato da Johnson per metterlo in guardia sul conto di Thurkettle...»

«Un momento» mi interruppe Brody. «Si aspetta forse che le creda? Lei sarebbe andato da Johnson per spiegargli chi era Thurkettle? Proprio lei? L'uomo che finora non ha fatto altro che eludere tutte le mie domande sull'episodio? Nossignore, questa non la bevo.»

«In realtà non so bene che cosa avessi in mente di fare. Sono semplicemente andato in camera sua e lì ho scoperto quello che stava succedendo.»

«Okay, continui a parlare.»

Posh Harry si alzò, andò al frigorifero e, dopo avere dato una scorsa al contenuto, prese un bicchiere da cognac dall'armadietto e si versò una soda. Harry doveva proprio andare pazzo per la soda. O forse stava cercando di farsi passare la sbornia. Brody lo guardò con durezza per fargli capire che stava disturbando la sua concentrazione. Harry sorseggiò la sua soda e non ricambiò l'occhiata.

«Sono entrato in camera sua e gli ho parlato poco prima

dell'esplosione» continuai. «Mi disse di tornare di lì a un quarto d'ora. E subito dopo c'è stata la detonazione.»

«Mi faccia capire bene. Lei ha parlato con Johnson, nella sua camera, pochi minuti prima che morisse?»

«Sì. Era in bagno.»

«La porta del bagno era chiusa? Lei non l'ha visto?» Si tirò il naso in un gesto di profonda concentrazione.

«Proprio così.» Cominciavo a capire che cosa andava rimuginando Brody. Rimase in silenzio a lungo. Probabilmente stava decidendo quanto e che cosa dirmi.

«Quando quella voce le ha detto di tornare dopo un quarto d'ora c'erano due uomini in bagno. E forse Johnson era sul punto di venire ucciso.»

«Capisco» assentii.

«Io credo che non capisca proprio niente» obiettò Brody.

«Per chi lavorava Thurkettle?»

«È un rinnegato. Fa il sicario per il KGB da due anni. Grazie a lui abbiamo perso almeno quattro uomini, ma questa è la prima volta che rischia tanto. Lui e Johnson si conoscevano bene. Avevano lavorato insieme ai vecchi tempi.»

«Brutta faccenda» commentai.

Brody non riusciva a restare calmo. Di colpo si alzò e si infilò la camicia nei pantaloni. «Può dirlo forte. Metterò le mani su quel bastardo, dovesse essere l'ultima cosa che faccio!»

«Dunque... non è morto in seguito all'esplosione?»

«L'ha capito, eh?» fu la risposta sarcastica. Andò al lavello e con la schiena appoggiata allo scolapiatti si voltò a guardarmi.

«Thurkettle ha assassinato Johnson e dopo gli ha fatto saltare via la testa con l'esplosivo. Perché? Per eliminare eventuali prove? O perché Johnson era troppo furbo per cascare nella trappola del rasoio? Forse Thurkettle è stato sorpreso mentre sostituiva i rasoi? Ha ucciso Johnson e poi ha usato la bomba con un dispositivo a tempo?» Continuando a fissarmi, Brody mi lanciò un sorrisetto sdegnoso. «In questo modo non si sarebbe sporcato di cervello e sangue.»

A questo punto, Posh Harry aveva ripreso la sua abituale compostezza. Con in mano il bicchiere di acqua frizzante, andò verso Brody. «Faresti bene a dirgli la verità, Joe.»

Brody mi guardò, ma non parlò.

« Se vuoi che gli inglesi diano una mano, devono sapere quello che è successo realmente » insistette Harry.

E alla fine, con estrema lentezza, Brody disse: « Noi riteniamo che Thurkettle abbia ucciso Johnson e poi gli abbia fatto saltare la testa per distruggere eventuali prove. Ma il tizio che si è presentato a lei come Johnson in realtà era Thurkettle ».

« Col cavolo che lo era! » replicai a bassa voce, mentre le implicazioni di quanto mi era stato detto si facevano chiare.

Palesemente compiaciuto dalla mia costernazione, Brody aggiunse: « Il cadavere che ha trovato in bagno era quello dell'uomo che le ha rivolto la parola sulla terrazza ».

« Capisco. »

« Ancora una volta, non credo che capisca granché, Samson, vecchio mio. » Era un rimprovero che meritavo: avrei dovuto esaminare con più attenzione il cadavere.

« Già in un'altra occasione Thurkettle è riuscito a farsi passare per la vittima » intervenne Harry. « Un trucchetto che ci ha fatti brancolare nel buio per un sacco di tempo. »

« Allora, che cosa conta di fare, Bernard? » volle sapere Brody.

« Resto della mia idea » risposi, e lo vidi accigliarsi. Mi alzai per fargli capire che volevo andarmene. Lui si volse e protendendosi oltre il lavello sollevò la veneziana per guardare fuori. Intravidi un cortile minuscolo, una parete imbiancata e grossi vasi da fiori in cui tristi bastoncini senza foglie lottavano per la sopravvivenza. Dalla parte della facciata, il frastuono del traffico filtrava attraverso i doppi vetri: si era intensificato ora che la giornata lavorativa volgeva al termine.

« Non dimenticare il Kalashnikov » mi disse Posh Harry.

Joe Brody aveva ancora lo sguardo fisso sul cortile. Parve non sentire.

Salii di sopra a recuperare il mio pacchetto; Harry venne con me e aggiunse qualche altro brandello d'informazione a ciò che sapevo di Thurkettle. Altri dipartimenti governativi statunitensi, risentiti per il modo in cui la CIA aveva fatto scarcerare Thurkettle e lo aveva fornito di documenti falsi, si erano dimostrati singolarmente poco collaborativi ora che, stando alle parole di Harry, era diventato "pazzo furioso". La CIA aveva scoperto un'incriminazione segreta da parte di una giuria federale nel distretto della Columbia e l'aveva fatta cadere in quanto non c'era stata alcuna identificazione. Anche un'istanza al Dipartimento della Giustizia era fallita e così il tentativo di far revocare a Thurkettle la cittadinanza. Harry mi spiegò che ormai era assolutamente indispensabile collegare Thurkettle a un qualche crimine. Tutti — e immagino si riferisse a Brody — avevano sperato che sarebbe stata la mia testimonianza a offrirne l'opportunità. In caso contrario, Thurkettle avrebbe continuato a fargli marameo e a camminare libero.

«Ancora non riesco a capire» obiettai. «Se vi riuscisse di scoprire il motivo per cui Thurkettle ha liquidato Johnson, tutto potrebbe diventare più chiaro.»

«Il perché lo sappiamo» replicò lui calmo calmo. «Johnson l'aveva in pugno.»

«Aveva in pugno Thurkettle?»

«Era questo il suo incarico. Johnson e Thurkettle erano amici. Joe Brody aveva detto a Johnson di trovarlo e di farselo amico. La settimana scorsa Johnson gli ha telefonato per confermargli che Thurkettle spacciava droga. Per telefono non ha potuto dire molto, ma ha affermato di avere prove a sufficienza per trascinarlo davanti a una giuria.»

«Ma Thurkettle sapeva già tutto.»

«Joe Brody biasima se stesso.»

«Droga.»

«La teoria dominante in Grosvenor Square» riprese Harry «è che Thurkettle ha fatto fuori anche quel povero Kleindorf.»

«Perché avrebbe dovuto?»

«Speravo che me lo dicessi tu. Pensiamo che Thurkettle stia lavorando con la Centrale di Londra.» Rise, come a voler indicare che era stata una battuta, e io decisi di non prendermela. Ero troppo vecchio per arrabbiarmi due volte in un solo giorno.

Annuii e lo ringraziai per la colazione e mi sentii compiaciuto con me stesso per non avere accennato al nuovo amico di Tessa con la barba ben curata e senza baffi. Si sarebbero di sicuro avventati su lei e George. E comunque era probabile che ormai lui se la fosse rasata.

Chiacchierammo ancora per qualche minuto, poi lo salutai per tornare a casa. Quel giorno non ero andato in città con la macchina, così presi il treno. Rimasi per l'intero tragitto in piedi nello squallido scompartimento ed ebbi tempo a sufficienza per riflettere su quanto era avvenuto. Possibile che fossi finito in trappola? La furia di Brody era stata anche troppo convincente e la reazione che aveva scatenato in Posh Harry non poteva essere del tutto fasulla. Ma i Martini e l'abbondante colazione bene annaffiata avevano forse avuto lo scopo di ammorbidirmi in vista del terzo grado di Brody? E in che misura Dicky aveva capito in che razza di pasticcio mi stavo ficcando?

15

Conoscevo ”zio” Silas da sempre. Prima ancora che io nascessi era il principale di mio padre. Lo ricordavo a Berlino quando ero ancora piccolo. Era il padrino di Billy e parente alla lontana di mia suocera.

Da parecchio non lavorava più per il Dipartimento e ora abitava nella sua fattoria, sulle colline Cotswold. Era vecchio e ogni volta che lo vedevo lo trovavo più esasperante, ma sapevo che c'erano state occasioni in cui io ero riuscito a irritarlo ben più di quanto lui avesse mai irritato me. Per essere franchi, immagino di avere mantenuto il lavoro così a lungo solo perché mio padre si era fatto dei buoni amici; e zio Silas era uno di loro.

Così, quando ricevetti la telefonata da un'agitatissima Mrs Porter, la sua governante, in cui mi avvertiva che Silas Gaunt era seriamente ammalato e chiedeva di me, mi mossi subito. Non chiesi l'autorizzazione, né dissi a Dicky che avevo bisogno di una giornata libera, e neppure mandai un messaggio in ufficio. Andai da lui e basta.

Il giorno era spuntato tra la pioggia battente e le strade bagnate mi persuasero a guidare con cautela. Il tragitto era lungo ed ebbi così tempo in abbondanza per riflettere sulla mia precipitosa partenza. Le Cotswold erano immerse in grigie matasse seriche di nebbia in cui si perdevano le vette degli alberi. La proprietà «Whitelands» comprendeva seicento acri di ottimo terreno agricolo e un incongruo agglomerato di piccoli fabbricati. C'era uno splendido granaio per i raccolti delle decime, abbastanza grande da contenere il tributo di granturco del pastore, e stalle per sei cavalli. La fattoria vera e propria, con le pareti marrone chiaro, aveva subìto un paio di secoli di devastazioni da parte dei suoi rozzi occupanti, che avevano sfortunatamente costruito una torre neogotica e un'ala supplementare per nulla intonata al resto che ospitava la grande sala del biliardo.

Ero abituato a trovare alla fattoria almeno una dozzina di auto sparpagliate sullo spiazzo e, nei giorni di sole, parcheggiate all'ombra dei tre olmi che delimitavano il prato. Un tempo la casa era spesso affollata di ospiti generosi di lodi, ma oggi tutto era diverso. Il piazzale era vuoto, fatta eccezione per una Land Rover fangosa da cui tre ragazzi in sbiaditi indumenti jeans stavano scaricando delle attrezzature, tra cui notai tre elmetti da edili rosso vivo e tre paraorecchie. La pioggia era cessata, ma l'acqua gocciolava dagli alberi fradici e l'erba del prato si spiaccicava sotto i piedi.

Quando calpestai la griglia di metallo della veranda, il suo tintinnìo mi ricordò che dovevo grattar via il fango dalle scarpe. Aprii la porta d'ingresso ed entrai. La casa era silenziosa e, come tutte le fattorie di quel genere, buia. Le minuscole finestre, incastonate nelle spesse pareti di pietra, facevano entrare solo piccoli rettangoli di luce che ritagliava riquadri colorati dal grande tappeto orientale. Dal soggiorno, chiaramente udibile attraverso parecchie porte chiuse, Lohengrin cominciò a cantare *In fernem Land.*

Mrs Porter, la sempre allegra, sempre affidabile cuoca governante e factotum, uscì dalla cucina per salutarmi e prendermi il cappotto. Tenendolo in mano, mi passò davanti per guardare fuori. Fiutò l'aria col sollievo che il comandante di sottomarino proverebbe nel risentire l'odore della notte dopo un lungo periodo di immersione. Mi accorsi che uno degli uomini, con indosso casco e paraorecchie, si stava arrampicando su un albero. Era già fradicio di pioggia fino all'osso.

Poi la Porter tornò da me. «Sì, mi sembrava di avere sentito la sua macchina» cominciò. «Sono così felice di averla qui, Mister Samson. Ero preoccupata... lo sono ancora. È diventato talmente apatico da quando è ammalato.»

«Davvero?» Non mi riusciva facile immaginare uno zio Silas apatico.

«Si è alzato e vestito quando ha saputo che lei stava per

arrivare. Io ho telefonato al medico per un consiglio e lui mi ha detto che non ci sono rischi, finché resta in casa, al caldo, e non si stanca.»

«Mi sembra una tipica osservazione da medico» commentai.

Lei ebbe un sorriso incerto. Le donne come Mrs Porter si allarmano quando la loro fede nella medicina viene attaccata. «Il dottore dice che Mister Gaunt potrebbe lasciarci da un momento all'altro» mormorò in un tono teso, forse a ricordarmi il ruolo significativo che il medico di Silas giocava nel dramma in via di svoglimento e di cui io non ero altro che una comparsa. Assunsi un'espressione debitamente sobria e lei aggiunse: «Sta scrivendo le sue memorie. Povera anima! Sembra quasi che si renda conto che la sua ora è quasi arrivata».

Le sue memorie! Carriere politiche interrotte; reputazioni a brandelli. Era impensabile che Silas fosse stato autorizzato a scrivere un libro simile, ma non volli contraddirla.

«Mette via tutto, quando entro in camera sua. In teoria io non dovrei saperlo, ma ho capito la verità quando l'ho visto armeggiare con la piccola macchina per scrivere, al pianterreno. Prima di quest'ultima brutta crisi lo sentivo lavorare nella sala della musica tutti i giorni. Ecco dov'è adesso. Vada, vada pure, le porto il tè.»

La "sala della musica" era il soggiorno in cui Silas aveva installato lo stereo e la raccolta di dischi. Era lì che andava a sedersi la sera per ascoltare la musica. La televisione non gli piaceva granché. Ero riluttante a interrompere la sua seduta operistica, ma la governante mi raggiunse sulla soglia e disse: «Entri» per poi aggiungere con un bisbiglio quasi impercettibile, che solo i movimenti esagerati delle labbra mi permisero di capire: «Probabilmente dorme... sa, per via delle pillole».

Dietro sua insistenza, mi decisi a entrare. In un primo momento non lo vidi, perché sedeva di fronte al fuoco e mi dava la schiena. Indossava una camicia scura con una giacca da smoking di velluto color prugna, completa di fazzoletto di seta crema che spuntava dal taschino. L'abbigliamento che un attore edoardiano sceglierebbe per andare al Café Royal.

Sul pavimento accanto a lui c'era un plaid. Doveva essergli caduto dalle ginocchia, o forse l'aveva spinto giù sentendomi arrivare. I piedi, calzati in pantofole di stoffa rosso brillante, erano posati tra gli alari di ferro. La musica era alta e nell'aria c'era l'odore del fumo di legna. Come in risposta alla folata di vento entrata dalla porta, le fiamme avvamparono più alte, forme giallastre che si riverberarono sul soffitto basso. «Chi è?» grugnì lui. Non stava dormendo.

Le persone che conoscevano bene Silas Gaunt, e tra queste era da annoverare sicuramente mio padre, parlavano della sua squisita cortesia, delle sue maniere antiquate e del suo fascino accattivante. Mia madre una volta lo aveva descritto come un boulevardier: era la prima volta che sentivo quella parola. Ad ascoltarli parlare di Gaunt, sarebbe stato legittimo aspettarsi uno di quegli eccentrici inglesi sul genere dello Squire Allworthy di Henry Fielding. Ma il Silas Gaunt che conoscevo io era un vecchio demonio subdolo, paradossalmente coriaceo come un rinoceronte e sensibile come una farfalla, a seconda della natura delle sue trame a lungo termine.

«Spero di non disturbare» dissi con voce quieta.

«Stavo ascoltando il *Lohengrin*, maledizione!» fu la sua risposta. Mi risollevò scoprire, qualunque fossero le sue condizioni fisiche, che lo spirito bellicoso non era scemato. Poi girò la testa verso di me, e il fuoco guizzò più vivido, e lui disse: «Oh, sei tu, Bernard. Credevo che fosse ancora la Porter. Non la smette di molestarmi».

Durante la mia infanzia Silas si era sempre dimostrato affettuoso nei miei confronti, ma adesso era vecchio e si era ritirato in se stesso, pieno di inquietudini concernenti l'età, la malattia e la morte. Di affettuosità in lui ne era rimasta ben poca. «È preoccupata per te, Silas.»

«È in combutta con quel maledetto dispensapillole» ribatté. Spense il giradischi in modo da sollevare soltanto la puntina. Sotto il coperchio trasparente, il disco continuò a girare.

Trovai un posto per sedermi. Era dimagrito e gli abiti gli stavano così larghi che il collo grinzoso sembrava ballare nel colletto della camicia troppo grande. La stanza immersa nella penombra era invasa dei suoi bric-à- brac, curiosità d'antiquariato e ricordi di viaggi lontani: scarabei, un'incisione africana, una malconcia locomotiva giocattolo, una banderilla, un alpenstock con incisi i nomi di eccezionali ascensioni, un minuscolo Buddha in avorio e un crocifisso rotto. Una volta, Silas mi aveva detto che non voleva essere seppellito. Non voleva finire in una tomba, né in terreno consacrato. Gli sarebbe piaciuto venire esposto in un museo, circondato dalle sue cose, proprio come i faraoni egiziani che continuavano a venire alla luce.

«Siamo tutti preoccupati per te» dissi. Era una risposta alquanto debole e lui si limitò a scoccarmi un'occhiata dura.

«Quel maledetto dottore vuole l'orologio di mio nonno» borbottò.

«Sul serio?»

«È per questo che viene. Non gli stacca mai gli occhi di dosso quando è qui. L'altro giorno gli ho detto di auscultarlo con lo stetoscopio, dato che era così ansioso di chiedermi se funzionava regolarmente.»

«Forse voleva soltanto fare un po' di conversazione.»

«È il lavoro di intarsio ad attirarlo, ma lui ha il riscaldamento centrale. A casa sua, si seccherà e si romperà nel giro di sei mesi.»

«È un bellissimo orologio, Silas.»

«XVIII secolo. Era di mio padre. Il pannello anteriore si è leggermente incurvato. Parte dell'intarsio proietta un'ombra leggerissima. Deve essere lucidato con molta cura da qualcuno che se ne intende. La Porter non permette a nessuno di toccarlo. È lei a fargli prendere aria.»

«Sei fortunato che ci sia lei a badare a te, Silas.»

«Quel maledetto ciarlatano vorrebbe accaparrarselo prima che io muoia. So a che cosa mira: una dichiarazione scritta sulle condizioni dell'orologio e la sua storia. Sai, uno di quegli attestati che fanno lievitare il prezzo alle aste. Me l'ha detto lui stesso.»

«Sono contento di trovarti bene» dissi.

«Ha la casa piena di orologi. A forma di scheletro, di carrozza, di palloncini, orologi sopra elefanti, orologi nel ventre di un'aquila. Non voglio che il mio finisca in una collezione simile. Sarebbe come mandare un figlio in orfanotrofio, o Mrs Porter all'ospizio. Dovrebbe andare da uno psicologo, c'è qualcosa che non va in un uomo che vuole vivere in una casa piena di orologi. Io non riuscirei neppure a sentirmi parlare con tutto quel ding-dong.»

Ci fu un colpo leggero alla porta. «Avanti!» tuonò Silas, con la giovialità che sempre usava quando si rivolgeva alla governante. Ma il nuovo arrivato era uno dei giovani uomini. «Tutto pronto, Mister Gaunt» annunciò con un marcato accento locale.

«Molto bene» fece lui senza voltarsi a guardarlo.

Il ragazzo lo fissava, come in attesa di una risposta più esauriente. «Allora noi procediamo.»

«Ho detto sì» replicò Silas, irritato.

L'altro gli guardò la nuca, poi me, alzò gli occhi al cielo e infine si ritirò. Io aspettai per vedere se Silas contava di spiegare in qualche modo quell'interruzione, ma tutto quello che disse fu: «Ho riscoperto Wagner da vecchio».

«Una scoperta gratificante.»

Dopo una lunga pausa, riprese: «Sto perdendo tutti gli olmi. Si sono beccati quella maledetta malattia».

«Tutti?»

«Quelli che crescono sul davanti.» Si morse il labbro inferiore. «Sono sempre stati lì: mio padre li amava. Immagino che non dovrei lasciarmi turbare da quegli stupidi alberi, ma...»

«Potrai piantarne altri» tentai di consolarlo.

«Sì, voglio piantare sei querce.» Sorrise. Era comprensibile che si identificasse a tal punto con gli alberi che da sempre si ergevano vicino alla sua casa. Ce ne sarebbero stati altri, come ci sarebbe stata altra gente, ma Silas Gaunt sarebbe stato abbattuto, bruciato e dimenticato prima che i giovani alberelli crescessero. Estrasse di tasca un fazzoletto di cotone rosso, si tamponò gli occhi e si soffiò il naso. «C'è troppo fumo per te? Puoi aprire la finestra, se vuoi.»

«Va bene così.»

«La faccenda Fledermaus è andata bene? Hai visto Fiona?» Dall'esterno giunse il suono cigolante di una motosega. Silas si irrigidì, ma finse di non averla udita.

«L'ho vista» assentii.

«Adesso ti è tutto chiaro?»

In realtà, erano ben poche le cose chiare, ma dirlo mi sarebbe servito a ben poco. «Allora stiamo per farla uscire?» chiesi invece, desideroso di una sua conferma.

«A tempo debito.»

«È un miracolo che sia durata tanto a lungo.»

«È una ragazza maledettamente in gamba» dichiarò Silas. «Una donna fantastica.»

«E verrà anche Erich Stinnes?»

Mi guardò con uno sguardo vuoto. Doveva essersi lasciato momentaneamente distrarre dal frastuono della motosega. Un frastuono che proseguiva per periodi sempre più lunghi a mano a mano che gli operai tagliavano i rami prima di abbattere il tronco. Un albero è come una rete, ed è così che l'hanno sempre descritto i vecchi manuali di addestramento bellico. E come una rete, lo si distrugge cominciando da un piccolissimo ramoscello. Poi si continua con un rametto e così via, finché non lo si sradica. «Stinnes...» ripeté Silas. «Sì, immagino di sì. Ha qualche importanza?»

«Importanza?» Non ero meno perplesso di lui.

«Reclutare Stinnes... indurlo a tornare laggiù e a lavorare per noi è stata una manovra brillante. Magistrale.» Ora i suoi occhi erano accesi e vivi. «Se alla fine Stinnes riuscirà a tornare sano e salvo, il Dipartimento infrangerà ogni regola per far avere un cavalierato a Bret Rensselaer.»

Lo scrutai con attenzione. Dunque Stinnes lavorava *davvero* per noi. Ma certo quello che intendeva dire era: «Se alla fine *Fiona* riuscirà a tornare sana e salva...» solo che non voleva essere così esplicito con me. «È stata opera di Bret?»

«No. Ma rimandare laggiù Stinnes è stata inizialmente un'idea di Bret. Ha insistito e insistito perché venisse messa in pratica.»

«È stata una follia» dichiarai io. «Forse Stinnes ce l'ha fatta; forse stanno giocando con lui. Chi può saperlo con certezza? Ma qualunque sia la risposta, rimandarlo indietro è stato un gesto sconsiderato. Un'iniziativa che ha messo in pericolo Fiona.»

«Ma ancora non riesci a capire?» Silas scosse la testa davanti alla mia lentezza. «Noi non avremmo potuto infischiarcene di più di quello che era successo a Erich Stinnes, e continuiamo a infischiarcene. Stinnes è stato rimandato indietro per una ragione, e una soltanto: per rendere più credibile la diserzione di Fiona.»

«Non per lavorare con lei?»

«No, no, no. Era questa la genialità. Nessuno ha detto a Stinnes che Fiona era tornata a lavorare con noi; perché virtualmente laggiù nessuno lo sa. Tutti i nostri credono che la defezione di Fiona sia stato il colpo peggiore mai subìto dal Dipartimento, e qualunque sospetto abbia attraversato in precedenza la sua mente, anche Stinnes lo credeva quando è ripartito.»

«Vuoi dire che a Stinnes è stato ordinato di riferire e disinnescare ciò che Fiona presumibilmente stava facendo a *noi*?» Era bello; quel piano aveva la simmetria che distingue l'arte dalla natura.

Silas sorrise soddisfatto guardandomi riflettere. «Sì, "Operazione Controllo Danni", ecco che cosa era lui, ha detto Brett a Stinnes. Non era altro che un mezzo per raggiungere un fine.»

«E così io!» replicai tetro. «Sono stato imbrogliato fin dall'inizio.» La rivelazione che mia moglie era un'eroina e non una traditrice avrebbe dovuto riempirmi di gioia, e per certi versi era davvero così, ma su un piano più personale mi sentivo amareggiato per come mi avevano usato. La mia collera si estendeva a tutti coloro che, a conoscenza delle imprese di Fiona, mi avevano tenuto all'oscuro. Tutti, Fiona compresa. Il fragore della motosega era ormai incessante. Gli operai dovevano avere attaccato il tronco.

«Non dovresti guardarla sotto questa ottica» mi ammonì Silas, e sospirò. Non uno dei sospiri da istrione a cui ricorreva nei tempi andati, bensì il sospiro di un vecchio per cui lo sforzo di vivere è ormai eccessivo. «Tu hai giocato un ruolo vitale in tutta questa storia. Che senso avrebbe avuto farti morire di preoccupazione per l'aspetto operativo?»

«È quello che ha detto Fiona. È per questo che hai voluto vedermi?» domandai.

«Quel ciarlatano del medico sostiene che potrei andarmene da un momento all'altro.»

Feci un cenno d'assenso. Sembrava davvero ammalato. Le preoccupazioni di Mrs Porter non erano infondate.

« Immagino che la Porter te l'abbia detto. Lo dice a tutti. Lo capisco dalle loro espressioni quando vengono qui a chiacchierare con me. »

Cercai di calmare la sua collera. « È molto discreta. »

« Che cosa succederà quando non ci sarò più, ecco quello che mi chiedo. Bret è ammalato, e comunque non conosce la storia per intero. Il D.G. sì, ma nessuno vorrà ascoltarlo; dicono che è matto. Tu che opinione hai di lui? »

Quelle erano acque pericolose e mi affrettai ad allontanarmene. « È un pezzo che non lo vedo. »

« Si dice che soffra del morbo di Alzheimer, ma secondo il mio ciarlatano, l'unico modo per sapere se un soggetto soffre effettivamente del morbo di Alzheimer è un post mortem. » Alle sue parole seguì un improvviso silenzio, poi un tonfo leggero e una confusione di voci quando l'albero abbattuto crollò sull'erba bagnata. Il suono della sua morte mi rattristò. Silas non diede segno di averlo udito, ma sapevo che fingeva. « Sai che cosa penso io? » Si agitò, inquieto. Per un uomo grosso e robusto come Silas, accettare l'infermità poteva essere più difficile che per molti altri. Mi guardò per accertarsi di avere tutta la mia attenzione, poi annunciò: « Il vecchio è sordo ».

« Questo lo sanno tutti. »

« Più sordo di quanto voglia ammettere » precisò allora lui. « Tutti credono che sia pazzo perché è troppo fottutamente vanitoso per portare uno di quei moderni congegni per l'udito. Io credo che il D.G. sia in gamba quanto te e me. »

« Mi piacerebbe poter pensare che hai ragione » dissi; poi, per tornare al punto: « Dunque tu, Bret e il D.G. siete gli unici a sapere che Fiona è dei nostri? ».

« Proprio così. Perfino la squadra di Vienna che ha predisposto il vostro incontro della settimana scorsa è convinta che lei lavori per Mosca. »

« È un sollievo saperlo. »

« Se noi tre, io, Bret e il D.G., morissimo contemporaneamente, e non è una possibilità tanto fantastica, tu e Fiona sareste gli unici al corrente della verità. Perfino il capo missione che elabora i suoi rapporti non è un vero capo missione; non sa neppure da dove arrivano.»

«Quindi, avrei ben poche chances di riuscire a convincere qualcuno che Fiona è dei nostri.»

«E Fiona non si azzarderebbe a provarci.» Tossì per schiarirsi la gola. «Sì, la situazione è questa, Bernard. Ecco perché ti ho mandato a chiamare.»

«Che cosa suggerisci di fare?» chiesi.

«Aspettare.» Lo guardai. Aveva il volto pallido e gonfio ma, ammalato o no, mostrava la stessa feroce determinazione di sempre. «Non possiamo richiamare Fiona prima del momento opportuno.»

«Non aspettate tanto, Silas» dissi. «Gli agenti finiscono per diventare troppo sicuri di sé, lo sappiamo tutti e due. Bisognerà ordinarle di uscire. Avrei voluto che tornasse con me.»

«E mandare all'aria tutto quello per cui ha lavorato? Bernard, tua moglie è una perfezionista. Certo te ne sarai reso conto durante gli anni del vostro matrimonio.»

«No» risposi. Tutto quello che avevo scoperto nel corso della convivenza con Fiona era che, sebbene la rendessi partecipe di tutte le mie idee, i miei pensieri e le mie emozioni, mia moglie custodiva i suoi segreti con una disciplina che non si poteva non definire ossessiva. Mi sentivo raggirato. Non bruciato o tagliato fuori oppure defraudato per un breve periodo di tempo, ma sistematicamente ingannato per anni e anni dalla persona che aveva giurato di amarmi e di avere cura di me. Fiona Kimber-Hutchinson, vuoi prendere come tuo sposo? Sì, ero stato preso.

«Vuole predisporre lei stessa la sua morte, in modo da non metterli in allarme. Predisporre la sua morte e poi andare a nascondersi da qualche parte per sei mesi o giù di lì. Potremo continuare a usare il suo materiale per chissà quanto tempo, se si riuscirà a non insospettirli.»

Seguivo perfettamente il suo ragionamento, ma le implicazioni mi stordivano. Se davvero Fiona avesse dovuto nascondersi, io l'avrei accompagnata? E quale giustificazione fornire a Gloria per la mia improvvisa scomparsa? Dire la verità era fuori questione. E i bambini?

«Ci ha passato materiale eccellente, che però non abbiamo usato nel timore di metterla in pericolo. Una volta che sarà al sicuro, potremo piantarla di fare i prudenti.»

Avrebbe forse detto di più, ma proprio allora arrivò la governante con il tè. Quel giorno aveva superato se stessa: panini con salsiccia fatta in casa e un Kugelhopf, un pane dolce che, aveva scoperto, risvegliava in Silas ricordi felici di tempi lontani.

«Non posso mangiare tutta questa roba, donna» sbraitò lui con ferocia.

«Che sciocchezze! La mangerà Mister Samson. Ha fatto un viaggio lungo, sarà certamente affamato.»

Silas pescò dalla tasca le chiavi infilate in un anello appeso a una catena d'oro. Ne prese una. «Lo vede questo bel tomo, Mrs Porter? Se dovesse capitarmi qualcosa, prenda questo oggettino e glielo dia. Gli telefoni e gli dica di venire qui e lo consegni a lui in persona e a nessun altro. Mi ha capito, vero?» Con un gesto noncurante, degno di un boulevardier, fece ruotare le chiavi prima di tornare a infilarle in tasca. Fuori, la motosega aveva ripreso a cigolare.

«Non posso ascoltare certe cose, Mister Gaunt.»

«Mi dica che lo farà. Possiamo contare su di lei, vero?»

«Lo sa perfettamente, signore.»

«Bene. E ora fili via. Non ho nessuna voglia di farmi piangere addosso.»

La governante posò le tazze e sollevò il coperchio del thermos per farmi vedere che era pieno di acqua bollente. Silas grugnì per indicare la sua impazienza e dopo un ultimo, coraggioso sorriso lei uscì tirando su col naso.

«Ho visto quel tizio, Dodo, a Vienna» raccontai a Silas mentre versavo il tè dalla magnifica teiera d'argento. C'era incisa una data; l'avevano regalata a Silas i suoi collaboratori quando aveva lasciato Berlino.

«Ah, sì. Abbiamo dovuto fare qualcosa in proposito» fu la sua vaga risposta.

«Che cosa è accaduto?»

«Gli hanno dato un MBE o qualcosa del genere e integrato la pensione.»

«Hanno fatto questo?»

«Non eccitarti, Bernard. Probabilmente era il modo migliore di gestire questa faccenda. Si stava facendo sempre più scontento e sa troppe cose per permettergli di andare in giro a chiacchierare. Ha ricevuto il solito trattamento del bastone e della carota.»

«È un ubriacone.»

«Si è adattato, Bernard. Sa quello che è meglio per lui.»

«E la carota è stato un MBE?» A dispetto di tutto il mio cinismo, ero sgomento.

«Nessuna citazione, niente del genere. Per servizi resi al servizio informazioni. Tutto molto vago. Un MBE renderà inaffidabili le sue rivelazioni, ma farà credere a Mosca che siamo soddisfatti... che lui sta agendo ai nostri ordini.» Stirò le labbra in quello che avrebbe potuto essere un sorriso fugace e astuto, inteso a celebrare la furberia della manovra. «Non costa nulla, Bernard, ed è alla sicurezza di Fiona che dobbiamo pensare.»

«Sì.» Com'era terribilmente inglese! Se i contadini dovessero diventare fastidiosi, buttategli addosso un titolo.

«Passami quel grosso pacchetto marrone.» Lo presi dal tavolo e glielo porsi. Silas ne estrasse un documento legale: uno di quegli affari bizzarramente ornati che, insieme con toghe e parrucche e il sindacato più autocrate del mondo, gli avvocati inglesi considerano indispensabili per l'esercizio della legge. Era formato da una quarantina di pagine dattiloscritte tenute insieme con nastro verde infilato nei fori che erano stati praticati in ciascun foglio. «Qui c'è tutto quello che so in merito all'incarico di Fiona. Nomi, date e così via. È tutto qui dentro.»

Credendo che stesse per darmelo, tesi la mano, ma lui la ignorò. «Hai una penna che scriva?» Aprì l'incartamento all'ultima pagina e aggiunse: «Voglio che tu mi faccia da testimone mentre firmo. Quel damerino del procuratore legale verrà domani per farmi firmare e giurare in sua presenza. Voglio anche te come testimone. Spero che non ti dispiaccia».

«No» gli assicurai. «Certo che no.»

Lui firmò poi mi mostrò dove farlo a mia volta, insistendo pedante perché scrivessi il mio indirizzo in stampatello nell'apposito spazio. «Voglio essere sicuro che sia legalmente valido» spiegò. Sotto la voce Occupazione, scrissi impiegato statale. Lui controllò, soffiò sull'inchiostro per farlo asciugare in fretta e infine si dichiarò soddisfatto.

«Posso leggerlo, adesso?» domandai.

«Non ce n'è bisogno, Bernard. L'incartamento ha uno scopo puramente precauzionale. Ho tutti i motivi di sperare che sarò vivo e vegeto al ritorno di Fiona.»

«Certo.»

Lasciò faticosamente la sedia e si accostò a un antico baule militare. Vi chiuse dentro il documento con una delle chiavi del mazzo poi la tenne alta per un istante prima di rimetterla in tasca. «Chiaro, Bernard?»

Annuii. «Era stata reclutata a Oxford, vero?»

«Diciamo piuttosto che lì è stata notata. È stato un mio cugino, docente di storia, a reclutarla per noi. Prima di allora non aveva mai proposto una studentessa. Fiona doveva intervenire in un dibattito e lui suggerì che andassimo entrambi a sentirla. Non dimenticherò mai quella serata. Lei sosteneva la tesi secondo cui la teoria della relatività di Einstein era una mistificazione. Vorrei che l'avessi sentita, Bernard: fu un'esibizione fantastica.»

«Ma Fiona non sa nulla di matematica» obiettai.

«Verissimo, ma questo valeva per la maggior parte del pubblico. E lei fu abbastanza intelligente da approfittarne. Gli altri relatori annoiarono tutti con le loro argomentazioni solidamente razionali, ma Fiona era bella e divertente. Si prese gioco dei rivali e costruì un'argomentazione disordinata, ma coerente. Ovviamente non poteva spuntarla, lo sapevano tutti, ma dimostrò di saper pensare in fretta. Mescolò qualche fatto ben noto con certe mezze verità e un sacco di sciocchezze e ne tirò fuori un quadro generale davvero convincente.»

«Non è quello che fanno tutti all'università?»

«Più o meno, sì, Bernard. Ma in Fiona vidi una persona in grado di tenere la mente sgombra e distaccata dal materiale che maneggiava. È questa l'essenza del nostro lavoro, Bernard. Nell'arte del servizio informativo falliscono coloro che non riescono a distinguere tra ciò che sanno essere fatti certi e ciò che vorrebbero fosse vero.»

«Che non sanno, o che non vogliono» osservai con una certa eccitazione.

«Precisamente. Tua moglie è una realista, Bernard. Nessun volo di fantasia per lei, niente romanticismo, né pie intenzioni.»

«No» concordai. «Nulla di tutto questo.»

«Non fu mai reclutata. La tenni per me. Era così che si facevano le cose a quei tempi. Avevamo tutti i nostri agenti: tuo padre, io, Lange, controllavamo la nostra gente mediante trasferimenti non registrati del Fondo Centrale. Lo stesso tipo di denaro per cui tu hai perseguitato Bret Rensselaer non molto tempo fa... ricordi?»

«Sì.»

«Quando Sir Henry divenne Direttore Generale, gli dissi che Fiona era un agente supersegreto. E quando lei insistette per tentare il colpo grosso, coinvolsi nell'operazione anche Bret. Decidemmo di fermarci a questo. Il nome di lei non fu mai messo per iscritto.»

Ricadde nel silenzio. Io mi versai un altro po' di tè, ma lui non toccò neppure il suo. Gli occhi fissi sul fuoco, sembrava perso in pensieri che era riluttante a dividere. «Tuo padre mi manca» mormorò alla fine. «Lui aveva sempre una risposta, qualunque cosa accadesse. Non si era fatto rovinare il cervello da stupidi lettori universitari. Non credo che abbia mai sostenuto un esame, in vita sua.» Mi guardò; io non risposi. Allora seguitò: «Le persone che si istruiscono da sole, come tuo padre... autodidatti, li chiamano oggi... non leggono con lo scopo di vedere confermate le risposte pre-elaborate da commissioni d'esame mezzo rincoglionite; trovano piuttosto un punto di vista individuale». Si appoggiò allo schienale. «Ti do la mia parola, Bernard, ho riso nel vedere tuo padre demolire un bel po' di quei ragazzotti che ci mandavano. Citava tante fonti diverse da lasciarli a bocca aperta: Jung, Nietzsche, Svetonio, Saint Paul, Hitler, George Washington, statistiche prese dai rapporti riservati di Speer, Schiller ed Einstein. Tuo padre ne aveva una padronanza assoluta. Lo ricordo mentre raccontava a un erudito vecchio generale delle SS come il suo grande eroe Arminio — che aveva valorosamente sconfitto i romani come i britanni, i celti e le altre po-

polazioni non erano riuscite a fare — avesse privato la Germania dei benefici della civiltà, condannandola a una barbarie che la portò per centinaia di anni a ignorare perfino l'impiego della pietra nell'edilizia. "Voi tedeschi avete un paio di secoli da recuperare" gli spiegava pazientemente tuo padre. Era difficile capire quanto c'era da prendere sul serio di tutto quel che diceva!» Ridacchiò. «Insieme ci siamo divertiti parecchio, tuo padre e io.» Per qualche istante fu di nuovo il vecchio Silas, poi, come venendo ancora una volta a patti con la morte di mio padre, sprofondò in un altro grave silenzio.

«Che cos'è accaduto a Berchtesgaden, Silas? Che cosa ha distrutto la carriera di mio padre?»

«E gettato un'ombra sulla mia» notò lui. «Ti sei mai chiesto perché non mi è stato conferito il cavalierato?»

«No» risposi, ma in effetti era una domanda che avevo sentito porre molte volte.

«Che cosa sai tu?»

«Venne ucciso un uomo, un tedesco, di nome Winter. E la responsabilità fu attribuita a mio padre. Non so altro.»

«Due tedeschi: un prigioniero affidato a tuo padre e suo fratello che, almeno tecnicamente, faceva parte dell'esercito americano. Quella era la Zona Americana. La guerra era finita. Gli uomini aspettavano di tornare a casa. Non erano soldati di prima linea, ma capifamiglia di mezza età addetti ai rifornimenti, magazzinieri, disadattati con qualche nozione di medicina; gente poco abituata a usare le armi: nervosa, beona, con il grilletto facile... Chissà che cosa successe realmente? Tuo padre era l'unico inglese e fece arruffare parecchie penne. Gli yankee si precipitarono a scaricare tutta la colpa su di lui. Dopo, a Max dispiacque. Me lo ripeté più di una volta.»

«Max?»

«Max Busby. L'uomo di Lange.» Vedendo la mia espressione vacua, aggiunse: «Quello che rimase ucciso mentre superavate insieme il Muro. Era stato capitano nell'esercito statunitense ed era al comando della squadra di ricerca, la notte in cui i tedeschi furono ammazzati. Non lo sapevi? Max non te l'ha mai detto?».

Mi ci volle un po' per vincere lo stupore. «No, non me

l'ha mai detto. Era un grande amico.» Una definizione poco soddisfacente dell'uomo che era morto nel darmi la possibilità di tornare a casa sano e salvo. Ma non c'era bisogno che aggiungessi altro: Silas conosceva la storia.

«Con te lo è sempre stato. Gli piacevi, Bernard, questo è certo. Ma spesso mi sono chiesto fino a che punto non stesse invece cercando di riparare all'ingiustizia commessa contro tuo padre e a cui anche lui aveva contribuito. Fu la testimonianza di Max a persuadere il responsabile dell'inchiesta che era stato tuo padre a sparare incidentalmente quei colpi. Era la versione più comoda, non potevano non approvarla. Permetteva ai soldati di tornare alla vita civile quasi subito e privava i quotidiani americani di una notizia che contavano di sbattere in prima pagina. Ma la reputazione di tuo padre ne risentì e non tornò mai solida come un tempo. Progettavano di liberarsene affidandogli qualche schifoso incarico di tramite, ma io insistetti perché restasse con me.»

«È per questo che odiava Max, dunque» mormorai.

«Max: sì. E anche Lange. Da allora non ha mai avuto troppa simpatia per gli americani. Era una reazione infantile, ma si sentiva pieno di amarezza e frustrazione.»

«Non voleva una riapertura dell'inchiesta?»

«Ma certo! Tuo padre voleva la revisione del verdetto più di ogni altra cosa. Ma il Dipartimento non poteva consentire la pubblicità che ne sarebbe inevitabilmente seguita. E la linea di condotta ufficiale, nostra come degli americani, era di evitare qualunque cosa che potesse scatenare sentimenti di ostilità fra gli alleati.» Tacque. I ricordi l'avevano rinvigorito per qualche istante, ma ora i loro fantasmi avevano invaso la stanza e lui pareva essersi dimenticato di me. Bevvi un altro po' di tè tiepido.

Quando Silas riprese a parlare, la sua voce era tesa. «Sarà bene che prenda un po' di quella maledetta medicina. Mrs Porter conosce la dose.»

«Adesso vado, Silas» dissi. «Devi riposare un po'.»

«Fermati a colazione, Bernard.»

«Devo rientrare.»

Non insistette. Ora che il suo compito era finito, tutta l'energia lo aveva abbandonato e aveva bisogno di restare solo.

«Mi dispiace per gli olmi, Silas.»

«Le querce ci staranno benissimo» rispose.

Declinai l'invito di Mrs Porter che a sua volta mi aveva proposto di fermarmi a mangiare qualcosa. Avevo la sensazione che Silas volesse vedermi andare via, invece che sapermi in cucina. Oppure era paranoia? Comunque fosse, volevo andarmene e rimanere solo con i miei pensieri. Davanti alla chiesetta, lungo la stradina angusta che dai cancelli di Whitelands porta al villaggio, una fila di macchine parcheggiate mi informò che c'era un servizio religioso in corso. Un funerale. Forse due dozzine di persone vestite di nero erano raccolte intorno a una tomba aperta, ammassate sotto gli ombrelli mentre il sacerdote sfidava gli elementi, il viso lucido di pioggia e la veste frustata dal vento.

Mentre procedevo con lentezza dietro un trattore, ebbi la possibilità di osservare con attenzione la piccola, solenne cerimonia. Ma quella vista non fece che deprimermi ancor di più, rammentandomi che presto, molto presto, Silas e Whitelands e tutto ciò che significavano sarebbero scomparsi dalla mia vita. Mia madre era vecchia e ammalata. Fra non molto, anche Lisl sarebbe morta, e l'hotel si sarebbe trasformato fino a diventare irriconoscibile. Quando tutto questo fosse accaduto, non avrei più avuto alcun legame con un'epoca che rivestiva per me tanta importanza.

Forse Silas aveva ragione: forse uno scaffale in un museo, con intorno tutte le cianfrusaglie del nostro vivere quotidiano, era la soluzione migliore.

Assalito da un'irrazionale malinconia, feci sosta nella cittadina successiva per bere qualcosa. Non c'erano pub aperti e l'unico ristorante era affollato di massaie rumorose che mangiavano insalata. In una drogheria comperai una bottiglia di Johnnie Walker e una confezione di bicchieri di carta.

Guidai fino a raggiungere la strada principale e parcheggiai in una piazzola di sosta. Pioveva ancora. Erano, in un certo senso, la giornata, il clima e il luogo ideale per suicidarsi.

Non appena spensi i tergicristalli, il vetro divenne un caos di rivoli serpentini e sul tetto dell'auto il ticchettìo si fece regolare, monotono. Presi la bottiglia, ma prima ancora di berne un sorso mi ero appoggiato all'indietro sul sedile e mi ero addormentato. Avevo già sperimentato quel sonno istantaneo, ma fino ad allora era sempre stato accompagnato da un pericolo o da una grave tensione.

Non so quanto dormii. Mi svegliò il rombo di una macchina in avvicinamento. Percepii il fruscìo dei tergicristalli e il sonoro farfugliare di una ricetrasmittente. Aprii gli occhi. Era un'autopattuglia della polizia. L'agente in uniforme abbassò il finestrino e io feci lo stesso.

«Tutto bene, signore?» L'espressione sospettosa del suo viso segnato contraddiceva la cortesia dell'approccio. Spinsi la bottiglia di whisky tra i due sedili, ma senza riuscire a nasconderla completamente.

«Sì, sto bene.»

«Qualche guaio alla macchina? Vuole che chiami il servizio di soccorso?» Pioveva ancora e il poliziotto non scese dall'auto.

«No. Stavo solo pensando di dare un'occhiata alla carta stradale.»

«Molto bene, signore. Se non ha problemi ed è in grado di guidare...» Si allontanarono.

Non appena l'autopattuglia scomparve, scesi e rimasi in piedi sotto la pioggia. Era rinfrescante e presto mi sentii meglio. Risalii in macchina e accesi il riscaldamento e la radio. Era sintonizzata sul terzo programma: Brendel interpretava Schubert. Rimasi in ascolto. Dopo qualche minuto gettai nel fossato la bottiglia ancora chiusa.

Mi domandai se i poliziotti avessero avuto ordine di tenermi d'occhio; mi sembrava alquanto improbabile. Ma il solo fatto di aver nutrito un dubbio del genere bastava a denunciare la mia situazione psicologica; ai vecchi tempi non avrei dedicato un pensiero a una simile possibilità. Forse c'era qualcosa che non andava. Forse tutta quella gente che continuava a dirmi che avevo l'aria ammalata aveva ragione.

Ripensai a quello che mi aveva detto Silas. Soprattutto, mi turbava l'idea di Fiona che veniva fatta sparire, così da non far capire al KGB che aveva sempre lavorato per noi. Non sarebbe stata un'impresa facile.

E per il Dipartimento c'era un altro modo per raggiungere lo stesso obiettivo: uccidere Fiona mentre era ancora in servizio, all'Est. Un'operazione relativamente semplice da predisporre — i Thurkettle non mancavano — e soprattutto definitiva. Anche se il KGB avesse scoperto in quell'omicidio la mano del Dipartimento, questo avrebbe soltanto "dimostrato" che la defezione di Fiona era genuina. Una morte quanto mai opportuna. Certo, una soluzione tanto spietata sarebbe stata impensabile e senza precedenti, ma anche la posizione di Fiona era così: impensabile e senza precedenti.

16

Non andai in ufficio quel giorno. Durante il tragitto di ritorno dalla fattoria di Silas Gaunt il tempo peggiorò sempre di più finché, nei pressi di Londra, mi trovai a guidare nel bel mezzo di una tempesta elettromagnetica che illuminava il cielo di lampi bluastri, faceva crepitare furiosamente l'autoradio e scatenava lunghi brontolii di tuono. Andai dritto a casa. Erano le prime ore della sera e la casa era fredda, vuota e buia, un memento di cosa significasse vivere da soli. I ragazzi erano a cena da amici. Accesi il fuoco a gas, sedetti su una poltrona e rimasi a guardare la fiamma che cambiava colore finché tutta la griglia non fu rossa e incandescente. Mi appisolai.

Fu l'arrivo di Gloria a svegliarmi. Accese la luce e, sebbene dovesse avere notato la macchina fuori, alzò la mano ed ebbe un piccolo sussulto di sorpresa nel trovarmi seduto lì. Era una reazione molto femminile, forse voluta, ma per chissà quale magia lei riusciva sempre a non rendere sgradevoli quelle affettazioni infantili. Era bagnata. Immagino che avrei dovuto andare a prenderla alla stazione, ma lei non si lamentò. «Per cena abbiamo solo *Szêkelygulyás* surgelato» annunciò, togliendosi l'impermeabile fradicio e prendendo un asciugamano per asciugarsi i capelli.

«Solo *Szêkelygulyás*» ripetei pensoso. «Che vita pittoresca conduciamo!»

«Non ho avuto il tempo di fare la spesa.» Questa volta percepii una nota di ammonimento nella sua voce.

«Possiamo andare da Alfonso o in quel ristorantino cinese» proposi allora.

«Che cosa ti rende tanto ringhioso stasera, orsacchiotto?»

« Non sono ringhioso » replicai, e riuscii ad abbozzare un sorriso quasi convincente.

« Per me un uovo alla coque andrà benissimo. »

Feci un cenno d'assenso. « Anche per me. »

Gloria si pettinava davanti allo specchio. Mi guardò e disse: « Questo è quello che dici tu, Bernard, ma il fatto è che quando ti do soltanto un uovo, all'ora di andare a letto ti metti a rovistare nella credenza, ad aprire lattine o a ingozzarti di Shredded Wheat ».

« Vada per lo *Székelygulyás* surgelato » decisi, avendo improvvisamente ricordato che non si trattava di qualche nuova linea proposta dal supermercato, bensì di un piatto ungherese cucinato da sua madre. Criticare un simile pasto avrebbe provocato soltanto un disordine psichico tale che solo un gourmet freudiano avrebbe potuto sperare di risolvere. « È il mio piatto preferito! Pollo in salsa acida, vero? »

« Maiale con cavolo in salamoia » ribatté Gloria furente, ma ridacchiò nel vedere la mia smorfia. « Sei un bastardo! Sul serio. »

« Sapevo che era maiale con cavolo » mentii.

« Ci sarebbe anche quel nuovo ristorante "Fish and Chip", non l'abbiamo ancora provato. »

« Che vino si accompagna allo *Székelygulyás*? »

« Tu detesti la cucina ungherese. »

« No che non la detesto. »

« Dicevi sempre che i semi di cumino ti finiscono tra i denti. »

« Erano gli altri denti. »

Lei si inginocchiò accanto alla mia sedia, mi passò le braccia intorno al collo. « Ti prego, provaci, Bernard. Ti prego, prova ad amarmi davvero. Io potrei farti felice, lo so, ma anche tu devi mettercela tutta. »

« Ti amo, Gloria » dissi.

« Silas sta molto male? »

« Non ne sono sicuro. Un momento sembra sull'orlo del collasso e l'attimo dopo sbraita e detta legge. »

« So che per te significa molto. »

« È vecchio » sospirai. « Prima o poi tutti dobbiamo andarcene. E ha vissuto a lungo. »

« È qualcosa che ho fatto io, allora? »

« No, tesoro, tu sei perfetta. Ti do la mia parola. » E parlavo sul serio.

« È questa casa, vero? L'hai odiata fin da quando vi ci siamo trasferiti. Oppure è la lontananza? L'altra tua casa era così centrale. »

Mi baciò sull'orecchio e io la strinsi forte. « La casa va benissimo. È solo che sto cercando di risolvere un paio di problemi di lavoro. »

« Ti riferisci a Dicky Cruyer? »

« No, Dicky è l'ultimo dei miei problemi. Senza di me a sbrigare il novanta per cento del suo lavoro, molto probabilmente gli affiderebbero qualche altro posto dove farebbe meno danni. »

« Ma? »

« A un sacco di gente piacerebbe vedere Dicky cacciato dall'ufficio per la Germania. Al Vice per l'Europa, tanto per dirne uno. Detesta Dicky. Se liberarsi di me comportasse anche l'eliminazione di Dicky, Gus Stowe lo farebbe e poi organizzerebbe un party per festeggiare. »

Gloria rise. Non era facile immaginare Gus Stowe che dava una serata di festeggiamenti. « Lasciami andare a mettere la cena nel microonde » disse. Quel suo preferire espressioni quali "lasciami", invece di ricorrere a formule più assertive, costituiva l'essenza stessa del nostro rapporto. Qualunque cosa pensassero gli altri, il mio amore per lei non aveva nulla di paterno; ma di che natura era il suo amore per me? « Ti porto un bicchiere di vino. »

« Mi alzo io. »

« Tu resta qui seduto e prenditela comoda. A cena ti racconterò le ultime notizie su Dicky. Ti faranno strabuzzare gli occhi. »

« Niente di quello che Dicky potrebbe fare riuscirebbe a sorprendermi » obiettai.

Gloria mi portò un bicchiere di vino ghiacciato. In casa non c'erano scotch, né gin né vodka né altri superalcolici. Quando le scorte si erano esaurite, lei non le aveva rinnovate. Voleva salvarmi dall'alcolismo. Rimasi seduto a sorseggiare il vino e a prendermela comoda ascoltando gli squittii elettronici del timer del microonde. Quel forno era il suo ultimo giocattolo. Mi era capitato di sentirla parlarne con la donna delle pulizie; si vantava di avervi cotto uno squisito fegato brasato, sebbene in realtà il fegato fosse esploso ricoprendo l'interno del forno di una patina agliacea di poltiglia polverizzata. Lei era scoppiata a piangere.

Ma ora la sentivo canticchiare tra sé e capii di avere fatto bene a optare per il piatto ungherese di sua madre, riscaldato da lei nel suo nuovo marchingegno. Le dava l'opportunità di giocare alla massaia. Gloria esplicitò il piacere che ne ricavava apparecchiando in modo particolarmente elaborato la tavola a cui avremmo consumato la nostra cena tête-à-tête: c'erano candele e perfino una rosa a gambo lungo, anche se finta.

«Sei fantastica» le dissi quando mi fu finalmente permesso di entrare in cucina.

«Ho dimenticato la pepaiola» esclamò lei, precipitandosi a prenderla. C'era ansietà nella sua voce, un certo nervosismo, così che a volte il suo autentico desiderio di compiacermi mi faceva sentire a disagio. Come se fossi una specie di tiranno.

«Allora, le ultime novità su Dicky?»

«Proprio non so come faccia Daphne a sopportarlo» esordì Gloria. Le piaceva cominciare con un preambolo che creasse l'atmosfera. «Lei è una donna talmente intelligente. Sai che dipinge giacche di pelle?»

«Dipinge giacche di pelle? Daphne?»

«È un'artista, Bernard.»

«So che ha frequentato l'istituto d'arte.»

«Stessa cosa.»

«Su giacche di pelle?»

«Draghi e nudi psichedelici. Le hai mai viste? So che ti piacerebbe moltissimo averne una, tesoro.»

«Trovarmi con un nudo psichedelico, anche se su una giacca di pelle, potrebbe rivelarsi un po' troppo per me.»

«Ci vogliono ore di lavoro, sai.»

«Lo immagino.»

«Piantala!»

«Di fare che cosa?»

«Sto parlando seriamente. Daphne lavora sodo e Dicky non la capisce.»

«Te l'ha detto lui?»

«Certo che no. Vorrei che tu mi ascoltassi, invece di cercare a tutti i costi di fare il brillante.»

«Questo maiale con i cavoli mi piace. Un po' troppo salato, ma davvero ottimo.»

«L'ultima volta dicesti che era insipido. Ho aggiunto io il sale.»

«È delizioso. Allora, Dicky?»

«Venerdì va a Berlino. Ha prenotato una suite al Kempinski; porta con sé una ragazza. Povera Daphne. Se lo dovesse scoprire...»

«Una ragazza? Qualcuna dell'ufficio?»

«Non lo so.»

«Dove hai sentito queste chiacchiere?»

«Non si tratta solo di chiacchiere. Ha davvero prenotato la suite.»

«Te l'ha detto la segretaria di Dicky?»

Gloria impiegò qualche istante a ingoiare il cavolo, poi bevve un po' di vino. Ebbe così il tempo di riflettere sulla risposta da darmi. «Naturalmente no.»

«Non ha il diritto di spettegolare su certe cose.»

«Non lo dirai a Dicky, vero?»

«Ma no, è ovvio. Solo che è stupido da parte sua far circolare certi pettegolezzi.»

«Non fare il presuntuoso, orsacchiotto» mi ammonì versandosi dell'altro vino.

«E se non si trattasse di una donna?» insistetti. «Supponi che Dicky stesse aspettando un agente in arrivo dall'altra parte? Se la sicurezza di questo agente dipendesse dal silenzio di tutti?»

«Sì.» Ci pensò su, poi disse: «E se *fosse* davvero una donna... se fosse tua moglie?».

«Impossibile» risposi.

«Perché?»

«Perché Fiona è una di loro! Maledizione, vorrei che questa semplice realtà penetrasse una volta per tutte in quella tua dura testa ungherese!» Vidi un'improvvisa espressione d'allarme sul suo viso e solo allora mi resi conto che stavo urlando e battendo i pugni sul tavolo.

Non parlò. Mi sarei morso la lingua, ma una volta pronunciati, non c'è modo di annullare insulti tanto stupidi e gratuiti.

«Mi dispiace, Gloria. Perdonami, ti prego. Non parlavo sul serio.»

Ora stava piangendo; le lacrime le scorrevano lungo le guance arrossate come se non dovessero fermarsi mai. Ma riuscì comunque ad abbozzare una parvenza di sorriso. «Invece parlavi proprio sul serio, Bernard. E non c'è proprio niente che io possa fare per convincerti a vedermi in un altro modo.»

«Andiamo a sederci di là» suggerii, versando quel po' di vino rimasto.

«No. È quasi ora di andare a prendere i bambini, e prima ho qualcosa da mettere nella centrifuga.»

«Vado io a prendere i ragazzi.»

«Non sapresti neppure dove, Bernard. Sono tutte strade poco illuminate e a senso unico. Ti perderesti.»

Aveva ragione. Di solito ce l'ha.

17

Non era mai difficile capire quando Dicky aveva una nuova relazione sentimentale. Immagino che per un osservatore distaccato sia sempre facile scoprire che un marito ha avviato una storia d'amore extraconiugale. C'erano quello sguardo da fiera nei suoi occhi e la tensione dei tendini e il sangue freddo che Shakespeare associava a Marte piuttosto che a Venere. La sua particolareggiata valutazione dei ristoranti di lusso si era fatta perfino più rigorosa. I *plats du jour* di alcuni tra quelli che prediligeva gli venivano mandati quotidianamente via fax. E poi c'erano le battute.

«Buon Dio, Bernard! Finché si tratta di cucina tipica... meno autentica è meglio è!» Si guardò l'unghia che stava mordicchiando e ricominciò a rosicchiarla.

Stava andando su e giù per l'ufficio, soffermandosi di tanto in tanto a guardare fuori. Era senza giacca, con il gilè sbottonato, una camicia blu scuro e una cravatta a farfalla di seta bianca. Le scarpe erano di pelle nera imitazione coccodrillo.

Dicky aveva accennato più volte al fine settimana berlinese che aveva in programma. Diceva che avrebbe "unito il piacere al dovere", ma subito dopo cambiava argomento chiedendomi se fosse una buona idea fare venire Pinky a lavorare qui a Londra. Io la trovavo una prospettiva terrorizzante, ma non lo dissi. Rispondere a quel tipo di domande nella Centrale di Londra era sempre pericolosissimo. Quasi tutti erano imparentati, oppure avevano frequentato la scuola insieme con qualcun altro. Non mi sarei meravigliato se fosse saltato fuori che Pinky era una lontana cugina di Dicky, o che aveva diviso la tata con il cognato del Direttore Generale, o qualcosa del genere. «Fiona diceva che non sapeva scrivere in modo corretto» mi accontentai di osservare.

«Scrivere in modo corretto» ripeté Dicky, con una risatina a sirena che voleva sottolineare la mia ingenuità. «Neppure io so farlo» dichiarò poi, a voler chiudere la discussione una volta per tutte.

Avevo voglia di dire: «Be', tu non sai fare in modo corretto proprio niente» ma mi limitai a sorridere e a domandare se Pinky aveva chiesto il trasferimento.

«Non in via ufficiale, ma era a scuola con tua cognata...» un minuscolo sorriso «in effetti è stata proprio Tessa a parlarmene.» Quando io non reagii, Dicky aggiunse: «Durante la cena a casa mia».

«Il mondo è piccolo» commentai.

«Già.» Il suo respiro di sollievo fu percettibile, quasi avesse dedicato l'intera mattinata a farmi ammettere questa verità. «E, che resti fra noi, anche Tessa andrà a Berlino il prossimo fine settimana.»

«Davvero?»

«Già.» Con la punta del dito si disegnò i contorni della bocca, come a volermi mostrare dov'era. «Anzi, lei...» Controllò l'ora. «Senti un po', che cosa ne dici di una tazza di caffè?»

«Sì, grazie.» Avevo gustato molte tazze di caffè nell'ufficio di Dicky, ma questo non significava che la *Kaffeeklatsch* fosse parte della routine quotidiana. Di solito, all'ora del caffè, Dicky tendeva a isolarsi dal subbuglio generale. Era, diceva, il momento per cimentarsi con i suoi pensieri, affrontare le idee difficili, confrontarsi con il suo io più intimo. Gli inviti a unirsi a lui in quel *mêlée* spirituale non erano fatti alla leggera, né senza la prospettiva di un indennizzo. In tutta sincerità, posso dire che buona parte delle esperienze peggiori della mia vita sono scaturite da iniziative, favori o progetti nati davanti a una tazza del meraviglioso caffè di Dicky.

Con il caffè , lui fumava sempre un sigaro spuntato. Era una pessima abitudine, quella di fumare, un vero e proprio veleno di cui cercava di liberarsi almeno tre volte al giorno. Immagino fosse questo il motivo per cui non ne offrì uno anche a me.

«Il fatto è...» cominciò, sedendosi sulla sedia a dondolo, con il caffè in una mano e il sigaro nell'altra «ossia, un particolare importante relativo al mio prossimo fine settimana è che ho bisogno del tuo aiuto e della tua collaborazione.»

«Ah, sì?» assentii. Era un atteggiamento assolutamente nuovo per Dicky, che aveva sempre negato di aver bisogno dell'aiuto e della collaborazione di altri.

«Sai quanto conti su di te, Bernard» si spostò un paio di centimetri da un lato all'altro, ma senza versare il caffè. «È sempre stato così.»

Mi scoprii a guardare l'uscita di sicurezza. «No, non me n'ero reso conto.»

Con delicatezza, Dicky posò il sigaro nel portacenere di vetro intagliato e con la mano destra tirò un'estremità della cravatta a farfalla, sciogliendola. Sulla porta alle sue spalle c'era una foto a colori incorniciata che lo ritraeva a Calcutta in compagnia del D.G. Erano in piedi davanti a una bancarella che offriva una vasta scelta di ritratti grossolani. Litografie di personaggi famosi, dall'ayatollah a tutti i Marx fino a Gesù Cristo e a Laurel e Hardy circondavano Dicky e il suo capo. Tutti guardavano dritti davanti a sé: tranne Dicky. Lui guardava il D.G.

«Non voglio ferire Daphne» stava dicendo, optando apparentemente per un nuovo approccio. «Tu capisci...»

S'interruppe e mi guardò. Ormai cominciavo a sospettare quello che stava per succedere, ma non avevo nessuna intenzione di precipitare le cose. E volevo tempo per riflettere. «Che cosa c'è, Dicky?» domandai, sorseggiando il caffè con aria falsamente noncurante.

«Da uomo a uomo, Bernard, vecchio mio. Capisci che cosa intendo?»

«Vuoi che vada io al tuo posto?»

«Cristo santo, Bernard. Se sei ottuso, a volte!» Tirò una lunga boccata. «No, porto Tessa con me.» Una pausa. «Gliel'ho promesso e non posso tirarmi indietro.» Pronunciò quelle parole con fare contrito, quasi a indicare che era il dovere a prevalere sui suoi desideri personali. Poi però mi puntò gli occhi addosso e, dopo una rapida occhiata alla porta per essere sicuro che nessuno udisse, aggiunse: «Per il fine settimana! ». Lo disse con ferocia, quasi digrignando i denti, come se la mia incapacità di capire lo rendesse pazzo di rabbia.

« Andiamo tutti? Anche Gloria? »

Balzò in piedi come se qualcosa lo avesse bruciato e mi venne vicino. « No, Bernard! No, Bernard! No, Bernard. No! »

« Ma allora che cosa? »

« Verrai tu. Alloggerai da Tante Lisl, ma per tutti gli scopi pratici sarai nella suite dell'hotel con Tessa. »

« Scopi *pratici*? Di certo, per quanto riguarda gli scopi *pratici* ci sarai *tu* con Tessa. »

« Non sono dell'umore adatto per apprezzare le tue battute idiote » abbaiò. Poi, ricordando di avermi scelto per un ruolo indispensabile in quella sua bizzarra rappresentazione, si fece di nuovo calmo e amichevole. « Ti registrerai all'hotel, d'accordo? » Era in piedi accanto alla pelle di leone e con la punta della lucida scarpa allungava calcetti affettuosi alla grossa testa. Era sempre stato un amante degli animali.

« Se è giusto per motivi di convenienza, perché non ti registri sotto un nome falso? »

Lo vidi stizzirsi. « Perché non mi va » rispose.

« Oppure pensi che Werner ti negherebbe una stanza? »

Lo guardai con interesse. Credo che neppure Lisl stessa avrebbe mai messo il suo albergo in cima a un elenco di alloggi berlinesi adatti a convegni amorosi.

« Gesù Cristo, sei impazzito? » Mi accorsi allora che era nervoso. Lo spaventava la prospettiva che l'addetto alla reception di qualche grande albergo lo sfidasse in qualche modo, inducendolo a rivelarsi non solo come adultero, ma addirittura come adultero pasticcione. Certo in una situazione del genere Tessa non gli avrebbe facilitato le cose. Si sarebbe divertita enormemente e l'avrebbe sfruttata al massimo. « Una stanza da Lisl » ripeté. « Che razza di idea! »

Si mangiucchiava un'unghia. Immagino che quell'aspetto di Dicky non avrebbe dovuto sorprendermi; da molto tempo avevo scoperto che i donnaioli come lui si sentono spesso a disagio e inadeguati di fronte agli aspetti logistici meno importanti di certe avventure: prenotazioni d'albergo, biglietti d'aereo, noleggi di auto. L'uomo che ama vantarsi delle proprie imprese con tutti i membri del suo club farà follie nel tentativo di imbrogliare un portiere, un cameriere o una donna delle pulizie. Forse è per questo che lo fanno.

« Be' » cominciai. « Non vorrai... »

Egli mi interruppe di colpo; era chiaro che non avrebbe accettato una risposta negativa. Dicky era un maestro nel cavar fuori dalle persone le risposte che voleva ascoltare. Era arrivato il momento delle adulazioni: una raffica di incontrovertibili banalità. « Tua cognata è una delle donne più eccezionali che abbia mai conosciuto, Bernard. Stupenda! »

« Già » assentii.

Mi versò dell'altro caffè senza chiedermi se lo volessi. E ci mise anche la panna. « Naturalmente anche tua moglie » riprese. « Due donne davvero straordinarie: intelligenti, belle e piene di fascino. »

« Già » ripetei.

« Certo, Fiona ha preso la strada sbagliata. Ma può capitare a tutti. » Secondo gli standard di Dicky, questo era un atteggiamento sorprendentemente indulgente nei confronti della fragilità umana. Forse intuì quello che pensavo, perché subito aggiunse: « O a quasi tutti ».

« Sì, a quasi tutti. »

« Anche Daphne è stupefacente » continuò, ma con molta meno enfasi. « Creativa, artistica. »

« E lavoratrice » rincarai.

Di questo non era altrettanto sicuro. « Sì, sì, immagino che lo sia. »

« Era in ottima forma, l'altra sera. Vi ho ringraziato per la cena? »

« Ci ha scritto Gloria. »

« Ah, bene. »

« Vorrei soltanto poter dare a Daphne il sostegno e l'incoraggiamento di cui ha bisogno » continuò Dicky, implacabile. « Il guaio è che lei abita sulla vetta di una montagna. » Mi guardò e, vedendomi annuire, aggiunse: « Gli artisti sono tutti così: creativi, estrosi. Vivono in armonia con la natura. Ma non è così facile per quelli che gli stanno vicini ».

« Oh, davvero? E che forma prende questa estrosità? Nel caso di Daphne, voglio dire. »

«È felice solo quando dipinge. Me l'ha detto lei. Deve avere tempo per se stessa. Trascorre ore e ore nel suo studio e io naturalmente la incoraggio. È il meno che posso fare per lei.»

«Scoprirai che Tessa non ha bisogno di spazi personali» replicai.

Lui abbozzò un sorriso nervoso. «No. Tessa è come me: un animale sociale.»

«Posso chiederti perché andate a Berlino?»

«Perché *ci* andiamo» mi corresse Dicky. «Dovrai venire anche tu, Bernard. Non importa quali possano essere le tue riserve verso i miei peccatucci... No, no!» Alzò una mano come per bloccare le mie proteste, anche se non avevo neppure aperto bocca. «No, le capisco, davvero. Lungi da me il voler persuadere chiunque ad agire contro coscienza. Tu sai come la penso su certe cose.»

«Io non ho detto che era contro la mia coscienza.»

«Ahh!»

«Non è contro la mia coscienza, ma contro il codice penale tedesco. La vecchia legge tedesca, secondo cui l'incesto è un crimine, si applica anche nel caso di chi commette adulterio con la cognata.»

«Mai sentito dire» brontolò Dicky, sospettando, giustamente, che avessi inventato sul momento quella memorabile clausola. «Ne sei sicuro?»

Mi voltai leggermente verso il telefono posato sulla sua scrivania. «Posso chiedere a qualcuno dell'ufficio legale di dare un'occhiata e poi di farti sapere.»

«No, per il momento lascia perdere. Forse andrò giù ad accertarmene io stesso.»

«Non mi hai comunque spiegato perché dovrei venire anch'io.»

«A Berlino? È stato ordinato a te, a me e a Frank Harrington di avere un abboccamento a Big B per esaminare del fottutissimo materiale che gli americani vogliono.»

«Niente che possa aspettare?»

«Istruzioni scritte dal D.G. in persona. Quello è impossibile schivarlo, Gunga Din.»

«E ti porti dietro Tessa?»

« Sì. Lei ha uno di quei biglietti premio che le compagnie regalano ai passeggeri di prima classe che volano molto. Deve coprire un certo chilometraggio. »

« Quindi non dovrai pagare per lei? »

« Era una occasione troppo buona per non approfittarne. »

« Suppongo di sì. »

« Avrei dovuto sposare una donna come Tessa » mormorò Dicky.

Notai che non erano le attrazioni uniche e peculiari di Tessa a interessarlo, ma solo quelle tipiche della sua categoria. Se questo significava che Daphne era carente in fatto di intelligenza, ricchezza, bellezza, eleganza, fascino o capacità sessuali, non venne specificato. « Tessa è già sposata » dissi.

« Non fare il pedante, Bernard. Tessa è una donna adulta. Abbastanza intelligente da saper decidere da sola. »

« Per quando è previsto l'incontro? »

« Frank non è mai preciso. Sta facendo il difficile riguardo agli orari. Dovremo far conciliare le cose con il suo golf e il suo bridge e le gite con i suoi compari dell'esercito. »

« Hai prenotato l'albergo? »

« Sono talmente pieni in questo periodo dell'anno... » si lamentò.

Captai una nota di difesa nella sua voce e, spinto da una specie di presagio, chiesi ancora: « L'hai prenotato a mio nome? ».

« Sì... » per qualche istante sembrò turbato, ma si riprese in fretta « ho detto che non sapevamo ancora con certezza chi avrebbe usato la suite. Credono che siamo una società. »

Ero furente, ma Dicky aveva giocato le sue carte con la abilità di sempre. Non riuscivo a trovare nulla di cui lamentarmi che lui non fosse in grado di giustificare. « Quando si parte? »

« Venerdì. Tessa insiste per andare a non so quale maledetto spettacolo d'opera in programma solo per quella sera. Dei biglietti si sta occupando Pinky. Venerdì pomeriggio, spero di avere un incontro preliminare con Frank e i suoi. Per lunedì sera dovremmo avere concluso, martedì sera al massimo. »

E questo significava che il mio week-end con Gloria e i bambini andava a carte quarantotto. Dicky dovette intuire i miei pensieri, perché aggiunse in fretta: «Avrai altre giornate libere per compensare la perdita di questo fine settimana».

«Sì, certo.» Ma non sarebbe stato molto divertente sradicare le erbacce in giardino e prepararmi da solo il pranzo, mentre i bambini erano a scuola e Gloria sgobbava in ufficio.

«In questi ultimi tempi ti sei fatto molto scontroso» osservò Dicky, versandosi quello che restava del caffè. «E adesso non arruffare la cresta: te lo dico per il tuo bene.»

«Sei molto premuroso, Dicky.»

«Non riesco a capirti» insistette lui. «Hai una splendida creatura che stravede per te e continui ad andartene in giro con una faccia lunga da far paura. Qual è il problema? Dimmelo, Bernard, qual è il problema?» Erano domande, ma dal suo tono era chiaro che non voleva una risposta.

Così annuii. Con Dicky, annuire era sempre la cosa migliore. Come i giapponesi, formulava le sue domande aspettandosi risposte affermative.

«Rimuginare non riporterà indietro Fiona. Devi riprenderti, Bernard.» E mi scoccò un sorriso. «In alto i cuori!»

Avevo voglia di dirgli esattamente quello che pensavo di lui e del suo progetto di coinvolgermi nell'inganno ai danni di George, ma non avrebbe compreso i motivi della mia rabbia. Con un cenno d'assenso me ne andai.

Alla fine della giornata mi diressi verso casa con Gloria, ma non andammo direttamente al numero tredici di Balaklava Road. Mi aveva detto che voleva ritirare dei vestiti a casa dei suoi, ma il vero motivo di quella visita era che aveva promesso di fare un salto per assicurarsi che tutto fosse a posto durante la loro assenza. Abitavano in un quartiere elegante e perseguitato dagli scassinatori nei pressi di Epsom, poche stazioni dopo di noi lungo la linea della Southern Railway.

I Kent — la famiglia aveva cambiato nome dopo la fuga dall'Ungheria — occupavano un'abitazione in stile neo Tudor di quattro stanze con un piazzale di ghiaia "entrata-uscita" su cui era possibile parcheggiare due auto senza ostacolare le manovre dell'autopompa che consegnava il combustibile.

Quella sera il piazzale era vuoto e le auto chiuse in garage. I suoi genitori trascorrevano dieci giorni nella loro villa in Spagna. Gloria diede inizio a un'elaborata procedura per aprire porte chiuse e disattivare allarmi entro i prescritti sessanta secondi, e finalmente entrammo. In casa aleggiava un profumo sciropposo simile a quello delle violette. La donna delle pulizie, mi spiegò Gloria, tutte le mattine faceva metodicamente lo "shampoo" ai tappeti. «Ti preparo una tazza di caffè» si offrì poi, e io acconsentii. Mi interessava vederla muoversi nella casa dei suoi. Era diventata una persona diversa: non più diffidente né infantile, ma un'adeguata "facente funzione", un agente immobiliare che mostra la casa a un potenziale acquirente.

Passammo in cucina. Una cucina di designer: Maria Antonietta in versione rustica. Sedemmo su scomodi sgabelli al banco di plastica Luigi XVI e restammo a guardare il caffè che filtrava. L'illuminazione centrale, azzurrastra, proveniva da due lunghi neon ronzanti.

Avevo finalmente l'opportunità di studiarla con calma. Per tutto il giorno era stata di buonumore e affabile come sempre; sembrava che avesse dimenticato la lite del giorno prima, ma non era così. Non dimenticava mai nulla. Com'era bella, con tutta l'energia e la radiosità che sono prerogativa della gioventù. Non c'era da stupirsi se gente come Dicky mi invidiava. Se avessero saputo che forse presto sarebbe tornata Fiona, mi avrebbero invidiato ancora di più. Ma per me era una situazione angosciosa. Non potevo guardare Gloria senza chiedermi se sarei stato capace di gestire la crisi che il ritorno di mia moglie avrebbe provocato. La prospettiva che la attendeva, sei mesi di clandestinità, rendeva tutto ancora più difficile. E i ragazzi? Che cosa ne sarebbe stato di loro?

«Scommetto che non hai sentito nemmeno una parola di quello che ho detto» sentii che diceva Gloria.

«Invece sì.» E con un'ispirata manovra diversiva, aggiunsi: «Ti ho detto con chi va a Berlino Dicky?».

«No!» Mi guardava con gli occhi spalancati. Gettò all'indietro i capelli biondi e li trattenne con la mano mentre si chinava su di me, così vicina che percepii il calore del suo corpo. Quel giorno indossava un abito a camicia color cremisi. Su quasi tutte le donne sarebbe stato atroce, ma lei adottava spesso colori sgargianti, vistosi, proprio come fanno le bambine.

«Tessa» dissi.

«La tua Tessa?»

«Mia cognata. Sì.»

«E così Tessa è tornata ai giochetti di un tempo. Credevo che la storia con Dicky si fosse risolta da un pezzo.»

«Sì. Sono rimasto sorpreso anch'io.»

«Non la definirei una sorpresa, tesoro. La gente come Dicky, e come Tessa, è capricciosa.»

«Ma l'ultima volta Dicky è stato messo sull'avviso.»

«Ammonito a non rivederla, vuoi dire? Da Daphne?»

«No. Al Dipartimento la faccenda non piaceva per nulla. Quegli incontri clandestini con la sorella di una defezionista assomigliavano troppo a un attentato alla sicurezza.»

«Mi stupisce che lui ci abbia badato.»

«Perché mai? Oh, certo, Dicky si diverte a sfoggiare buffi cravattini e a recitare la parte dello studente bohemienne, ma sa perfettamente fin dove può spingersi. Quando la tromba suona e vengono distribuite le medaglie, lui si mette in riga e saluta.»

«Tranne quando c'è in gioco Tessa. Forse è vero amore.»

«Non per Dicky.»

«Allora chissà, avrà avuto un'autorizzazione ufficiale ad andare a letto con lei» scherzò Gloria.

«E così deve essere» concordai, e poco tempo dopo mi sarei ritrovato a riflettere sulla sua battuta. «Forse Dicky trova irresistibile l'idea di non pagarle il biglietto aereo.»

«Che razza di porco. Povera Daphne!» Gloria versò il caffè e scoprì una riserva segreta di biscotti al cioccolato conservati in una scatola ammaccata.

«E ha prenotato l'albergo a mio nome. Che cosa te ne pare?»

«Perché?» La prendeva con calma.

«Immagino che abbia intenzione di raccontare a Daphne qualche storia sul fatto che sarò io ad accompagnare Tessa.»

«Ma non è vero?»
«Ho paura di sì.»
«Questo fine settimana?» Io annuii. Lei osservò: «Avevo invitato i Pomeroy a cena, sabato».
«Chi diavolo sono i Pomeroy?»
«I genitori degli amici di Billy. Sai, quei bambini che hanno cenato da noi ieri. Sono terribilmente gentili.»
«In questo caso dovrai rimandare.»
«Ho già rimandato due volte in occasione dei tuoi viaggi.»
«È un ordine del Direttore Denerale. Sai che cosa significa. Impossibile schivarlo.»
«Questo fine settimana?»
«Parto venerdì mattina; sarò di ritorno lunedì o martedì. La segretaria di Dicky si terrà in contatto con noi.»
«E domenica c'è la riunione del club automobilistico di Billy. Avevi promesso che ce l'avresti accompagnato.»
«Senti, tesoro, l'idea non è stata mia.»
Per parecchi minuti Gloria rimase seduta a bere il caffè, senza parlare. Poi disse: «Lo so» ma era come se rispondesse a un'altra domanda nota a lei soltanto. «Ma avevi detto che ci sarebbe stata una festa all'albergo di Werner. So che ti avrebbe fatto piacere andarci.»
«È solo un modo per fare pubblicità all'albergo. Andremo qualche altra volta. Di feste ne organizzano in continuazione, e comunque non sarebbe divertente senza di te.»
Dopo il caffè, l'accompagnai nella stanza che occupava quando viveva ancora con i suoi e che loro tenevano in perfetto ordine, forse nella speranza di vederla tornare. Giocattoli, un orsacchiotto, bambole, libri per ragazzi, testi scolastici, un poster dei Beatles sulla parete. Il letto era rifatto con biancheria fresca di bucato. Ero stato io a portarla via di lì e c'erano momenti in cui mi sentivo in colpa per questo. E non l'avevo neppure sposata. Come mi sarei sentito se un giorno mia figlia Sally fosse andata a vivere con qualche padre di famiglia di mezza età? A volte mi chiedevo come avrei affrontato l'inevitabile separazione dai bambini. Mi sarei scoperto a tenere le loro camere come santuari dove pregare perché tornassero i giorni della loro infanzia?

Dalla camera scorgevo il tetto piatto di un'ampia costruzione a un solo piano che era stata annessa alla casa in un secondo tempo. Seguendo la direzione del mio sguardo, Gloria disse: «Ho pianto quando mi hanno tolto la vista sul giardino. C'era un bellissimo castagno, e anche un rododendro».

«Avevate bisogno di spazio extra?»

«È l'ambulatorio di papà.»

«Credevo che l'avesse in città.»

«Questo è per lavori speciali. Non lo sapevi?»

«Perché avrei dovuto?»

«Vuoi dare un'occhiata? È lì che lavora per il Dipartimento.»

«Che genere di lavoro?»

«Vieni con me.»

Prese il grosso mazzo di chiavi che suo padre le aveva lasciato e insieme scendemmo nel piccolo studio dentistico. Gloria aprì la porta; la stanza era fievolmente illuminata da luci ultraviolette che riscaldavano una bacheca zeppa di fiori tropicali. Gloria premette l'interruttore: l'ambulatorio era insolitamente pieno di macchinari, ma per il resto non era diverso da qualunque altro studio odontoiatrico: una poltroncina regolabile e un trapano piuttosto elaborato erano collocati di fronte a un'ampia finestra. Notai anche una grande sputacchiera di ceramica e parecchi armadietti con le ante di vetro pieni di file e file di trapani dalle forme bizzarre, pinze e altri strumenti appuntiti.

Gloria fece il giro della stanza chiamando per nome ciascun macchinario e illustrandone la funzione. Sembrava saperne parecchio di odontoiatria, sebbene non si fosse piegata ai desideri del padre, che avrebbe voluto farle seguire le sue orme. Quello, disse, era il suo sancta sanctorum.

«Chi viene a farsi curare qui?» domandai.

«Non molti, ormai, ma ricordo quando papà vi passava più tempo di quanto ne trascorresse nell'ambulatorio in città. Ricordo un povero ragazzo polacco che rimase seduto su quella poltrona per almeno sei ore; alla fine era così esausto che papà lo mandò in soggiorno dalla mamma e da me perché si distraesse un po'.»

«Agenti?»

«Naturalmente. Quando ero all'università, papà redasse una tesi sulla storia dell'odontoiatria europea e poco dopo iniziò una collezione di vecchi strumenti dentistici. Ora può guardare nella bocca di chiunque e riconoscere a colpo d'occhio i denti curati. Guarda questo!» Aveva preso in mano un aggeggio dall'aspetto particolarmente minaccioso. «È vecchissimo... viene dalla Russia.»

«Sono stato fortunato» commentai. «Dei miei denti si è sempre occupato un dentista berlinese e le mie coperture erano sempre tedesche. Non sono mai stato costretto a rivolgermi a un altro odontoiatra.»

«A mio padre è capitato di dover eliminare in toto i lavori dentistici di altri colleghi per fornire a un agente una dentatura completamente nuova: russi, polacchi, greci... Una volta lavorò su un tizio che doveva assumere l'identità di un veterano della guerra civile. Vieni a vedere il laboratorio.»

Aprì la porta di una stanza adiacente ed entrammo. Questo secondo locale era ancora più angusto del primo e arredato con archivi e portastrumenti. C'erano un minuscolo tornio, un banco da lavoro e perfino un piccolo forno elettrico. Su un tavolo vicino alla finestra scorsi un lavoro già iniziato. Una luce da tavolo era puntata su qualcosa nascosto da un panno per la polvere. Gloria lo tolse e lanciò un gridolino nel vedere un teschio umano. «Ahimè, povero Yorick! Non dobbiamo toccarlo. Probabilmente le sue foto finiranno su qualche libro di testo. Papà effettua copie di vecchi lavori odontoiatrici e li manda ai patologi della polizia e agli uffici dei coroner di tutto il mondo. Questo deve essere una cosa molto speciale, se l'ha coperto con tanta cura.»

Mi avvicinai per guardare meglio. Il teschio era lucido come plastica, e nella bocca erano visibili corone di porcellana e otturazioni in oro. «Non hai mai desiderato diventare dentista?»

«Mai. E papà è sempre stato attento a non insistere troppo. Solo di recente mi sono resa conto quanto sperasse che io mi interessassi al suo lavoro e alla sua collezione. A volte venivano degli studenti a lavorare con lui. Ricordo che una volta portò a cena un collega laureato da poco. Mi sono chiesta spesso se non avesse sperato che nascesse un amore tra noi.»

«Chiudiamo e andiamo a casa» dissi. «Ci fermiamo a comperare un po' di "fish and chips" per cena?»

«Okay.»

«Mi dispiace di essere stato un po' irritabile di recente, tesoro.»

«Io non me ne sono accorta» replicò lei.

18

Più tardi, guardando indietro, ebbi l'impressione che proprio quel week-end a Berlino segnasse l'inizio della fine, ma in realtà potrebbe trattarsi di un semplice giudizio retrospettivo. Allora, la situazione mi parve insolita solo a causa della frenesia con cui le riunioni si succedevano alle riunioni e dell'imbarazzo di Frank Harrington — è sempre stato una specie di chioccia — quando mi telefonò in piena notte per poi confessare di avere dimenticato il motivo della chiamata.

Non che in queste riunioni si decidesse granché. Erano i tipici incontri casuali dell'Unità Operativa di Berlino che Frank presiedeva con il suo inimitabile stile paterno, fumando la pipa puzzolente e concedendosi lunghe digressioni su di me o mio padre o sui vecchi tempi o su tutti e tre gli argomenti insieme.

Fu la domenica mattina che Frank accennò per la prima volta a quello che stava bollendo in pentola. Dicky non c'era. Aveva lasciato un biglietto in cui diceva che portava Tessa "a vedere la città", anche se tutto quello che Dicky sa su Berlino starebbe scritto sulla capocchia di uno spillo e rimarrebbe comunque un bel po' di spazio per il Padre Nostro.

Eravamo solo Frank e io, nello studio nella grande casa di Grunewald. Lì ospitava un segretario e parte del materiale top secret, il che gli forniva la scusa per passare una giornata a casa di tanto in tanto. Che studio incredibile e indimenticabile, il suo! Per quanto non riuscissi a identificare alcun oggetto realmente esotico, avrebbe potuto essere il bungalow nel Punjab di un ufficiale di reggimento, un eroe dell'Insurrezione di ritorno da una caccia all'antilope indiana. Le finestre erano sbarrate e la luce fioca delle lampade rivelava uno splendido cassettone militare con le rifiniture in ottone, le corna di una specie non identificata di antilope, un grande divano di pelle nera e mobili di rattan; tutto sbiadito, decrepito o logoro proprio come capita ai Tropici. Anche il ritratto color seppia della sovrana sembrava essere stato scelto per la sua rassomiglianza con la giovane regina Vittoria. La stanza era l'espressione di tutti i desideri segreti di Frank, segreti che, come capita a quelli di gran parte della gente, non avevano alcun fondamento di realtà.

Anche Frank quel giorno era in versione militare, con una camicia da safari color cachi, pantaloni larghi e cravatta marrone. Picchiettava sulla carta geografica con la penna stilo e mi pose una quantità di domande solitamente di pertinenza di altre categorie tecniche. «Che cosa sai delle entrate di Berlino Est dell'Autobahn?» mi domandò.

Indicò la parete a cui erano affisse due grandi carte geografiche. Erano una nuova aggiunta e guastavano parecchio il décor da "grandi giorni del rajà". Una raffigurava la Germania Est, ossia la Repubblica Democratica Tedesca, la denominazione orwelliana preferita dai suoi governanti. Come un'isola nel mare comunista, i nostri settori di Berlino erano collegati all'Occidente da tre lunghe Autobahn. Utilizzate dagli automobilisti di entrambe le parti, le superstrade erano luoghi privilegiati per ogni genere di incontri clandestini. Contrabbandieri, spie, giornalisti e amanti; tutti concordavano brevi e pericolosi *rendez-vous* sul ciglio della strada. Per questo la DDR le faceva pattugliare costantemente notte e giorno.

La seconda carta geografica, quella su cui Frank batteva la penna, era una mappa stradale di Berlino. Dell'intera città, voglio dire, non solo del settore occidentale. Inoltre era eccezionalmente aggiornata, perché notai subito le modifiche in progetto per le entrate dell'Autobahn, tra cui la deviazione non ancora costruita che, in un futuro vago e lontano, avrebbe garantito all'Occidente un ulteriore punto di controllo nella parte sud della città. Si diceva che per quella realizzazione i tedeschi dell'Est pretendessero un mucchio di soldi. Era il modo consueto di procedere.

«Non le uso» risposi. «Vado sempre in aereo.»

«Peccato.» Guardò la carta stradale e con la penna mi indicò il vecchio Ring berlinese e il percorso seguito dai cittadini di Berlino Est per raggiungere l'Autobahn.

«C'erano delle istruzioni ben precise riguardo al nostro utilizzo dell'Autobahn» gli ricordai con gentilezza. Si temeva infatti che i dipendenti del Dipartimento venissero rapiti con tutti i loro segreti, e non si trattava di una paura infondata. C'era un intero settore dell'archivio straripante di misteri irrisolti: automobilisti che avevano iniziato il lungo tragitto fino alla Repubblica Federale e non erano mai più stati visti. Le autorità occidentali non avevano la possibilità di investigare su simili sparizioni; non potevamo fare altro che sorridere e sopportare. Nel frattempo, quelli che potevano viaggiare in aereo, lo facevano.

«Questa volta voglio che usi l'Autobahn» disse Frank.

«Quando?»

«È quello che aspetto di sapere...» si batté contro il naso il cannello della pipa in un gesto che immaginai suggerisse riservatezza «qualcuno deve uscire.»

«Attraverso Charlie?» Era un termine convenzionale per indicare un non-tedesco.

«No. Andrai a prenderli tu sull'Autobahn» rispose. Attesi inutilmente che mi fornisse una spiegazione o qualche dettaglio in più. Invece continuò a guardare la mappa stradale e mi chiese: «Mai sentito parlare di un certo Thurkettle? Americano».

«Sì.»

«Sul serio?» A meno che non avesse seguito un corso di recitazione dopo il nostro ultimo incontro, la mia affermazione l'aveva colto completamente di sorpresa. Era chiaro che non sapeva della mia scappata a Salisburgo. «Parlamene.»

Lo feci in breve e senza entrare nei particolari del mio incarico a Salisburgo.

«È qui» annunciò alla fine Frank.

Questa volta toccò a me restare sorpreso. «Thurkettle?»

«Arrivato in aereo ieri notte. L'ho riferito a Londra, ma ho ricevuto soltanto un segnale di "informazione ricevuta e nessuna azione da intraprendere". Mi chiedo se sono al corrente di quello che mi hai appena raccontato.»

«Sì» asserii.

Frank si accigliò. «Sappiamo tutti e due com'è facile che i segnali vengano vanificati e dimenticati» disse. «Dovrebbero se non altro permettermi di informarne gli americani e la polizia.»

«Puoi farlo in via ufficiosa» gli suggerii.

«E rischiare di finire nei guai?» Frank era una specie di esperto nel trovare motivi per non agire. «Se Thurkettle è qui in missione segreta per gli yankee, e Londra ne è stata informata nel solito modo, be'!...» Si strinse nelle spalle. «Potrebbero seccarsi scoprendo che l'ho detto a tutti.»

«D'altro canto,» gli feci notare «se Thurkettle è venuto in città per far fuori uno dei ragazzi d'oro della CIA, potrebbero interpretare una segnalazione di routine a Londra come una reazione troppo blanda.»

«Io l'ho saputo in via confidenziale. Il mio informatore è qualcuno di cui non posso assolutamente fare il nome. Se Londra o l'ufficio della CIA esigeranno particolari, sarò costretto a una di quelle squallide discussioni che detesto tanto.» Mi guardò e io feci un cenno d'assenso. «Secondo te, a che cosa sta dietro quel tizio, Bernard?»

«Pare che nessuno sappia con certezza per chi lavora Thurkettle. La teoria prevalente, ammesso che Joe Brody sia affidabile, è che si tratta di un sicario disposto a lavorare per chiunque, ossia per chiunque gli proponga il bersaglio giusto al giusto prezzo. Brody sostiene che il KGB l'ha utilizzato negli ultimi due anni. Se Thurkettle avesse in programma di andare a trovare i nostri amici della Normannenstrasse, sarebbe atterrato allo Schönefeld.»

«Intendi dire che il suo obiettivo è qui in Occidente?» Frank fece una smorfia. «Non posso mettergli un uomo alle calcagna. Non so dove sia andato, e anche se lo sapessi proprio non ne avrei la possibilità.»

«Non è che Berlino Ovest sia esattamente l'ombelico del mondo» gli feci notare. «Nessuno si ferma qui in transito verso qualche altro posto.»

«Hai ragione. Forse dovrei mandare a Londra un sollecito.» Con il pugno chiuso si ravviò la punta dei baffi. Un osservatore casuale avrebbe pensato che stava sferrandosi due rapidi pugni al naso: forse era proprio questo che temeva di ricevere da Londra, se avesse insistito. «Rimanderò al fine settimana; chissà, potrebbero rifarsi vivi.»

Buon vecchio Frank: sempre restio ad agire. «Telefona al vecchio» gli suggerii.

«Al D.G.? Detesta essere disturbato a casa!» Si grattò la guancia. «No, per il momento è meglio lasciar perdere. Ma mi preoccupa quello che mi hai raccontato, Bernard.»

Capivo che la mia descrizione delle attività di Thurkettle l'avevano messo in una posizione difficile. Finché non aveva parlato con me, aveva ancora una possibilità di proclamarsi innocente sia riguardo all'uomo sia al pericolo che poteva rappresentare per il personale alleato di stanza da noi. Avrei potuto suggerire di dimenticare entrambi quello che avevo detto, ma a volte Frank sapeva essere terribilmente formale. Nonostante l'amicizia che risaliva alla mia infanzia... o forse proprio a causa di essa... non era escluso che considerasse un suggerimento simile alla stessa stregua di un tradimento e di un insulto. Decisi di non correre il rischio.

«C'è una cosa che ancora non mi è chiara» dissi invece. Frank inarcò un sopracciglio. «Hai mandato Teacher a prendermi e hai voluto che mi vedessi con Larry Bower e il vecchio *apparatčik*. Perché?»

Lo vidi sorridere. «Larry non te l'ha spiegato?»

«No. Larry non mi ha spiegato niente.»

«Pensavo che la cosa avrebbe potuto interessarti. Ricordavo che un tempo ti occupavi di Stinnes.»

«Perché non mostrarmi semplicemente la trascrizione?»

«Della relazione?» Labbra increspate e cenno d'assenso, quasi si trattasse di un suggerimento originale e di grande interesse. «Avremmo potuto farlo, sì.»

«Ti piacerebbe sapere che cosa penso io?»

«Ma certo!» Frank parlò con il tono di segreta ironia con cui un genitore affettuoso potrebbe rivolgersi a un bambino precoce. «Raccontami.»

«Ho continuato a pensarci. A chiedermi per quale motivo volevi che esaminassi da vicino un agente ancora operativo. Non è così che si fanno le cose, stando al manuale di addestramento.»

«Non faccio sempre riferimento al manuale» spiegò lui.

«Non sei mai inutilmente cocciuto. Quello che fai, lo fai con uno scopo.»

«Che cosa ti rode, Bernard?»

«Non mi hai invitato nella casa sicura di Charlottenburg perché ascoltassi la relazione dell'interrogatorio e vedessi Valeri» affermai. «Mi ci hai mandato perché Valeri potesse vedere me. Vedermi da vicino!»

«Perché avrei dovuto farlo, Bernard?» Scoprì un filo vagante sulla giacca, lo staccò e lo lasciò cadere nel portacenere.

«Per scoprire se Valeri era in grado di identificarmi come uno di quelli coinvolti nel racket dei narcotici?»

«È una brutta faccenda essere così scettici» disse Frank in tono gentile.

«Non in questa attività, proprio no.»

Sorrise. Non aveva negato la mia asserzione.

«Hai bisogno di una vacanza, Bernard.»

«Hai ragione. E nel frattempo, quando devo iniziare il mio viaggio lungo l'Autobahn?»

«Non prima di qualche giorno. Martedì al più presto.» Forse pensava che qualche giornata di ozio a Berlino mi avrebbe fatto piacere, ma io volevo tornare e lui dovette leggermelo in faccia. «Guarda il lato positivo. Potrai goderti la festa in costume di Werner, questa sera!» E quando non risposi aggiunse: «Non dipende da me, Bernard. Dobbiamo aspettare il messaggio».

«Quando riceverò le istruzioni?»

«Non ce ne saranno. Vogliamo tenere la faccenda in sordina, ma ci sarà Teacher con te. Sta aspettando di sotto. Adesso lo faccio salire; ti spiegherà lui stesso il suo progetto.» Sollevò il ricevitore del telefono interno. «Mi mandi su Mister Teacher.»

Non mi sorrideva l'idea di ascoltare Teacher che mi esponeva i suoi piani. «Vediamo di chiarire le cose, Frank. Sarà Teacher a dirigere l'orchestra, o sarò io?»

«Non c'è alcun bisogno di designare formalmente un capo. Teacher è un tipo con cui è facile andare d'accordo. E si tratta di un lavoretto abbastanza semplice.»

«Lasciamo da parte queste chiacchiere mielate da Centrale di Londra, Frank. Se devo andare a prendere un cittadino della DDR sul territorio della DDR e portarlo fuori, allora siamo in pieno Settore Operativo. Quando mai Teacher ha lavorato nell'Operativo?»

«Mai» ammise lui. «E non è neppure mai stato un agente sul campo. Immagino che sia questa la stoccata che volevi darmi.»

«Hai maledettamente ragione, è questa la stoccata. Ci vado da solo. Non mi va di fare da balia a un imbrattacarte che spasima dalla voglia di conoscere il brivido.»

«Da solo non puoi. Avrai un passeggero e qualcuno dovrà pur stare alla guida. Potrebbe verificarsi un imprevisto e non possiamo correre rischi.»

«Teacher?»

«È l'uomo migliore che ho.»

«Lasciami portare Werner.»

«Werner è un cittadino tedesco utilizzabile soltanto per incarichi non critici» recitò Frank con affettazione.

«E quel fottutissimo Teacher?»

Ci fu un colpo alla porta e Teacher entrò. La perdita della moglie non pareva avere modificato in alcun modo il suo squallido atteggiamento. Il suo ingresso portò nella stanza un'imbronciata tetraggine. Il sorriso che abbozzò nel salutarci era acidulo, e sebbene la stretta della sua mano fosse ferma, era al tempo stesso stranamente fiacca. Forse aveva sentito le ultime parole che avevo pronunciato.

«Di' a Bernard che cosa hai predisposto» lo invitò Frank.

«Pulmino Volkswagen. Targa diplomatica. Ci incontreremo con l'altra macchina in una piazzola nei pressi dell'uscita per Brandeburgo. Non dovrebbero esserci problemi. Non fermano i pulmini diplomatici.»

«Bernard vuole sapere quando partirete.»

«Sto aspettando i passaporti diplomatici per tutti e tre. Non credo che arriveranno se non dopo il fine settimana.»

«Già» dissi. «Non roviniamo il week-end di nessuno.»

Teacher guardò me, poi Frank.

«Sei armato, Bernard?» mi chiese quest'ultimo.

«No.»

«Jeremy avrà con sé una pistola» disse Frank, incapace di nascondere il disgusto. Nutriva per le armi da fuoco un'avversione che mal si conciliava con le sue idee romantiche sull'esercito.

«Fantastico» risposi io. Teacher mi ignorò.

«Non ce ne sarà bisogno» riprese Frank. «È un lavoretto semplicissimo. Un viaggetto lungo l'Autobahn, tutto qui.» Non risposi, e neppure Teacher. Se era così semplice, mi chiesi, perché non lo sbrigava lui? «C'è un'altra cosa, però... L'ho esaminata con Jeremy...» una pausa mi rivelò che era in difficoltà; probabilmente era per questo che aveva lasciato per ultima la questione che ora si preparava ad affrontare «in nessun caso il nostro agente dovrà finire nelle mani di quelli. È chiaro?»

«No» risposi. «Non è chiaro per nulla. Hai detto che saremo a bordo di un'auto diplomatica.»

«Questo non garantisce il cento per cento di sicurezza, Bernard. Ricordi il povero Fischbein? Lo trascinarono fuori dalla macchina e dritto nell'Alex.»

«Ho ricevuto le relative istruzioni» intervenne Teacher.

Ma io non avevo nessuna intenzione di permettergli di tirare Frank fuori dei guai. «Allora istruisci anche me, Frank.»

«Se dovesse capitare il peggio, Bernard, l'agente dovrà essere... eliminato.»

«Ucciso?»

«Sì, ucciso.» Stava guardando di nuovo la mappa stradale, come se cercasse qualcosa, ma credo che stesse solo evitando i miei occhi. «È per questo che Jeremy sarà armato.»

«Poveraccio» commentai.

«Tutti i partecipanti all'operazione sanno quello che c'è in gioco» replicò lui, rigido. «Compreso l'agente.»

Si voltò a guardarmi. I baffi spuntati erano ormai completamente ingrigiti. Frank era troppo vecchio per l'Operativo. Troppo vecchio, troppo schizzinoso, troppo stanco, troppo tenero. Qualunque cosa avesse in mente, la tensione gli si leggeva in viso.

«Va tutto bene, signore» interloquì il sempre zelante Teacher. «Faremo quello che si dovrà fare.»

Anche Teacher aveva il viso segnato, ma lui non era né vecchio né stanco. Teacher era un piccolo fottuto bastardo e io non me n'ero mai reso conto fino ad allora. Il tipo giusto per quel lavoro.

Frank parve non udirlo. Era come se nella stanza ci fossimo soltanto noi due. « D'accordo, Bernard? » mi chiese piano. Io lo guardai negli occhi e seppi, senza ombra di dubbio, che l'agente da recuperare sull'Autobahn era Fiona. Era Fiona a sapere a quale costo si sarebbe dovuto impedire che finisse nelle mani dei torturatori di professione della Normannenstrasse. E Teacher sarebbe stato lì pronto a intervenire, se, quando fosse arrivato il momento di premere il grilletto, io avessi esitato.

« Sì, Frank » risposi. « Va bene. »

La domenica sera ci fu una grande festa da Lisl. Stando agli inviti scritti, si festeggiava la riapertura dell'albergo rimesso a nuovo. Con questa scusa, Werner si era garantito il supporto di parecchi fornitori e i biglietti d'invito, così come i tovagliolini di carta e altri oggetti in evidenza, portavano il marchio di fabbriche di birra e distillerie.

Ormai era quasi estate, le sere si erano allungate, e Werner aveva progettato di tenere la festa sotto un enorme tendone che aveva alzato nel cortile sul retro dell'albergo. Ma per tutto il pomeriggio il cielo era andato oscurandosi sempre di più e a sera cadeva una pioggia torrenziale. Solo gli ospiti più intrepidi si avventurarono sotto il gelido tendone e la festa si svolse al coperto.

Ma non si trattava solo della riapertura ufficiale dell'hotel e fu la presenza di Frank alla festa a dirmi che anche lui la pensava così. Frank aveva superato i limiti di pensionamento, presto se ne sarebbe andato. In seguito, tornando indietro con la mente, compresi che per lui quella era stata la festa d'addio. Frank non aveva mai condiviso il mio amore per Lisl, e sebbene tutto stesse a dimostrare il contrario, si ostinava a biasimare Werner per quel vecchio fiasco con la "Baader-Meinhof" per cui anche lui si era preso la sua dose di critiche. Ma perfino Frank sapeva che il Lisl's era l'unico posto a Berlino per festeggiare e, una volta che ebbe deciso, si mostrò più esuberante e affascinante che mai. Si era addirittura mascherato da duca di Wellington!

«È la fine di un'era» dichiarò Lisl. Eravamo seduti nel suo piccolo studio, la stanza in cui trascorreva buona parte delle sue giornate ora che camminare le riusciva doloroso. Lì faceva colazione e giocava a bridge, esaminava i libri contabili e offriva ai clienti preferiti una modesta dose di sherry quando si presentavano per saldare il conto. Su una parete campeggiava un dipinto del Kaiser Guglielmo, sulla mensola del camino c'era un orrendo orologio di bronzo dorato e intorno alla tavola a cui faceva colazione quattro sedie intagliate in stile veneziano; tutto ciò che restava dell'imponente sala da pranzo dei suoi genitori.

Ormai Lisl non sedeva più sulle sue amate sedie; occupava invece una funzionalissima sedia a rotelle in acciaio e poteva spingerla a una velocità tale che Werner aveva voluto equipaggiarla con un clacson a trombetta.

Il frastuono della festa penetrava senza difficoltà attraverso la porta chiusa. Non so chi avesse avuto l'idea di usare il vecchio grammofono di Lisl e la sua collezione di antichi 78 giri, ma la trovata era stata considerata il massimo dello chic e ora Marlene stava cantando *Falling in Love Again* accompagnata da un pianoforte scordato per quella che doveva essere la quinta volta consecutiva. Werner aveva borbottato che la musica non sarebbe stata abbastanza forte, ma lo era, eccome.

Perfino Lisl si era sottratta all'implacabile, ostinata allegria che i berlinesi imprimono abitualmente alle loro feste. Aperta sul pavimento, c'era una vecchia valigia che era appartenuta a mio padre. Risaliva ai tempi in cui le griffe non esistevano ancora, ai tempi in cui certe cose si facevano ancora nel modo giusto. L'esterno era di tela verde pallido e il manico, gli angoli e le rifiniture erano in pelle. La fodera era di calicò. La valigia conteneva effetti di mio padre: conti, ricevute, ritagli di giornale, un paio di agende, una sciarpa di seta e perfino una giubba dell'uniforme dell'esercito inglese che indossava così di rado. Io frugavo tra gli oggetti mentre Lisl mi osservava dalla sedia a rotelle sorseggiando uno sherry. «C'è anche la pistola» mi ammonì. «Maneggiala con cura, Bernd. Detesto quella roba.»

«Me ne sono accorto» risposi. Estrassi l'arma da una fondina di pelle. Era una Webley Mark VI, un enorme revolver che non doveva pesare meno di un chilo e mezzo, il tipo d'arma che l'esercito britannico aveva affibbiato ai suoi ufficiali fin dalla prima guerra mondiale. Era blu e in condizioni perfette, ma dubito che mio padre l'avesse mai usata. C'era anche una scatola di munizioni. Proiettili nichelati 455 "per uso di servizio". L'etichetta era datata 1943 e il sigillo era rotto.

«Non c'è altro. Klara si è accertata che tutte le cose di tuo padre venissero messe nella sua valigia. Non manca niente, tranne lo sgabello per i piedi, il materasso e la raccolta di Dickens.»

«Grazie, Lisl.»

«La fine di un'epoca» mormorò lei tristemente. «Werner che mi sostituisce nella gestione dell'albergo. Le stanze rinnovate. Tu che prendi le cose di tuo padre. Ormai qui sono una straniera, una straniera nella sua stessa casa.»

«Non essere sciocca, Lisl. Werner ti vuole bene. Se ha fatto tutto questo, l'ha fatto per te.»

«È un bravo ragazzo» disse ancora triste; non gli rifiutava il suo affetto, ma era riluttante a rinunciare all'autocommiserazione in cui si crogiolava.

Il frastuono della festa aumentò di colpo quando Werner aprì la porta e poi la richiuse dietro di sé. Indossava un'armatura da cavaliere ingegnosamente realizzata in tessuto ricamato con fili d'oro e d'argento che riproducevano un intricato decoro su metallo dorato. Aveva un aspetto magnifico, perfino Lisl lo pensava, e lei non era da meno nel suo abito lungo a colori vivaci che, standо a quanto diceva il negozio che gliel'aveva noleggiato, era il costume di una nobildonna del XIII secolo, confezionato in base alle figure che compaiono sulle vetrate della cattedrale di Augsburg. L'abito era accompagnato da un diadema, un soggolo e un mantello leggero ma ampio. Che si trattasse o meno di una riproduzione esatta, Lisl faceva comunque un'ottima figura a fianco di Werner e la sedia a rotelle sembrava più che altro un trono.

Pensai che lui avesse scelto i due travestimenti spinto da una sorta di coerenza filiale, ma in seguito mi confidò che era l'unico costume rosso che avesse trovato della taglia di Lisl. Lei amava i colori vivaci.

«Di sotto è una gabbia di matti» annunciò Werner; si era appoggiato alla porta per tirare il fiato e aveva il viso arrossato dall'eccitazione e dallo sforzo. «Vi ho portato altro champagne.» Ne versò un po' per entrambi. «Assolutamente orripilante.»

«Così sembra» commentai io, sebbene sapessi da tempo che Werner prima organizzava quelle scatenate feste in costume e poi passava la serata a ripetere quanto le odiasse.

Mi guardò. «Vorrei che ti fossi mascherato anche tu» disse. Aveva scelto per me un sorprendente costume del XIX secolo, la cui scatola portava stampigliata la scritta «il gentiluomo Biedermeier» ed era completato da una finanziera e un cappello alto. Sospettavo che l'avesse scelto sollecitato da una certa allegria sardonica a cui io non avevo intenzione di adeguarmi.

«Sto bene così» risposi. Indossavo un vecchio vestito grigio, e l'unica concessione alla serata era una delle cravatte più sgargianti di Werner.

«Sei così maledettamente inglese» mi disse, quasi con gentilezza.

«A volte sì» ammisi.

«Là fuori devono esserci almeno centocinquanta persone, una buona metà intrusi. Evidentemente la voce è circolata, perché sono tutti in costume.» Era tipico di lui inorgoglirsi perché tanta gente aveva voluto intrufolarsi nella sua festa. «Vuoi che la Duchessa ti predica la fortuna, Lisl?»

«No, non voglio.»

«Dicono che sia una strega» insistette Werner, come se le sue parole costituissero una raccomandazione irresistibile.

«Non voglio conoscere il futuro» rispose lei. «Quando si arriva alla mia età, il futuro non ha in serbo che sofferenza e crepacuore.»

«Non fare la piagnucolona, Lisl!» Con lei, Werner si spingeva molto più lontano di quanto mi azzardassi io. «Voglio che tu conosca un po' di gente.»

«Va' via! Sto parlando con Bernd, non vedi?»

Werner mi guardò con un accenno di sorriso. «Ripasserò» promise, e se ne tornò alla festa che di minuto in minuto si faceva sempre più chiassosa. Si trattenne sulla soglia abbastanza a lungo da permettermi di vedere la pista affollata da ballerini in complicati costumi — i tedeschi prendono le feste in maschera non meno seriamente di come affrontino tutti gli altri eventi sociali, dall'opera alle serate di ubriacatura — che agitavano le braccia più o meno a tempo di musica. Ballerine di fila tutte in paillettes, un senatore romano e due squaw passarono sorridendo e dimenandosi. Jeremy Teacher, un gorilla sottile elegante e riccioluto, ballava con Tessa, che sfoggiava un abito giallo trasparente e una lunga antenna che le ballonzolava sulla testa. Teacher le parlava tenendola stretta; con gli occhi sbarrati, Tessa annuiva energicamente. Mi parve una coppia male assortita. La porta si richiuse.

«A che ora se ne andranno?» chiese Lisl.

«Non durerà troppo a lungo» le promisi, sapendo che non sarebbe stato così.

«Detesto le feste» disse ancora lei.

In realtà aveva già deciso di mescolarsi alla folla. Le piaceva soprattutto che qualcuno spingesse la sedia a rotelle; la cosa aggiungeva un tocco in più alla sua maestosità. Sapevo che avrei finito per farlo, ma sapevo anche che lei avrebbe trovato il modo di farmi passare per un perfetto idiota.

Chiusi la valigia. «Forza, Lisl, andiamo a fare un giro.»

«Dobbiamo proprio?» protestò, ma si stava già guardando nello specchio per controllare il trucco. Poi la porta tornò ad aprirsi e comparve un uomo basso, sorridente.

In un primo momento pensai che indossasse un qualche elaborato travestimento per cui era necessario annerirsi il viso, poi riconobbi Johnny il Tamil. Sembrava diverso; forse perché portava un paio di occhiali cerchiati d'oro. Rise. «Fantastico!» esclamò. «Fantastico!» Pensai che si stesse riferendo alla festa, ma in realtà sembrava quasi ignaro del fatto che ci fosse un party in corso. Forse era ubriaco. «È magnifico rivederti, Bernard» disse. «Ti ho cercato per tutta la città.»

«Mi hanno detto che ti avevano preso i poliziotti» risposi.

Lui mi guardò al di sopra degli occhiali. «Ho avuto fortuna. C'è stata la manifestazione contro i missili Cruise. Trecento arresti. Avevano bisogno di celle, così mi hanno buttato fuori.» Il suo tedesco non era migliorato, ma io ero abituato a quell'accento.

«Vado a prenderti da bere» mi offrii. Alle sue spalle, attraverso la porta aperta scorsi il duca di Wellington abbracciato a una bella geisha. Per un breve momento credetti che fosse Daphne Cruyer, ma quando lei si voltò per sorridere a Frank mi accorsi di essermi sbagliato.

«No. Devo andare. Ti ho portato questo...» mi tese una grossa busta sgualcita. La aprii. Dentro c'era una scatola di plastica che assomigliava a una piccola radio. «Era di Spengler...» spiegò Johnny. «Voleva che l'avessi tu. È la sua scacchiera elettronica.»

«Grazie.»

«Diceva sempre che, se gli fosse successo qualcosa, io avrei dovuto avere i suoi occhiali e tu il suo computer. Non possedeva altro» aggiunse del tutto superfluamente. «Gli sbirri gli hanno preso il passaporto.»

«Voleva che l'avessi io? Ne sei certo?»

«Sì. A Spengler piacevi. Ho cambiato le pile.»

«Grazie, Johnny. Gli occhiali ti vanno bene?» Sembrava un altro, con quegli occhiali.

«No, vedo tutto confuso. Ma sono elegante, non ti pare?»

«Sì. Ti presento Tante Lisl. Bevi qualcosa?»

«Salve, Tante Lisl!» Sembrava perplesso dalla possibilità che la vecchia signora fosse davvero mia zia, ma non fece domande. «No. Devo andare, Bernard.»

«Hanno scoperto chi ha ucciso Spengler?» domandai.

«Non hanno neppure scoperto il suo vero nome né il paese d'origine. Nessuno si cura di lui, tranne noi.»

Agitò la mano e un attimo dopo era scomparso. Lisl non aveva fatto alcun tentativo di seguire la conversazione. «Dovresti fare attenzione alla gente con cui fai lega in questa città» mi ammonì. «Non è Londra.»

Lisl, che, per quanto ne sapevo, non era mai stata a Londra, mi diceva la stessa cosa da quando, a sei anni, avevo portato Axel Mauser a vedere la mia collezione di medaglie naziste.

Johnny se n'era andato così in fretta che avevo dimenticato di dargli un po' di soldi. Con gente come Johnny pochi marchi possono fare un sacco di strada. Dio sa quanto tempo e quanta fatica gli ci erano voluti per rintracciarmi. Aveva perfino rubato delle pile nuove per me: del tipo migliore, di quelle che durano un'eternità. Probabilmente le aveva prese da Wertheim. Adorava rubare da Wertheim: diceva che vendevano merce di ottima qualità.

Alla fine fu Werner a spingere in giro Lisl, che si inchinava graziosamente, offriva la mano perché gliela baciassero e salutava con fare regale, a seconda del grado di approvazione che tributava ai suoi festaioli ospiti.

Portai la valigia di mio padre in cantina e indugiai lì per qualche minuto. Sapevo che era assurdo tentare di evitare la festa di Werner, e sapevo anche che avrei dovuto affrontare il suo sarcasmo se mi avesse scoperto laggiù.

Ma non avevo voglia di mischiarmi a centocinquanta persone euforiche che in buona parte non conoscevo neppure, con travestimenti di cui non comprendevo il senso, e che festeggiavano la fine di qualcosa a cui non volevo dire addio.

Andai a sedermi nella piccola nicchia vicino alla stanza della caldaia; era lì che facevo i compiti da bambino. C'era sempre molta luce e non mancava mai una catasta di riviste e vecchi quotidiani. Proprio la lettura di quelle pubblicazioni, a scapito dei compiti, era una delle ragioni per cui ero diventato così bravo in tedesco, tanto bravo da superare a volte anche i compagni di madrelingua nei saggi scritti.

Ora feci la stessa cosa. Presi un quotidiano in cima alla pila e mi sedetti a leggerlo sulla panca. C'era un articolo che parlava della scoperta di una certa quantità di gas nervino sepolto a Spandau. Era rimasto nascosto lì fin dalla seconda guerra mondiale.

«Bernard, tesoro! Che cosa ci fai qui? Stai male?»

«No, Tessa. Volevo soltanto starmene un po' in pace.»

«Sei proprio il massimo, Bernard. Il massimo. Il massimo!» Ripeté quelle parole come se le piacesse assaporarle.

Aveva gli occhi vitrei e umidi e io mi resi conto che era ubriaca. Ma non di alcol. Doveva avere preso qualcosa di ben più potente. «Proprio il massimo» ripeté, e tese le braccia. La stoffa gialla quasi trasparente le aderiva ai polsi rendendola simile a una farfalla e la luce la trasformava in un'ombra turbinante sulla parete dipinta di bianco.

«Che cosa c'è, Tessa?»

«Il tuo amico Jeremy ti sta cercando.» Piroettò ancora per ammirare di nuovo la sua ombra.

«Chi è Jeremy?»

«Vorrai dire Jeremy chi, tesoro.» E rise, una risata stridula. «Jeremy cosa!» Fece schioccare le dita. «Jeremy la scimmia erudita. Conosci il distico: *Lui fa come la scimmia, così che più alto si arrampica più mostra il culo.* Francis Bacon. Tu mi reputi una puttana senza cultura, ma ho studiato e sono capace di citare Bacon alla pari dei migliori di voi.»

«Certo che ne sei capace, Tessa. Ma mi sembri anche tu un po' su di giri.»

«E in più mostro il culo? È questo che intendevi dire, Bernard, razza di villano?»

«Certo che no, Tessa. Ma credo che sarebbe una buona idea riportarti al tuo albergo. Dicky dov'è?»

«Mi vuoi ascoltare, Bernard? Jeremy la scimmia è ansiosissimo di trovarti. Sta impazzendo. Pazzo come una scimmia!» Un'altra risata; bassa ma stridula, come a suggerire che l'isterismo non era lontano. «È arrivata la segnalazione e tu devi andare.»

«È questo che ha detto Jeremy la scimmia?»

«La segnalazione è arrivata e tu devi andare.»

«Tessa!» La scossi. «Ascoltami, Tessa. Cerca di riprenderti. Dov'è la scimmia ora?»

«Stava cercando di infilarsi in uno degli abiti da passeggio di Werner... quello blu a righine... ma Werner si è arrabbiato e si è rifiutato di prestargli alcunché. Gridavano tutti e due. A Werner lui non piace...» sorrise «e i vestiti di Werner sono troppo grandi.»

Lo ripetei lentamente: «Dov'è Jeremy la scimmia, ora?».

«Non ve ne andrete senza di me. L'auto è qui. Il furgone. Furgone Ford, una deliziosa tonalità di blu. Targa diplomatica. Fuori, nella pioggia. Al volante c'è Jeremy la scimmia. Sono delle ottime guidatrici, le scimmie. Mio padre ne ha avuta una alle sue dipendenze per anni. Poi ha cominciato a pretendere di continuo razioni extra di banane. Sanno essere terribilmente noiose, le scimmie. Te l'avevo detto?»

Fuori, la pioggia cadeva in grandi cortine color acciaio, martellando la strada, rimbombando sul tetto del furgone. Jeremy Teacher, con ancora addosso il costume da gorilla, sedeva al volante, bagnato fradicio. Gli chiesi che cosa stesse succedendo e dovetti gridare per farmi sentire al di sopra dello scroscio della pioggia e dei tuoni. «Salta su» mi disse.

«Che cosa sta succedendo?» domandai, forse per la quarta volta.

«Che cosa diavolo credi che stia succedendo?» ribatté furioso. «Quella maledetta segnalazione è arrivata tre ore e mezzo fa!»

«Avevi detto un furgone Volkswagen.» Lui mi scoccò un'occhiata velenosa. «E non ho neppure il passaporto» insistetti, mentre enumeravo mentalmente tutte le altre cose che mi mancavano.

«Salta su! I passaporti li ho io!» Evidentemente, la prospettiva di attraversare i posti di controllo travestito da gorilla lo metteva di pessimo umore.

Fu allora che mi accorsi che Tessa stava danzando sotto la pioggia. Era bagnata fin nelle ossa, ma sembrava inconsapevole dello spettacolo che offriva con quell'abito sottile che le aderiva al corpo.

Fu Tessa che ballava intorno al Ford Transit — più la vista di un gorilla seduto al volante che discuteva animatamente con un civile, "il suo guardiano" — ad attirare in strada gli altri festaioli. Era stupefacente vedere tante maschere riunite insieme e, sebbene alcune avessero l'ombrello, molte non sembravano curarsi della pioggia più di quanto se ne curasse Tessa.

Arrivò anche Werner, trascinando a fatica la valigia di mio padre. Aprì lo sportello posteriore per caricarla a bordo e in quel momento Tessa lo spinse da parte e salì sul furgone, chiudendo la portiera con un tonfo che strappò un tintinnìo al metallo.

«Andiamo!» sbraitò Teacher.
«C'è Tessa là dietro» dissi.
Lui si voltò. «Fuori di qui, Tessa.»
«Vengo con voi» tubò lei.
«Non essere sciocca. Non hai il passaporto.» Teacher parlò con la calma cortesia che sembrava appropriata alle circostanze.
«Sì che ce l'ho» lo corresse Tessa, trionfante. L'aveva estratto da chissà dove e ora lo teneva alto per farglielo vedere. «Dicky mi ha detto che dovevo portarlo sempre con me, qui in Germania.»
«Scendi, maledetta stronza!» Teacher girò la chiavetta d'accensione, come se quel gesto potesse persuaderla, ma non funzionò. Servì soltanto a confermare che il motore non funzionava nel modo giusto. Dubitavo che sarebbe riuscito a portarci fino a destinazione.
«Non voglio. No.»
«Cristo santo, falla scendere di qui» mi gridò lui.
«Chi diavolo credi di essere?» fui pronto a ribattere. «Falla scendere tu!» Avevo riconosciuto uno dei più infernali stati d'animo di Tessa; tanto valeva che l'intrepido Mister Teacher si guadagnasse la paga.
Lui controllò l'ora. «Dobbiamo andare.» Borbottando una sfilza di imprecazioni, aprì la portiera e scese, ma non appena la pioggia lo investì cambiò idea e tornò precipitosamente su.
«Forza, Tessa. Dobbiamo andarcene.»
«Vengo anch'io» ripeté lei.
«No, maledizione, no!» Teacher accese il riscaldamento al massimo. Doveva avere freddo con addosso quel costume bagnato.
Poi sulla scena comparve Dicky. Era vestito da Arlecchino: il viso ben truccato, il costume a scacchi e l'ampio cappello; un classico dei festeggiamenti Fasching in Germania. Vide Tessa e doverosamente ci informò della sua presenza a bordo del furgone. Teacher si lasciò sfuggire un lungo sospiro esasperato. «Allora tirala fuori» sibilò, abbandonando il suo consueto atteggiamento rispettoso nei confronti dei superiori.

Ormai c'erano dozzine di persone bizzarramente vestite che giravano intorno al furgone, sebbene nel buio e con la pioggia scrosciante fosse difficile riconoscerle. Ma la calca era tale che aprirsi un varco in mezzo a essa, arrivare alla portiera e tirare giù Tessa sarebbe stato un'impresa anche se nessuno avesse protestato nel vederla così bistrattata. E se conoscevo bene gli effetti dell'alcol sulla psiche maschile, un alterco con Tessa avrebbe certamente segnato l'inizio di una rissa.

Un lampo solcò il cielo. Orde di gente — vestita in modo ancora più eccentrico — si riversarono in strada. Il trambusto intorno al furgone era diventato la nuova attrazione della festa. Un Federico il Grande bagnato fradicio agitava entrambe le braccia, mentre Barbarossa, con la barba finta inzaccherata, offriva il suo cappello a una fanciulla romana perché non si bagnasse l'acconciatura.

Vidi la Duchessa. Era vestita da strega, con un cappello a punta e una lunga tunica nera ornata di simboli occulti. Nonostante la pioggia, il maledetto gatto era con lei e i suoi occhi splendevano nel buio. In piedi davanti al furgone, la Duchessa cominciò a tracciare gesti solenni nell'aria. Come in risposta, si udì un rombo di tuono.

«Che cosa sta facendo quella vecchia vacca?» volle sapere Teacher.

«Credo che stia gettando un incantesimo su di noi.»

«Gesù Cristo!» Ormai era fuori di sé. «Ma sono impazziti tutti?»

Prima che la Duchessa avesse concluso il suo incantesimo, la faccia dipinta di Arlecchino comparve nel riquadro del finestrino. «È Teacher a comandare. Ricordatelo, Bernard.» Io lo ignorai. Mi afferrò per la spalla e con la voce esasperata di un genitore che si rivolge a un bambino disubbidiente, gridò: «Guardami, Bernard! Hai sentito quello che ho detto?».

Guardai il viso truccato di Dicky e i suoi occhi piccoli e freddi. Anni e anni di risentimento represso si gonfiarono dentro di me. Il modo in cui era stato promosso sorpassandomi, le sue frasi pretenziose, il suo stile di vita pomposo, la sua prontezza nel cornificare il povero vecchio George e nello scherzarci su. Fu l'emozione a prendere il sopravvento sul buonsenso. Qualunque potessero essere le conseguenze, era arrivato il momento di reagire. Serrai il pugno e lo colpii sul naso imbellettato. Non fu un colpo violento, ma sufficiente a farlo barcollare all'indietro sulla strada proprio mentre arrivava una macchina. Mostrando riflessi incredibilmente rapidi, l'autista sterzò con uno stridìo di freni e riuscì a evitarlo. Mi voltai: Dicky era vacillante sulle gambe, il cappello di traverso, i piedi rivolti verso l'esterno. Agitava le braccia per mantenere l'equilibrio, ma finì per cadere e l'ampio tricorno volò via.

«Avanti! Avanti! Risolveremo la faccenda al posto di controllo» urlai.

Teacher pigiò sulla frizione, si udì uno stridìo di gomme e poi un tonfo sordo, rivoltante, seguito da un urlo di donna. Capii subito che cos'era successo. Quel fottutissimo gatto, Jackdaw, si era infilato sotto il furgone per ripararsi dalla pioggia e le ruote posteriori l'avevano schiacciato. Rischiammo di investire anche la Duchessa, perché Teacher fece ruotare il volante e la mancò di pochissimo mentre ci immettevamo nel traffico della Ku-Damm.

Le strade bagnate riflettevano le luci colorate delle insegne al neon che chiamavano i turisti a conoscere gli ubriaconi, i tossici e gli emarginati che avevano fatto del centro dell'Europa la loro casa. «È sempre lì?» mi chiese Teacher, mentre superavamo la Gedächtniskirche, rimasta intatta per ricordare ai nostalgici che anche la vecchia Berlino aveva avuto la sua parte di mostruosità edilizie. Nonostante fosse piena notte c'era parecchio traffico. Teacher diede gas un paio di volte, dopodiché il motore cominciò a funzionare meglio.

«Sono qui, tesori» disse una voce alle nostre spalle. «E credo di sapere con chi dovete incontrarvi. Se vi azzardate a scaricarmi al posto di controllo, lo urlerò così forte da farlo sapere a tutto il mondo. Non vi piacerebbe, vero?»

«No, non ci piacerebbe» risposi.

«Questo maledetto riscaldamento non funziona» sibilò Teacher, e colpì la levetta con la mano pelosa.

«Quel tuo costume è maledettamente realistico, Jeremy» dissi in tono ammirato. Sentii Tessa ridacchiare piano, ma Jeremy non rispose.

19

Il traffico che in uscita da Berlino Ovest punta verso l'Autobahn che porta alla Germania occidentale passa dal Controllo di Frontiera di Drewitz, nell'angolo sudoccidentale della città.

Le procedure sono efficienti e, per un veicolo con targa diplomatica, ridotte al minimo. Dalla parte della DDR è abitudine per i guidatori e i passeggeri di questi mezzi mostrare i documenti d'identità dal finestrino, così che possano essere esaminati dalle guardie comuniste che lavorano con quella studiata lentezza che in Occidente è il consueto modus operandi dei sindacalisti in sede di discussione.

Alla fine, le guardie riluttanti ci fecero cenno di passare. Sembrava che nessuno avesse notato che uno di noi era un gorilla. Teacher gettò i passaporti diplomatici nello scomparto dei guanti e iniziammo il lungo e monotono viaggio che ci avrebbe portati in Occidente. In sintonia con la mentalità da assedio della DDR, lungo la strada non ci sono né caffè né ristoranti. Nessuno dei locali in cui si gustano i sessantotto gusti di gelato che costellano le ampie superstrade americane, o la bistecca *au pommes frites avec Château Vinaigre* reperibile ovunque nella costosa rete autostradale della Francia, neppure le scorie tossiche e il tè forte che tanto facilmente si trovano lungo le grandi arterie inglesi.

Durante i primi chilometri incontrammo parecchio traffico. Amanti e mariti di ritorno da squisiti fine settimana che si sorpassavano l'un l'altro, di ritorno a casa. Camion che ripartivano allo scandire della mezzanotte dopo l'embargo del week-end per i veicoli pesanti e che superavano lentamente e faticosamente gli altri articolati. Nella corsia riservata allo scorrimento veloce, tedeschi ci sfrecciavano accanto segnalando con i fari per timore di creare danni mentre si premuravano di dimostrare la superiorità meccanica del loro paese. «*Deutschland über alles*» brontolò Teacher quando il conducente di una Mercedes che ci stava tallonando da un pezzo si portò il dito alla testa schizzandoci al contempo di acqua sporca.

«Forse si è addormentata» dissi.

«Doveva pur succedere qualcosa di buono, prima o poi» replicò lui. «È la legge delle probabilità.»

«Io non ci conterei troppo.» I tergicristalli stridevano e scricchiolavano sotto la pioggia. Teacher allungò la mano verso la manopola della radio, poi sembrò ripensarci.

Procedevamo dietro una fila di grossi camion; il vento gonfiava i teloni dell'ultimo veicolo del convoglio. «Tieni gli occhi aperti» mi raccomandò. «Dovremo controllare *tutte* le uscite. Non è escluso che il messaggio fosse inesatto.»

«No comment» feci io.

Le Autobahn della Germania Est erano in pessime condizioni e su quel tratto c'erano stati ben pochi interventi dopo la costruzione che risaliva ai tempi di Hitler. Qua e là il cedimento del terreno aveva aperto ampie crepe e le riparazioni erano state frettolose e scadenti. Ovunque, in Europa, le autostrade erano punteggiate di cartelli di segnalazione e ingombre dei macchinari delle squadre addette ai lavori, come se le strade del continente avessero ceduto a un'arteriosclerosi che tutto faceva ritenere fatale.

Lungo la strada avevamo individuato parecchi lavori in corso, ma dopo la deviazione per Brandeburgo, una cittadina che sta al centro di un complesso di laghi a ovest di Berlino, l'Autobahn che portava a ovest era ridotta a un'unica corsia. Teacher rallentò quando i fari illuminarono una doppia fila di coni di plastica, alcuni già rovesciati dalle raffiche di vento che accompagnavano la pioggia scrosciante.

La strada curvava leggermente verso sinistra per poi cominciare a scendere. Vedevo dipanarsi davanti a noi il nastro grigio contrassegnato da minuscoli punti luminosi che si susseguivano come una fila d'insetti per scomparire di colpo sulla collina lontana e appena visibile contro l'orizzonte color porpora.

Questo tratto dell'Autobahn era stato ampliato, e lungo il ciglio si allineavano macchine enormi: bulldozer e imponenti escavatori, spanditori e compressori stradali, bizzarri giocattoli di un mondo gargantuesco.

« Guarda là! » esclamai individuando un'auto parcheggiata tra di esse, le luci di posizione quasi invisibili nel diluvio.

« Sono loro! » Il sollievo era palese nella voce di Teacher. Sterzò, andò a colpire il margine della strada e procedemmo tra il fango, avanzando con cautela oltre bidoni, pezzi di recinzione e altri non meglio identificabili rottami. Una cinquantina di metri ci separavano dall'automobile ferma quando Teacher ritenne che fossimo sufficientemente vicini. Si fermò e spense il motore: la luce dei fari morì. Di colpo il frastuono della bufera si fece quasi assordante. Solo i fari delle auto che spuntavano da dietro la curva rischiaravano a tratti l'oscurità. Intorno, nulla si muoveva.

« Attenzione » dissi. « Quando aprirai la portiera si accenderà la luce dell'abitacolo, e in quel momento saremo degli ottimi bersagli. » Scivolai nel retro del furgone, aprii la valigia e frugai dentro alla ricerca delle munizioni e della pistola. La caricai con attenzione. Era troppo ingombrante per infilarla nella cintura dei pantaloni, così la tenni in mano.

« Sto per uscire » avvertì Teacher. « Voi due restate qui. »

« Come vuoi tu. »

Non era il momento di mettersi a litigare, ma quando lui scese non persi tempo a scivolare anch'io nella notte. Percepii il tanfo che sempre emanano i lavori in corso, un odore di terra stravolta, escrementi e combustibile. Ma in quel punto la strada si snodava attraverso la foresta e gli alberi caduti avevano aggiunto la loro linfa a quella miscellanea di odori. Ero fradicio fino alle ossa ancor prima di avere fatto due passi nel fango appiccicoso. Tenni la pistola nascosta sotto il cappotto mentre osservavo la figura indistinta di Teacher avanzare a passo cauto verso la macchina. Qualche auto ci passò accanto; i conducenti guidavano con prudenza, i rovesci d'acqua oscuravano la luce dei fari.

In quel momento qualcuno scese dall'automobile che riconobbi essere una Wartburg. Quelli dell'altra parte avevano preso la precauzione di fasciare con del nastro isolante la lampadina interna. L'abitacolo della Wartburg rimase al buio e le luci di posizione bastavano appena a far capire che era impossibile distinguere il sesso della persona appena scesa. Non lontano da me, dietro la più vicina delle grosse macchine gialle, una transenna impediva l'accesso agli scavi destinati all'ampliamento delle fondamenta.

«Venite avanti, per favore, uno alla volta» sentii che diceva Teacher, e il suo tedesco esitante si rivelò anche in quelle poche parole.

Di colpo i fari della Wartburg si accesero. Era una luce dura e sfolgorante e penetrò nel muro di pioggia accendendovi innumerevoli perline di vetro e illuminando in pieno l'assurdo gorilla zuppo che era Teacher. Allarmato, lui saltò di lato, ma io riuscivo ancora a scorgere il profilo della sua grossa sagoma.

Dal bulldozer più vicino, mi arrivò un movimento, un leggero clic metallico che avrebbe potuto essere la sicura di una pistola. Qualcuno aveva cambiato posizione per cercare di vedere dove fosse finito Teacher. Mi accostai un po' di più ai grossi macchinari; mi avrebbero fornito una protezione di cui, tuttavia, anche quelli dell'altra parte avrebbero potuto trarre vantaggio. Ora riuscivo a vedere con più chiarezza. Sembrava che ci fosse una donna in piedi accanto alla Wartburg, e forse altra gente a bordo. Il suono metallico che avevo udito era stato provocato da qualcuno in piedi vicino alla transenna: un uomo che impugnava una pistola con il silenziatore. Tutta l'attenzione era puntata su Teacher.

Era come assistere a una rappresentazione teatrale su un palcoscenico illuminato dai riflettori, e lo sfondo erano gli alberi dell'immensa foresta, mentre su un lato si scorgevano due file gemelle di piccole luci rosse e bianche, che baluginavano in lontananza. Vedevo Teacher, ma lui non poteva scorgere la figura armata stagliata contro il fango e le pozzanghere che splendevano nella luce dei fari della Wartburg.

Udii un grido, un urlo quasi, ed era una voce di donna, poi qualcuno che correva rumorosamente nel fango appiccicaticcio, dietro di me. Mi voltai per vedere, ma il furgone mi ostacolava la vista. E il primo sparo: il tonfo leggero che può produrre solo una pistola con il silenziatore nuovo di zecca. Non era stato Teacher. La donna stava urlando: «Fa' come ti è stato detto!» in tedesco, tedesco di Berlino.

Un'altra detonazione, quella violenta di una pistola priva di silenziatore, e poi un fracasso di vetri infranti. Lo sparo era arrivato da qualche parte alla mia sinistra. Poi fu un improvviso caos di oscurità, trafitta da colpi di pistola e dalle sciabolate di luce delle macchine di passaggio. Mi bastarono per constatare che la Wartburg aveva il parabrezza ridotto in frantumi e che c'erano schegge di vetro sparpagliate tutt'intorno. In quel breve istante vidi anche Teacher, accovacciato per terra con il braccio che impugnava la pistola teso, nella posizione tipica degli attori che nei telefilm impersonano i poliziotti. Non ero sicuro che fosse stato lui a sparare. Aveva forse cercato di colpire qualcuno all'interno dell'auto, e in questo caso, aveva fatto centro?

Poi qualcosa di fluttuante arrivò a intrecciare disegni luminosi, evanescenti tra me e i fari della Wartburg. Fino a quel momento avevo creduto che Tessa fosse ancora sul furgone, ma solo lei avrebbe potuto avanzare in quel modo tra il fango, piroettando e volteggiando, ignara della pioggia e dei colpi d'arma da fuoco.

Chi sparò era in piedi accanto alla ruota anteriore sinistra della Wartburg. Lei era vicinissima al suo uccisore quando venne colpita e scaraventata in aria. Bang. Bang. Due colpi sparati da un fucile da caccia la proiettarono oltre i fasci di luce dei fari, e l'abito le ondeggiò intorno, tessuto giallo lucido e trasparente. Cadde e il giallo si tramutò in rosso e la stoffa l'avviluppò rendendola simile a uno splendido insetto volante che in un rapido playback si trasforma in una crisalide sussultante. Illuminata dai fari, giacque distesa nel fango. La pioggia scrosciava. Lei si mosse ancora una volta, poi rimase immobile.

«Bastardo!» gridò qualcuno in inglese. Sicuramente Teacher. Poi sparò e io riconobbi il suono della Browning calibro 9 che gli avevo visto addosso. Due colpi assordanti e ravvicinati. Uno colpì l'intelaiatura d'acciaio di una grossa scavatrice e venne deviato verso il cielo con il piccolo miserevole gemito dei proiettili esplosi. Ma l'altro mandò in frantumi il faro sinistro della Wartburg e ne uscì con un'altra esplosione e una frenesia di sibili quando la pioggia si abbatté sul metallo incadescente.

Bang. Bang. Bang. Bang. Bang. C'erano altri uomini armati nell'oscurità che si stendeva al di là di Teacher. Nessun silenziatore. Risposero al fuoco immediatamente. Parecchi colpi, a distanza così ravvicinata da sembrare quasi uno solo. Teacher spiccò la corsa, inciampò e cadde con un grido. Lo vedevo a malapena nella poca luce fornita dal faro superstite della Wartburg. Si contorceva e gridava, stringendosi il corpo con entrambe le braccia, come un uomo che tenti di sfuggire a un bozzolo di sofferenza.

Ma pur attento alle sue mosse, riuscii ugualmente a scivolare intorno al retro del bulldozer e a inerpicarmi su per l'ampio cingolo. La lama sollevata mi nascose mentre salivo più in alto che potevo.

Da lassù godevo di un'ottima visuale. Il traffico che avanzava lento forniva luce sufficiente a distinguere l'ampio fossato degli scavi, la fila di scavatrici e in fondo a essa la Wartburg. Al centro di quella sorta di palcoscenico stava il Transit parcheggiato di traverso e alla sua sinistra il corpo di Teacher. Due uomini arrivarono dal punto in cui erano stati esplosi i colpi e si fermarono accanto al cadavere. Uno lo pungolò con la punta della scarpa. Nessun segno di vita. «Tutto a posto» disse l'uomo, e io riconobbi la voce di Erich Stinnes.

Da dietro la Wartburg spuntò una donna. Camminava attenta a non mettere i piedi nelle pozzanghere più profonde. Era Fiona, mia moglie.

«Quanti ne hanno mandati?» chiese uno dei due.

«Un uomo e una donna» rispose Stinnes. «Sono morti entrambi.» Fiona oltrepassò il cadavere di Tessa e abbassò gli occhi su Teacher senza mostrare di riconoscerlo. Capii che non aveva riconosciuto neppure la sorella. Stinnes si voltò a guardare il furgone. Probabilmente pensava al parabrezza fracassato della Wartburg e alla scomodità di doverla guidare sotto la pioggia battente.

Sapevo di avere parecchie alternative. Immagino che in base al manuale avrei dovuto intavolare una trattativa, ma non sono mai stato un appassionato di manuali, e questo è il motivo principale per cui sono ancora vivo. Così sollevai il grosso revolver e, posata la canna sulla massiccia lama d'acciaio del bulldozer — posizione considerata poco sportiva dagli istruttori durante le esercitazioni di tiro all'aperto nel Dipartimento — sparai al tizio più lontano, mirando al centro del corpo. Il pesante proiettile Webley lo colpì con forza catapultandolo nel buio, dove rimase immobile e silenzioso. Il secondo, quello che si chiamava Stinnes, indietreggiò allarmato, ma l'addestramento ebbe la meglio sulla paura e, sebbene non mi vedesse, sollevò l'arma e sparò tre volte verso il punto in cui mi trovavo. I proiettili mi passarono sibilando accanto alla testa e uno mi forò il cappotto. Era la cosa giusta da fare: secondo la teoria più diffusa, era molto probabile che a questo punto il tuo avversario smettesse di sparare per nascondersi. Ma le mie reazioni erano troppo lente per adeguarsi alle teorie e nel frattempo l'avevo già colpito con il secondo proiettile. Lo presi al collo.

Quello che venne dopo doveva in seguito interrompere più volte il mio sonno, come il crescendo finale di un incubo che mi svegliò fradicio di sudore nel bel mezzo di tante notti buie. Perché Erich Stinnes sprizzava sangue come una fontana, un getto che saliva dritto verso il cielo. E con il sangue che sgorgava — le mani sulla gola — barcollò all'indietro rantolando e scivolando e sdrucciolando nel fango finché non andò a sbattere contro la transenna che circondava gli scavi. Lì rimase un istante, poi crollò a faccia in giù nel fossato pieno d'acqua.

Impietrita dalla paura, sporca di sangue fresco, Fiona rimase dov'era. Io attesi. Tutto era silenzio. Anche il flusso del traffico si era interrotto e la foresta assorbiva il rumore del vento e della pioggia.

Poi Fiona tornò di corsa verso la Wartburg. Quando il tacco di una delle sue scarpe saltò, si storse probabilmente la caviglia perché proseguì più incerta, incespicando, e arrivò alla macchina in ginocchio e scossa dai singhiozzi. Dalla presunta sicurezza garantitale dal buio, e ignara di quanto le fossi vicino, gridò: «Chi è là? Chi c'è?».

Non risposi, non emisi un suono né mi mossi. C'era

qualcuno con una pistola munita di silenziatore da qualche parte là fuori e finché non l'avessi individuato non sarebbe stato sicuro scendere di nuovo a terra.

Aspettai a lungo. Infine Fiona salì in macchina con gesti incerti e spense il faro. Ora tutto era buio, fatta eccezione per le luci delle auto di passaggio che spuntavano da dietro la curva e scendevano la collina.

Fiona cercò di avviare il motore, ma il proiettile che aveva fracassato il faro doveva aver provocato qualche altro danno, perché il motorino d'avviamento urlò, ma non accadde null'altro. Nel silenzio della foresta la sentii imprecare fra sé, a bassa voce, quasi con dolcezza. C'era disperazione nella sua voce.

Fu allora che vidi l'altro: strisciava con estrema lentezza lungo la transenna. Lo intravedevo appena, ma ebbi ugualmente modo di notare che portava un impermeabile e uno di quei berretti che gli americani usano quando giocano a golf. Capii subito chi fosse: Thurkettle.

Per un lungo periodo non udii nulla, tranne il rombo del traffico. Poi una voce d'uomo gridò: «Dobbiamo stare qui ad aspettare tutta la notte, Samson?».

Era la voce di Thurkettle. Rimasi in silenzio.

«Puoi prendere la donna e prendere il furgone e andare» urlò di nuovo lui. «Portatevi via anche il gorilla. Voi non m'interessate.»

Non risposi.

«Mi senti? Vedi di muoverti. Ho un lavoro da sbrigare.»

A quel punto gridai: «Fiona! Riesci a sentirmi?».

Lei si guardò intorno, ma senza vedermi.

«Sali sul furgone, metti in moto e fagli percorrere un metro o due. Tieni il motore su di giri.»

Con un calcio Fiona si liberò delle scarpe e avanzò nel fango. Ostacolata dalla caviglia dolorante, si avviò faticosamente verso il furgone. Salì e accese il motore. Dopo qualche momento, il tempo necessario per trovare i comandi, avanzò per un breve tratto poi si fermò senza spegnere il motore.

«Ora me ne devi uno, Bernie» sbraitò Thurkettle.

«Porta i miei saluti al conte Zeppelin» urlai di rimando. Avevo ancora un vantaggio sull'americano. Sapevo dov'era, mentre lui non mi aveva individuato. Con qualche difficoltà ridiscesi a terra e cercai di valutare la distanza che mi separava dall'altro lato del furgone. Se Thurkettle avesse cominciato a sparare, avrei potuto utilizzarlo come copertura.

Attesi ancora qualche minuto, in modo che lui cominciasse a guardarsi intorno nel timore che me la fossi filata, quindi spiccai la corsa. Un camion sbucò lentamente da dietro la curva e la luce dei suoi fari mi intrappolò. Continuai a correre, poi mi gettai nel fango a pochi passi dal retro del Ford. Lì, indugiai qualche istante per riprendere fiato. Nessun colpo fu esploso. Mi spostai allora sul davanti e posai la mano sul finestrino per attirare l'attenzione di Fiona. « Lo vedi? » bisbigliai.

« Dietro la Wartburg. »

« È uno dei vostri? »

« Non l'ho mai visto. »

« Non è venuto con voi? »

« No. È in moto. »

« Te la senti di guidare? »

« Sì, certo. » Parlò in tono fermo, deciso.

« Tanto vale andarcene di qui e lasciarlo solo. Tieniti bassa sul sedile, nel caso sparasse. Adesso salgo anch'io. Non appena dirò "Vai", parti. Non troppo in fretta, non voglio rischiare che il motore si fermi. »

A tastoni cercai l'interruttore della luce e premetti sopra la mano per evitare che si accendesse. Aprii la portiera e mi arrampicai dentro. « Vai! » mormorai piano. Fiona diede gas e avanzammo sobbalzando sul terreno sconnesso. Non ci furono spari.

Nel buio, il furgone passò sopra alcune assi di legno, risalimmo un'alta sporgenza e infine fummo sulla strada. L'Autobahn era buia: in quel momento non passava nessuno. Puntammo verso ovest. Avevamo percorso circa un chilometro quando una grande sfera di luce incandescente illuminò la notte dietro di noi.

« Mio Dio! » esclamò Fiona. « Che cos'era? »

« La tua Wartburg che brucia, a meno che non mi sbagli. »

« Brucia? »

« Qualcuno sta distruggendo le prove. »

« Le prove di che cosa? »

« Non credo sia il caso di tornare indietro a domandarlo. »

Le fiamme divampavano alte: continuammo a vederle per chilometri e chilometri, poi, quando superammo la cima di una collina, scomparvero di colpo. Ben poco si sarebbe salvato da un simile falò.

Chiesi a Fiona se voleva che la sostituissi alla guida, ma lei scosse la testa senza parlare. Tentai più volte di avviare una conversazione, ricevendo come risposta solo monosillabi. Guidare lungo l'Autobahn di notte le dava la possibilità di concentrarsi su qualcosa. Era decisa a non pensare a quello che aveva fatto, e non era dell'umore giusto per parlare di quello che ancora restava da fare.

Il braccio cominciò a pulsarmi e quando lo toccai scoprii che la manica della giacca era bagnata di sangue appiccicaticcio. Uno dei proiettili mi aveva sfiorato più da vicino di quanto mi fossi reso conto. Non si trattava di una vera ferita, solo di un'ampia escoriazione e di un livido enorme, di quelli provocati dai proiettili quando entrano in contatto con la carne. Ripiegai il fazzoletto e lo usai come tampone per stagnare lo sgocciolìo del sangue. Non era un graffio che mi avrebbe portato all'ospedale, ma era più che sufficiente a rovinarmi il vestito.

« Stai bene? » Non c'era tenerezza nella sua voce e il tono era più ammonitorio che preoccupato, il tono di un'insegnante alla testa di un branco di scolaretti in procinto di attraversare la strada.

« Sto bene. » Avremmo dovuto parlare e abbracciarci e ridere e amarci. Eravamo di nuovo insieme e lei stava tornando a casa, da me e dai bambini. Ma non facemmo niente del genere. Non eravamo più la coppia spensierata che era andata in luna di miele con il conto già in rosso e nell'ufficio di stato civile si era ubriacata con mezza bottiglia di champagne divisa con altre quattro persone. Sedevamo in silenzio nel buio osservando il traffico che strisciava verso Berlino, e le Porsche che ci superavano urlando. E io perdevo sangue e anche i sogni inespressi che tengono in vita i matrimoni si dissanguavano e morivano.

La pioggia cessò, o forse eravamo usciti dalla zona colpita dal maltempo. Accesi la radio. Un farfugliare in arabo, il notiziario di Radio Mosca in tedesco, poi la radiotrasmittente tedesca che durante la notte annienta l'opposizione dell'intera Europa centrale. Un gruppo musicale fuori moda: *Solo far credere che ti amo. Solo far credere che mi ami. Altri trovano la pace del cuore nel fingere, perché non potresti tu, non potrei io, non potremmo?*

Dietro di noi una striscia di cielo si rischiarò gradualmente e si colorò fino a diventare una massa confusa di malva e porpora.

« Tutto bene, tesoro? » Ma ancora una volta lei non mi rispose. Era concentrata sulla strada, le labbra serrate e le nocche bianche.

Le intollerabili incertezze che mi artigliavano sempre più dolorosamente lo stomaco a mano a mano che ci avvicinavamo alla frontiera si rivelarono infondate. Quando ci fermammo, lei guardò nello specchietto retrovisore e con un angolo del fazzoletto inumidito con la saliva si deterse dal viso qualche schizzo di sangue. La sua espressione non era mutata.

« Sono a posto? »

« Sì » risposi.

Andò avanti. Una guardia annoiata, vedendo la targa diplomatica, si limitò a lanciarci un'occhiata prima di tornare a leggere il suo giornale.

« Ce l'abbiamo fatta » dissi. Silenzio.

Dall'altra parte trovammo ad aspettarci un comitato di ricevimento. Era l'alba e la luce era quella incerta in cui i soldati si preparano alla battaglia. Lungo il ciglio della strada erano parcheggiati alcuni mezzi militari: una jeep blindata, un'auto e un'ambulanza: la perfetta panòplia bellica. Di colpo si materializzarono due soldati, uno di mezza età, l'altro sulla ventina. Arrivò poi un giovane e gaio colonnello di un'unità non precisata con il berretto cachi ben teso sulla grossa testa in tenuta da battaglia senza altre decorazioni che un paracadute alato e il grado stampigliato in nero.

« Abbiamo a disposizione un elicottero » annunciò il colonnello. Fingeva di avere un bastone da ufficiale e rivolse a Fiona un saluto scherzoso: « Se la sente di arrivare fino a Colonia?» La voce era sonora, l'atteggiamento quasi trionfante. Era ordinato e rasato di fresco e sembrava inconsapevole dell'ora antelucana.

«Sto benissimo» rispose Fiona. Il colonnello aprì la portiera per farla scendere, ma lei rimase immobile e neppure lo guardò. Teneva ben stretto il volante e con gli occhi fissi davanti a sé, tirò su con il naso. Tirò su di nuovo, più forte, come farebbe un bambino con il raffreddore. Poi cominciò a ridere. All'inizio fu la normale risata affascinante che ci si potrebbe aspettare da una donna giovane e bella che ha appena vinto il campionato del mondo di spionaggio e doppio gioco. Ma a mano a mano che continuava, vidi il colonnello accigliarsi. Fiona aveva il viso arrossato e la risata si era fatta più stridula e poi lei cominciò a tremare finché tutto il suo corpo fu scosso da risa isteriche.

Sembrava che non potesse più smettere di ridere. Ero allarmato ma il colonnello sembrava avere una certa esperienza in proposito. Guardò le macchioline di sangue che la ricoprivano, poi si rivolse a me. «È la reazione. Da quello che posso vedere, ha passato dei momenti difficili.» E senza voltarsi aggiunse: «Sarà meglio che intervenga lei, Doc».

Si fece da parte per lasciare passare il soldato più giovane. Il suo compagno gli tese qualcosa. Allora il medico che sembrava un ragazzino allungò la mano, prese il braccio di Fiona e con il minimo trambusto, anzi, senza il minimo trambusto, le infilò un ago ipodermico nell'avambraccio, attraverso la manica. L'esercito è così. Senza lasciarla andare, rimase a guardarla acquietarsi pian piano. Poi le auscultò il polso. «Questo dovrebbe bastare» dichiarò. «Un sedativo. Niente alcol. Meglio non farla mangiare per un'ora o due. Ci sarà un medico della RAF ad aspettarvi all'aeroporto di Colonia, le darò un messaggio per lui. Vi accompagnerà per tutto il tragitto.»

«Il tragitto per dove?» chiesi.

Il medico guardò il colonnello. «Non ve l'hanno detto?» replicò questi. «È sempre così, eh? Non raccontano mai quello che vi aspetta alla fine. Verrete trasbordati su un volo intercontinentale. Il viaggio è lungo, ma l'aeronautica si prenderà cura di voi.»

Fiona si stava rilassando. Aveva smesso di ridere e si guardava intorno come se fosse emersa da un sonno profondo. Permise al colonnello di aiutarla a scendere. «Dove sono finite le sue scarpe?» le chiese lui con fare galante.

«Le ho perse» rispose Fiona con voce piatta, e si allontanò i capelli dal volto, come improvvisamente conscia del proprio disordine.

«Non importa» la rassicurò il militare. «In America hanno scarpe deliziose.»

20

L'estate non è la stagione migliore nella California meridionale. Perfino a « La Buona Nova », il pendio collinoso nella contea di Ventura dove Fiona era stata nascosta per la stesura del rapporto ufficiale, c'erano lunghe giornate spossanti quando dal Pacifico non soffiava la brezza. L'incaricato era Bret Rensselaer. Certi, me compreso, avevano sostenuto che era troppo vecchio per tornare a tempo pieno alle dipendenze del Dipartimento. Ma Bret era ufficialmente il capo missione di Fiona. Era stato parte in causa nel piano che l'aveva vista passare ai sovietici fin dalla prima volta che lei gliene aveva parlato. Aveva seguito i suoi progressi. Nessun altro avrebbe potuto sostituirlo.

Bert Rensselaer era deciso a ricavare il massimo da quello che era ovviamente il suo ultimo incarico. La prospettiva di un cavalierato non venne mai menzionata, ma non c'era bisogno di saper leggere nella mente altrui per capire che a parere di Bret quello sarebbe stato il ringraziamento appropriato da parte di una sovrana riconoscente. Nessun problema sulla necessità per Bret di chinare la testa: sarebbe andato da costa a costa sulle ginocchia per una croce di cavaliere.

Nessuno ebbe un ringraziamento per me. Quando mi venne pagato lo stipendio, constatai che era stato decurtato di tutti gli extra e le indennità. Era un assegno ridotto all'osso. Ne parlai con Bret, e lui mi rispose che non dovevo dimenticare che non avrei pagato nulla per cibo e alloggio. Cristo santo, proruppi, non pensava che mi era stato proibito qualunque contatto con i miei figli? Ovviamente non feci il nome di Gloria. Fu lui a introdurlo nella conversazione. Le era stato detto, mi riferì, che ero via per una missione speciale, troppo segreta perché se ne potessero rendere noti i dettagli. Sarebbe stata cura del Dipartimento fare in modo che i miei figli fossero sempre felici e seguiti nel giusto modo. Le sue parole sembravano contenere una minaccia neppure troppo velata per me: ebbi la sensazione che dalla mia buona condotta dipendesse ciò che sarebbe stato detto a Gloria. Un giorno notai tra le carte che ingombravano il piano di marmo del tavolo di Bret una cartolina a colori. Era una riproduzione di un Van Gogh che raffigurava un postino in uniforme blu, un quadro che Gloria amava in modo quasi eccessivo. « È possibile che questa sia per me? » gli chiesi.

« No » fu la risposta immediata e priva di esitazioni.

« Ne sei sicuro? »

« Fa parte della mia corrispondenza privata » disse Bret.

Avevo una gran voglia di prenderla per accertarmene personalmente, ma il tavolo era grande e Bret ci arrivò prima di me. Mise la cartolina in un cassetto. Ma io sapevo che me l'aveva spedita Gloria. Lo sapevo e basta.

Dopodiché, mi fu permesso raramente di entrare nell' "ufficio" di Bret e, quando capitava, sul suo tavolo non c'era mai niente. In tutto quel tempo, l'unico messaggio che arrivò per me fu una cartolina con un ritratto di Paul Bocuse. Il timbro era di Lione e a mandarmela era Tante Lisl, che mi descriveva il pasto che vi aveva consumato.

Sistemarono me e Fiona in un comodo alloggio per gli ospiti separato dal corpo principale. Una casa tutta per noi completa di cucina, sala da pranzo e una giovane ragazza messicana che veniva a tenerla pulita e a preparare la colazione. Ogni giorno Fiona trascorreva quattro, a volte cinque, ore con Bret. Non uscivano neppure per consumare un pranzo degno di questo nome, ma si facevano portare sandwich, frutta e caffè che consumavano senza smettere di parlare. Bret aveva una segretaria part-time che però non partecipava mai a quelle sedute. Il suo ufficio era grande e comodo, con le finestre protette da inferriate e serrature di sicurezza e pieno di carte geografiche e libri di consultazione oltre a un computer in grado di richiamare sul suo schermo e/o stampare qualunque cosa Bret richiedesse a ogni genere di banche dati. Tutto quello che Fiona diceva veniva registrato su nastro e i nastri chiusi in un'enorme cassaforte. Ma non esistevano ancora trascrizioni... sarebbero venute in seguito. Quella era soltanto la prima verifica, che avrebbe permesso a Bret di informare Londra e Washington di eventuali emergenze.

All'inizio, andavo qualche volta ad ascoltare, ma dopo qualche giorno Fiona mi chiese di non farlo più. La mia presenza, spiegò, la metteva in imbarazzo. Al momento mi sentii offeso, quasi ferito, ma in fondo si trattava di un prassi normale, e dopotutto neanche a me era mai piaciuto avere qualcuno ad "assistere" quando ero io il protagonista di certe prodezze analitiche.

Così andavo a nuotare nella piscina all'aperto, mi rimettevo in pari con le letture e ascoltavo la KSCA-FM che trasmetteva musica classica ventiquattrore su ventiquattro o le cassette che suonavo nel grosso stereo. Il più delle volte andavo a nuotare con Mrs O'Raffety, l'anziana proprietaria della tenuta, che era costretta a fare un bel po' di vasche tutti i giorni per via della schiena. E quasi sempre pranzavamo insieme.

Mi sarebbe piaciuto andare a Los Angeles o, in mancanza di meglio, farmi una birra a Santa Barbara, che era parecchio più vicino. Passeggiare lungo la spiaggia, guidare sulla Pacific Coast Highway, fare il giro della Hearst Mansion... qualunque cosa pur di rompere la monotonia. Ma Bret era irremovibile: entrambi dovevamo restare confinati all'interno del complesso La Buona Nova, circondato da recinzioni e custodito da guardie messicane armate e dai cani. Era una prigione, una prigione graziosa e comoda, ma dove eravamo condannati a restare finché il Dipartimento lo avesse ritenuto necessario. E io avevo la sgradevole sensazione che la condanna non sarebbe stata tanto breve. Ma che cosa potevo farci? Era per la sicurezza di Fiona, diceva Bret. E a questo non c'era nulla da replicare.

Una notte, poco dopo il nostro arrivo, avevo cercato di parlare con Fiona del tempo che aveva trascorso con Stinnes e i suoi allegri compagni. Ci stavamo preparando per andare a letto. Lei in un primo tempo mi aveva risposto in tono normale, poi le sue risposte si erano fatte sempre più brevi e più riluttanti e io mi ero reso conto che era molto turbata. Non aveva pianto né aveva assunto atteggiamenti altrettanto drammatici. Tutto sommato, forse sarebbe stato meglio se l'avesse fatto: avrebbe potuto aiutarla. Ma non aveva pianto; si era infilata a letto e si era acciambellata in posizione fetale tirandosi il lenzuolo sopra la testa.

Ogni sera cenavamo con Bret, con la padrona di casa e suo genero, un amabile avvocato. Erano incontri noiosi, con i domestici messicani che gironzolavano sempre intorno e noi che ci scambiavamo insulsaggini. A volte incontravo Bret Rensselaer in piscina e dicevo qualche amenità con lui. La sua unica reazione a tutto quello che dicevo riguardo alle preoccupanti condizioni di Fiona, erano frasi di blanda rassicurazione. Il medico l'aveva esaminata il giorno successivo al nostro arrivo e lei prendeva un sacco di vitamine e anche di sonniferi, quando ne sentiva il bisogno. Inoltre, aggiungeva, aveva passato dei gran brutti momenti; insomma, mi trattava come una madre nevrotica in ansia per il ginocchio sbucciato del figlio. Ma i mutamenti che vedevo in Fiona non erano forse così evidenti a chi non la conosceva altrettanto bene. Piccole cose. Aveva il viso tirato e sembrava rimpicciolita, e non aveva più quell'andatura eretta che ricordavo così bene. Poi c'era quel suo modo esitante di parlare e la diffidenza che mostrava verso chiunque, da me e Bret fino alla servitù messicana.

Una sera a cena feci cadere qualche goccia di salsa sulla tovaglia — di piccoli pasticci del genere ne combino di continuo — ma lei crollò all'indietro sulla sedia e chiuse gli occhi. Nessuno dei commensali mostrò di essersene accorto, ma io sapevo che era sul punto di mettersi a urlare, che era forse vicinissima al crollo. Il guaio era che non si confidava con me, a dispetto di tutti i miei tentativi di farla parlare. Alla fine mi accusò di disturbarla, così mi ritirai in buon ordine e lasciai tutto in mano a Bret.

Due giorni dopo Bret mi chiese di assistere alla seduta mattutina. «Ci sono due o tre cosette per cui non trovo una spiegazione» mi disse.

«Io direi che ce ne sono parecchie» replicai.

Fiona se ne stava accasciata su una grande poltrona. Bret

era dietro il tavolo, un complicato pezzo di design moderno in marmo rosa e gambe d'acciaio, con la schiena rivolta verso i vetri sfumati della finestra. Il giardino era un trionfo di colori. Contro il muro bianco del cortile si stagliavano gli aranci e i limoni, le piante di gelsomino, i roseti e le buganvillee. Ma non se ne sentiva il profumo perché la finestra era chiusa ermeticamente e il condizionatore alzato al massimo. Bret mi fissò a lungo senza parlare e alla fine chiese: « Per esempio? ».

« Le tracce di eroina nel furgone Ford. » Era un bluff e non funzionò.

« Vediamo di non divagare » brontolò infatti. « Quello che ci si aspetta da noi è che identifichiamo gli altri presenti sul luogo. »

« Fiona lo sa » gli feci notare. « Era in auto con loro. »

« Erich Stinnes » interloquì lei in modo meccanico. « Più il tramite sovietico. E c'era anche un uomo che non avevo mai visto prima. Era arrivato in motocicletta. »

« Bene! Bene! » borbottò Bret, annotandosi tutto per sopperire a eventuali dimenticanze. Sollevò gli occhi. « Tre uomini » disse, ed ebbe un rapido sorriso nervoso. Bret Rensselaer era uno di quegli americani eleganti che, ammalati o sani che siano, hanno sempre l'aria perfettamente curata: come una Bugatti d'epoca o un brillante di cinquanta carati. Seduto alla scrivania, con la penna d'oro in mano, sembrava ritagliato dalla copertina di una rivista aziendale. Quel giorno indossava pantaloni bianchi firmati e una maglietta da tennis bianca con una riga rossa al colletto. Un insieme perfettamente intonato ai capelli bianchi che faceva apparire ancora più scuro il suo viso abbronzato.

Mi chiesi se il misterioso "terzo uomo" sarebbe stato identificato come Thurkettle. Ma non dissi nulla e notai che Fiona non accennava all'accento americano del killer.

« I monitor non hanno captato niente? » domandò lei.

« Nulla nei quotidiani e nei periodici e certamente nulla alla radio... » Bret si esibì in un altro dei suoi frizzanti sorrisetti mentre giocherellava con l'anello con sigillo « sarebbe stato sorprendente il contrario. »

« E ancora più sorprendente se tu ce l'avessi detto » intervenni.

Lui non sprecò tempo a rispondermi. Grugnì e tornò a rivolgersi a Fiona. «Perché hanno incendiato la macchina?»

«Bernard dice che è stato per distruggere le prove.»

«Lo sto chiedendo a te, Fiona.»

«Proprio non ne ho idea. Magari è stato un incidente. C'era un altro uomo laggiù.»

«Ah! L'uomo in moto?»

«Sì» assentì lei.

«Vorrei che tu mi dicessi qualcosa di più sul suo conto.» Attese speranzoso, poi, vedendo che Fiona continuava a tacere: «E durante il tragitto in auto non hai parlato né con Stinnes né con il tramite?».

«No.»

«Loro due hanno chiacchierato?»

«Non credo che così arriveremo a molto» mormorò lei. «Ti ho detto tutto quello che so sul loro conto.»

Bret annuì con aria comprensiva e lanciò un'occhiata al taccuino giallo. «Questo "altro uomo" è arrivato in moto? È piuttosto insolito, non ti pare?»

«Proprio non ho idea di che cosa fosse insolito, Bret.»

«Ma se l'auto è stata incendiata dopo che voi due vi eravate allontanati, dev'essere stato lui ad appiccare il fuoco.»

«Credo di sì.»

«Lo credo anch'io» approvò Bret. «E ora arriviamo all'ultima fase di questa strana faccenda... al fatto cioè che vi ha lasciati andare senza fare nulla per impedirvelo.»

Fiona annuì e si passò la lingua sulle labbra, come se quel solo pensiero bastasse a turbarla. «Strano, sì.»

«Eppure un motivo ci deve essere. Bernie aveva appena ucciso i suoi due compagni. E lui non vi ha fermati. Non ti sembra pazzesco?»

«Era a un punto morto» disse Fiona. «Agendo, rischiava di essere ucciso a sua volta. Sapeva che Bernard non sarebbe mai riuscito a raggiungere il furgone senza diventare un bersaglio. Bisognava pure arrivare a un qualche compromesso.»

«No, tesoro» la contraddisse lui. «Quella gente si trovava nel proprio paese. Se per esempio il nostro Mister X avesse tenuto duro fino al mattino, i passeggeri delle auto in transito si sarebbero accorti di quello che stava succedendo. Poi sarebbero arrivate le squadre degli addetti ai lavori stradali. Praticamente qualunque cosa avrebbe risolto la situazione a suo vantaggio. Giusto?»

«Non so chi fosse» disse Fiona. Sembrava che non avesse neppure sentito le ultime osservazioni di Bret.

«E questo che cosa vorrebbe dire?» proruppe lui.

Fiona mi guardò, in cerca d'aiuto. «Intende dire che se un agente della CIA si trovasse coinvolto in uno scontro a fuoco lungo la Pacific Coast Highway, non sarebbe così desideroso di farsi scoprire dai poliziotti locali e dai passanti.»

«Be', d'accordo» fece Bret, in un tono che tuttavia non concedeva nulla. «Ma qui siamo negli Stati Uniti d'America. Quotidiani liberali che aspettano solo l'appiglio giusto per dare addosso al Governo, senatori d'assalto. In una situazione del genere, forse sì, un agente della CIA preferirebbe tenere tutto in sordina. Ma nella DDR... non ne vedo il motivo.»

«Perché non ti limiti a suggerirci quello che vuoi che ti diciamo, Bret?»

«Tregua» replicò. Il logorìo dei nervi cominciava a mostrarsi anche in lui.

«Sappiamo tutti che quello che stai scrivendo è una specie di favola» insistetti. «Stiamo parlando di uno scenario predisposto mesi, forse anni fa. Tu non vuoi sapere quello che è accaduto realmente: vuoi soltanto avere la possibilità di dire che tutto è andato come previsto. So benissimo come sarà alla fine quella tua relazione: cinquanta pagine di sviolinate per gli imbrattacarte che stanno dietro le quinte e per il magnifico lavoro che hanno svolto. Le uniche decisioni ancora da prendere riguardano chi sarà nominato cavaliere e chi dovrà accontentarsi di un MBE o di una CBE.»

«Sei un rozzo bastardo, Bernard» mormorò lui.

«Sì. Lo so. Tutti mi ripetono la stessa cosa. Ma quello che dico è vero ugualmente.»

Mi guardò e cedette di una frazione appena. «Non è stato Goethe a dire *Der Ausgang giebt den Taten ihre Titel?* È il risultato a decidere il titolo, se non ho tradotto male. Sicuro, questa è la storia di un successo straordinario. È il successo di Fiona. E non ne otterrà mai tutto il riconoscimento che le è dovuto perché non è così che il Dipartimento gestisce certe cose: lo sappiamo bene. Ciò che avrà è il rapporto. Preferiresti che definissi la sua impresa un fiasco? Vuoi che dica che lei ha incasinato tutto?»

«No» risposi. Bret riusciva sempre a trovare il modo di mettere i suoi avversari dalla parte del torto.

Fiona non parlava. Il suo contributo alla conversazione era minimo, ma non per questo la si sarebbe potuta definire poco collaborativa: semplicemente, era come una sonnambula. Sapeva che sua sorella era morta, gliel'aveva detto Bret, ma evitava di accennare a Tessa. Era come se Tessa non fosse mai stata là, e Bret si adeguava. Erano parecchie le cose di cui Fiona non voleva parlare, nominava di rado perfino i figli. Non invidiavo a Bret il suo lavoro.

Lui guardò l'orologio: «Be', passiamo a qualche domanda più facile. Ci faremo portare un po' di quei fantastici sandwich al roast-beef e oggi finiremo presto. Che cosa ne dite?».

Erano schifosi anche i sandwich.

Un paio di giorni dopo ricevemmo una visita. James Prettyman era un inglese americanizzato che una volta lavorava con me. In seguito, la Centrale di Londra l'aveva mandato a Washington con una copertura a prova di bomba che gli permetteva di sbrigare parecchie faccende per loro conto mentre quelli se ne stavano a distanza di sicurezza. Un tempo eravamo molto amici, ma adesso non ne ero più tanto sicuro, sebbene gli dovessi forse un paio di favori.

Jimmy era sui trentacinque anni. Aveva l'aspetto solido e la forma mentale che si associano ai venditori porta a porta più invadenti. Di carnagione pallida ed esangue, aveva la testa a forma di cupola e cominciava a perdere i capelli, ma a volte una ciocca gli ricadeva sugli occhi. Credo che gli facesse piacere vederla.

Era mattina presto quando arrivò. Indossava un abito rigato blu e una di quelle camicie leggere di cotone indispensabili a Washington in quell'afoso periodo dell'anno. Dal taschino della giacca sporgeva un fazzoletto di seta stampato a piccoli disegni astratti e i pantaloni erano stazzonati, come se fosse rimasto seduto al suo posto in aereo per parecchie ore.

«È un piacere vederti, Bernie» disse, e mi diede una sincera stretta di mano e mi fissò negli occhi come fanno gli americani quando cercano di ricordarsi il tuo nome. «Oggi assisterò anch'io.» Controllò l'ora. «Stamattina sul tardi. Tu, Bret e io. Okay?»

«Ottimo» risposi, senza capire bene che cosa si aspettassero da me. Pensavo che fosse venuto per parlare con Fiona, ma lei stava facendo colazione a letto, dato che quella era la sua mattinata "libera".

Bret Rensselaer e Jimmy Prettyman si riunirono in seduta e io fui invitato a raggiungerli alle dieci. Quando arrivai, i resti della loro colazione erano ancora sparpagliati per la stanza. Bret non riusciva a riflettere senza camminare avanti e indietro e c'erano piatti di muffins mangiati a metà, tazze e bicchieri di succo d'arancia dappertutto. Mi versai il caffè dalla caraffa termica e sedetti. Poi allungai la mano verso il bricco della panna, ma ce n'era rimasta solo un goccio o due.

«Jim vorrebbe ascoltare la tua versione dell'accaduto» disse Bret.

E quando lo guardai, aggiunse: «Sull'Autobahn».

«Oh» feci io. «Sull'Autobahn.»

«Chi era il tizio in motocicletta?» chiese Prettyman.

«Pare che nessuno lo conosca.»

«Ho detto a Jim che hai le tue teorie in proposito» disse Bret. «Gli ho anche spiegato che non vuoi sbottonarti.»

«In via ufficiosa, Bernie.» Intervenne Prettyman.

«Era una notte buia, Jim.»

Lui si chinò a spegnere il registratore. «In via ufficiosa.»

«Oh, quel genere di ufficiosità» dissi, e sorseggiai il caffè. Era freddo. «Ho paura che la tua caraffa termica non funzioni troppo bene, Bret. Sì, dunque... parlava con accento americano.»

«Parlano tutti con accento americano» brontolò Bret. «Colpa di quegli affari con cui imparano la lingua.»

«Così ho sentito dire.»

«Hai riconosciuto la voce?» chiese ancora Prettyman.

«Mi stai prendendo in giro? Credi che avessi il tempo di fare caso a sciocchezze del genere?»

«Chi era?»

«Gesù, Jim! Sai benissimo chi era. Quel criminale di Thurkettle, un americano rinnegato. Un sicario mandato dal Dipartimento per far fuori Tessa Kosinski.»

«Perché diavolo...» cominciò Bret, ma Jim alzò una mano per tacitarlo.

«Dimmi dell'altro. Perché il Dipartimento avrebbe ucciso la sorella di Fiona?» La domanda sembrava casuale, ma il tono era quello particolarmente gentile che gli psichiatri usano per blandire i maniaci.

«La macchina è andata in fiamme» dissi. «Ciò che restava di Tessa Kosinski... pochi frammenti di ossa e un po' di cenere... verrà identificato come le spoglie di sua sorella Fiona. Fiona è nascosta qui: in questo modo Mosca non saprà che è ancora viva e in perfetta salute e che vi sta raccontando tutto.»

«Dimentichi i denti» rilevò Bret. «Quelli sono sicuri di trovare qualche osso della mascella. Fiona si era fatta fare qualche lavoretto, una corona e un'otturazione, a Berlino Est.» Se avevo bisogno ancora di qualcosa per convincermi dell'esattezza della mia teoria, quella era l'eccezionale conoscenza che Bret mostrava di avere della dentatura di Fiona.

Prettyman guardò Bret, poi me, dopodiché lanciò una rapida occhiata all'orologio da polso.

«Non sto dimenticando niente» ripresi. «Immaginiamo che a un teschio, abbastanza simile a quello di Fiona, vengano applicati degli interventi odontoiatrici identici ai suoi. Sarebbe stato sufficiente metterlo in auto.»

«Due teschi femminili nella macchina?»

«Ecco perché vi serve un pazzo come Thurkettle. La sua tariffa di tutto compreso prevede anche eventuali decapitazioni.»

«Thurkettle è quello che ha liquidato l'uomo della CIA a Salisburgo» interloquì Prettyman, con l'aria vaga di chi ricorda un nome affiorato da un passato indistinto e lontano. Poi aggiunse: «Questo significherebbe una lunga pianificazione... e molta collaborazione. Chi l'avrebbe mandato sul posto, e così via?».

«C'era in ballo un grosso traffico di droga: guardie di entrambe le parti. C'era bisogno di un capro espiatorio. Tutti gli interessati erano ansiosi di chiudere la pratica. Quella particolare località, con i lavori in corso sull'autostrada, garantiva la possibilità di eliminare qualsiasi prova scomoda.»

«Da dove diavolo hai tirato fuori tutte queste idee?» volle sapere Prettyman.

«È l'unica spiegazione plausibile.»

«Sarà bene che ti sforzi un po' di più, Bernie» disse lui in tono apparentemente amichevole. «Ascolterò qualunque cosa tu abbia da raccontarmi. Sono al corrente di tutto quello che hai detto finora. Ma dovrai buttar giù un'altra versione di questo tuo assurdo copione.»

«E allora che cosa diavolo ci faceva Tessa là?»

Questa volta fu Bret a parlare. «Non toccherebbe a te rispondere a questa domanda, Bernard? Sei stato tu a portarcela. Ricordi?»

«Andresti a trovare Gloria?» chiesi a Prettyman, spinto da un impulso disperato quanto improvviso. «Per far sapere ai bambini che sto bene e che li amo?»

Bret non disse nulla.

«Non sono molte le possibilità che io vada a Londra nel prossimo futuro, Bernie» mi rispose calmo Prettyman.

Finii di bere il caffè tiepido in silenzio.

«Tornerò» disse ancora Prettyman; sembrava un figlio ossequiente in visita al genitore ottuagenario. «Ma devo essere al Camarillo Municipal Airport per le due. Forse il mese prossimo... È stato un piacere vederti, Bernie. Sul serio.»

«Va' a farti fottere!» gridai io.

Prettyman guardò Bret, che reagì con una stretta di spalle impercettibile, come a volere indicare la porta. Uscirono insieme e io rimasi dov'ero, ma riuscivo a sentirli ugualmente. Mentre uscivano, sentii Jim dire: «Che tragedia. Tutti e due».

E Bret che rispondeva: «Non è troppo tardi. Stiamo a vedere quello che succede».

Fu una settimana più tardi che appresi che il Camarillo Municipal Airport era una base operativa perfettamente funzionante dell'aeronautica statunitense e che le piste erano ancora in buone condizioni. Dunque Prettyman appena ci aveva lasciati era saltato di nuovo sul jet supersonico che lo aspettava e in serata era di nuovo a Washington. Tanta fretta, immagino, era dovuta a qualcosa che Fiona aveva detto a Bret e di cui nella capitale dovevano essere informati con urgenza.

Eravamo a La Buona Nova da più di un mese quando Fiona cominciò finalmente ad aprirsi con me, ma perfino allora non mi riferì che episodi banali del suo lavoro quotidiano a Berlino. Era comunque un inizio. Poi, con il tempo, la sera prendemmo l'abitudine di trattenerci a chiacchierare per una mezz'oretta. A volte parlavamo in soggiorno bevendo qualcosa, in altre occasioni facevamo una passeggiata all'interno della proprietà. Tuttavia, dopo che Fiona ebbe quasi calpestato un grosso serpente a sonagli grigio, ci limitammo ai sentieri tracciati e alla terrazza. La proprietà era vasta e in posizione piuttosto elevata, così che nelle notti buie si vedeva la costa californiana splendere come una collana di brillanti fino a Los Angeles.

«Che cos'è accaduto realmente?» mi chiese una sera, mentre ammiravamo il paesaggio e ascoltavamo l'oceano.

«Ti hanno portata fuori. Ecco che cos'è successo.»

«Ma che cosa ci faceva Tessa laggiù? È questo che non riesco a capire. Che cosa ci faceva Tessa, Bernard?»

«Te l'ho detto. Aveva messo in piedi una storia con Dicky. Probabilmente pensava che sarebbe stato divertente.»

«Ti amavo così tanto quando ti ho sposato, Bernard. Ti amavo perché eri l'unico uomo che avessi mai conosciuto a nutrire un autentico rispetto per la verità. Non mi hai mai mentito, Bernard. Volevo che i miei figli fossero come te.»

La tenevo per mano mentre guardavo nel buio cercando di distinguere la linea costiera.

«Non ti metteresti mai contro di me, vero, Bernard? Non lo faresti?»

«Che cosa intendi dire?»

«Loro non hanno neppure detto a George che Tessa è morta.»

«Perché no?»

«Povero George! Non farebbe mai del male a nessuno.»

«Perché non gliel'hanno detto?»

Lei si voltò a guardarmi. «Gli hanno fatto giurare il segreto e poi gli hanno raccontato che Tessa era venuta a Berlino con te e che eravate fuggiti insieme... in qualche località dove nessuno potrà mai ritrovarvi.»

«Allora è questa la versione» mormorai. Quadrava: la stanza d'albergo che Dicky aveva diviso con Tessa era stata registrata a mio nome.

«Vogliono che a Mosca credano che Tessa è ancora viva. La versione è che sono stata io a morire nei pressi dell'uscita per Brandeburgo.»

«L'auto incendiata. Sì, tutto torna.»

«È possibile che bevano una fandonia simile, Bernard?»

«C'era un traffico di eroina. Che vi fosse coinvolto anche Erich Stinnes?»

«Erich? No!»

«Un sacco di persone pensano il contrario» insistetti. «E lui lavorava per il Dipartimento. Capisci ora come avrebbe potuto essere tirato in mezzo?»

«Smettila di preoccuparti per Erich.»

«E chi dice che mi preoccupo per lui?»

«Ti identifichi con lui... è cresciuto a Berlino e suo padre era un militare. Ti identifichi con lui.»

Non negai: lei sapeva. Probabilmente mi aveva sentito parlare nel sonno. Avevo avuto un paio di incubi. «L'ho ucciso.»

«È tutto finito, tesoro. Non torturarti così. Perché Tessa era là? È questo che voglio scoprire.»

«Tessa era tossicodipendente, sai.»

«È quello che sostiene Bret.»

«Potrebbe essere stato questo il motivo per cui è andata a Berlino. C'era un tizio, un certo Thurkettle, che probabilmente la riforniva di droga. Potrebbe avere smesso di passarle la roba per convincerla a seguirlo fin lì. Di gente coinvolta ce n'era parecchia. C'era bisogno di un capro espiatorio. Puoi scommettere che in base alla spiegazione ufficiale eri tu a farla entrare.»

«A fare entrare che cosa? Eroina? E poi, la spiegazione di chi? Dell'Est o del'Ovest?»

«Di tutti. Era comunque un'opportunità per chiudere la pratica» risposi.

«Fin dove sarebbe disposto a spingersi il Dipartimento?»

«Questa è una situazione che non ha precedenti. Non possiamo basarci su situazioni passate.»

«Zio Silas sapeva che cosa stavo facendo realmente.»

«Sì, gli ho parlato. Ha detto che loro avevano bisogno che Mosca credesse per altri sei mesi alla tua lealtà. Contano di usare tutto il materiale più scottante in questo lasso di tempo, nel caso che la verità salti fuori.»

«Stai dicendo che qualcuno ha deliberatamente pianificato tutto in modo che Tessa morisse?»

«Non lo so...» la mia risposta era stata troppo tempestiva; mi accorsi che non credeva che le avessi detto tutto quello che sapevo «non lo so davvero, Fi.»

Mi passò il braccio intorno alle spalle. «Non ho più nessuno di cui fidarmi. È un pensiero che a volte mi spaventa.»

«Capisco.»

«È stato così anche per te?»

«A volte.»

«Chi potrebbe escogitare una cosa tanto terribile?»

«Forse ho capito tutto nel verso sbagliato» dissi.

«Bret?»

«Se fossi in te non comincerei a rimuginare su tutte le possibilità. Probabilmente l'intera operazione è stato un misto di programmazione e di opportunità fortuite. Forse niente di quello che ipotizzo è vero. L'ho già detto: non è escluso che abbia capito tutto per il verso sbagliato.»

«Era facile scambiare Tessa per me, immagino. Papà lo diceva sempre.»

«Non ho prove, né in un senso né nell'altro» le ripetei. «La cosa più importante è dare a Bret le risposte che vuole. Dobbiamo andarcene da qui. I bambini hanno bisogno di noi.»

«Li ho abbandonati» mormorò Fiona. «Di certo mi odieranno.»

«Certo che no.»

« Perché non io? Tessa amava la vita, e tu e i bambini sapreste cavarvela anche senza di me. Perché non io? »

« Devi ricominciare, Fi. »

« Non l'ho neppure riconosciuta. L'ho lasciata lì, nel fango. »

Riuscivo a sentire l'oceano, ma non vedevo nulla tranne il buio. Dissi: « Perché non discutiamo con Bret l'opportunità di fare venire i bambini per le ultime tre o quattro settimane del nostro soggiorno? ».

« Lui dice che dovremo restare qui molto a lungo... » pronunciò quelle parole con voce casuale, come se non le importasse.

Rabbrividii. Così avevo ragione. Eravamo in prigione. Forse per anni. Forse per sempre. Avevo sentito parlare di disertori bisognosi di protezione che erano stati tenuti nascosti dieci anni e anche più. « Di' a Bret che insisti per vedere i bambini » le suggerii.

Lei non rispose subito, e quando lo fece il suo tono era svogliato. « Voglio bene ai bambini e ho un terribile desiderio di rivederli. Ma non qui. »

« Come vuoi tu, Fi. »

« Ho bisogno di tempo, Bernard. Tornerò a essere la ragazza fortunata e allegra che hai sposato, e ritroveremo anche i bei momenti. Vivremo felici. Ma ho bisogno di tempo. »

Dall'oceano Pacifico arrivava quell'odore intenso di sale e putrefazione che chiamano aria fresca. Il cielo era scurissimo quella notte: niente stelle, nessun chiaro di luna. Perfino le luci sul lungomare si erano spente.

Finito di stampare nel mese di febbraio 1991
dalla RCS Rizzoli Libri S.p.A. - Via A. Scarsellini, 17 - 20161 Milano

Printed in Italy